Markus Orths

MARY & CLAIRE

Roman

Hanser

1. Auflage 2023

ISBN 978-3-446-27621-5
© 2023 Carl Hanser Verlag GmbH & Co. KG, München
Zitate auf S. 180 und S. 242: © Benita Eisler, *Byron. Der Held im Kostüm*
Die Rechte an der Nutzung der deutschen Übersetzung
von Maria Mill liegen beim Karl Blessing Verlag, München,
in der Penguin Random House Verlagsgruppe GmbH
Umschlag: Peter-Andreas Hassiepen, München
Motiv: Frank McKelvey (1895–1974), *Summer Days on the Lagan*,
Foto: © Christie's Images/Bridgeman Images
Satz: Satz für Satz, Wangen im Allgäu
Druck und Bindung: CPI books GmbH, Leck
Printed in Germany

MIX
Papier | Fördert
gute Waldnutzung
FSC® C083411

Mary & Claire

Saint Pancras &
Skinner Street

Das Grab rührt sich nicht vom Fleck. Der mächtige Stein ähnelt einer Truhe. Still und in sich gekehrt. Noch fehlt das Moos. Es ist ein fröhlicher Friedhof: Wärme liegt auf den Wegen, überall tschilpt es, Büsche und Bäume stehen in Blüte, ein frühes Blatt segelt zu Boden und Pollen tanzen im Licht.

Etwas nähert sich, ein feinleises, wehendes Zetern, das lauter wird, ein Säugling schreit, auf dem Arm eines Mannes, der sich, schwarz gekleidet, durch Äste schiebt, wohl abgekommen vom Weg. Der Mann bleibt stehen, schaut zum Stein, will sprechen, kann es nicht. Seine Tränensäcke sind geschwollen, und in den Augen stecken Splitter einer Fassungslosigkeit. Die ausgehobene Erde ist getrocknet und staubig, auf dem Grabhügel türmen sich Kränze und Blumen in Hülle und Fülle, bereits im Welken begriffen. Das Kind hört nicht auf zu schreien. Ein Arm des Mannes zuckt, will hoch zum Hut, doch weiß er nicht, wie man einen Säugling trägt mit nur einer Hand. Er schwitzt. Das Kind auch. Die Sonne steht hoch über ihnen. »Mary«, sagt der Mann. »Ich wollte dir nur zeigen, wo sie liegt.« Der Säugling schreit und windet sich. Es hat keinen Zweck. Der Mann deutet eine Verbeugung an, murmelt ein paar Worte, entfernt sich, wählt jetzt den Kiesweg, es wird ruhiger, das Geschrei verweht, und frische Stille zieht ein.

Blätter fallen. Bald ist die Erde bedeckt vom Schnee, der eilig schmilzt. Schon stehlen sich erste Stängel ins Freie, werden wieder gerupft. Eine Mütze Moos wächst in die Zeit: So wird dem Grabstein nicht kalt am Kopf.

Stimmen, noch leise. Der Vater erscheint, auf dem Kiesweg diesmal, er trägt einen braunen Anzug, junge Falten im Gesicht. Seine Tochter an der Hand ist inzwischen ein stilles Mädchen, vier oder fünf Jahre alt, die Haare schimmern rötlich unter der Haube, hie und da wachsen Sommersprossen im blassen Gesicht, zart ist das Kind, ernst und nachdenklich, ein beständiges Grübeln auf der Stirn. Jetzt sind sie da. Das Mädchen streichelt kurz das Moos auf dem Grabstein. Das tut sie jedes Mal. Der Vater darf das Moos auf keinen Fall entfernen lassen. Jetzt nimmt er seinen Hut ab und schweigt eine Weile.

»Deine Mutter«, sagt der Vater, »war eine besondere Frau.«

»Das weiß ich, Papa.«

»Als du zum ersten Mal hier warst, Mary, hast du geschrien. Und frag nicht, wie. Überhaupt, du hast ständig geschrien, noch Wochen, Monate nach der Geburt. Lies mal vor, was da steht.«

Mary streckt ihre Hand aus. Mit den Fingerkuppen tastet sie die Inschrift ab. »MARY«, liest sie. »WOLL-STONE-CRAFT. Papa? Hat Mama Wolle gemacht? Oder Steine?«

Der Vater streicht Mary über den Kopf. »So«, sagt er, »habe ich das noch nie betrachtet. Aber vielleicht hast du recht: Mama wollte aus Steinen Wolle machen. Wollte Hartes aufbrechen zu etwas Weichem. Das ist gut, Mary. Mama hätte sich gefreut. Ich sehe sie lächeln. Aber merk dir: Ihren Namen schreibt man mit zwei ›l‹! ›Wool‹ dagegen mit zwei ›o‹. Lies weiter, bitte.«

»GODWIN«, sagt Mary, denkt eine Weile nach und sagt dann: »Gewinnt Gott eigentlich immer? Oder kann der Mensch auch mal gegen ihn gewinnen?«

Der Vater kniet sich zu Mary, legt ihr die Hände an die Schultern, sieht sie an. Eine Weile geschieht nichts. Mary weicht dem Blick nicht aus. Dann fragt sie: »Hast du Mama sehr geliebt?«

»Das habe ich, Mary.«

»Mehr als meine Stiefmutter?«

»Du sollst sie so nicht nennen, Mary«, sagt der Vater und steht wieder auf.

»Wie soll ich sie denn dann nennen?«

»Weißt du doch. Nenn sie ›Mama‹. Sie würde sich freuen.«

Mary zieht die Nase hoch: »Meine Mama liegt hier.«

»Dann sag wenigstens ›Mary Jane‹.«

»Alle heißen Mary. Ich heiße Mary. Mama heißt Mary. Meine Stiefmutter heißt Mary, gut, Mary Jane, aber trotzdem. Alle heißen Mary. Ist das nicht komisch?«

Mit einem spektakulären Auftritt hat Mary Jane Clairmont William Godwins Leben geentert, kurz nach ihrem Einzug ins Polygon, jenem halbkreisförmigen Block neu gebauter hoher Häuser in Somers Town bei London. Mary Jane wusste genau, was sie wollte: einen Mann und eine sichere Bank für ihre Tochter. Und Mary Jane wusste auch: Bei Schriftstellern aller Art herrscht meist die blanke Eitelkeit. Als sie William Godwin zum ersten Mal sah, strahlte Mary Jane, legte die flache Hand an die Stirn und rief ihm zu: »O Gott! Ist das die Möglichkeit! Sie sind doch nicht etwa William Godwin? Der unsterbliche William Godwin! Dessen Bücher ich bewundere wie sonst nichts auf der Welt!«

William Godwin schaute überrumpelt drein. Er wusste nicht: War das jetzt Ernst oder Ironie? Er hoffte auf: Ernst. Denn nach dem Tod seiner Frau Mary Wollstonecraft hatte William Godwin – wenn auch erfolglos – verschiedenen Frauen Heiratsanträge gemacht, einfach weil er glaubte, Kinder bräuchten die zarte Hand einer Mutter. Daher winkte William jetzt der neuen Nachbarin zurück, nickte geschmeichelt, und ein paar Monate später malte William ein großes »X« in sein Tagebuch, zum Zeichen dafür, dass er mit Mary Jane Clairmont erstmalig den Beischlaf vollzogen hatte. Für seine Tagebücher hatte Godwin – nach einem langen Vormittag intensiven Schreibens – nicht mehr viele Wörter im Köcher und beschränkte sich aufs Wesentliche. Beispielsweise hatte William nur »Panc« ins Tagebuch gekritzelt, an dem Tag, da er Mary Wollstonecraft heiratete: in Saint Pancras. Und an ihrem Todestag hatte William eine ganze Seite durchgestrichen, einfach so, mit langen, vertikalen Strichen. Jetzt also ein »X«, der letzte Buchstabe dieses ominösen Körperwortes: Schon zog Mary Jane bei den Godwins ein, kein langer Weg von nebenan. Und Mary Jane Clairmont kam nicht allein. Auch sie brachte eine Tochter mit. Acht Monate jünger als Mary. Das Mädchen hieß: Clara Mary Jane Clairmont. Noch wurde sie »Jane« genannt. Oder: »die Wilde«.

William geht los, doch Mary folgt ihm nicht. Sie bleibt beim Grab ihrer Mutter, Kopf im Nacken, Füße verwurzelt im Dreck, ruft: »Sag ehrlich: Hast du oder hast du nicht?«

»Was meinst du, Mary?«

»Mama mehr geliebt als Mary Jane?«

»In der Liebe gibt es kein Mehr oder Weniger. Entweder man liebt oder man liebt nicht.«

»Nennt man das Ausrede, Papa?«

»Komm jetzt, Mary! Es ist Zeit!«

William meint es genau so: Es ist Zeit, die Zeit *ist*, sie entsteht in dem Augenblick, in dem man in sie springt, Zeit ist das Kostbarste für ihn, Zeit bestimmt alles andere. William Godwin ist ein sparsamer Mensch, er hätte die Zeit am liebsten in eine Socke gestopft, unters Kissen geschoben und jeden Morgen nachgezählt, ob noch alle Tage da sind, die ihm zustehen seiner Meinung nach. Es gibt eine Regel im Haus der Godwins: Die Zeit des Schreibens ist heilig. Bis zum Mittagessen haben Ideen Vorrang: William muss Gedanken aus dem Kopf pflücken oder meißeln und anschließend zu Papier bringen. Die Kinder haben sich ruhig zu verhalten. Erst nach dem Mittag liest er ihnen vor, und Mary lauscht mit großen Augen und zuckt kein einziges Mal.

Wind wirbelt die Jahre fort, der Stein verwittert, das Wetter kerbt, in der Tiefe welkt eine Frau zum Skelett. Nacht folgt auf Tag, Tag folgt auf Nacht, immer neue Perlen einer immer gleichen Schnur, es ist das Einzige, was man über die Zeit sagen kann: Sie ist unbestechlich.

Jetzt ein Geräusch. Schnelle Schritte. Ein Rennen, noch ist unklar, aus welcher Richtung, ein Keuchen nähert sich, schon ist sie da, querfeldein gerannt: Mary. Sie hält sich die Seiten, neun Jahre jung, rot im Gesicht, außer Puste, fällt auf die Knie, in die Erde, nah beim Stein, wühlt die Hände ins Schwarze, als wolle sie Mutter begrüßen, lässt die Finger auskühlen, holt endlich zwei Handvoll Erde heraus, zerreibt sie, der Dreck bröselt aufs Grab, unter den Nägeln bleibt Schwarzes. Immer wenn sie hier ist, tunkt sie die Hände in die Mutter. Sie tut es, seitdem sie weiß: Das Schwarze unter den Fingernägeln heißt »Trauerränder«.

»Mama«, keucht Mary, ihr Atem holt sie langsam wieder ein. »Da ist was passiert. Gestern. Ich weiß nicht, wohin mit mir. Samuel war da, der Dichter. Jane & ich, wir haben gewusst: Der wird wieder erzählen! Und wir wollten zuhören, Jane & ich, wir haben uns aus dem Bett gestohlen, sind durchs Haus geschlichen, haben uns versteckt, hinter der Couch in Papas Arbeitszimmer. Samuel! Seine Stimme! Seine Erscheinung! Seine wüsten, langen Haare. Schon fängt er an. Als hätte er nur auf uns gewartet! In seinem Gedicht, da taucht ein Alter Seemann auf, und der Alte Seemann, der hält einen Mann an, einen Hochzeitsgast, einfach so: hält der ihn an. Mit seiner knochigen Hand. Einen von dreien hält der an. Sagt Samuel, nein, er singt es fast. Ich habe keine Ahnung, was das heißen soll, Mama: einer von dreien. Aber ich weiß, dass ich auch eine von dreien bin. Weil ich einfach zuhören musste! Weil das Gedicht mich angehalten hat! Kann das ein Dichter, Mama? Einen anderen anhalten? Dass man einfach zuhören muss? Nur durch Worte? Und auf den Worten reiten die Bilder? Pass auf. Die Geschichte geht so. Der Alte Seemann fährt aufs Meer mit seinem Schiff und der Crew. Bald kommt ein Sturm auf, Mama, und mit seinen Flügeln ... Ist das nicht schön!? Dass ein Sturm Flügel haben kann!? Mit seinen Flügeln packt der Sturm das Schiff und bläst es nach Süden, und das Schiff jagt dahin über die Wellen. Jetzt wird es plötzlich kalt, Mama, Schnee und Nebel, immer schlimmer wird es, hoch türmt sich das Eis, stell dir das vor, die kalten Berge knirschen vorbei, kommen näher, keilen sie ein, es wird kälter und kälter, it cracked and growled, and roared and howled, hörst du das, Mama, hörst du, wie das Eis in den Wörtern knackt? Wie der Wind darüberfegt und heult? Sie sind gefangen im Eis, eingefroren, das Schiff kann nicht weiter. Da segelt ein Albatros herbei, Mama, ein großer, fast weißer Vogel, und die Seeleute locken ihn mit Rufen und Futter, der Vogel ist das Einzige, was lebt an diesem Ort aus Eis, keiner weiß, woher der Vogel kommt, aber er bleibt bei den Seeleuten und fliegt um das Schiff herum, und das Eis bricht und schmilzt, der Vogel rettet sie, der Albatros wandelt Hartes in Weiches, Mama, Eis zu Wasser, ein Südwind kommt auf, und fort werden sie geweht mit ihrem Schiff, ins

Warme hinein, der Vogel fliegt um sie herum, alle sind glücklich, und dann greift der Alte Seemann zur Armbrust und schießt ihn tot, den Albatros.«

Mary hält inne. Sie schluchzt.

»Warum?«, ruft sie. »Warum tut er das? Der Vogel hat sie gerettet. Und er schießt ihn tot!? Ich verstehe das nicht, Mama. Mein Herz läuft an. Jede Zeile des Gedichts tanzt so schön und hüpft wie die Wogen, die Wellen, wie das Schiff auf dem Wasser, und plötzlich: I shot the Albatross. Der Satz trifft mich wie ein Pfeil, Mama. Der Albatros fällt aufs Deck, tot. Aber es geht weiter! Ich bin kaum mitgekommen. Ich habe keine Zeit gehabt für all diese Bilder. Mein Kopf wie unter Wasser. Die anderen Matrosen klagen den Alten Seemann an. Wie konntest du den Vogel töten, der den Wind brachte und das Eis schmelzen ließ!? Und es legt sich grausame Stille übers Meer. Kein Hauch, kein Wind, kein Lüftchen. Day after day, day after day, we stuck, nor breath nor motion; as idle as a painted ship upon a painted ocean. Und dann kriechen schleimige Kreaturen aus dem Meer, mit ekelhaften Beinen, Todesfeuer und Hexenöl und ein Geist, der den Männern gefolgt ist, unterm Schiff, und die Matrosen können nicht mehr sprechen, ihre Münder ausgetrocknet, staubig, alle hassen den Alten Seemann, und sie hängen ihm den toten Albatros um den Hals. Weiter, Mama, immer weiter. Schon sieht der Alte Seemann ein Segel, es nähert sich ein Schiff, und das wird gruselig jetzt, denn auf dem Schiff, da hockt der Tod, du kennst ihn, Mama, und an seiner Seite sitzt eine Frau. Und diese Frau heißt ›Leben-im-Tod‹. Was bedeutet das? Ewiges Leben? Die beiden würfeln jetzt, Tod gegen Leben-im-Tod. Ich weiß nicht, was der Einsatz ist. Ich hab das nicht verstanden. Die Frau Leben-im-Tod gewinnt. Es sterben sofort alle Seeleute, nur der Alte Seemann nicht. Also lebt der Alte Seemann weiter im Tod? Aber wo? Wie kann man im Tod weiterleben? Lebst du auch weiter im Tod, Mama? Wo kann ich dich treffen? Wie kann ich dich sehen? Oder hören? Ich sitze hinterm Sofa, und ich verstehe es nicht, aber ich *sehe* alles klar und deutlich, ich sehe die schleimigen Kreaturen und die Windstille und das Eis und den Albatros und die Armbrust und den Pfeil und die Männer und das Schiff und den Tod und die Frau Leben-im-Tod, und dann spüre ich sie, Mama, ich spüre, wie diese Frau wirklich neben mir steht, die Frau Leben-im-Tod, die jedes Menschen Blut vereist: mit ihrem Kälteschrei. Die Frau zieht mich am rechten Ohr, und sie zieht Jane am linken Ohr, und wir blicken auf, und ich komme zu mir wie aus einem Traum, und das ist nicht die Frau Leben-im-Tod, die uns an den Ohren zieht, nein, das ist Janes Mutter. Stiefmütter sind schlimm. Sie hat geschimpft. Sie hat zu Papa gesagt: Die zwei gehören ins Bett. Sofort. Ich hab nicht mitbekommen, wie das Gedicht ausging, Mama. Ich hab im Bett gelegen und kein Auge zugetan. Beim ersten Sonnenstrahl bin ich aufgesprungen und zu dir gelaufen. Jetzt geht's mir besser. *The Rime of the Ancient Mariner.* So heißt das Gedicht. Es ist, es ist, es ist das Schönste, Mama, das Allerschönste, was ich jemals gehört hab in meinem Leben. Nichts würde ich lieber, als auch so was zu schreiben. Ich hab's schon mal versucht. Heimlich. Zu schreiben. Aber Mädchen können es nicht. Sagen alle. Ja, ich weiß, du denkst anders. Und ich will wissen, warum das so ist. Ich verspreche dir jetzt etwas, Mama. Wenn ich morgen komme, bringe ich dein Buch mit. Ja? Dann lese ich dir vor. Aus deinem eigenen Buch, Mama. Dein Buch ist ein Schwamm, vollgesogen mit Gedanken. Sie sind so dicht, tief und schwer. Ich will dein Buch gründlich auswringen. Am besten tu ich's hier. Dann sickern die Gedanken zwischen deine Blumen. Zurück zu dir.«

Moos wächst langsam und barfüßig, krallt sich nicht fest, schwitzt und schmiegt sich an, locker, lose. Mary geht hin und streichelt das Moos. Anfangs ist Mary kleiner als der Grabstein. Für kurze Zeit ist sie auf Augenhöhe. Jetzt ist Mary dem Stein über den Kopf gewachsen, und sie muss ihre Hand senken zum Moos. Es ist Marys zehnter Geburtstag.

»Von heute an gibt es immer zwei Zahlen für mich«, sagt sie laut. »Keine einzelne mehr. Eine einzelne Zahl ist einsam. Zwei können sich an den Händen halten, weißt du?«

Mary sitzt in der Erde.

Auf Mutter stehen zwölf Ziffern.

Geboren am 27. April 1759.

Gestorben am 10. September 1797.

Die letzten sechs Ziffern sind grausam. In ihnen steckt ein Muster: 101 und 797. Etwas, das wiederkehrt. Die 1 kehrt wieder. Die 7 kehrt wieder. Eine Schleife. Etwas Beharrliches. Ein steter Gedankentropfen, der nie aufhören wird, Mary zu höhlen.

Der 10. September 1797 ist Mutters Todestag.

Und Marys Geburtstag ist der 30. August 1797.

Am elften Tag nach Marys Geburt ist Mutter gestorben. Fieber. Kindbettfieber. Oder Wochenbettfieber. Die Worte schneiden Mary hart ins Fleisch. Sie bedeuten nichts anderes als: Mary hat ihre Mutter auf dem Gewissen. Mary ist schuld an Mutters Tod. Mary denkt: Gäbe es mich nicht, lebtest du noch. Gäbe es mich nicht, schriebest du noch. Gäbe es mich nicht, könntest du der Welt neue Werke schenken. Dein Kopf war schneller als andere Köpfe, Mutter. Ich habe dich zum Schweigen gebracht. Wer bin ich? Niemand. Tochter, Monster, Tochtermonster. Ich werde deinen Platz nicht einnehmen können, ich werde nichts Neues schreiben können, nichts von Wert. Aber mir bleibt keine Wahl, ich muss es versuchen.

Eine Stimme ertönt neben Mary. Sie kommt von der rechten Seite, glockenhell, sie schwirrt so schön und singt, ohne zu singen. Die Stimme gehört Jane, genannt: die Wilde: Marys Stiefschwester: die Tochter von Mary Jane Clairmont.

»Mach dir keinen Kopf«, sagt Jane.

Die fröhliche Jane: Sie plappert so gern. Ist längst Marys beste Freundin und beste Feindin zugleich. Eine Stiefschwester sondergleichen. Mal Stief. Mal Schwester. Mit Jane kann Mary lachen und spielen und Zeit verbringen. Mit niemandem lässt sich so gut streiten und rangeln. Jane ist ein leuchtend-lautes Mittelpunktkind, ein gespaltenes Mädchen: Sie konnte mit drei Jahren schon ihren Willen durchsetzen mittels Wutanfällen aller Art, bei denen sie sich schreiend hinwarf und mit ihren Fäusten auf den Boden trommelte. Andererseits quietscht sie gern, ist albern, kiekst und kichert, sucht die Nähe anderer Kinder. Jane ist acht Monate jünger als Mary, hat sich diebisch gefreut über das unverhoffte Geschenk einer älteren, aber nicht zu alten Schwester, die ihr irgendwie immer einen Schritt voraus ist, etwas, das Jane mag und schrecklich findet zugleich, zerrissen zwischen dem Ehrgeiz, Mary einzuholen, vielleicht zu überholen, und einer tiefen, trägen Gemütlichkeit, sich von der Stiefschwester zeigen zu lassen, was man wissen muss im Leben. Alles hüpft an Jane: Wenn sie geht, hüpft sie; ihre schwarzen Locken hüpfen; das Lächeln auf ihren Lippen hüpft; ihre blitzhellen Augen hüpfen. Manchmal wird aus dem Hüpfen ein Rennen: mit den Beinen, mit dem Herzen. Sie ist wild wie ein Pferd. Und kann auch stolzieren. Sie rückt sich gern ins rechte Licht. Das hat sie von ihrer Mutter. Jane weiß nicht immer, was sie will, aber *dass* sie etwas will, weiß sie genau. Sie beherrscht Pose und Übertreibung, kann umgarnen und mitreißen, Jane ist mit einem Wort einfach: »clairmont«. Ihren Nachnamen hat Mary zum Adjektiv geformt. »Clairmont«, das bedeutet: selbstbegeistert, egozentrisch, theatralisch, willensstark, ellbogenbereit, zugleich träge, zweifelnd, selbstzerrissen, die eigene Fassade als Fassade durchschauend, stets Hilfe suchend, und dem Glück springt sie hinterher wie einem Schmetterling. Ach, sagt Mary manchmal, sei doch nicht immer so schrecklich clairmont.

Jetzt sitzt Jane neben ihr.
»Mach dir keinen Kopf«, sagt Jane noch einmal.
Hand in Hand sitzen sie dort.
»Ich mach mir keinen Kopf«, sagt Mary.
»Siehst immer aus wie siebzehn Tage Regenwetter.«
»Das Grab«, sagt Mary. »Ein Schweigen, gemeißelt in Stein.«
»Wollen wir wetten?«, ruft Jane, die ungern hierherkommt und es nie lange aushält, weder das Schweigen noch Marys Kellerstimmung namens Melancholie. »Wetten, ich bin schneller am Tor?«
»Ich will noch bleiben.«
»Die Erde ist kalt, Schwesterchen.«
»Du kannst ja Kniebeugen machen.«
Jane seufzt. »Wie viele?«, fragt sie.
»Dreißig?«
Und Jane fängt an.
Währenddessen rinnen Mary Tränen über die Wangen, einfach so, sie kann nichts dafür, die Augen laufen aus, es ist nicht der Wind, es ist die Traurigkeit, die in ihr sitzt.
»Ich vermisse unser altes Haus!«, flüstert Mary.
»Was sich nicht ändern lässt, musst du schlucken!« Jane gähnt und keucht zugleich. »Wirst dich schon noch dran gewöhnen!«
»An die Skinner Street!? Nie, Jane! Niemals!«

Der Umzug war ein harter Schlag für Mary. Vom Polygon in die Skinner Street. Vom Himmel in die Hölle. Den glänzenden Neubau eintauschen gegen ein marodes Fünf-Etagen-Haus? Mary verstand das nicht. Aus Geldmangel? Dann lieber mehr arbeiten, oder? Kannst du nicht was anderes schreiben, Papa? Etwas, das sich besser verkauft? Diese Frage hätte Mary lieber nicht gestellt: Papa schimpfte scharf wie nie, rief etwas von intellektuellem Anspruch und Hass auf Schlamperei, er mache keine Zugeständnisse und lebe für die Genauigkeit. Dann knallte er die Tür. Mary hatte wohl einen wunden Punkt getroffen.

Treibende Kraft für den Umzug war Marys Stiefmutter in ihrer Enttäuschung darüber, dass William kaum noch Geld verdiente und die reichen Besucher ausblieben, die armen sich dagegen in seinem Büro drängelten und die ganze Nacht bis zwei Uhr disputierten, so lautstark manchmal, dass Mary Jane und die Kinder aus dem Schlaf fuhren. Mary Jane hatte zwei Jahre vor dem Umzug ihr erstes Kinderbuchgeschäft eröffnet, einfach, weil irgendwer hier ja das Geld verdienen müsse, wie sie gern betonte. Das Geschäft lag in der Hanway Street, ein kleiner, zugiger, unschöner Laden, zugleich ein Kinderbuchverlag. Mary Jane akquirierte Texte, sichtete Manuskripte, übersetzte unermüdlich und vor jeder Veröffentlichung las sie den Kindern die möglichen Kinderbücher vor. Mary aber hasste Kinderbücher. Was wollte sie mit diesen Kinderbüchern, wenn es Coleridge gab? Was war ein mümmelnder Hase gegenüber einem erschossenen Albatros?

Im Erdgeschoss der Skinner Street fand Mary Jane endlich einen Laden, der den gewachsenen Bedürfnissen ihrer Kinderbuchgeschäfte besser entsprach. Daher der Umzug. Für den Buchladen eine Verbesserung, fürs Wohnen eine Verschlechterung. Hatten Mary & Jane vom obersten Fenster im Polygon noch den idyllischen River Fleet sehen können, so schauen sie jetzt von der Skinner Street auf die Galgen von Tyburn. Wobei das nicht unbedingt ein Makel war, denn Galgen sind spannend. Vom fünften Stockwerk aus konnten die Mädchen den Hinrichtungsplatz mit Holzgerüst erkennen, dort, vorm Old Bailey, dem zentralen Strafgerichtshof, kaum hundert Meter entfernt. Bei jeder Hinrichtung warteten sie darauf, dass der Henker den Hebel umlegte, doch Mary schloss immer die Augen, kurz bevor es geschah.

Mary stand jetzt auf, schlug Erde aus dem Kleid und fragte ihre Schwester: »Weißt du, was ein Skinner ist?«

»Klar weiß ich, was ein Skinner ist!«

»Und was?«

»Sag du zuerst!«, rief Jane.

»Skinner heißt: Maultiertreiber.«

»Ich dachte: Hautabzieher?«

»Das auch.«

»Ist das ein Gerber?«

»Skinner heißt auch Betrüger. Oder Schwindler.«

»Wetten, du kennst eine Geschichte, Schwester? Die Geschichte von einem Skinner? Gib's zu!«

»Woher weißt du das?«, rief Mary.

»Deine Geschichten stehen dir ins Gesicht geschrieben.«

Mary wurde ernst. Konzentriert. In Vorfreude auf das, was nun geschehen würde: erzählen, einfach nur erzählen.

»In meiner Geschichte«, sagte Mary, »ist Skinner ein Name. Frank Skinner. The Skinner of London.«

Jane war überaus empfänglich für Gruselgeschichten aller Art, und sie rief: »Muss das sein, Mary? Hier?«

»Frank Skinner war ein Gerber, er lebte im Mittelalter«, raunte

Mary. »Er liebte seinen Beruf, das Gerben, er zog die Haut von Tieren ab, ritsche-ratsche mit dem Messer, und vorher musste er das blutige Gekröse entfernen, das schmierige Gedärm!«

»Igitt!«

»Doch kein Mensch nahm ihn wahr. Alle Menschen kauften Felle bei ihm, aber niemand sah ihn wirklich an. Alle verachteten ihn. Sie ekelten sich. Weil er so einen schmutzigen Beruf hatte.«

»Und dann?«, fragte Jane.

»Dann passiert etwas Plötzliches! Das ist immer spannend in Geschichten. Wenn etwas Plötzliches passiert. Mit dem niemand rechnet. Das muss schnell gehen. Wie beim *Ancient Mariner*. Frank Skinner denkt sich eine Zahl aus. Sagen wir: sieben!«

»Wieso sieben?«

»Wieso nicht sieben?«

»Könnte das auch vier sein?«

»Ja. Ist aber sieben. Und der siebte Kunde, der an diesem Tag den Laden betrat, er wusste es noch nicht, aber er war forfeit.«

»Was heißt ›fortfeit‹?«

»Es heißt ›des Todes‹.«

»Und warum sagst du nicht ›des Todes‹?«

»Weil ›forfeit‹ besser klingt. Hörst du das nicht? Also: Frank Skinner wetzte sein Messer, und als der siebte Kunde erschien, da sprang er aus dem Schatten und stach ihm sieben Mal ins Herz.«

»Mary!«, rief Jane. »Warum sieben Mal?«

»Das nennt sich Symmetrie.«

»Ich weiß, was jetzt passiert!«, rief Jane und sprang auf. »Ich weiß, dass er ihm die Haut abzieht, Mary! Das ist doch klar! Er heißt Skinner. Und er ist ein Gerber. Ein Hautabzieher. Also zieht er dem toten Mann die Haut ab!«

»Jane! Das ist *meine* Geschichte!«

»Und was macht er mit der Haut des anderen?«, rief Jane und sprang kurz in die Luft. »Na, klar! Er zieht sich die Haut des anderen über die eigene Haut, oder?«

»Jane!! Hör auf!!«

»Und er wächst in die Haut des anderen hinein, oder? Und er lebt ein Leben an Stelle des anderen, oder?«

Mary rieb sich den Dreck ab und warf die Stöcke weg.

»Hast du dir das selber ausgedacht?«, fragte Jane.

»Ja«, rief Mary wütend. »Und du bist Frank Skinner, Jane! Du würdest gern in meiner Haut stecken! Du bist nur neidisch!«

»Arrogante Zicke!!«

Schon flogen Dreckklumpen in Gesichter, Mary stürzte sich auf Jane, Jane stürzte sich auf Mary, beide balgten eine Weile überm Grab. Mary kämpfte gänzlich stumm, Jane zugleich mit bitteren Worten, sie äffte die vielen strahlenden Besucher im Hause Godwin nach: »Ach Gott, diese Mary! Schau nur! Die Tochter vom göttlichen William Godwin und der einzigartigen Mary Wollstonecraft! Sie muss doch einfach ein Genie werden! Sie ist geradezu präpariert dazu! Geboren im selben August, als der Komet am Himmel flog.«

Janes Fingernagel schlitzte plötzlich die Haut in Marys Nacken, Blut quoll, beide hielten inne, schauten sich an, ein wenig beschämt und erschrocken über sich selbst.

Da trat der Geist zwischen sie, nahm beide Mädchen an einem Arm und zog sie vom Boden hoch. Der Geist hauchte: »Bitte!« Die Mädchen starrten ihn an, Mary fragte sich, wieso der Geist plötzlich hier war, am Grab. Der Geist. So nannten sie Marys Halbschwester Fanny Imlay. Sie war drei Jahre älter als Mary, fiel nie auf, war kaum zu sehen. Am liebsten durchstreifte Fanny Wiesen und Felder, warf Steine in den Fluss, kletterte auf

Friedhofsbäume, hielt sich nicht gern drinnen auf, weder im Polygon noch in der Skinner Street, nur draußen fühlte sie so etwas Ähnliches wie Fröhlichkeit, drinnen dagegen kam sie sich vor wie ein überzähliges Möbelstück.

»Wo kommst *du* denn jetzt her?«, fragte Mary.

»Bist du uns nachgelaufen?«, rief Jane.

»Oder warst du schon vor uns hier?«

»Hat Mary Jane dich geschickt?«

Der Geist schwieg. Mary & Jane fragten nicht weiter nach, denn sie wussten: Der Geist liebte die Stille. Es war nie viel aus Fanny herauszubekommen, stumm war sie wie die Fische, die sie mit ihrem Käscher aus dem River Fleet fing, um kurz das Luftschnappen zu betrachten und sie rasch wieder hineingleiten zu lassen. Nein, Fanny ließ lieber ihre Augen sprechen, zutiefst blaue, beinah dunkelblaue Augen, aus denen etwas Verlorenes schimmerte.

Mary fasste sich an den Nacken.

»Das blutet!«, sagte Fanny, nahm ein Taschentuch, tupfte das Blut sorgsam ab und sagte: »Mary Jane darf das nicht sehen!«

So viel sprach sie selten.

Mary entschuldigte sich bei Jane und Jane bei Mary. Sie reichten einander die Hand, küssten die schmutzigen Wangen, ordneten ihre Kleider, machten sich mit Spucke sauber. Bald sahen sie wieder aus wie halbwegs brave Mädchen.

Fanny und Mary haben etwas gemeinsam. Auf immer. Ihre tote Mutter. Auch Fanny ist Tochter von Mary Wollstonecraft. Wenngleich Fanny einen anderen leiblichen Vater hat: den ganz und gar abwesenden Gilbert Imlay. Aber Mary & Fanny teilen etwas Großes, ihr Leben lang: Beide haben – bei Marys Geburt – ihre Mutter verloren. Nie hat Fanny Mary Vorwürfe gemacht. Doch Fanny ist da, sie existiert. Als Tochter von Mary Wollstonecraft ist ihre Anwesenheit eine stillschweigende Anklage: Mutter ist tot. Fanny ist nicht nur Geist, ist unsichtbarer Schatten. Der blaue Blick. Die verschlossenen Lippen. Sie ist eine seltene Blume, die nicht gern Blüte zeigt, eine liebevolle Mimose, bei Berührung schließt sie sich. Ein guter Mensch, das ist sie. Als Dreijährige hat ausgerechnet Fanny versucht, nach dem Tod der Mutter das stets schreiende Mary-Bündel zu trösten, ausgerechnet Fanny ist es gewesen, die an Marys Wiege saß und summte. Doch auch ihr gelang es nicht. Drei Schwestern unter einem Dach. Mary Wollstonecraft Godwin. Stiefschwester Jane. Und Halbschwester Fanny.

Das Grab friert. Wenn der Winter einzieht, steckt ihm Kälte in den Knochen. Der Stein liegt jetzt – nach dem Umzug in die Skinner Street – oft tagelang dort ohne Marys Rücken, der sich an ihn lehnt, ohne ihre Hände im Dreck. Dennoch wächst Mary ihrer Mutter immer näher. Das liegt an den Büchern.

Mary ist jetzt vierzehn Jahre alt. Auch ein Buch kann ein Grab sein, denkt sie, ungelesen in der Bibliothek, ein senkrechtes Grab für Gedanken. Erst wenn jemand es öffnet, das Buch, auferstehen die Worte. Das Grab für den Leib ist unwiderruflich. Das Grab für den Geist aber nicht.

Mutters Bücher kann sie lesen, wieder und wieder, kann sie sogar laut lesen, hier, am Grab, liest am liebsten aus dem berühmtesten Buch: *Eine Verteidigung der Rechte der Frau*. Marys Mutter hat in Gedanken geschrieben und nicht in Bildern wie Coleridge. Bilder kann Mary sehen. Das fällt ihr leicht. Gedanken muss sie nachvollziehen. Das ist schwieriger. Mutters Bücher zerfleddern mit der Zeit, werden fleckig und voll erdiger Fingerabdrücke.

Mary will nicht allein bleiben, am Grab, will nicht nur vorlesen und nachdenken und nachempfinden, will, dass ihre Mutter endlich zu ihr spricht und Antwort gibt. Mary kennt inzwischen Leben und Werk ihrer Mutter ganz genau, nicht nur Schriften, Briefe, Tagebücher, sondern auch Vaters Erinnerungsbuch *Memoirs of the Author of A Vindication of the Rights of Woman*. Heute, an ihrem vierzehnten Geburtstag, denkt Mary: Wenn Mutter mir zuhören kann, so kann sie auch sprechen mit mir. Und Mary zieht zum ersten Mal Mutters Stimme aus dem Grab. Behutsam, als könne sie zerbrechen. Wie an einem seidenen Faden flimmert Mutters Stimme jetzt neben ihr.

»Wie schön, dass du da bist, Mary«, sagt ihre Mutter.

»Für dich immer, Mama«, flüstert Mary und hält den Atem an.

»Du bist vierzehn?«

»Ja, Mama.«

»Als *ich* vierzehn war, stand ich mit dem Rücken zur Tür.«

»Zu welcher Tür, Mama?«

»Ich stand mit dem Rücken zur Tür meiner eigenen Mutter. Ich breitete die Arme aus an der Tür, ich war ein Schlagbaum.«

»Und dann?«

»Ich wartete, Mary.«

»Worauf hast du gewartet, Mama?«

»Auf den Mann, den ich Vater nennen muss.«

»Auf meinen Großvater, Mama?«

»Ja, Mary, auf deinen Großvater.« Die Stimme ist da. Nicht allzu hell, eher ein blasser Alt. »Dein Großvater, Mary, er stieg die steile Treppe hoch, die behaarten, hässlichen Hände schwarz von der Landarbeit, er stank nach Schweiß, von seinen Stiefeln bröckelten Matsch und Schweinemist, den ich und meine Geschwister am nächsten Morgen würden aufputzen müssen, mein Vater, da kam er, mit Stoppeln im Gesicht, er wankte weiter,

Mary, die steile Treppe hinauf, und jemand muss ihn aufhalten, ich muss ihn aufhalten, er wollte das Leben in der Küche nicht mehr aussitzen, ein Leben, das zu dieser Stunde nichts für ihn bereithielt, oben wartete Lustigeres auf ihn: Ablenkung. Schon erreichte der Vater den Austritt der Treppe. Mit dem Blick traf er mich, seine Tochter.«

»Und weiter?«

»Ich stand oben, Mary, die Stirn hoch, trotzig, kampfbereit, mit einer Träne im Auge, stand dort, in meine vierzehn Jahre gekleidet, wie eine Kerze, versuchte nicht zu flackern, Arme ausgebreitet, mit dem Rücken zur Tür stand ich und sagte nur: Nein! Der Blick meines Vaters wurde weder zornig noch drohend. Diese wässrigen Augen, beinah von selber Farbe wie die grauweißen Höhlen, tote und lebende Augen zugleich. Vater zog nur eine Braue hoch, kräuselte die Stirn, hielt gar nicht erst inne in seinem Schritt, beachtete meinen Ruf nicht, ging zur Tür, rupfte mich wie Unkraut aus und stieß und schleuderte mich, und ich rutschte den Flur entlang und knallte mit dem Kopf an die Wand, ich war besiegt, einmal mehr, ein Ritual, ich war nicht groß genug, aber ich konnte nicht anders, Mary, ich musste mich ihm wieder und wieder in den Weg stellen. Er riss die Tür auf, ging ins Zimmer, zur Mutter, und schloss ab. Ich legte die Hand an den Kopf, kein Blut, ich stürzte nach unten, zu den Geschwistern, die nicht aufwachen durften von den Mutterschmerzen oben, doch die Geschwister schliefen, und meine Mutter schrie ihre Schreie ins Kissen. Ich würde am frühen Morgen wieder Mutterwunden versorgen müssen, blaue Flecken und blutende Stellen zwischen den Beinen, ich musste raus, kurz nur, an die Luft, und als ich das Haus verließ, fiel mein Blick auf das Baumeln. Etwas baumelte leise im Windzug, neben dem Haus, von einer Stange am Hühnerstall.«

»Was baumelte da, Mama?«

»Mein Hund. Schau weg, Mary, wenn etwas baumelt. Vater hatte ihn aufgeknüpft, ich lief hin, kam zu spät, ich löste die Schlinge und drückte den Hund an mich, versuchte, ihm wieder Leben einzuhauchen, aber er war längst tot. Und ich blickte hoch zum Fenster, hinter dem ein Mensch auf dem Bett herumgeschlagen wurde und betete, dass es gleich vorbei sein möge, aber es dauert noch an, Mary, noch dauert es an.«

Mary hat ein bisschen viel Grab geatmet. Sie steht auf, lässt Mutter zurück, läuft zu Vater. Zum Glück ist ihr Papa in allem das Gegenteil ihres Großvaters: sanftmütig, gebildet, ruhig. Niemals hätte er eine Hand gegen Mary erhoben. Mary läuft sich mit jedem Schritt die Bilder aus dem Kopf. Doch Bilder verschwinden nur langsam, müssen überlagert werden von neuer Gegenwart.

In der Skinner Street stand die Ladentür offen. Mary hielt an. Warf den Kopf in den Nacken und schaute kurz zum Aesop-Relief über der Tür, bärtig, lockig, mit diesen Augen, die wie irrsinnig nach rechts oben schielten. Mary lief durch den Buchladen ihrer Stiefmutter, stürzte an einer erstaunten Mary Jane vorbei, ehe diese etwas hätte sagen können, durch die Hintertür lief Mary, ins Treppenhaus, die Treppen hoch. Sie wusste: Die heilige Schreibzeit ihres Vaters William war beendet.

Sie betrat das Wohnzimmer. Schon sah sie ihn. Saß der einfach da und gab kein Lebenszeichen von sich. Nichts. Saß der im Sessel und regte sich nicht, Kinn Richtung Brust, die Augen zu, zu, zu. Mary trat näher, hielt einen gekrümmten Zeigefinger unter Vaters Nase, suchte den Vater-Atem, fand ihn zunächst nicht, doch endlich ein Röcheln, ein Hauch streifte ihren Finger, sie packte den Vater und rüttelte ihn so sanft wie möglich.

»Wo bin ich?«, sagte William und riss die Augen auf.

»Du warst wieder weg, Papa.«

»Wie lange?«

»Du musst zum Arzt. Unbedingt!«

»Ich bin nur eingeschlafen.«

»Schon ein paar Mal. Das nennt sich Ohnmacht. Ich habe nachgelesen. Das ist alles andere als harmlos. Du musst zum Arzt, Papa, glaub mir.«

In diesem Augenblick rief ihre Stiefmutter Mary Jane Clairmont von unten: »Mary!! Komm runter! Wir brauchen Hilfe!!«

Mary verdrehte die Augen, legte den Zeigefinger mit dem Vater-Atem auf die Lippen und blinzelte Vater verschwörerisch zu.

»Mary!!??«, schrie Mary Jane noch einmal.

William schloss kurz die Augen und öffnete sie wieder.

Mary verstand, dass er sagen wollte: Sei so gut!

Sie nickte.

»Ich komme gleich!«, rief Mary nach unten und konnte ihre Gereiztheit nicht verbergen. Sie schüttelte sich kurz und umarmte ihren Vater heftig.

»Ich bin froh, dass du da bist«, sagte sie.

»Schon gut, Mary.«

»So eine Ohnmacht kann verschiedene Ursachen haben. Herzstörungen. Kreislauf. Niedriger Blutdruck. Gefährliche Sachen im Kopf. Geschwülste und so. Du musst dich untersuchen lassen. Unbedingt.«

»Mach dir keine Sorgen, ich arbeite so viel, dass ich ab und zu einschlafe, das ist schon alles. Ach so. Und noch was. Na ja. Mary Jane & ich: Wir müssen dir etwas mitteilen.«

Doch in diesem Augenblick stürmte Marys Stiefschwester Jane die Treppen hoch, ins Zimmer hinein, sie rief: »Mary, du musst jetzt wirklich kommen!«

»Ja doch! Gleich!«

»Beeil dich!«

»Was wollt ihr mir sagen?«, fragte Mary ihren Vater.

»Wir reden heute Abend, ja?«

Mary nickte und folgte wortlos der Schwester.

»Mary!«, rief William ihr nach.

»Ja?«

»Schreibst du noch?«

»Tagebücher, Papa.«

»Geschichten?«

»Mir fehlen die Zahnräder.«

»Welche Zahnräder?«

»Wie Zahnräder ineinandergreifen, eins ins nächste, so müsste man schreiben. Ein Wort muss ins andere greifen, und am Schluss läuft alles wie von selbst. Vielleicht lern ich es noch.«

»Mary! Du weißt ja: Schreiben ist …«

»… mein Vermächtnis, jaja. Ich weiß, ich weiß.«

Mary lief hinunter, zu ihrer Stiefmutter Mary Jane, die im Hausflur wartete und blitzend schimpfte: dass sie nicht alles selber machen könne und Mary endlich vernünftig werden solle und man irgendwann mal an die Zukunft denken müsse, und für die Zukunft brauche man Geld, und das Geld liege in diesem Buchladen hier, nicht in Williams Büchern, und Angestellte könne man sich nicht wirklich leisten, also solle Mary endlich die verdammten Pakete auspacken.

Mary schaute sie an, ohne ein Wort.

Stiefmutter Mary Jane war eine Zumutung. Mamas Platz hatte sie sich gekrallt. Vater um den Finger gewickelt. Die geliebte Amme Marguerite gefeuert und alle Bediensteten ausgetauscht. Und jetzt sollte Mary Pakete auspacken? Mary wollte wie üblich eine schnippische Antwort geben, wollte die Tür knallen, abhauen, nur weg von dieser Frau. Da hielt sie mit einem Ruck inne, und sie wusste überhaupt nicht, woher diese Erinnerung jetzt kam, wie ein Riss, deutlich, klar.

Ihren ersten Toten sah Mary mit fünf Jahren. Das war lange her. Wieder klebte der Tod an seinem Gegenspieler Geburt. Stiefmutter Mary Jane war schwanger damals, die kleine Mary sah den Bauch wachsen. Eins lernte sie: Die Zeit verstreicht langsamer, wartet man auf ein Kind. Das Kind wurde im Haus geboren, Mary lauschte von oben, hörte Schmerzensschreie, wusste, die Schreie zählen zur Geburt dazu, auch ihre eigene Mutter wird geschrien haben damals, jede Mutter schreit, es muss ein riesiger Kopf durch eine winzige Öffnung, und wehe, der Kopf bleibt stecken auf dem Weg ans Licht.

Jane bibberte im Bett.

Mary hielt ihre Hand.

Unten, bei Mary Jane, schien alles gut zu gehen. Die Schreie wurden lauter, so, wie es sich gehörte, bis zur letzten Wehe. Das Kind selber schrie, zum Glück, ein kräftiges Kind, es schrie, ein gutes Zeichen, das wusste Mary, schreiende Kinder sind gesund.

Doch rasch kam die Stille, kurz nur, eine Spinnfadenstille. Mary hörte nichts mehr. Dann aber Hektik, Schritte, Rumpeln, Rufe. Da setzten die Schreie wieder ein. Nicht Kindesschreie, sondern Mutterschreie. Die neuen Schreie der Mutter klangen anders: verzweifelt und trostlos zugleich. Mary musste sich die Ohren zuhalten.

Als es ruhiger geworden war, schlichen die Schwestern auf Zehenspitzen nach unten, wollten zur Mutter, zur Stiefmutter. Betraten den Schlafraum, leise. Doch Mary Jane schlief nicht, sie hockte mit dem Kissen im Rücken im Bett. Ihr Gesicht war ausgewischt, sie sah durch die Mädchen hindurch, die Bettdecke gewölbt. Da schlug Mary Jane die Decke auf, Mary sah das tote Kind, eingewickelt in einen Schal, nur das blasse Gesichtchen lugte heraus, die spaltbreite Öffnung eines Lids, darunter schimmerte ein einzelner Augenschlitz, gelblich, leblos, ausgehaucht. Mary Janes Bauch war leer. Die fünfjährige Mary kletterte aufs Bett und umarmte die Stiefmutter. Jane tat es ihr gleich.

Mary überwand sich jetzt, hier, in der Buchhandlung, Aug in Aug mit Mary Jane, sie sprang über ihren Schatten, ließ allen Ärger schmelzen, wurde nicht patzig wie gewohnt, schluckte alles Aufmüpfige herunter, ich gewinne, dachte sie, ich gewinne gegen mich selbst, ich gebe nach, und schon sagte Mary mit leuchtendem Blick: »Mary Jane. Sag mir, was ich tun soll.«

Mary Jane entgegnete: »Du weißt doch, dass ich es nicht mag, wenn du mich ›Mary Jane‹ nennst.«

»Soll ich ›Mama‹ sagen?«

Mary Jane schaute misstrauisch.

»Wo sind die Pakete?«, fragte Mary.

»Da, wo sie immer sind.«

Jane hielt in der Buchhandlung drei Kundinnen in Schach. Jede von ihnen wedelte mit einem brandneuen Exemplar der *Schweizer Familie Robinson*, einem Bestseller, übersetzt von: Mary Jane Clairmont höchstpersönlich. Die Frauen wollten ein Autogramm. Die Stiefmutter trippelte zu ihnen und sprach in einer höheren Stimme als sonst.

Mary griff zu einem Messer, schlitzte die Pakete auf, die in der Ecke standen, holte die neuen Kinderbücher heraus und reichte sie Jane. Und dann war es wieder da. Mit einem Schlag. Dieses Jucken an Händen und Armen, das sie seit Wochen heimsuchte. Mary bekam einen regelrechten Kratzanfall, hätte sich am liebsten die Haut abgerissen in der Skinner Street, hielt es nicht mehr aus, knöpfte die Bluse auf, warf sie von sich, auf Händen und Armen glühten tiefrote Ekzeme, schlimmer als je zuvor, Wunden auch: vom Kratzen. Die pikierten Kundinnen verließen den Laden.

»Hör endlich auf, dich zu kratzen!«, rief Mary Jane.

Mary konnte nicht aufhören. Es juckte schlimmer, je stärker sie kratzte. Da griff Jane ein, stellte sich hinter Mary, umklammerte sie mit aller Kraft, und Mary schrie, versuchte sich selbst zu beißen, ehe auch Mary Jane zu ihr trat und sie an den Schultern packte. Ihre Stiefmutter sagte: »Genau deshalb schicken wir dich weg!«

Mary hörte auf zu zappeln.

»Ihr schickt mich weg?«, fragte sie, als hätte ihr jemand eine Ohrfeige gegeben.

»Du wirst auf ein Internat gehen. Direkt am Meer. Wegen deiner Haut, Mary. Und weil ich nicht mehr kann. Ich bin am Ende. Deine ewigen Widerworte. Deine Frechheiten.«

»Wohin schickt ihr mich?«

»Nach Ramsgate. Am liebsten schon morgen.«

Mary riss sich los. Sie blickte an sich herab. Stand dort im Korsett. Bückte sich, nahm das Messer, schnitt das Korsett auf, von unten nach oben, warf es von sich, das Unterhemd hinterher, hob die Bluse auf und bedeckte ihren bloßen Oberkörper.

»Und ich?«, rief Jane in ihrem Rücken. »Was ist mit mir?«

»Du bleibst«, sagte Janes Mutter. »Du bleibst hier.«

Jane stürmte wütend an ihr vorbei, polterte die Treppe hoch. Mary knöpfte die Bluse zu und ging zur Ladentür.

»Deine Brust«, rief Mary Jane. »Man sieht sie durch den Stoff.«

Mary nahm die Klinke in die Hand. Ehe sie durch die Tür trat, drehte sie sich noch einmal um und sagte: »Leb wohl, *Mama*!«

Dann ging sie los.

Langsam, behutsam ging sie, Schritt für Schritt, zwei Kilometer, zurück zum Grab ihrer Mutter. Man starrte sie an unterwegs, doch es störte sie nicht. Der Juckreiz legte sich, hier, an der frischen Luft. Mary erreichte den Friedhof, folgte dem Weg, setzte sich. Wie immer steckte sie ihre Hände in die Erde, tief hinein, und sie ließ die Hände dort drinnen, dicht bei Mutter, schloss die Augen, erzählte Mutter alles, was geschehen war. Währenddessen wurde sie nicht müde, in der Erde zu wühlen, als suche sie etwas, Knochen vielleicht oder eine Seele. Die Arme krochen tiefer ins Erdreich, bis zu den Ellbogen schon, endlich hielt Mary inne. Sie hatte es gefunden und zog es langsam ans Licht, vorsichtig, sachte, um es nicht zu beschädigen: ein Buch. Sie blies die Erde vom Einband. *A Vindication of the Rights of Woman.* Ihr eigenes Exemplar. Sie hatte es vor Wochen in die Tiefe geschoben. Jetzt lag es in ihrer Hand, kalt und feucht, aber unbeschädigt, sie öffnete das Buch, ließ es mit dem Daumen flirren, ihre Miene hellte sich auf: Überall zwischen den Seiten steckten schwarze Krümel. »Muttererde«, sagte Mary. »Ich fahre fort, Mama. Zum ersten Mal. Aber ich habe nicht vor, dich hierzulassen. Gemeinsam können wir gegen Gott gewinnen.« Mary steckte das Buch unter ihre Bluse, kalt am nackten Bauch, dann presste sie die Arme an die Seiten und legte sich mit der Brust flach aufs Grab, Spiegelkörper der Mutter, Beine über Gebeinen, Brust über Rippen und zwischen den Nabeln das Buch. Mary holte tief Luft, presste ihr Gesicht in die Erde und murmelte: »Hier bin ich!« Sehen konnte sie nichts.

Ramsgate School & Broughty Ferry

Die Einsamkeit währte ein halbes Jahr. Im Internat gab es keine Menschen, die Mary entflammt hätten. Die Jungen lernten Latein, Mathematik und Geschichte. Die Mädchen dagegen Stricken, Gutaussehen und Artigkeit. Marys Mutter hatte ihr Leben lang genau dagegen gekämpft. Gegen die Versklavung der Seele der Frau. Und gegen die Unwissenheit. Auch Marys Vater verachtete solche Schulen. Warum war Mary dann hier? Natürlich: wegen ihrer Stiefmutter. Mary vermisste den Vater, seine Struktur, seinen Rhythmus, alle Tage verliefen gleich bei ihm: fünf Stunden schreiben, zwei Stunden studieren, eine Stunde Spaziergang, den Kindern vorlesen, dazwischen essen. Alles, was Vater sagte, ergab einen Sinn. In Ramsgate ahmte Mary ihren Vater nach, sie teilte ihren Tag minutiös ein, stand früh auf, las vor und nach der Schule so viele Bücher wie möglich und lernte sogar für sich selbst ein wenig Latein und Mathematik.

Auch ohne Grab hörte Mary nicht auf, sich zur Mutter zu lesen, und kam ihr immer näher, je mehr sie verstand und erfuhr über ihr Leben. Nach beinah sechs Ramsgate-Monaten ging Mary an einem regnerischen Sonntag allein über den Strand. Sie stellte sich in aller Ausführlichkeit den Selbstmordversuch ihrer Mutter vor. Sie folgte Mutter in Gedanken Schritt für Schritt durch den Regen ins Wasser. Das war in der Zeit vor William Godwin gewesen. Marys Mutter hatte damals genug gehabt vom

Leben mit Fannys Vater Gilbert. Sie war einfach zur Putney Bridge gelaufen, hatte keine Sekunde gezögert und sich übers Geländer geschwungen, hinab ins Wasser. Diese Entschlossenheit nahm Mary den Atem. Nie würde sie selber den Mut finden zu solch einer Tat. Befreiung musste aber nicht bedeuten, endgültig Schluss zu machen. Befreiung könnte auch heißen: Schluss zu machen mit untragbaren Zuständen. Was läge näher als die Flucht aus diesem lächerlichen Internat? Endlich raus hier! Fort von den störrischen Feriengästen, die des Sonntags über den Strand promenierten oder auf den Sands lagen und das bisschen Sonne vom Himmel stahlen. Mary hatte genug nach diesen sechs Monaten. Warum war sie überhaupt so lange geblieben? Ihr fehlte die Entschlossenheit der Mutter. Bei ihr gab es kein Schnurstracks, nein, sie musste Anlauf nehmen, mühevoll, Kraft sammeln. Sie rannte in ihrem Zimmerchen auf und ab und klopfte gegen Wände, öffnete Fenster, malte sich aus, wie es wäre, einfach so, mir nichts, dir nichts: durchzubrennen.

Und dann, es war ein Mittwoch, erwachte Mary mit einem ihr unerklärlichen Lachanfall, weil plötzlich ihre Pantöffelchen so lächerlich sinnlos nebeneinanderstanden vor dem Bett, und Mary verließ das Internat kichernd, lief ins Städtchen, stieg grinsend in eine Kutsche, das Geld, sagte sie dem Fahrer, werde am Ziel ausgezahlt, und dann tat sie endlich das, was sie eigentlich seit ihrem ersten Tag hier tun wollte: abhauen. Wohin? Nach Hause. Zurück in London, rief sie ihrem Vater zu: »Ich gehe da nie wieder hin!« Mit aller Kraft knallte sie die schwere Tür zu ihrem Zimmer. Die Entscheidung ihrer Eltern darüber, wie die ungeheuerliche Rebellin zu bestrafen sei, wurde vertagt: Für den Abend waren Gäste eingeladen.

In den letzten sechs Monaten hatte Marys Stiefmutter reichlich Geld ausgegeben: für ihre leibliche Tochter. Jane hatte Gesangsunterricht bekommen und rasante Fortschritte gemacht, sowohl im Singen als auch bei den Posen, die das Singen begleiteten: das galante Strecken der Arme von ihrem Körper, einer Ballerina gleich, mit geöffneten Handflächen, das Schließen der Augen, wenn sie eine besonders ergreifende Stelle vortragen musste, das übertriebene Öffnen und Runden des Mundes sowie der kokette Griff unter ihre Brust, wenn von Herz oder Liebe die Rede war. Wann immer Gäste in die Skinner Street kamen, musste Jane nun Kostproben ihrer Kunst zum Besten geben, und ihre Stimme ließ alle verstummen.

Und Marys Augen wurden groß: Schwester Jane war fraulicher geworden, stand aufrecht dort, streckte das Kinn heraus, trällerte ein paar Tonleiter-Übungen, um die Stimme auf Temperatur zu bringen, hüstelte, indem sie die behandschuhte Linke vornehm vom Flügel löste und den Handrücken an die Lippen legte, ja, sie gockelte sogar ein wenig, ehe sie endlich loslegte. Ein Lied nach dem andern. Die Gäste strahlten. Ein junger Mann begleitete sie am Klavier. Alle applaudierten. Und Mary spürte den schmerzhaften Biss der Eifersucht.

Dann blickte sie zu Fanny. Der Geist schien noch durchsichtiger zu sein als ohnehin, verschmolzen mit dem Sessel, ganz hinten, an der Wand, in einer Art Betäubung, Starre, Lebenslähmung. Etwas stimmte nicht mit Fanny. Während die Gäste Jane applaudierten, stand Mary auf, ging ohne einen Blick an Jane vorbei zu Fanny und fragte: »Was ist los, Fanny?«

Fanny war weit weg, in einem inneren Land. Mary musste ihre Schwester kurz bei den Schultern fassen.

»Fanny? Alles in Ordnung? Wo warst du gerade?«

Der Geist schüttelte die Augen und verließ den Raum. In den

kommenden Tagen merkte Mary: Fanny hatte sich in sich selbst zurückgezogen wie in ein Schneckenhaus.

Doch Mary hatte genug eigene Schwierigkeiten zu lösen. Am nächsten Morgen wurde sie einbestellt von Mary Jane und ihrem Vater. Das letzte halbe Jahr ohne Mary war für die Stiefmutter eine wahre Wonne gewesen. Die Vorstellung, dass Mary jetzt wieder hierbliebe, schien ihr nicht zu gefallen. Sie pochte auf eine rasche Lösung. Marys Vater saß zwischen den Stühlen.

»Du musst gesund werden«, sagte William zu Mary, deren Haut in dem halben Jahr nicht besser geworden war. »Ich kenne einen guten Platz für dich.«

»Schickst du mich wieder weg?«

»Muss ich«, sagte William und schaute zu Mary Jane, die Mary nicht aus den Augen ließ, als betrachte sie ein gefährliches Insekt.

»Dann schick mich irgendwohin, wo Menschen sind, von denen ich etwas lernen kann.«

»Mir kam eine gute Idee«, sagte ihr Vater. »Hab ich dir schon mal von den Baxters erzählt?«

Im Juni 1812 stieg Mary an Deck der Osnaburgh. In den Norden sollte es gehen, in ein geheimnisvolles, sagenumwobenes Land, in dem keiner eine Brücke braucht, weil alle durchs Wasser waten mit nackten Hornhautfüßen, in ein Land, das sich nach erbittertem Kampf erst kürzlich den Engländern unterworfen hatte, in ein Land, durch das mit Ingrimm und knirschenden Zähnen immer noch Widerstandskämpfer streiften, voll Hass auf die englische Krone. Widerstandskämpfer, dachte Mary, das klang verheißungsvoll, und wenn sie schon verschwinden musste, so wollte sie dorthin: nach Schottland. Für wie lange? Ein paar Monate? Wohin genau? Nach Broughty Ferry, nah bei Dundee und dem River Tay.

William, Fanny & Jane führten Mary aufs Schiff. Mary hielt sich an der Reling fest. Ihr war jetzt schon übel, obwohl das Schiff noch gar nicht abgelegt hatte, sondern nur an der Kaimauer schaukelte. Noch hatten sie ein wenig Zeit.

»Ich glaube, ich muss brechen, Vater.«

»Willst du noch was essen?«

»Hunger habe ich keinen, obwohl mein Bauch leer ist.«

»Hast du alles dabei? Die Tasche?«

»Ja.«

»Mit dem Proviant?«

»Jaha.«

»Das Gepäck wird geliefert.«

»Weiß ich doch.«

»Geh am besten unter Deck. Oben wird es zugig.«

»Ja, Vater.«

»Hier hast du noch Geld.«

»Du sagst doch immer, Reichtum ist schlecht, oder nicht?«

Vater schaute sie an, erstaunt.

»Du verurteilst jede Anhäufung von Eigentum?«

»Ich …«

»Du wünschst dir eine gerechte Verteilung?«

»Das stimmt.«

»Warum, Papa?«

William, von der Frage entzündet, sagte laut: »Was will ein Mensch mit hundertmal mehr Essen, als er essen kann, und hundertmal mehr Kleider, als er tragen kann?«

»Also sollte man von seinem Reichtum etwas abgeben?«

»Nein«, sagte William, der diese Gespräche mit Mary mochte, egal wann, auch kurz vor einem solchen Abschied. »Ich hasse die sogenannte Güte der Reichen, ich hasse die Almosen. Almosen sind nichts als billiger Sand, gestreut in die Augen der Ausgenutzten. Sie verfestigen die Ungleichheit. Die Menschen sind versessen auf Ungleichheit. Jeder will anders sein als der Nachbar. Schöner, klüger, wohlhabender. Jeder sucht Abstand zum anderen. Das ist seine Natur. Würde man den ganzen Besitz gerecht verteilen, würde am nächsten Tag das Streben nach Ungleichheit von Neuem beginnen. Der Mensch ist ein gieriges Tier. Er will immer mehr.«

»Eins muss ich dir jetzt sagen, Vater!«

»Und was?«

»Ohne die menschliche Gier nach Besitz gäbe es mich nicht.«

»Gäbe es dich nicht?«

»Ich habe viel gelesen in Ramsgate«, sagte Mary.

»Gut.«

»Kennst du die Royal Humane Society? 1774 gegründet. Als Society for the Recovery of Persons Apparently Drowned. Es geht um scheinbar Ertrunkene.«

»Worauf willst du hinaus?«, fragte William.

»Zwei Ärzte namens Hawes und Cogan haben neue Methoden entwickelt, scheinbar Ertrunkene zu retten.«

»Weiß ich.«

»Durch Wiederbelebung. Auch wenn man denkt, sie sind tot, drückt man ihre Herzen, atmet in ihre Münder und manchmal sogar in die Nase und stellt alle möglichen Sachen an, und dann spucken die scheinbar Ertrunkenen Wasser aus und atmen wieder. Ein Hoch auf die Wissenschaft! Vom Tod zurück ins Leben!«

William runzelte die Stirn.

»Pass auf, Papa: Die Society for the Recovery of Persons Apparently Drowned ist ein großzügiger Verein: Wann immer jemand einen Menschen aus dem Wasser zieht und vor dem sicheren Tod rettet, bekommt er von der Gesellschaft Geld.«

»Ist das so?«

»Das bringt uns zurück zum Streben nach Besitz. Papa, du hast recht. Der Mensch fragt sich: Wie komme ich zu Geld? Es ist klar: Wenn ich Geld bekomme für Brot, muss ich Brot backen. Wenn ich Geld bekomme für die Rettung scheinbar Ertrunkener, muss ich scheinbar Ertrunkene aus dem Wasser fischen, oder etwa nicht?«

Ahnte ihr Vater, worauf sie hinauswollte?

»Kennst du Albert und Kostner?«, fragte Mary, und sie erfand die Namen in der Sekunde des Aussprechens, einfach, weil Namen besser klangen als der anonyme Ausdruck: zwei Männer.

Der Vater schüttelte den Kopf.

»Die hatten eine geniale Geschäftsidee. Albert und Kostner sagten sich: Es ist doch vollkommen unwahrscheinlich, dass man zufällig einen scheinbar Ertrunkenen aus dem Wasser zieht. Besser wäre doch, man würde gezielt nach scheinbar Ertrunkenen suchen. Und wo würde es die meisten scheinbar Ertrunkenen geben? Na, unter den Brücken der Selbstmörder! Da, wo die Menschen ins Wasser springen! Dort wird aus Zufall Wahrscheinlichkeit.«

»Mary.«

»Und so setzten sich die Männer mit ihrem Ruderboot nachts in die Schatten der Uferbüsche jenseits der Putney Bridge und warteten aufs Platschen. Warum? Weil sie Geld machen wollten. Und zufällig auch in jener Nacht, da meine spätere Mutter von der Putney Bridge ins Wasser sprang. Sie fischten Mutter aus dem Wasser, retteten ihr Leben. Was bedeutet: Ohne Gier nach Besitz gäbe es mich nicht, Papa. Mama wäre ertrunken. Du hättest Mama nie kennengelernt. Alles Spätere wäre nie passiert.«

»Was willst du mir denn damit sagen?«

»Ich weiß nicht. Aber jetzt müsst ihr von Bord, sonst fahrt ihr noch mit.«

Schon nach wenigen Meilen wurde Mary speiübel. Die Wellen, das Schaukeln, der leere Magen. Nie wieder reisen, dachte sie, nie wieder Schiffe, nur noch ankommen und sich ins Bett legen. Mary konnte nichts tun, sie konnte nicht lesen, wie sie gehofft hatte, nicht schreiben, nicht mal auf und ab gehen, nur liegen konnte sie, auf einer Couch unter Deck, die ein junger Mann ihr freundlicherweise freiräumte. Sie schloss die Augen. Die nackte Zeit verließ ihre Deckung und zeigte ihre hässliche Fratze. Mary wollte die Zeit wieder dorthin schicken, wo sie hingehörte, ins Verborgene. Sie musste sich ablenken. Ihr Körper war erschöpft, ihre Atmung schwach, die Augen hielt sie geschlossen gegen den Schwindel: Mary blieb nichts als der Sprung ins Dösen. Das konnte sie gut. Im Dösen sprechen. Am besten mit Mutter. Auch ohne Grab.

»Mama? Was ist wichtiger fürs Schreiben? Fantasie? Spontaneität? Oder, wie Papa sagt: Struktur? Eleganz? Vernunft?«

»Du musst es ausprobieren, Mary!«

»Jetzt sag schon! Was ist am wichtigsten?«

»Geduld.«

Ihre Mutter lächelte.

Im Landhaus der Baxters fegte der Trubel des Willkommens über Mary hinweg. Die Töchter standen da, das gesamte Personal, die Eltern. Es war gekocht worden. Seltsam pfeffrige, schwere Essensschwaden hingen in der Luft. Alle streckten der erschöpften Mary die Hände hin.

»Victoria hat für Sie unser Nationalgericht gekocht«, sagte Mrs Baxter. »Kennen Sie das, Miss Mary?«

Mary schüttelte den Kopf.

»Das heißt Haggis! Nie gehört?«

Mary schüttelte noch einmal den Kopf.

»Eine Spezialität hier! Der Magen eines Schafs, gefüllt mit

Herz, Leber, Lunge und ordentlich Nierenfett, Zwiebeln, Mehl und sehr viel Pfeffer.«

Ein Schwall Erbrochenes klatschte zu Boden.

Mary schlief im Zimmer von Isabella, ein wildes Mädchen von sechzehn Jahren, etwas größer und älter als Mary, stets atemlos, mit schwarzen Haaren, einer kecken Stirn, roten Wangen und einer glühenden Entschlossenheit in den Augen. Isabella sprang und hüpfte genauso gern wie Jane. Ja, dachte Mary sofort, sie ist meine schottische Jane, nur umgekehrt: In Schottland bin ich die kleine Schwester. Und Mary lernte viel. Vor allen Dingen: dass sie kein Mädchen mehr war. Verblüffend offen sprach Isabella über innere Regungen. Sie war ein Jahr voraus und kannte alles ganz genau, was mit Mary geschah, sie erklärte ihr die Befangenheit, das leichte Schwindelgefühl angesichts eines gut aussehenden jungen Mannes, der sie anlächelte. Vor dem Schlafen lagen Isabella & Mary in ihren Betten und redeten und redeten.

»Kennst du die Geschichte von der Frau als ganzer Hand?«, fragte Isabella irgendwann.

Mary schüttelte den Kopf.

»Wozu hat die Frau einen Daumen?«, sagte Isabella. »Der Daumen einer Frau ist dazu da, gereckt zu werden. Der gereckte Daumen heißt: Thumbs up! Heißt: Alles gut, alles in Ordnung. Egal, was passiert, wir Frauen recken unerschütterlich unsere Daumen, wir sagen: Gut, gut! Es ist alles gut! Und wenn's das Schlimmste ist und wenn es uns wehtut, wir beißen immer die Zähne zusammen, wir halten durch, wir Frauen machen stets gute Miene zum bösen Spiel. Warum? Weil wir's müssen. Weil wir zu allem Ja und Amen sagen, Mary.«

»Weißt du«, sagte Mary, »dass vor zwanzig Jahren zum ersten Mal ein Gesetz erlassen wurde, um Frauen in der Ehe zu beschützen? Da stand drin: Es ist dem Ehemann verboten, die Ehefrau zu schlagen ...«

»Ehrlich?«

»Warte ab, Isabella! Der Wortlaut heißt: Es ist dem Ehemann verboten, seine Ehefrau zu schlagen – mit einem Stock, der dicker ist als ein Daumen!«

»Gesetze werden von Männern geschrieben.«

»Erzähl weiter, bitte. Was ist mit den anderen Fingern?«

»Der kleine Finger ist der Finger der zuckersüßen Züchtigkeit, der Finger des Anstands, der Konvention, der Etikette, der kleine Finger, der sich von der Teetasse spreizt und allen zeigt und sagt: Ich bin ein gut erzogener Frauenfinger, ich füge mich allen Gepflogenheiten, ich kenne alle Manieren und tue, was man von mir verlangt, ich sehe aus, wie ich auszusehen habe, und ich benehme mich, wie ich mich zu benehmen habe. Der Daumen ist der Finger des Erduldens. Der kleine Finger ist der Finger der Artigkeit.«

»Und der Ringfinger?«

»Ist doch klar. Der Ringfinger ist der Finger der Gefangenschaft. Mit dem Ehering werden die Frauen an die Männer gekettet. Sie gehören ihnen. Durch die Ehe. Mit allem, was sie sind und haben. Das Eigentum des Mannes. Auch die Kinder gehören dem Mann. Der Ring, Mary, ist der Eisenring im Château d'If oder in der Bastille: Ehe ist Kerker.«

»Mama würde das gefallen.«

»Ich liebe das Buch deiner Mutter«, sagte Isabella.

»Und der Zeigefinger?«

»Ist der Finger der Mahnung. Der erhobene Zeigefinger, mit dem alle Frauen ihre eigenen Töchter ermahnen, genau das zu tun, was sie selber tun, genau das zu werden, was sie selber sind!

Der Zeigefinger ist der Finger des selbst auferlegten Zwangs, der sich immer weitervererbt, von Frau zu Frau. Im Grunde ist der Zeigefinger ein Zeichen für die Selbstaufgabe, für die Resignation, ein Zeichen: Es wird immer so weitergehen. Der Zeigefinger ärgert mich am meisten, weißt du? Wenn Frauen ihn heben, werden sie zu Komplizinnen der Männer, zu ihren Handlangern: Der Zeigefinger ist der Finger der Verfestigung.«

»Ich mag dich, Isabella. Sehr sogar.«

»Der Mittelfinger, Mary, ist der einzige Finger, der uns Frauen allein gehört. Der Finger, mit dem wir machen können, was wir wollen! Der Finger, der uns aufatmen lässt. Durch den Mittelfinger sind wir ganz bei uns. In unserer eigenen Mitte. Der Mittelfinger ist der Finger der Freiheit! Er sucht seinen Weg. Der Mittelfinger übernimmt die Führung. Wenn er Feuer fängt, steckt er alle anderen an, reißt die anderen Finger aus ihren Rollen, der Mittelfinger sorgt dafür, dass wir endlich sein können, wer wir sind: eine ganze, eine freie Hand.«

»Ich weiß«, flüsterte Mary. »Mir geht es genauso. Der Mittelfinger ist der Finger des Schreibens. Ohne Mittelfinger kann ich den Bleistift nicht halten. Nur wenn ich schreibe, Isabella, bin ich bei mir selbst. Nur wenn ich schreibe, bin ich die Frau, die ich bin, und nicht die Frau, die ich sein soll. Nur das Schreiben bringt Dinge ans Licht, die ich selber nicht kenne. Die tiefer gehen als alles andere. Bilder, schrecklich und schaurig und abgrundtief wahr. Der Mittelfinger hält den Stift, und der Stift hält mich selbst. Ich verstehe dich! Willst du mir verraten, worüber du schreibst?«

»Es ist schon spät«, sagte Isabella und hustete, ehe sie auffällig lange gähnte und ihre strahlend weißen Zähne zeigte. »Komm, lass uns schlafen.«

Die schottische Landschaft wirkte eintönig, bleich und kalt auf Mary. Die baumlosen Hügel in der Nähe boten nichts, woran ihr Blick sich hätte klammern können. Die Welt dort draußen leuchtete seltsam leer. Dennoch oder vielleicht gerade deshalb wurde Marys Fantasie auf verwirrende Weise entzündet: Der ewige schottische Wind wirbelte Ideen und Bilder in ihr auf, lebendiger als alle Träume zuvor. Mary durchlebte eine tiefgreifende Veränderung des Eigenen: Nicht nur ihr Körper bahnte sich neue Wege, auch ihre Sicht auf Welt und Menschen und ihre Vorstellungskraft.

Ganz zu Beginn ihres Schottland-Aufenthalts trat Mary auf die oberste Terrasse der Baxter-Gärten und erkannte die Mündung des River Tay. Die Aussicht war fantastisch. Der Wind blies an diesem Tag besonders stark. Mary lehnte sich gegen ihn und schob sich voran. Das frische Wehen war wie ein Wasserbad für ihren Geist. Baxters Landhaus stand auf einem Hügel. Die terrassierten Gärten führten nach unten. Je weiter Mary kam, umso mehr Bäume wuchsen ihr zu, immer tiefer beugten sie sich über sie, von beiden Seiten, als wollten sie beratschlagen, was jetzt mit der jungen Dame geschehen solle. Da entdeckte Mary zwischen den Bäumen einen Pfad, der steil bergab führte. Sie drehte sich um. Sie war allein. Sie hatte das Gefühl, etwas Verbotenes zu tun. Das reizte sie. Mary tastete sich langsam den rutschigen Pfad hinab, erregt, neugierig, von irgendetwas magisch angezogen, sie schlug sich durchs Gestrüpp, griff nach Ästen, rutschte ein ums andere Mal beinah aus.

Als sie unten ankam, erschrak sie: Im Dämmerlicht lag ein Friedhof. Mary schüttelte den Kopf. Auch hier? Das konnte kein Zufall sein. Uralt schien der Friedhof, mit verwunschenen Grabsteinen, verwitterten Kreuzen und gälischen Inschriften, die Mary nicht verstand. Sie schlich leise und eingeschüchtert über den Friedhof, der viel düsterer wirkte als der Friedhof in Saint Pancras: Dichte Wipfel verweigerten der Sonne den Zutritt, Gras und Unkraut bedeckten Gräber und Wege, und all die Menschen, die hier hätten jäten sollen, waren wohl selber schon tot.

Mary hielt inne. Sie drehte sich einmal im Kreis. Wie oft hatte sie in Saint Pancras am Grab gesessen? Und ihre Mutter herausgezogen? Zu sich selbst? Ihre Stimme? Ihre Worte? Und jetzt, wo Mutter nicht da war? Könnte sie nicht auch andere Menschen aus ihren Gräbern befreien? Ganz und gar Fremde? Sofort schloss sie die Augen vor dem Grab, vor dem sie gerade stand, ein Edward Johnson lag dort, und Mary tauchte ab und reichte dem Toten die Hand, sie zog ihn zu sich, halb aus dem Grab, halb aus sich selbst, schon stand er vor ihr, verblüffend klar mit seinem verfilzten Bart und den schweißnassen Haaren, keine sympathische Gestalt, aber ein Mann aus Fleisch und Blut. Erst als Mary die Augen aufschlug, löste sich Edward Johnson in Luft auf. Es war klar: Mary musste ihre Augen länger geschlossen halten, wollte sie die neuen Menschen genauer betrachten, mit ihnen sprechen vielleicht. Und so schritt Mary weiter an den Gräbern vorbei in ihren Schottland-Monaten, und erweckte nach und nach die Menschen, die dort lagen, eine Leiche nach der anderen erblickte das Licht ihrer Fantasie, Männer oder Frauen erhoben sich aus der Erde, und alle schauten mit anderen Augen, jeder hatte sein eigenes Gesicht und seine eigene Geschichte, Schönes und weniger Schönes, Bekanntes und weniger Bekanntes, und Mary füllte die leere Landschaft um sie her mit eigenartigen Gestalten. Sie wuchsen viel klarer und deutlicher in sie hinein und aus ihr heraus als je zuvor.

Doch die neuen Geschöpfe, so lebendig sie waren, sprachen nur zu Mary allein. Für alle anderen blieben sie stumm. Damit sie ihren Weg in die Welt fänden, gab es nur eine Möglichkeit:

Mary musste die Menschen zu Papier bringen. Nur wenn sie das schaffte, würden auch ihr Vater & Jane & Fanny sehen können, was sie selbst so deutlich vor sich sah. An ihrem schottischen Schreibtisch saß Mary. Die neuen Gestalten strömten und schwebten durch sie hindurch. Das Aussehen: war da. Was sie taten: war da. Ihre Berufe: waren da. Ihre Verbrechen: waren da. Ihre Beziehungen: waren da. Alles lag vor Mary, in Gesichtern, in Geschichten. Das Schreiben konnte beginnen. Mary suchte im Schreiben eine Heimat in der Ferne, eine Verbindung zu Vater und Mutter, stillschreibend wollte sie deren Nicken ernten, ihre wohlwollenden Blicke. Und Mary schob die kühle Spitze des Bleistifts zwischen die Lippen, als wolle sie auch ihm Atem einhauchen, jenem seltsamen Gebilde aus Graphit, Ton und Wasser. Sie bekam kaum Luft bei den ersten Worten, verschluckte sich, drückte den Stift zu stark, die Spitze brach ab, Mary schnitzte wie wild, und dann schrieb sie endlich, schrieb, segelte volle Kraft voraus zu den Gestalten, die aus den Gräbern erstanden waren. Mary schaute ihnen zu, bei dem, was sie taten, durch die Buchstaben hindurch.

In Marys Handschrift lagen Angst und Glück zugleich. Das kleine »d« endete mit überschäumendem Schnörkel, in dem die Freude steckte, schreiben zu dürfen, ihre schiere Lust aufs nächste Wort; der lange Strich vom »t« bildete ein Dach für die anderen Buchstaben; gab es zwei »t« in einem Wort, so verband Mary sie zu einem einzigen Unterschlupf, um den anderen Buchstaben Schutz zu bieten und sich selbst gleich dazu.

Endlich hörte sie auf. Schloss kurz die Augen, ehe sie las, nein, trank, was sie geschrieben hatte. Der Schmerz war allumfassend. Die Enttäuschung ein Schlag. Ihr Text: schauderhaft. Er besaß nicht ansatzweise die Kraft dessen, was sie zuvor gesehen hatte. Die Sätze wurden den inneren Bildern in keinster Weise gerecht.

Die Kluft: exorbitant. Mary lief zur Kerze und fackelte die Seiten ab, warf sie zu Boden, trat auf die Asche, die sich wie unter Schmerzen krümmte. So nicht. Nein. So ging es nicht.

Doch Marys Wunsch zu schreiben reichte tiefer als alles andere. Sie machte nach jedem Scheitern eine Pause, begann aber stets einen neuen Versuch. Sie schrieb. Scheitere. Schrieb. Scheiterte. Sie schrieb, auch wenn das Scheitern jedes Mal ein Schock für sie war. Die Abstände zwischen den Versuchen wuchsen. Mary brauchte mehr Zeit zur Erholung. Und sie wusste nicht, ob es ihr je gelingen würde: diese Perfektion, die sie suchte, um einen Gleichklang zu erzeugen zwischen Bild und Wort. Ich gebe nicht auf, dachte Mary und blickte auf das Blatt, das vor ihr lag und auf dem sie alles Geschriebene durchgestrichen hatte. Ich gebe nicht auf!, dachte Mary. So schnell gebe ich nicht auf! Sie schaute noch ein allerletztes Mal auf das Blatt. Und kurz hatte sie das Gefühl, die Buchstaben duckten sich hinter die Striche und zitterten.

Auch Jane veränderte sich, streifte ihre kindliche Haut ab und wuchs in einen Frauenkörper hinein. Während Marys Zeit in Ramsgate hatten Jane & Fanny Vorlesungen gehört über Shakespeare & Milton: Coleridge sprach jeden Montag und Donnerstag in der Londoner Philosophischen Gesellschaft; während Mary in Schottland mit Isabella über Liebe sprach, besuchte Jane die Boarding School in Walham Green, ganz in der Nähe, sodass sie an den Wochenenden zurückkehren konnte zur Familie; während Mary ihre Gestalten und Gespinste vergeblich ins Papier zu zwingen versuchte, stürzte Jane sich in Gesang und Theater. Und sie wollte die Zuschauer und Zuhörer umwerfen. Ihr Ansporn war die Anerkennung und der Jubel in den Mienen der anderen. Je öfter sie an den Abenden für ein ausgesuchtes

Publikum sang, umso aufbrandender schien ihr der Applaus. Und je aufbrandender der Applaus, umso schöner und wertvoller fühlte sie sich.

Für den Erfolg musste Jane üben. Das passte ihr nicht, denn tief in ihr steckte seit jeher eine seltsame Trägheit. Jane hätte am liebsten alles gekonnt, aber eben auf Anhieb. Doch irgendwann musste sie sich eingestehen, dass sie nur besser wurde, wenn sie probte. Ihr Musiklehrer hatte ihr einmal diese Anekdote erzählt von einem berühmten Pianisten, Jane hatte den Namen vergessen, jedenfalls sagte der Pianist: Wenn ich einen Tag nicht übe, merke ich es selbst; wenn ich zwei Tage nicht übe, merkt es meine Frau; wenn ich drei Tage nicht übe, merkt es mein Publikum; und wenn ich einen ganzen Monat nicht übe, merken es auch die Kritiker. Jane fügte sich in die Routine. Beim Singen rutschte sie die Tonleitern hinauf und hinunter, machte Mundverrenkungen, lernte abstruse Atemtechniken; und beim Theaterspielen probierte sie Stimmlagen aus, Mimik, Körperbeherrschung, Einfühlung und so weiter.

Dennoch: Das Üben langweilte sie nach wie vor. Und eines Tages bat Jane den Geist, sich beim Üben zu ihr zu setzen. So hätte sie immerhin *eine* Zuschauerin und das Üben gliche einer Aufführung en miniature. Fanny freute sich. Sie schaute zu, aufrecht, den Blick zu Jane gerichtet, während Jane sich Neues aneignete oder Bekanntes einschleifte. Am Ende des Übens gab es eine Zugabe, nur für Fanny, weil Jane wusste, wie sehr sie es mochte: Jane öffnete das Fenster im fünften Stock der Skinner Street und ahmte ein Vögelchen nach, sie horchte, ob eines ihr antwortete, tirilierte eine Weile weiter, ehe aus dem Tirilieren ein Singen erwuchs, aber ein Singen ohne Netz und Noten, ohne Text und Geländer, freihändig, freimündig sang Jane drauflos, alles, was ihr in den Sinn kam, oft ohne Worte, ein bloßes

Summen von Vokal-Lauten, und auch bei der Melodie ließ Jane die Zügel schießen und tat, was sie am besten konnte, sie hüpfte und sprang und setzte absichtslos zusammen: bekannte Melodiefetzen und neue, die im Augenblick geboren wurden. Während sie so sang, träumte Jane von einem Leben auf dem Land, mit einem Mann, einem jungen, schönen Mann, vorzugsweise einem Dichter, wenn möglich ein berühmter Dichter, einer nur für sie, einer, der ihr jeden Tag Texte schrieb und zu ihren Füßen saß und tränenüberströmt lauschte, wie Jane seine frisch gebackenen Texte in ihre Stimme kleidete. Doch immer wenn Jane aus ihrer Träumerei zu sich kam, blickte sie aus dem Fenster in die Wirklichkeit: die alten Dächer, die schmuddelige Straße, die Höhen von Hampstead, der Snow Hill, das Old Bailey, die Geschäfte dort unten, die Menschen, so klein vom fünften Stock. Jane drehte sich um. Da saß Fanny. Der Geist applaudierte ihr leise und voll sorgsamer Inbrunst.

Liebste Mary, endlich ist was passiert! Nach Monaten der Öde ohne dich! Es gibt einen Mann in meinem Leben: schreibt dir deine Schwester Jane. Zuck jetzt nicht zusammen, weil ich jünger bin und du selber noch keinen hast. Oder hast du einen, in Schottland, und sagst es mir nicht? Wir zwei, du und ich, wir sind verknüpft durch ein Band, ich nenn es: Gönnerneid. Ich schreibe stets, wie mir das Herz durchs Zünglein hüpft, sonst sind die Worte nichts als Kritzelkratzel. Jetzt absatzlos zum Mann: Leider finde ich nicht den Mut, mich ihm zu offenbaren. Ich bin, man nennt es wohl, verliebt. Oder besser: hoffnungslos verfallen.

Kennst du das? Mensch, Mary, unsere Zeit ist gekommen. Wir sind schon alt. Wir werden bald heiraten! Wie das ist? Verliebt? Dein Atem klebt dir fest in der Brust, dein Herz ist verschnürt im schlimmsten Korsett; wenn du in seiner Nähe bist, hast du das Gefühl, du kippst gleich um, du kannst nichts essen, würgst an einem Kuchenstück, willst ihm nah sein, darfst es nicht, willst ihn berühren, willst, dass er dich berührt.

Wer ist der Mann? Es ist ein Dichter, ein wunderbarer Dichter, er heißt Percy Bysshe Shelley und ist des Öfteren bei uns in letzter Zeit. Warum? Wir brauchen Geld. Weißt du eigentlich, wie sehr wir in Schwierigkeiten stecken? Percy ist ein Baron, also, ein künftiger. Den Titel muss er nur noch erben. Er liebt Papas Schriften und hasst Aristokraten! Obwohl er selber einer ist. Er hasst ihr Getue! Ihr Promenieren! Ihr Lustwandeln in Gärten und Parks. Ihr Geschwätz! Ihre Bälle! Ihre Etiketten-Reiterei! Ihr schnödes Gockel- und Hennen-Dasein! Ihre feine Konversation, die jede Kontroverse scheut. Schöner Satz, was?

Percy – ich nenne ihn schon Percy und nicht mehr Mister Shelley! –, ist jung, hat kaum die Brücke zur Zwanzig überquert, dampft und zischt und brodelt, ist wild, zart, verspielt, witzig, wirr, schön, schön, schön, schlaksig, aber aufrecht, mit Wuschelhaaren, in die ich die ganze Zeit hineingreifen will, seine Locken, lang, braun, die Augen blau, grün, grau, alles zugleich, ein wandelnder Widerspruch, er zieht die Stirn kraus wie ein Mann von Welt, kann lächeln wie ein schüchternes Mädchen, träumend schauen wie ein Greis und poltern wie ein Lümmel, schlüpft oft ins Innere, taucht ab, sein Blick ertrinkt dann, plötzlich ist er wieder da, er kippt Wein wie Wasser und, ach, ich weiß nicht, musst ihn selber sehen, Mary, und du wirst sofort, wenn du ihn siehst, erschauern, nein, erschüttert sein. Und jetzt, da ich dies schreibe, weiß ich gar nicht mehr, ob ich möchte, dass du ihn siehst und er dich, aber noch bist du ja in Schottland.

Mary hielt inne. Sie ließ den Brief sinken. Schon zwanzig Mal hatte sie den Brief gelesen. Jane hatte recht. Es fühlte sich an, als grabe sich etwas durch ihren Bauch. Aus Janes Zeilen blitzte Mary ein Mensch entgegen, ein Mann, ein Dichter, das war alles, was auch Mary sich erträumte: wild, frei, radikal, klug, ein Wortzauberer. Wie es wohl wäre, mit ihm den Schreibtisch zu teilen, ihm über die Schulter zu schauen, von ihm das Schreiben zu lernen, sich gegenseitig vorzulesen, zu sprechen über das Geschriebene, sich die Wörter von den Lippen zu küssen? Mary gab sich zwei knallharte Ohrfeigen auf die glühenden Wangen und las endlich weiter.

Percy, liebste Mary, ist ganz besessen von Papa, er ist sein größter Bewunderer, sagt Percy immer wieder. Er liebt Papas *Political Justice*, er unterstützt uns, er ist reich und gibt William das Geld, das wir dringend brauchen. Diese endlosen Diskussionen zwischen den beiden, das solltest du mal hören: Immer geht es um Freiheit, Rebellion, Auflehnung gegen Autoritäten. Immer nur gegen. Oder versus, sagen sie. Materie versus Geist, Atheismus versus Glauben, Nützlichkeit versus Wahrheit, Kirche versus Staat, Individuum versus Kollektiv. Percy öffnet also seine Börse, Papa kann weiterschreiben und ist so was wie sein Mentor geworden. Papa sagt Percy, wie damals auch uns, Mary, was genau er zu lesen hat. Percy hält sich penibel an die Ratschläge. Papa sagt, dass einer, der wirklich studiert, wie in einer Festung sitzt, die Bücher als Türme und Verschanzungen um sich her beschützen ihn vor Störungen. Papa predigt das Lernen und sagt: Ein einziges Büchlein am Ofen brav zu lesen, ist was für Internatsschüler, nein, studieren heißt gründlich lesen und querbeet und vieles zusammen, Parallel-Lesen, wegen des sofortigen Vergleichs. Auf die Reihenfolge komme es an, sagt dein

Vater. Auf die Zusammenstellung. Percy sagt: Von Ihnen lerne ich mehr als je an der Uni in Oxford.

Apropos: Der ist rausgeflogen, der Kerl. Aus der Uni Oxford. Riesenskandal. Erzähl ich dir, wenn du wieder hier bist.

Percy ist mal wütend, mal traurig. Ein seltsames Paar: Wut und Traurigkeit. Manchmal fällt die Fackel der Wut ins kalte Wasser der Tristesse. Sein trauriger Blick: Als läge alles Leid der Welt hinter seinen Augen. Das zieht mich unfassbar an, ich will ihm die Traurigkeit aus den Augen streichen, ich will mit ihm brodeln.

So. Jetzt. Schluss. Alles, was ich hier schreibe, ist nur ein Ersatz-Anzug für die Wirklichkeit. Ich kann die Wirklichkeit nicht kleiden in Worte. Das stimmt hier alles nicht so richtig, was ich schreibe, meine Liebe. Percy kann das besser. Einmal, das werde ich nie vergessen, da gab Percy einen Satz preis, ich verrate ihn dir jetzt, zum Schluss, diesen Satz, in dem alles drinsteckt. Der haut einen um, so ein Satz, wenn man ihn hört, es ist ein ehrlicher Satz. Percy also sagte über sich: Ich fühle mich wie ein toter und lebender Körper aneinandergekettet, in grässlich-grauenvoller Verbindung. Schlaf gut, Mary! Deine Jane.

Ehe Mary im Juni zurück nach London fuhr, besuchte sie mit Isabella die Stadt Dundee. Dort schlenderten sie zum Basalt-Hügel, genannt »The Law«, ein Hügel des Gesetzes, er lag am Ende der Guthrie Street: Im Laufe der Zeit waren dort Hunderte von Hexen verbrannt worden. Mary, es war ein Reflex, versteckte ihre rötlichen Haare unter einem Tuch. Vor nicht allzu langer Zeit wäre sie hier noch in Rauch aufgegangen. Es hieß, dass in der Gegend die unsichtbaren Geister der Hexen fliegen, am Tag und in der Nacht: Mary schloss die Augen und sah brennenden Reisig, Frauen, die an Pfähle gebunden in Flammen aufgingen: Witches! Witches! You shall burn!

»Ein verzauberter Ort«, sagte Isabella.

»Ist das so?«

»Die Legende sagt: Läuft eine Jungfrau diesen Hügel hinauf, so hat sie einen Wunsch frei.«

Kaum hatte Isabella das gesagt, rannte Mary los.

Ich bin eine Jungfrau, dachte sie, ja, noch bin ich eine Jungfrau, nicht mehr lange, ich weiß, vielleicht ist es meine letzte Chance auf einen Wunsch. Sie lief so schnell sie konnte den Hügel hinan, gegen den Wind, sie hörte nicht auf zu denken, ihr Kopf tickte weiter und weiter, sie ließ Isabella hinter sich zurück.

Mary dachte: Ich habe einen Wunsch frei. Welchen Wunsch? Einen Wunsch, der hier alles verändert! Ein lebensverrückender Wunsch muss es sein! Mary sah Mutter lächeln: Guter Wunsch! Mary dachte: Ich habe einen Wunsch frei. Wann muss ich den Wunsch rufen? Wenn ich oben angekommen bin? Oder schon beim Laufen? Mary sah Vater lächeln: Gute Frage! Mary dachte: Ich habe einen Wunsch frei. Muss ich den Wunsch laut aus mir herausschreien oder still in mich hinein? Mary dachte: Ich habe einen Wunsch frei. Sie schwankte zwischen zwei Wünschen. Sie wusste nicht, welcher Wunsch stärker wäre. Erst oben auf dem Hügel kam ihr die salomonische Lösung. Den ersten Wunsch flüsterte sie still in sich hinein. Den zweiten Wunsch schrie sie laut aus sich heraus. Mary flüsterte: »Ich möchte ein Buch schreiben, das die Menschen anhält!« Zugleich schrie sie: »Ich möchte einen Mann lieben, der mich sieht, wie ich bin!« Mary blickte hinunter auf den River Tay. Es war ihr letzter Tag in Schottland. Sie stemmte die Arme in die Hüften und strahlte. Die Sonne stand hoch am Himmel. Wolken? Fehlanzeige.

Field Place &
Syon House

Großvater Bysshe war ein Bock, ein Bulle, ein Bär, der seine Triebe nie unterdrückte. Warum auch? Als Mann von Macht tat er, was er wollte, denn er saß im House of Lords. Für seine tagtäglichen oder nachtnächtlichen Eruptionen suchte Großvater Bysshe stets neue Auffangbecken aller Art: gehorsame Ehefrauen, hörige Geliebte oder zu allem bereite Käufliche. Auf diese Weise zeugte Großvater Bysshe nicht nur zahlreiche legitime Nachfahren, sondern auch illegitime Kinder, meist mit seiner Geliebten Nell, die genau wusste, wie man einen Stier bei den Hörnern packt. Das Zeugen, sagte Großvater Bysshe gern, macht Spaß, hat aber auch einen höheren Sinn, als da wäre: mein Erbe. Genau jenes Erbe bereitete Großvater Bysshe Sorgen. Alles muss seine Ordnung haben, und es ging ihm vor allen Dingen um den Namen. Wenn er, irgendwann, in fernster Zukunft, in einem Sarg läge, würde das stetig wachsende Vermögen samt des Anwesens Field Place an seinen Erstgeborenen fallen: Timothy. Timothy aber war eine Niete in den Augen von Großvater Bysshe, der pausenlos an seinem Sohn herummäkelte, ihn »Schmalhans« schimpfte, »Weichei«, »Duckmäuser«.

Bei Timothys Hochzeit machte Großvater Bysshe ein Gesicht wie sieben Tage Regenwetter. Irgendwann zog er seinen Sohn in eine Ecke und raunte ihm zu: Pass auf! Schau, dass du wenigstens eine Sache gut über die Bühne bringst.

Und was meinst du, Vater?, fragte Timothy.

Was meinst du!? Hat man so was schon gehört!? Einen Erben zeugen! Das meine ich!! Heilige Maria Mutter Gottes!!

Timothy nickte erschrocken.

Was ist bloß los mit dir!?, fauchte Großvater Bysshe. Freust du dich nicht darauf!? Du willst mein Sohn sein? So ein labbriger Bursche? Pass auf! Wir wetten! Ja, wir zwei! Hier! Du brauchst ein bisschen Feuer unterm Arsch, was? Die Wette geht so: Wir machen beide ein Kind! Du mit Elizabeth. Ich mit Nell. Heute Nacht! Ja, denkst du, ich kann das nicht mehr!? Denkst du, ich bin zu alt? Ich bin erst einundsechzig, Freundchen! Im besten Zeugungsalter! Deine kalten Eier hau ich noch locker in die Pfanne. Siehst du das hier!? Das ist der Ursprung allen Lebens!, rief Großvater Bysshe, rüttelte feixend seine Testikel, lachte grob und verließ die Hochzeitsgesellschaft. Noch in derselben Stunde enterte er mit brachialem Kampfschrei den Körper seiner Geliebten Nell. Das ging alles so schnell, dass er kaum die Hose öffnete. Großvater Bysshe fickte nicht, er vögelte nicht, nein, schon gar nicht schlief er mit seinen Frauen, Gott bewahre, nein, Großvater Bysshe deckte die Frauen wie Kühe, er besprang sie und brachte alle zum Schreien, ob vor Glück oder vor Schmerz, war ihm einerlei, so auch in jener Nacht mit Nell. Ich decke so gut wie immer, schrieb er 1792 an einen befreundeten Anwalt, und er schrieb diese Worte im selben Augenblick, da Mary Wollstonecraft das erste Exemplar von *Eine Verteidigung der Rechte der Frau* in Händen hielt, erstaunt und konzentriert zugleich, als sie das Buch auffächerte, hineintippte und den zufällig getroffenen Satz laut las: Männer werden möglicherweise immer noch darauf bestehen, dass eine Frau mehr Bescheidenheit an den Tag zu legen hat als ein Mann.

Großvater Bysshe betrachtete jetzt zwei wachsende Schwangerschaftsbäuche: den Bauch seiner Geliebten Nell sowie den Bauch von Timothys Frau. Beide Kinder wurden im August geboren. Sowohl das uneheliche Kind von Großvater Bysshe als auch das eheliche Kind von Vater Timothy. Als wäre dies nicht genug, erhielten beide Kinder auch noch denselben Namen: Bysshe. Natürlich. Was sonst? Timothys Kind hieß Bysshe: zu Ehren des Großvaters. Großvaters Kind hieß Bysshe: zu Ehren seiner selbst. Obwohl gleich alt, war der eine Bysshe der Onkel des anderen. Beide Bysshes sollten später begeisterte Segler werden, doch nur einer von ihnen würde bei einem Segelunfall ums Leben kommen.

Nach der Doppelgeburt beendete der Großvater das Wettrennen zwischen ihm und Timothy, denn es war klar: Eine Zukunft als Erbe hätte nur einer der beiden Little Bysshes – und das war sein legitimer Enkel und nicht der illegitime Nell-Sohn. Aus diesem Grund war ebenso klar, dass der Enkel Großvaters Liebling werden musste. Der Kleine hieß offiziell Percy Bysshe Shelley, man rief ihn aber nur Bysshe, aus Rücksicht auf den Großvater, der seinen eigenen Namen ausgesprochen gern hörte. Während Percys Mutter satte hundertdreiundneunzig Englische Pfund für die Kinderausstattung ausgab, schenkte Großvater Bysshe seinem zahnlosen Enkel eine dicke Rehkeule: Erst jagen, dann erlegen, zuletzt zerfetzen mit den Zähnen, ein bisschen genießen, siehst du, genau so mach ich es mit allen Keulen, ob Reh oder Frau, das bleibt sich gleich. Der soeben geborene Percy Bysshe Shelley schaute den Großvater sorgenvoll an und machte: Babababa.

Es klopfte. Es klopfte an der Ladentür aus Glas. Es klopfte nicht laut, nicht nachdrücklich, nicht drängend, dringlich oder ungeduldig, es klopfte beschwingt, es klopfte munter, süffisant, gut gelaunt, fast ein wenig beschwipst, eher ein Trippeln der Fingerspitzen als ein Pochen von Knöcheln. Der Buchladen war bereits geschlossen. Unter einem Vorwand war Mary unten geblieben und hatte gelesen. In Wahrheit aber wartete sie. Denn *er* hatte sich angekündigt für den Abend: Percy Bysshe Shelley, Freigeist, Aktivist, radikaler Kämpfer, hellsichtiger Poet, Liebhaber der Worte. Mary legte das Buch weg und stand auf. Erst seit zwei Tagen war sie aus Schottland zurück in der Skinner Street. Am Morgen hatte sie ihre Haare zu einer Aureole gesteckt. Noch verbarg sie sich im Schutz des Regals und sammelte Atem. Da klopfte es noch einmal, nachsichtig, als wolle der Klopfer sie an etwas erinnern. Mary ging los. Sie sah Percy durch die Glastür, und als sie sich näherte, war ihr, als sinke sie auf einen Meeresgrund. Sie konnte ihren Blick nicht wenden: Shelleys Lippen leicht geöffnet, seine Augen blendeten, die zum Klopfen erhobene Hand war fein und zart, sein Blick so klar. Der ganze Mensch schimmerte wie dunkelblaues Dämmerlicht. Mary drehte den Schlüssel und öffnete die Tür. Das Ladenglöckchen bimmelte nur kurz. Danach lag eine Handvoll Stille auf der Schwelle von drinnen nach draußen. Kurz nur. Kurz.

Percy sagte: »Mary Godwin?«

Mary sagte: »Percy Bysshe Shelley?«

»Oben« und »unten«, das waren die ersten Worte, die Mary in den Sinn kamen. Oben: lockige, lange, wüste, verstrubbelte Haare, überfließende Sonnenaugen, offenes Hemd, blasse Brust, Verwirrung auf den Wangen. Und unten: schlammige, ausgetretene Stiefel, die engen Hosenbeine hineingestopft. Nicht von dieser Welt, dachte Mary, ein goldschwarzes Wesen, vom Himmel gefallen wie ein Engel, aus der Hölle gestiegen wie ein Dämon, vielleicht beides. Oben und unten.

Mary fragte: »Und wollen Sie nicht hereinkommen?«

Percy sagte: »Nicht die Spur.«

Mary runzelte die Stirn.

Percy fragte: »Und wollen Sie nicht herauskommen?«

Mary trat an ihn heran, zog die Tür hinter sich zu, lauschte dem verklingenden Bimmeln und wartete darauf, dass etwas unfassbar Neues geschah.

Percy fragte: »Gehen wir ein Stück?«

»Sie sind verabredet. Mit meinem Vater. Sie wollen ihn warten lassen?«

»Nur eine Weile.«

»Eine Weile kann lang werden.«

»Nicht mit Ihnen, Miss Godwin.«

Da nahm er sie bei der Hand und zog sie fort von der Tür. Mary fühlte etwas Heißes im Bauch, entwand ihre Hand und flüsterte: »Ich weiß, wohin!« Sie wartete nicht auf Antwort, sondern lenkte ihre Schritte in Richtung Friedhof, Percy hielt sich dicht neben ihr, ohne ein Wort. Sie gingen im Gegenwartsschatten des anderen, als würden sie sich schon jahrelang kennen. Der Juni war wunderlich warm schon.

Am Grab der Mutter folgte Mary ihrem Ritual, zupfte Unkraut, holte eine gebrochene Harke aus dem Gebüsch, kratzte Erde, schnippte Steinchen und setzte sich.

Percy folgte ihrem Beispiel und flüsterte: »Ich hätte Ihre Mutter so gern gekannt.«

Mary flüsterte: »Ich auch.«

Percy schwieg.

»Wir müssen mit ihren Büchern vorliebnehmen, Shelley.«

Mary staunte über sich selbst. Sie nannte ihn Shelley. Einfach so. Nicht Mister Shelley. Nicht Percy. Nein, sie sagte: Shelley. Das ist schön, dachte Mary.

»Ich bin hier gern«, sagte Mary. »Am liebsten allein. Ich bringe nie jemanden mit. Außer Jane. Aber selten.«

»Jane singt wie eine Göttin«, sagte Percy. »Und sie ist wild wie ein Zebra.«

»Jane & ich«, sagte Mary, »sind wie Sonne und Schatten.«

»Und wer ist die Sonne?«, fragte Percy. »Und wer ist der Schatten? Und noch wichtiger: Wer ist der Dritte? Bei Sonne und Schatten muss es doch jemanden geben, der in der Mitte steht und den Schatten wirft. Oder nicht?«

Mary dachte kurz nach und fragte: »Ist es schwer, beim Schreiben ein passendes Bild zu finden?«

»Bilder wachsen wie Blumen und Unkraut. Das Unkraut wirft man weg, die Blumen bleiben stehen.«

»Woran erkennt man den Unterschied?«

»Das sieht man doch. Oder man hört es. Spätestens beim lauten Lesen. Das Bild mit dem Schatten und der Sonne ist schief.«

»Und das Bild mit dem wilden Zebra nicht?«

»Doch!«, rief Percy. »Sie haben recht, Miss Shelley.«

Mary dachte: Vielleicht könnte sie Shelley irgendwann selber vorlesen, ihre eigenen Texte, vielleicht könnte sie mit ihm lernen, wie man sie findet, die richtigen Worte und die eigene Stimme.

»Sie sind von der Uni geflogen?«, fragte Mary.

Shelley nickte und erzählte ihr die Posse, wie er es nannte, erzählte von seinem und Hoggs Pamphlet *Die Notwendigkeit des Atheismus*, und Percy erzählte davon, wie sie das Pamphlet an die Bischöfe und Geistlichen geschickt hatten, anonym zunächst, und wie sie es hatten binden lassen und es sogar in Buchläden verkauft wurde, das dünne Ding, unterm Ladentisch, versteht sich. Eines Tages, so Percy, habe Reverend Jocelyn Walker vom

New College den Buchladen seines Freundes Lengery betreten und nach dem Pamphlet verlangt. Lengery habe eins davon dem Reverend gereicht. Der habe es gelesen, mit hochrotem Kopf, und anschließend angeordnet, sämtliche Dinger im Hof zu verbrennen. »Lengery musste es tun«, sagte Percy. »Sonst hätte man seinen Laden dichtgemacht. Und das ist genau das, wogegen ich kämpfe: Engstirnigkeit. Verbohrtheit. Eingrenzung des Denkens. Ich habe der Universität mitgeteilt, dass ich der Verfasser bin. Man hat mich verhört. Da bin ich explodiert. Ein Wutanfall. Ich habe alle beleidigt. Sie haben mich rausgeschmissen. Nicht wegen Atheismus, sondern wegen meiner Beleidigungen. Sagen sie jedenfalls.«

»Und Ihr Vater?«

»Was ist mit meinem Vater?«

»Wie hat er es aufgenommen?«

»Wie kommen Sie auf meinen Vater? Kennen Sie ihn?«

»Nein, Shelley. Aber ist der Vater nicht der wichtigste Mensch im Leben?«

»Denken Sie?«

»Für mich schon. Abgesehen von meiner Buchmutter. Mein Vater hat mir alles beigebracht, was ich weiß. Ohne ihn wäre ich nicht die Frau, die ich bin.«

»Man kann unsere Väter nicht vergleichen. Ihrer ist ein großer Geist. Meiner ein armes Licht.«

»Sprechen Sie nicht so über Ihren Vater, Shelley.«

»Es ist schön, wenn Sie mich Shelley nennen.«

Mary schaute ihn an, länger als erlaubt, viel länger. Sie war froh, dass Percy als Erster den Blick senkte und dass sie nicht rot wurde.

»Fehlt Ihnen die Universität?«, fragte Mary.

»Ich brauche keine Universität«, rief Percy. »Ich studiere selber. Ich lese freihändig. Ein künftiger Baron ist reich. Ich muss kein Geld mehr verdienen. Meine Kinder sind versorgt.«

»Ihre Kinder?«

»Ja. Das zweite ist noch auf dem Weg.«

»Aber von wem denn?«

»Von wem? Von meiner Frau natürlich.«

»Sie sind verheiratet?«

»Mit Harriet, geborene Westbrook. Hat Jane es nicht gesagt?«

Mary schüttelte den Kopf.

»Wir leben getrennt«, sagte Percy. »Ich glaube nicht an die Ehe. Ihr Vater doch auch nicht. Sie etwa, Miss Godwin? Schauen Sie die Vögel an. Da gibt es auch keine Ehe.«

»Bei Tauben schon, Shelley. Tauben sind einander treu. Sie haben ihr Leben lang ein und denselben Partner.«

»Ich muss Ihnen etwas gestehen«, sagte Percy.

Ehe er hätte weitersprechen können, erscholl ein Schrei vom Kiesweg her: »Hej! Das hätte ich mir denken können!«

Percy & Mary drehten sich um, und auf sie zu lief Jane.

»Hallo!«, rief sie. »Was macht ihr da? Heimlich und verloren? Fern vom Vaterhaus? Schluss mit Grabesstimmung! Wenn Sie die Godwin-Schule schwänzen, Percy, dann richtig. Kommen Sie mit! Wir laufen zum Fluss!« Schon zog Jane die beiden hoch, für jeden hatte sie eine Hand.

In den nächsten beiden Juniwochen wucherte die Liebe zwischen Percy & Mary. Percy speiste fast täglich bei den Godwins zu Abend. Mary saß ihm gegenüber und schaute ihn geradeheraus an, wenn er mit dem Fuß ihren Unterschenkel unterm Tisch berührte. Sie versuchte, Percys Blick so lange zu bannen, bis er die Wimpern senkte, leicht errötend. Waren sie allein – und das bedeutete: zu dritt, mit Jane –, redeten sie über alles, was sie kannten, egal, wo sie sich befanden, ob draußen, am Fluss, auf dem Friedhof, in den Straßen, in einer Kutsche, beim Tee. Wenn sie nicht redeten, lasen sie gemeinsam im Park, nebeneinander, ihre Oberschenkel berührten sich, und manchmal unterbrachen Mary & Jane ihre Lektüren, weil sie etwas gefunden hatten, das sie Percy unbedingt vorlesen mussten, es duldete keinen Aufschub, und Percy hörte stets zu mit geschlossenen Augen und nickte zur Melodie der Sätze.

Mary war glücklich, wunderte sich aber, weshalb Percys Blick nicht auf Jane gefallen war, auf die Fröhlichere der beiden, die Lebenslustige, die, mit der man Pferde stehlen konnte und die, ohne zu zucken, täte, was ein Mann von ihr erhoffte. Einmal bekam Mary mit, wie Jane zu Fanny sagte: »Unser Percy ist entfacht, entbrannt, entflammt, ach, kümmerliche Hülsen nur, und zwar in dulci jubilo, aber nicht für dich, Fanny, und nicht für mich, nein, er lodert für Mary hier. Eine Kümmernis betrüblichster Natur, die mir die Sprache verrenkt. Und Mary? Kann kaum noch atmen, sagt sie. Liebt alles an ihm, sagt sie. Seine Begeisterung, sein Entzücken für die Welt, auch die dunklen Wolken, die über seine Stirn ziehen und alle Möglichkeit des Schönen zu verbergen scheinen. Ich aber denke, Fanny, ohne die Finsternis hätte er ihn nicht, den Blick fürs Schöne. Oder sagen wir: ohne das Fenstersims zur Finsternis. Ich lerne schnell, oder? Er spricht in einer, ich will nicht sagen: Intensität, weil das nicht klingt, er spricht in einer Unmittelbarkeit des Fühlens, sagt stets, was er denkt, ist von kindlicher Ehrlichkeit, ist die Offenbarung selbst, nein, die Selbst-Offenbarung. Mary liebt ihn. Genauso sehr wie er sie. So ist es nun.«

Mary tat es weh, den Schmerz ihrer Schwester zu sehen, sie entschuldigte sich sogar bei Jane für ihre Liebe zu Percy.

»Komm«, sagte Jane. »Spar dir den Atem fürs Küssen.«

»Fürs Küssen?«

»Das wird schon bald passieren. Glaub mir.«

Mary war verblüfft über Janes Widerstandskraft.

»Danke, Jane«, sagte sie.

»Hej. Meine Zeit kommt schon noch.«

Jane versuchte auf diese Weise, ihre Eifersucht zu kaschieren. Mary hatte sich verändert. Das musste sie zugeben. Es lag nicht nur an ihrem Schottenkleid, das sie jetzt so gern trug, und an ihren Haaren, die sie anders steckte als früher, indem sie zwei selbst gedrehte Löckchen verführerisch an den Seiten herabbaumeln ließ: Sie tanzten bei jeder Bewegung. Jane hatte dasselbe bei ihren eigenen Haaren versucht, aber die waren zu dick und zu drahtig. Wenn Jane heimlich Mary beobachtete, musste sie anerkennen: Mary war eine Frau geworden. Sie konnte sich bewegen wie eine Frau, konnte schauen, flirten, klimpern und fächern wie eine Frau, kam immer öfter aus ihrer Deckung, war nicht mehr so zurückhaltend, weniger melancholisch, konnte besser diskutieren und ihre Argumente darlegen, war reifer geworden, alles an Mary atmete: Frau, Frau, Frau. Jane seufzte. Sie verstand Percy sehr gut.

Wenn Mary & Percy sich nur einen Tag lang nicht sahen, schrieb Percy sofort einen Brief. Mary riss ihn auf mit zitternden Fingern und las: Ich habe noch nie eine Frau getroffen wie Sie, Mary. Sie stellen Fragen, die mich zutiefst berühren. Sie geben Antworten, auf die ich nie von allein gekommen wäre. Sie besitzen den Verstand Ihres Vaters und den Freiheitsdrang Ihrer Mutter. Alles, was Sie tun, tun Sie sorgsam, zärtlich, ich könnte Ihnen stundenlang zuschauen beim Blumenpflücken. Sie reißen die Blume niemals aus, nein, Sie legen Ihren Daumennagel an das untere Ende des Stängels dicht über der Erde, Sie flüstern den Nagel hinein, ehe Sie den Stängel – ganz zärtlich – nicht knicken, sondern ihn betten beinah und zu sich nehmen und den Daumen mit dem Tropfen Blumenblut kurz in den Mund stecken. Ich kann nicht genug bekommen von so viel Behutsamkeit. Ich bin Ihnen heillos verfallen, Mary.

Tag für Tag hockte Mary im ersten Stock und lauschte hinab ins Treppenhaus. Jedes Bimmeln des Ladenglöckchens könnte Percys Eintritt bedeuten. Aber nur wenn Mary auch die geliebten, festen Schritte seiner Stiefel auf der Treppe hörte, stand sie auf und strich ihr Kleid zurecht. Sie freute sich auf die Umarmung, bei der Shelleys rechte Hand in Marys Nacken wanderte, etwas, das sie so sehr mochte. Jane stand immer neben ihr. Percy legte den Hut ab und umarmte auch ihre Schwester, nicht weniger innig.

»Was schreiben Sie, wenn Sie schreiben, Mary?«, fragte Percy.

»Nichts Besonderes.«

»Wollen Sie es mir einmal vorlesen?«

»Niemals!«, rief Mary und wurde rot.

Im Grunde war Mary froh darüber, dass Jane bei ihnen war die ganze Zeit. Denn in Mary schlug eine Angst mit den Flügeln, eine Angst vor dem, was zwangsläufig geschehen würde, wären Percy & sie allein, eine Angst vor dem, was ihre Körper tun würden, ließe man sie von der Leine: ineinanderfallen und sich nicht mehr loslassen. Mary fühlte sich beileibe nicht mehr als Mädchen, doch das, was vor ihr lag, schien ihr wie der letzte Schritt als Kind zu sein. Und der letzte Schritt als Kind war der letzte Schritt fort von ihrem Vater. Wie oft hatte William ihr von ihrem *ersten* Schritt erzählt. Als Einjährige hatte sich Mary hochgezogen am Schreibtisch. Mit wackligen Knien stand sie dort, schaute müpfig zum Vater. Als William den Blick auf sie richtete, drehte sie sich um und wankte drei Schritte übers Parkett, ehe sie umfiel. Mary weinte nicht, so erzählte ihr Vater. Kein Schreien, als er sie hochhob, stattdessen ein Strahlen. Als hätte sie etwas verstanden. Jetzt aber lag der *letzte* Schritt als Kind vor Mary: Schliefe sie mit Percy, wäre sie die Frau eines Mannes. Aber noch redeten sie: Percy & Mary & Jane.

Mädchen, Mädchen, Mädchen. Seine Kindheit, so Percy, stecke voller Mädchen, allesamt jünger: seine Schwestern. Von denen nur eine starb. Die anderen überlebten: Elizabeth, Mary, Hellen, Baby Margaret. Er habe es geliebt, die Schwestern zu erschrecken, ihnen Schauergeschichten zu erzählen, von gigantischen Schildkröten und achtbeinigen Alchemisten. Er war versessen auf die Welt des Unheimlichen, die Beschwörung von Geistern, dem Reich seiner Albträume, und auf – Elektrizität.

Sein diesbezügliches Wissen bezog Percy von einem Mann namens Adam Walker, genannt: Mad Doctor. »Das MAD«, so Percy, »steckt schon verkehrt herum im ADAM drin.« Großgewachsen und mit langem Bart, wirkte Walker wie ein Zauberer aus fernen Welten. Er war kein festes Mitglied des Kollegiums, sondern ein freier Lehrer, der ab und an Schulen besuchte, um ein wenig Geld zu verdienen. So auch Percys Schule Syon House in Brentford, westlich von London. Adam Walker war Percys Rettung. Er unterrichtete nie Langweiliges. Als Universalgelehrter kannte er sich aus mit Sternen, Planeten, Tierkreiszeichen, außerirdischem Leben auf Mars und Venus. Walker ließ Percy durch ein Teleskop schauen: zum Saturn. Percy kaufte ihm einen Generator ab und ein Solarmikroskop, in einem pyramidenartigen Kasten aus Mahagoni. Er untersuchte mit dem Mikroskop Insektenflügel, Katzendreck, Fingernägel, Spucke und Urin. Mit dem Generator elektrifizierte er alles, was ihm in die

Finger fiel, vornehmlich – in den Ferien – seine Schwestern: Die mussten sich an den Händen halten, während Percy Drähte verband und den Generator zum Rumpeln brachte. Es zischte, knisterte, puffte, und den Schwestern standen die Haare in alle Richtungen. Die Eltern ließen ihren Sohn gewähren, weil er in der Schule der Beste war. Lateinisch, Griechisch, alles klappte mühelos. Das war kein Lernen, eher ein Aufsaugen.

Nach den Ferien nahm Percy immer ein riesengroßes Stück geräucherten Schinken mit nach Syon House. Seine Mutter freute sich über den Appetit des Jungen, der auf diese Weise eine zusätzliche Portion Fleisch bekäme, um endlich diese filigrane Zartheit abzulegen. Doch Percy machte sich – kaum in Brentford angekommen – auf den Weg zu einem Händler namens Helsington. Der Mann bot alte Bücher an, und zwar im Tausch gegen Lebensmittel. Es wurde abgewogen: Auf der einen Seite der Waage lagen fünf Pfund Schinken, auf der anderen türmten sich fünf Pfund Bücher, egal welche.

Der schöne Schinken!, sagte Helsington, den Kopf schüttelnd über die Einfalt des Jungen.

Die schönen Bücher!, rief Percy mit blitzenden Augen.

Der Schinken ist gut abgehangen. Reif. Genau richtig.

Die Bücher auch!, sagte Percy und deutete auf die *Ilias*.

Bücher kannst du nicht fressen!, sagte der Händler.

Kann ich wohl!, rief Percy und verließ den Laden mit den neuen Büchern unterm Arm. Und er meinte es wirklich so: In jeder freien Minute las Percy nicht nur, nein, er fraß die Sätze, schaufelte Wörter in sich hinein, als stünde er kurz vorm Hungertod. Wenn nach wenigen Tagen die Bücher ausgelesen waren, eilte er wieder nach Brentford, besuchte jetzt aber Norbory's Buchladen, in dem er für 6 Pence pro Buch die blauen Ausgaben der Minerva Press kaufte, Horrorgeschichten von Lewis, Radcliff, Baillie, aber auch die Balladen von Wordsworth, die er mit aufgerissenen Augen verschlang. Satter wurde er nicht. Im Gegenteil: Je mehr er fraß, umso stärker wurde der Hunger.

Alles gor in ihm, blähte sich auf und musste raus, Percy drohte sonst an den vielen neuen Wörtern und Bildern zu ersticken. Er musste etwas tun. Es war alles so eng außerhalb der Bücherweiten. So unfrei. In dieser Kerkerwelt. Percy wollte alles da draußen am liebsten einreißen: Wände, Gitter, Grenzen. Um etwas einzureißen, bräuchte es eine Explosion. Und für eine Explosion bräuchte es Pulver. Aber war das mächtigste Pulver der Welt nicht die Sprachkraft? Percy wollte Lunten an die Wörter legen. Schreiben. Schreien. Dass den Menschen Hören und Sehen verginge. Er versuchte es. Er konnte es nicht. Noch nicht. Und so klaute er in den Ferien einfach *richtiges* Pulver aus dem Jagdgewehr seines Großvaters. In Syon House bastelte er aus dem Pulver zwei Bömbchen, legte sie an den Spielplatzzaun, entzündete die Lunten, sprang hinter eine der hundertjährigen Eichen. Es knallte. Die Bäume husteten nicht mal. Percy lugte auf das Kokeln. Ein Stückchen Zaun hing in den Seilen. Besser als nichts. Percy bog es zu Boden, trat mit der Sohle darauf und stand kurz da wie ein Großwildjäger auf dem Schädel eines erlegten Löwen. Freiheit, murmelte er.

Als Kind der Finsternis blieb Percy gern wach bis zum Morgengrauen, er wollte wissen, was mitternachts geschah und woher die Geister kamen. Im Sommer schlich er öfter aus seinem Zimmer in Field Place und verbrachte die Nacht im Freien. Ein paar Mal lief er bis zur Gruft der Warnham Church, kletterte hinab und wühlte in den Knochen auf der Suche nach Leben. Er schlief nicht viel. Selbst wenn er schlief, blieb sein

Geist wach und schickte ihn auf Reisen: Schlafwandler. Manchmal hatte er Glück, dass er nicht die Treppe hinabstürzte oder den Kopf anschlug, manchmal ging er einfach nur in seinem Zimmer im Kreis umher wie in einer Gefängniszelle, ja, in allem, was ihn umgab, sah Percy Gefängnisse. Das größte Gefängnis war das Leben selbst. Manchmal wachte Percy auf in seinem Schlafwandeln, fand sich am Fenster wieder, schaute in die Dunkelheit, wusste nicht mehr: Atmete er noch? Oder stand er schon auf der anderen Seite der Nacht?

Da gab es einen Traum, der stets wiederkehrte, einen Teufelstraum. Percy lag – auch im Traum – im Bett. Auf dem Rücken. Die Hände wie bei einem Leichnam gefaltet. Spürte eine Wut in sich und ein Brodeln und rief mit geschlossenen Lippen: Komm, Satan! Komm! Komm endlich raus aus mir! Währenddessen krallten sich seine Hände an den Bauch. Er fühlte, wie dort drinnen etwas schwamm, etwas Böses. Wieder und wieder stieß das Wesen von innen heftig gegen Percys Bauchdecke. Komm, Satan!, rief Percy. Komm doch! Endlich brach ein kleiner Satan aus Percy heraus, streckte ihm den Kopf entgegen, pflaumengroß, aus dem eigenen Nabel entsprang das Böse, alles war voller Blut. Der Satan hatte einen bleichen, kahlen Kopf und eine Narbe auf der Stirn wie die Made einer Fleischfliege. Percy wachte auf. Immer an der gleichen Stelle seines Traums. Er hatte Angst vor dem Teufel und zugleich eine Sehnsucht nach ihm. Keine literarische Figur liebte er so sehr wie den rebellischen und eleganten Satan aus Miltons *Paradise Lost*. Das erste Wort, das Percy seinem frisch geborenen Bruder John beibrachte, lautete: »devil«.

Himmel oder Hölle. Gott oder Satan. Alles oder nichts. Drunter ging es für Percy nicht. Er war radikal offen in dem, was er Mary & Jane sagte, er breitete sich selbst vor ihnen aus, gab sich preis mit Haut und Haaren. So erzählte er Mary & Jane, wie er aus dem Himmel in die Hölle stürzte. *Paradise Lost.* Vom Himmel Syon House in die Hölle namens Eton College. Diese Jahre der Erniedrigung schleppte Percy sein Leben lang mit sich. Nie hätte er gedacht, dass Kinder zu solchen Grausamkeiten fähig sein könnten. Er wusste nicht, was es hieß, Außenseiter zu sein. Er hatte das nie erlebt. Jetzt traf es ihn umso schlimmer. Er, Percy, das einzige Kind vom Lande. Ansonsten nur Stadtkinder in Eton. Er, Percy, der Baronet of Castle Goring! Ansonsten kein Adeliger weit und breit in Eton. Nur Kinder von reichen Händlern und Unternehmern: Emporkömmlinge, wie Großvater Bysshe zischte.

Percy war ein leichtes Opfer. Das einzige noch dazu. Die Jungs von acht bis achtzehn Jahren verbündeten sich gegen den, der anders war als sie: dieser läppische Nase-hoch-Kerl, o Baronet of Castle *Boring*!, riefen sie ihm hinterher. Aus Field Place! Allein dieser Name. Ein Platz und ein Feld. Keine Stadt. Keine Welt.

Tatsächlich hatte sich Percy bei der Vorstellung wie ein Höfling verbeugt und gesagt: Ich stamme aus Field Place. Das ist ein ehemaliges Farmhaus. Es wurde umgebaut. Es gibt unglaublich viel Platz dort. Zedern, Eichen, ein amerikanischer Garten, in dem Palmen wachsen.

Percy wurde ausgegröit. Er war ein Fremder, und er konnte nichts von dem, was er hätte können müssen, um von den anderen auch nur halbwegs geduldet zu werden.

Spielst du Fives?, fragten sie ihn.

Was ist das?

Fives!?

Kenn ich nicht.

Kennst du nicht?

Er hatte noch nie mit seiner Hand auf einen Ball eingedroschen, weshalb auch, was sollte das? Wenn man doch lesen konnte oder Experimente machen oder Schwestern ärgern. Percy kannte auch keine Bocksprünge, keine Murmeln, nicht mal Kreisel. Mit seinen Schwestern hatte er stets andere Sachen gespielt, meist Selbsterfundenes. Die Jungs in Eton stellten ihm gern ein Bein, schubsten ihn herum, hauten ihm die Bücher aus den Händen, bespritzten ihn mit Farbe, manchmal verdroschen sie ihn schlicht und einfach. Ihr Lieblingsspiel hieß Nailing, dabei schossen sie ihn ab, mit einem steinharten Ball. Percy musste ständig fliehen, saß oft allein an einem Baum und weinte. Die Haare trug er lang und wuschelig. Alle anderen rasierten sich einen Bürstenschnitt. Oft genug erwachte Percy am Morgen im Schlafsaal mit schmierigem Zeug in den Haaren, und manchmal waren auch Bänder in seine Locken geknotet, die anderen knicksten vor ihm und nannten ihn Miss Shelley. Allerwerteste, hüstelten sie, ach, seien Sie gegrüßt, Madame.

Und dann kam der Drache. Percy kannte den Drachen von früher. Selten zwar, aber immer mal wieder war der Drache aufgeblitzt in seinem Leben, zumeist kurz nur und wie aus dem Nichts. Alles in Percy brüllte dann und spuckte Feuer. Es zersplitterte die gesamte Wut, alles, was sich gestaut hatte. Percy war nicht mehr er selbst, er schlug um sich, blind und wahnsinnig, schnappte nach allem, was in der Nähe stand, zerschmetterte es, packte sich den nächstbesten Jungen, drosch auf ihn ein, kratzte, würgte, boxte, wusste weder wo noch wer er war.

Nur Drache.

Sonst nichts.

»Kenn ich!«, rief Jane. »So geht es mir auch oft!«

Und Mary sagte: »Das kann ich bezeugen!«

Percys Drache flößte den anderen Jungs mit der Zeit Respekt ein, weil sie nie wissen konnten, wann Percy zum Drachen wurde. So ließen sie ihn immer mehr in Ruhe. Und der Jüngling Percy lernte, dass es nicht schlecht war, sich zum Drachen zu wandeln von Zeit zu Zeit.

Zugleich hatte er Angst vor diesen Aussetzern, vor dem völligen Verlust der Kontrolle. Überhaupt gab es einen Fächer aus Ängsten in seinem Leben: Angst vor sich selbst, Angst vor der Wut, Angst, die Einsamkeit nicht aushalten zu können, Angst, sich selber etwas anzutun, Angst vor den anderen, Angst vor ihrem Spott und ihren Schlägen, Angst vor dem Leben, Angst vor dem Tod, Angst vor Himmel, Hölle, Satan und Gott, den es gar nicht gab, Angst vor der Langeweile und dem Alleinsein und vor der Grausamkeit der Zeit, Angst, all das nicht zu schaffen, was sich Leben nennt: jenes Ding mit Gittern, hinter denen er saß: The Baronet of Castle Boring.

Der einzige Lichtblick lag in den Buchstaben. Diese wunderlich verhexten winzigen Dinger, die sich zu Kohorten rotteten und ordneten in den schönsten Gebilden auf Erden: den Büchern. Dort drinnen tanzten sie zueinander hin, in die rechte Reihenfolge, wurden zu Geschichten, zu Bildern oder zu reinstem Klang. Nicht nur im Lesen vergaß Percy sich selbst, immer öfter auch im Schreiben. Die Wörter tropften aus der Feder und wuchsen zu Zeilen, die Percy staunend betrachtete. *Er* hatte das geschrieben? Aber woher kam das? Aus ihm? Wo genau hatten die Wörter vorher gesteckt? Im Kopf? Im Bauch? In den Händen? In der Haut? Schuf er alles wie ein Gott? Goss er nur vorher Gelesenes in neue Reihenfolgen?

Percy schrieb ein Theaterstück in Eton. Er stellte sich beim Schreiben vor, wie ein Schauspieler diese Worte sprechen würde, und er hätte beinah das Atmen vergessen dabei. Er schickte das Stück, noch tintenfeucht, an den Verleger Matthews. Keine Reaktion. Die Jungs in Eton bekamen Wind davon, sie bedrängten Percy, ihnen das Stück zu zeigen. Wir wollen es spielen! Ehrlich!, bettelten sie. Es ist bestimmt wahnsinnig gut! Percy fiel darauf herein und gab ihnen eine Abschrift des Stücks, sein Ein und Alles. Die Jungs spielten es auch, rezitierten mit heiligem Ernst Percys Zeilen. Ihm stiegen Tränen der Rührung in die Augen, als er seine eigenen Worte hörte – von anderen Menschen gesprochen. Genau darauf hatten die Jungs gewartet. Jetzt lachten sie und zertraten Percys Sätze auf der Bühne. Percy stürzte hinaus und wusste nicht, wohin mit sich.

An dieser Stelle brach Percys Stimme. »Genug geredet!«, rief er. Mary & Jane schauten ihn traurig an. »Ich meine *mich*, meine Damen!«, rief Percy, indem er sich halb ironisch in Pose warf. »Ich habe genug geredet, jetzt will ich zuhören! Lasst die Zungen rudern! Ich will eure Worte trinken.«

»Wie war das?«, fragte Jane.

»Ihr seid an der Reihe!«, rief Percy. »Ich höre euch zu.«

»Über unsere Leben?«, fragte Mary.

»Über eure Tage und Nächte. Über Dunkelheit und Licht.«

»Unsere Leben sind nicht so spannend wie deins.«

»Das glaube ich kaum. Jedes Leben ist ein Kunstwerk.«

»Jane!«, rief Mary. »Unsere Leben mögen nicht so spannend sein. Dafür sind es *zwei* Leben.«

Percy betrachtete Mary & Jane. Wie sie redeten. Eng saßen sie. Janes dunkle Locken; Marys rotbraune Mähne. Janes hellschwarze, flirrende Augen, in denen das Licht zuckte wie schiere

Freude; Marys liebevoll-ernst-tiefer Blick, in dem eine Weite lag wie im Leben selbst. Wenn Mary lachte, blitzte auf den Wangen ein Funken Jane auf. Und wenn Janes Blick ins Ernste kippte, sah man einen Tupfer von Marys Melancholie. Janes Nase war klein und hübsch; Marys Nase vornehm und elegant. Die Ohren und Kinne ähnelten sich, auch die perlweißen Zähne. Die Münder bildeten Puzzleteile, die fast ineinandergriffen: Marys dünne, längliche Lippen, in der Mitte mit geheimnisumwobenem, winzigem Knick nach unten; Janes volle, kurze Lippen, die in ein nimmermüdes Lächeln mündeten. Jane dirigierte ihre Worte mit Gesten, ihre Hände waren stets in Bewegung, fuchtelten, wedelten, winkten: Klavierspielerhände. Mary dagegen saß ruhig da, legte sich ins Wort, sprach mit wenigen präzisen Bewegungen. Wenn eine von ihnen stockte, von der Erinnerung im Stich gelassen, redete die andere einfach weiter.

Einmal, so erzählten Mary & Jane im Wechsel, als Kinder, da waren sie hinab in den Keller gegangen. Damals wohnten sie noch im Polygon, sie mussten einen Stapel alter grauer Decken holen. Es wird Herbst gewesen sein. Ende des Herbstes. Hieß es nicht: Kommen die Spinnen nach drinnen, dann mag wohl der Winter beginnen? Die Decken waren reichlich verstaubt und würden zunächst einmal gewaschen werden müssen. Doch Jane war nie zimperlich, und Dreck schreckte sie nicht ab. Sie klaubte also im Spaß eine der Decken aus dem Stapel und legte sie sich um die Schultern. Dann sagte sie: Ich bin die graue Königin der Nacht! und machte ein paar elegante Schrittchen, ehe sie die Decke abstreifte und wieder faltete. Auf ihrer Schulter saß: die Spinne.

Mary mochte keine Spinnen, wusste aber, dass Janes Spinnenangst weitaus heftiger war als ihre eigene. Die Spinne im Keller war gigantisch, eine schwarze exotische Kreatur, viel zu groß und behaart für eine einheimische Spinne. Sie saß reglos auf Janes Schulter und rieb gemächlich ihre Vorderbeine aneinander. Mary erschauerte. Sie würde dieses Bild nie vergessen. Die haarige Handteller-Spinne auf dem weißen Kleid. Mary dachte nicht nach, sie handelte sofort, sie wusste nicht, woher sie den Mut fand, wollte ihrer Schwester einen tödlichen Schreck ersparen, und so trippelte sie fast tänzerisch zu Jane, überwand sich und wischte die Spinne mit einem raschen Wink ihres Handrückens von Janes Schulter. Die Berührung mit dem haarigen Spinnenleib war kurz, aber grausig. Die Spinne schleppte ihren Körper träg über den Boden.

Jane sah es, Jane schrie, Jane hörte nicht mehr auf zu schreien, und Mary konnte das Schreien nicht aushalten, das Schreien kam von tief unten aus dem Haus der Angst, Mary überwand sich ein zweites Mal und trat fest auf den Spinnenkörper, es quetschte, sie nahm den Fuß weg, ein braunroter Brei pappte halb unter ihren Ballerinas, halb auf dem Boden, Mary hörte immer noch das Kreischen ihrer Schwester, sah das Häkeln zweier Spinnenbeine, die sie nicht erwischt hatte, eine grausige Bewegung aus dem Tod heraus, und Mary streifte aus Ekel die Sohle ein paar Mal über den Kellerboden, aber sie konnte den Blick nicht wenden von den betenden Beinen der Spinne, hörte immer noch Janes Geschrei, und weil Mary diese Schreie nicht mehr ertragen konnte, sprang sie zu Jane und legte ihre Lippen auf die ihren, Mary küsste Jane die Schreie in den Mund zurück, und so standen sie dort, bis das Spinnenzittern endlich verebbt war und die Schreie erstickt und eine neue Ruhe im Keller herrschte, aus einem Kuss geboren.

Percy fragte: »Ihr habt euch geküsst?«
»Das war der Spinne geschuldet«, sagte Mary.
»Machen alle Mädchen«, sagte Jane. »Wir haben uns später noch oft geküsst. Mädchen müssen küssen üben. Damit wir wissen, wie's geht.«
»Stimmt«, sagte Percy. »Meine Schwestern taten das auch.«
Mary fragte: »Und ihr? Übt ihr denn nicht? Ihr Männer?«
In Percys Blick sammelte sich Traurigkeit. Er hob die Hand.
»Augenblick«, sagte er, und die Traurigkeit verzog sich wieder. »Eins will ich wissen: Wo kam sie her, die Spinne? Wenn's eine exotische Spinne war, aus fernen Ländern, Italien oder Griechenland, vielleicht eine schwarze Tarantel?«
»Ist das wichtig?«
»Wenn ich euch die Geschichte glauben soll, ja.«
»Glaubst du sie uns denn nicht?«
»Doch! Ich glaube euch. Aber wenn du erzählen willst, Mary, wenn du schreiben willst, und das willst du doch, oder?«
»Ja«, hauchte Mary.
»Und ich auch«, murmelte Jane, einfach, um dabei zu sein.
»So musst du, so müsst ihr dafür sorgen, dass euch alle glauben, egal, wer das sein mag.«
»Ist einfach«, rief Jane. »Die Spinne steckte in einer Kiste.«
»In welcher Kiste denn?«
»In einer Kiste mit Obst.«
»Genauer, Jane.«
»Ich weiß, wer die Kiste mitgebracht hat!«, rief Mary. »Aus Griechenland. Von seiner Fahrt in den Orient. Lord Byron! Bei seiner Rückkehr aus Griechenland hat er, die Spinne im Gepäck, Halt gemacht, in London, die Spinne ist aus der Kiste ...«
»Wie?«, fragte Percy. »Wie kommt die Spinne aus Byrons Kiste in den Keller? Wie kommt sie überhaupt rein in seine Kiste?«

»Nein«, rief Jane. »Byron hat sie in einem Käfig mitgebracht. Er besitzt doch schon eine ganze Menagerie: Hunde, Katzen, Pfaue, Schildkröten, was weiß ich? Jetzt wollte er eben eine Spinne haben, eine exotische Spinne.«

»Ja«, rief Mary. »Die Gittertür des Käfigs ist durch ein Ruckeln der Kutsche plötzlich aufgesprungen.«

»Und die Spinne abgehauen.«

»Über die Straße.«

»In unseren Keller.«

»Sie war schon alt.«

»Details«, sagte Percy. »Details sind wichtig. Genauigkeit. Aber eins habt ihr nicht bedacht.«

»Und was?«

»Zu der Zeit, da ihr die Spinne im Keller saht, hatte unser Lord Byron seine berühmte Reise noch gar nicht angetreten.«

»Uff«, sagte Jane.

»Außerdem müsst ihr noch über etwas anderes nachdenken.«

»Worüber?«, fragte Mary, ihre Wangen rot vor Eifer.

»Darüber, was die Spinne bedeutet.«

»Eine Spinne ist eine Spinne!«, rief Jane.

»Beim Schreiben ist alles Allegorie. Alles hat eine konkrete Bedeutung und eine tiefere. Die Spinne ist nicht nur hässlich und ekelhaft, sie steht immer für etwas anderes. Für die Angst, für den Tod, für die Mutter, für den Hass, was weiß ich, das müsst *ihr* entscheiden. Alles hat einen doppelten Boden. Sonst könnte man ja gar nicht die Wörter hinunterfallen.«

Mary machte innerlich eine Notiz.

»Genug vom Schreiben!«, rief Percy. »Erzählt weiter, erzählt mir von eurem Vater, von William, ich liebe sein Buch!«

Mary holte tief Luft, wollte ansetzen, über ihren Vater zu sprechen, ihr Ein und Alles, doch in ihr Luftholen hinein legte Jane schon los, erzählte in aller Zärtlichkeit über ihren Papa William, der sie aufgenommen hatte wie eine eigene Tochter. Wann immer Jane ihn so nannte, fühlte Mary sich unwohl. Das kam von der Eifersucht. Es war *ihr* Papa. Nicht Janes. Auch wenn Jane von einem bestimmten Zeitpunkt an dieselbe Godwin'sche Erziehung genossen hatte wie sie. Mary dachte, ihre Schwester wolle ihr Papas Licht stehlen. Das hatte sie schon immer gestört.

»Und dein *richtiger* Vater?«, platzte es irgendwann aus Mary heraus. Sie biss sich zugleich auf die Lippe, denn die Frage war überaus gemein. Jane hatte ihren eigenen Vater nie kennengelernt. Sie wusste nicht mal, wie er hieß. »Es tut mir leid«, schob Mary rasch hinterher.

Doch Jane zögerte keine Sekunde, sie erzählte einfach weiter, sprang von einem Vater zum anderen, vom geistigen zum leiblichen, vom wirklichen zum möglichen, Mary staunte über Janes Kaltblütigkeit, mit der sie ihren angeblich leiblichen Vater ins Leben rief, ohne mit der Wimper zu zucken, Jane erfand seinen Namen und seine Karriere, ja, sogar Heldentaten im Krieg. Mary lauschte atemlos und sah, wie in Janes Auge eine echte Träne heranwuchs und sich löste, als sie vom Heldentod des erfundenen Vaters erzählte. Theatralik selbst im Stillen, dachte Mary. Percy schien alles zu glauben. Jane strahlte, und Mary verstand, dass Jane gerade Percys erste Lektion umgesetzt hatte: Die anderen müssen glauben, was man erzählt, sie müssen glauben, dass die Spinne im Keller hockt und dass der Vater ein Held ist. Mary drückte Janes Hand, kräftig und stillschweigend, sie wollte ihr gratulieren und wehtun zugleich.

»Autsch«, sagte Jane und zog ihre Finger ins Freie.

Mary & Jane saßen so gern bei Percy und hörten ihm zu. Diese nie aufgesetzte Leidenschaft, diese Entrückung angesichts jedweder Schönheit, eine übersprudelnde Liebe für die Welt, dieser kindlich ernste Drang, einfach alles in Worte zu rahmen, was es gab und was er sah und empfand: Percy pflückte seine Vergleiche im Vorbeigehen wie Pusteblumen und blies die tausend Sporen in die Luft.

Ganz zu Anfang hatte Mary ihrer Schwester gesagt, sie solle Percy nicht so anschmachten, doch Jane konnte nichts dagegen tun. Sie war Percy vollkommen verfallen. Wenn sie sich trafen und zu dritt ins Sommergras plumpsten, lag Jane gern auf dem Bauch, das Kinn in den Handballen, und dann lauschte sie Percys poetischen Fontänen, konnte ihn einfach so anschauen, sein blasses Gesicht, die mitunter geschlossenen Augen und den nach Küssen schreienden Mund. Und oft genug bekam Jane in ihrer Schwärmerei den Anfang gar nicht mit.

Einmal gab Percy ein Gedicht preis, das er gerade zu schreiben versuchte, es war noch lange nicht fertig, wie Percy sagte, fest aber stand, dass es eine Hymne werden würde, eine Ode an, ja, an wen eigentlich? Jane wusste es nicht, sie hatte den Anfang mal wieder verpasst. Doch wollte sie sich keine Blöße geben und Percy nicht stören im Akt des Schaffens, und so unterbrach sie ihn nicht. Ihre Neugier wuchs von Wort zu Wort. Denn das, was Percy hier besang, musste eine ungeheure Kraft sein, dachte Jane, während sie Percys zauberhaften Schnipseln lauschte, eine bedeutende Muse, etwas grenzenlos Starkes, eine »unmittelbare Feuerwolke im Blitzgold versunkener Sonnen«, rief Percy, eine »überkörperliche Freude«, brach es aus ihm heraus. »Erde und Luft sind erfüllt von dir, und der Himmel wird überflutet!«

Jane hoffte nur, dass er nicht von Mary sprach.

Da rief Percy: »Wer du bist, wissen wir nicht!«

Jane atmete auf.

»Was ist dir am ähnlichsten?«, fragte Percy mit geschlossenen Augen, als läse er einen Text aus einem inneren Buch oder als grabe er nach Wortschätzen tief in sich selbst. »Mehr als ein Poet bist du, versteckt im Gedankenlodern deiner süßesten Liebe! Du güldener Glühwurm im Tal des Taus! Du Rose bestickt! O du regenwache Blume!«

Percy schien vollkommen beseelt, Jane sah eine Träne auf seiner Wange. Wow, dachte sie. Was auch immer Percy genommen hatte, genau das wollte sie auch. Was auch immer er trank, schien ihm Flügel zu verleihen. Jane stand auf, fühlte sich gepackt von einer wurzellosen Energie, etwas in ihr wirbelte wie Schneeflocken, sie wusste nicht, wohin mit sich.

»Lehre uns«, schrie Percy zum Objekt seiner Ode, »welch süße Gedanken die deinen sind! Verglichen mit dir ist alles andere leeres Geprahl und kümmerlich Geschwätz!«

»Verglichen mit wem?«, rief Jane.

Percy ließ sich nicht aus dem Rhythmus bringen und gab weitere bruchstückhafte Verse von sich: »Bei deiner klaren, kühnen Freude kann's kein Siechen geben. Die kargen Schatten der Langeweile nähern sich niemals dir.«

Das musste eine ungeheuerliche Macht sein, dachte Jane, ein Himmelsfunke, eine göttliche Inspiration, obwohl Percy nicht an Gott glaubte, aber erst gestern hatte er von dem Brunnen gesprochen, aus dem der Poet all sein Wasser schöpfe, und das sei die eine Kraft, das Göttliche im Menschen selbst.

»Du liebst«, flüsterte Percy plötzlich, »doch der Liebe Sattheit kennst du nicht. Dinge siehst du: wahrer, tiefer, als wir Sterbliche sie erträumen. Selbst wenn wir Hass und Stolz und Angst verachten, selbst wenn wir geboren sind, um niemals eine Träne zu vergießen, so kommen wir deiner Glücksfreude nicht nah!

Sie ist reicher als alle glitzernden Tonleitern, reicher als alle Sinnschätze in Büchern. Lehre mich! Lehre mich nur halb die Freude, die deinen Geist erfüllt. Welch harmonischer Wahnsinn entspränge meinen Lippen! Und die Welt würde mir endlich lauschen!«

Percy kam zu sich wie aus einer Trance, zückte das Notizbuch, und seine Lippen formten zwei Wörter, die er hineinschrieb: »harmonischer Wahnsinn«.

»Was ist das für eine Kraft?«, rief Jane noch einmal. »Von welcher Muse sprichst du denn?«

Percy sah sie verwirrt an.

»Wie heißt das Gedicht überhaupt?«

»Es ist noch lange nicht fertig«, sagte Percy.

»Er hat doch gesagt, wie es heißt«, sagte Mary. »Am Anfang.«

»Und? Wie heißt es jetzt, verdammt noch mal!?«

»Es heißt *To a Skylark*«, flüsterte Percy.

»Was?«, rief Jane.

»*An eine Lerche*.«

»An welche Lerche denn?«

»An eine Lerche halt. Eine Feldlerche.«

»Eine Feldlerche!?«

»Ja«, sagte Mary, »die gemeine braune Feldlerche.«

»Wahnsinn«, seufzte Jane und schüttelte den Kopf. Sie schaute zu Percy und wusste plötzlich: Dieser Mann liebt alles. Und was er liebt, schmilzt unter seinem Blick zu Feuer.

Und dann regnete es. Ein Sommerregen. Als Percy kam, war Jane schon da. Wortlos lief Mary los, Richtung Friedhof, Percy & Jane folgten ihr. Sie ließen sich vom Wasser überströmen. Als sie den Friedhof erreichten, ließ der Regen nach. Jane sah das Kringeln der Regenwürmer und die lahme Prozession der Nacktschnecken. Zickzackig sprang sie zum Eingang des Friedhofs. Da stand Mary. Blick voraus. Rücken zu ihnen. Jane sah: Marys Schultern zuckten. Als würde sie weinen. Aber Mary weinte nicht. Sie lachte nicht. Sie zitterte. Sie drehte sich um. Mit einem Ruck. Jane erschrak. Auf Marys Gesicht lag etwas Wildes. Jane kannte dieses Gesicht nicht. Seltsam ernst zeigte Mary auf den erstbesten Grabstein neben sich, und dann sagte sie einen Satz, den Jane nie wieder vergessen würde. Der Tonfall war anders als sonst, befehlend, fiebernd, gewaltig, klar. Mary fixierte Jane, es klang wie eine Beschwörung, als sie sagte: »Und du bleibst jetzt hier!«

Jane hielt die Luft an. Heute?, dachte sie. Heute? Wirklich heute? Irgendwann hatte es geschehen müssen. Aber heute? Auf dem Friedhof? Womöglich am Grab ihrer Mutter? Percy stand neben Jane. Auch ihn schien der Satz zu treffen. Schon nahm Mary Percy bei der Hand, zog ihn mit sich, den Kiesweg entlang. Percy drehte sich noch einmal zu Jane. Sie konnte nicht erkennen, was dieser Blick bedeutete. Gern wäre Jane wie immer hinter den beiden hergelaufen, aber sie tat es nicht, zu laut hallten Marys Worte in ihr nach: Und du bleibst jetzt hier!

Jane setzte sich neben den Grabstein, den Mary ihr zugewiesen hatte, sie rupfte Unkraut aus der nackten Erde, warf es hinter sich. Vielleicht ist das der Unterschied zwischen Mary & mir, dachte Jane: Ich rupfe, sie zupft. Jane lauschte. Hörte sie was? Das Muttergrab lag zu weit weg. Jane dachte jetzt an Zungen, an Hände, an Haut und an Haare. Sie liebte Marys Haare, ja, sie beneidete sie darum.

Und du bleibst jetzt hier! Marys Worte. Ja. Sie würde bleiben. Sie war zwar Jane, die immer tat, was sie wollte, jetzt aber tat sie, was Mary wollte. Sie betrachtete den Grabstein: Bernadette Cavalière. Eine Französin? Vor vier Jahren gestorben. Mit neununddreißig. Wie viele Kinder hat sie gehabt? Stand nicht drauf. Nur nackte Daten. Unser Leben, dachte Jane. Geboren, Bernadette. Gestorben, Bernadette. Das war's. Sehr vorhersehbar.

Wie lange waren die beiden jetzt weg? Eine halbe Stunde? Eine ganze? Das durchnässte Kleid wurde langsam unangenehm. Jane stand auf, wollte aber Marys Befehl Folge leisten und beim Grabstein bleiben. Sie stellte sich eine Weile in die Sonne. Dann spürte sie ein Zucken in den Beinen und lief los, immer um den Grabstein herum. Ich bin der Bi-Ba-Butzemann: Jane summte das Lied. Ihre Mutter hatte es ihr beigebracht. Auf Deutsch. Jane kannte es auswendig. Endlich blieb sie stehen. Das Lied klingt so niedlich, hatte Mutter ihr mal gesagt, in Wirklichkeit aber ist der Butzemann ein Dämon, der Kinder stiehlt. Jane hielt inne. Stand eine Weile in der Sonne. Schloss die Augen. Dann kletterte sie auf den nächsten Baum. So hoch hinauf wie möglich. Wenn ich runterfalle wie 'ne reife Birne, sei's drum. Sie kam fast bis in den Wipfel und hielt Ausschau. In dieser Richtung musste es liegen, Mary Wollstonecrafts Grab. Doch gab es zu viele Bäume dazwischen. Jane konnte nichts erkennen. Sie stieg herunter und wollte schlafen, lehnte sich an die Rückseite des Grabsteins, schloss die Augen. Aber es ging nicht. Sämtliche Vögel okkupierten die Stille. Noch nie hatte Jane Vögel so laut tschilpen, nein, zetern gehört. Ob sie stritten? Worüber? Übern Wurm im Schnabel, den die Jungen sich stopfen in hungrige Kehlen? Wo blieben sie? Wo blieben Mary & Percy?

Wenn ich jetzt die Augen aufmache, sehe ich sie. Jane öffnete die Augen, aber sah sie nicht. Gut. Bei zehn. Sie zählte bis zehn, öffnete die Augen, aber sah sie nicht. Gut. Bei hundert. Sie zählte bis hundert, nein, nicht ganz, denn bei siebenundsiebzig hörte sie ihren Namen: »Jane!«

Sie öffnete die Augen: Mary & Percy.

Arm in Arm standen sie vor ihr.

»Jane«, sagte Mary noch einmal. »Steh auf.«

Jane folgte auch diesem Befehl, konnte die Augen nicht wenden von Mary: Die Schwester sah vollkommen anders aus, ihr Atem stolperte, als sei sie gerade wahnsinnig schnell gerannt, die Haut flimmerte im Licht, die Haare aufgelöst, die Augen seidig, auf ihren Zügen ein freudiges Entsetzen, eine erschrockene Erleichterung, es war, als wäre Mary gerade aus sich selbst herausgetreten.

»Ich danke dir«, sagte Mary.

Sie stand dort, ganz nah bei Percy, als wären die beiden zusammengewachsen. Jetzt zog sie ihn zu Jane, ein Dreieck, das sich schloss: Mary legte ihren freien Arm um die Schwester, und Percy tat es ihr gleich. Arm in Arm in Arm standen sie: Mary & Percy & Jane. Mary zog Jane noch näher. Bis ihre Wangen sich berührten.

»Und jetzt?«, fragte Jane.

»Jetzt«, flüsterte Mary, »gehen wir hin und sagen es Papa.«

Newgate Prison &
Cliffs of Dover

Mary kam ins Gefängnis. Noch hörte sie den Ruf ihrer Mutter am Grab: Spring kopfüber in dein Leben! Noch klangen ihr Percys Worte im Ohr: Wie wunderschön und ruhig und frei du bist, in deiner Weisheit jung, du reißt sie entzwei: die tödliche Kette Gewöhnlichkeit. Vom Friedhof liefen Mary & Percy zu William, atemlos standen sie vor ihm, Hand in Hand, riefen, dass sie sich liebten wie verrückt, und Mary dachte, ihr Vater würde aufspringen und sie umarmen vor Freude. Wie begeistert hatte Vater geschrieben über die freie Liebe! Und wie abschätzig über die Ehe! Mary dachte, ihr Vater würde rufen: Werde glücklich! Schwimme los! Stolz stand sie da, mit Percy an der Seite, und sie kippte William ihr Herz vor die Füße.

William erhob sich langsam und hielt sich an seinem Schreibtisch fest. Dann sagte er in einem Tonfall, den Mary überhaupt nicht an ihm kannte: »Was denkt ihr euch dabei? So ein Skandal. Das verzeihen die Leute nie. Wenn du den Kerl nicht auf der Stelle heiratest, ist dein Ruf dahin. Nur: Heiraten kannst du ihn nicht. Weil dieser Teufel hier schon verheiratet ist.« William griff sich an den Adamsapfel und zischte: »Du gehst nach oben. Und kommst nicht mehr raus, bis die Dummheit ein Ende hat. Und Sie«, rief er zu Percy, »verlassen auf der Stelle mein Haus. Kümmern Sie sich um Ihre eigene Frau. Um Ihre Kinder. Werden Sie erwachsen! Und jetzt raus hier.«

Mary lief hoch in den fünften Stock und versuchte verzweifelt zu verstehen, was geschehen war. Sie hockte in den nächsten Tagen in ihrem eigenen kleinen Gefängnis, mit Blick auf das richtige Gefängnis draußen, das Newgate Prison. Mary saß dort wie zerbrochen. Percy fehlte. Seine selbstverständliche Gegenwart fehlte. Ihre Körper, ihre Wörter lagen getrennt. Sie konnte nicht mehr atmen allein. Nicht mehr sprechen. Abgeschlossen die Tür, der Schlüssel steckte draußen. Und ihr Vater? Sein unerklärliches Tun? Der Autor der *Political Justice*? Lag es daran, dass ihr Vater sein Buch schon vor fast zwanzig Jahren geschrieben hatte?

Mehr als je zuvor spürte Mary den Hass auf dieses Haus, das langsam vor sich hin siechte, ja, verrottete, sie hasste die maroden Treppen und leicht muffigen Zimmer. Wie oft war Mary geweckt worden vom Gestöhn und Geklapper der Rinder, die über die Kopfsteinpflaster zum Smithfield-Schlachthof getrieben wurden. Die schiere Todesangst lag in ihren hilflosen Rufen, sie schienen genau zu wissen, wohin es ging. Mary hasste den ekelhaften Gestank nach Angst und Kuhdung und beißender Kürschnerbrühe. Dagegen kamen die Düfte nicht an, weder die aus den Kaffee- noch aus den Ölgeschäften oder den Lagerhäusern für Orangen und Austern. Nein. Die Skinner Street stank.

Am dritten Tag ihrer Haft läuteten die Glocken für eine Hinrichtung. Die Gefangenen wurden vom kleinen Giltspur Compter ins Newgate Prison geführt. Dieses Mal wollte Mary sich zwingen zuzuschauen. Bis zum Ende. Die Glocken läuteten. Die Menschen krochen herbei. In wenigen Minuten waren die Straßen überfüllt, bis zum Snow Hill herrschte dichtes Gedränge. Als hätte es dieses Unglück nicht gegeben vor ein paar Jahren.

1807, kurz nach ihrem Umzug in die Skinner Street, waren die berüchtigten Räuber Haggerty & Holloway hingerichtet worden. Sie hatten den beliebten Lavendel-Kaufmann Higgins erstochen. Kein Londoner wollte sich das entgehen lassen. Mary Jane hatte damals die besten Plätze im fünften Stock meistbietend vermietet. Unten standen die Menschen platt gedrückt an den Fenstern der Buchhandlung. Dass keine Scheibe zu Bruch ging, grenzte an ein Wunder. Fast dreißig Leute waren damals zu Tode getrampelt oder erstickt worden von der Masse, viele weitere verletzt.

Doch Menschen vergessen. Wieder drängten sich jetzt viel zu viele von ihnen auf den Straßen. Kaufleute boten Erfrischungen an und schoben ihre aufgemotzten Schubkarren durch die Menge, mit grell gestrichenen Werbeschildern. Die Fenster der umliegenden Häuser waren schwarz vor Leuten, die sich hinauslehnten. Sowohl Carlton, der Hutmacher von gegenüber, als auch Nachbar Ferguson, der Scheuerlappenhersteller, hatten ihre Fenster mit Holzbrettern vernagelt. Sämtliche Geschäfte schlossen beim ersten Läuten. Mary hatte das Fenster geöffnet. Die Händler hatten alle Hände voll zu tun. Mary las auf den Werbeschildern: Hang up Ginger-Pop. Aufhäng-Ingwer-Brause.

Am Old Bailey standen die Galgen schon. Die Schlingen baumelten nicht, sie hingen schlaff herab. Endlich kamen die Todgeweihten. Drei Männer. Es wurde stiller unter den Menschen. Sie hörten auf zu rufen, pufften sich in die Seiten und deuteten zu den Galgen. Jemand verlas etwas, Mary konnte nichts verstehen. Dann musste der erste Verurteilte die Bühne betreten, eine Bühne schien es Mary zu sein, mit viel mehr Zuschauern als bei einem Theaterstück, doch ohne Kunst und Künstlichkeit. Der Verurteilte schrie. Er weinte. Er trat um sich. Er wollte sich losreißen. Der Henker hielt ihn fest. Stülpte ihm ein schwarzes

Säckchen über den Kopf. Legte ihm eine Schlinge um den Hals. Die Schreie wurden dumpfer. Der Ruck des Hebels, ein Ratschen, der Boden wurde ihm weggezogen unter den Füßen, ein Keuchen, ein Zappeln, der Mann hing, der Mann starb, und die Menschen applaudierten.

Jane blieb frei. Sie hatte sich nichts zu Schulden kommen lassen in den Augen der Eltern. Und so wurde sie zur Trumpfkarte der beiden Liebenden, zum Boten zwischen Percy & Mary, und sie flog mit Liebeszetteln hin und her, manchmal zehn Briefchen am Tag, immer knapp gehalten. Jane lief in den fünften Stock der Skinner Street, klopfte wie verabredet viermal, mit einer Pause nach dem dritten Klopfer, schon schlüpfte ihr ein Briefchen unterm Schlitz entgegen, nur gefaltet, Jane stürzte zu Percys Wohnung in Hatton Garden, klopfte auch dort, Percy hatte keinen Blick für sie, nur für das Briefchen, riss es an sich, seine Augen hasteten darüber, und Jane wusste, sie würde warten müssen, sofort schrieb Percy eine Antwort und drückte sie Jane in die Hand.

Jane schonte sich nicht: Sie las jedes einzelne Briefchen. Auch wenn es wehtat. Vielleicht gerade weil es wehtat und sie dadurch endgültig verstand, dass sie ihre Liebe zu Percy vorerst einmotten musste. Noch auf dem Rückweg in die Skinner Street las Jane Percys Briefchen. Marys Antworten las sie schon, während sie die fünf Stockwerke nach unten lief. Mary & Percy wussten von ihr als Drittleserin, und es machte ihnen nichts aus. Die Zettel wimmelten von Liebes- und Ewigkeitsbeteuerungen, Rettungsbeschwörungen und Bekundungen ihrer Not, von Befürchtungen und Plänen und Andeutungen einer künftigen Körperlichkeit, von den ewigen Versuchen, den Geliebten glücklich zu machen durch das Ausmalen der eigenen Sehnsucht. In immer neue Worte fassten sie das Feuerwerk ihrer Gefühle. Jeder wollte den anderen übertreffen. Alles stand auf Anfang, und doch schien es schon vorbei durch das väterliche Verdikt. Was ihre Gefühle nur noch stärkte. Aber jenseits ihrer hin- und hergerissenen Wallungen, zwischen dieser erst vor kurzem erlebten unbändigen Freude über das Geschehene, zwischen den Qualen des Entzugs, der Hoffnung auf Rettung, ja, zwischen all dem schrieben sie beide – als griffen sie zu einem Heilmittel, das ihnen in jeder Notlage helfen könnte –, über die Kraft der Worte, über Sprache, Bücher und Literatur, über ihre Lieblinge, die sie beide deshalb so gut kannten, weil sie denselben Lehrer gehabt hatten, der jetzt so unerwartet zu ihrem gemeinsamen Gegner geworden war: William Godwin.

Shelley schrieb: Miltons Satan ist der Ewige Rebell, der sich auflehnt gegen die öde himmlische Gesellschaft, Satan will sich befreien, macht sich auf den Weg, Gott zu stellen, er ist die letzte Hoffnung aller Geknechteten.

Mary schrieb: Lang ist der Weg und hart, der aus der Höll uns führt ins Licht.

Percy schrieb: Was bist du für ein Engelwesen, das Milton aus dem Kopf zitiert? Den geliebten Milton zu hören aus der Feder meiner geliebten Mary? Ich werde dich befreien!

Mary schrieb: Mein Rebell. Mein dunkler Engel. Ich liebe deine zärtliche Glut und deine kolossale Kraft. Komm, Shelley, komm und rette mich.

Percy schrieb: Du bist mein Leben. Wenn ich dich nicht sehe, bin ich tot. Milton, einmal mehr unser Milton, der Größte, er sagt: Wo alles Leben stirbt, da lebt der Tod.

Mary schrieb: Ich habe deine *Queen Mab* gelesen. Gefangen ohne dich brauche ich deine Worte. Ich lese nicht. Ich schmiege mich an die Zeilen. Ich liebe mich in deine Bilder hinein. Ich höre *Queen Mab* mit deiner Stimme im Kopf, Shelley. Es berührt mich zutiefst.

Percy schrieb: Du weißt nicht, was das für mich bedeutet.

Mary schrieb: Ich habe noch nie Gedichte gelesen mit so vielen Anmerkungen. Warum? Sagst du es mir?

Percy schrieb: Weil es immer noch mehr zu sagen gibt als das, was man bereits gesagt hat.

Mary schrieb: Aber sollten Gedichte nicht für sich sprechen?

Percy schrieb: Ich liebe dich.

Mary schrieb: Percy. Ich bin die Deine. Ich bin ganz und gar die Deine. Ich schenke mich dir, und heilig sei meine Gabe.

Jane kritzelte hinzu: Vielleicht schreibt ihr mal ein bisschen mehr, dann lohnt sich der Weg auch für mich. Eure Jane.

Es kam die letzte Juliwoche, heiß und windstill, und über ganz London lag eine drückende Schwüle, die für Fächerwedeln auf den Straßen sorgte, bei den wenigen Menschen, die sich nach draußen wagten, die meisten blieben in der Kühle ihrer Behausungen. Die Damen trugen zudem Schirmchen gegen die Sonne, die Herren ihre Hüte. Als Percy wie ein verwahrloster Kater durch die Straßen strich auf der Suche nach irgendetwas, von dem er nicht wusste, was es war, sah er die Apotheke, stürmte hinein, kam Minuten später wieder heraus mit einer Flasche Laudanum, der geliebten Opiumtinktur. Zur Beruhigung der Nerven. Zur Erhöhung der Kreativität. Zum Erliegen der Schmerzen. Nicht zuletzt auch geeignet zum Selbstmord. Alles war wie immer eine Frage des Maßes.

Percy lachte grimmig auf, er hatte tagelang kaum geschlafen, lief nach Hause, öffnete den Schreibsekretär mit einem Schlüssel, den er aus der Blumenerde einer fünfköpfigen Margeriten-Familie kratzte: In der untersten Schublade lagen seine Napoleon-Pistolen in einem hölzernen Kistchen, ein Geschenk von Großvater Bysshe. Percy nahm eine von ihnen, betrachtete die Verzierungen, Monsterköpfe, Schlangen, das große »N« am Griff, er lud beide Läufe mit Pulver und silbernen Kugeln, steckte die Pistole in die Innentasche seines Rocks, setzte den Hut auf und lief wieder los.

In höchster Erregung erreichte er die Skinner Street, riss die Ladentür auf, und das Glöckchen bimmelte wie wahnsinnig und wäre beinah von der Schnur gerissen ob seiner Gewalt.

»Was soll das!?«, fauchte Mary Jane. »Haben Sie getrunken?«

Percy stürmte – die Laudanum-Flasche in der Hand – an Mary Jane vorbei durch den rückwärtigen Teil der Buchhandlung und dann das Treppenhaus hoch, bereit dazu, William Godwin zurück in dessen Büro zu stoßen, wenn der sich auf der Schwelle blicken ließe, doch Godwin war – glücklicher Zufall – außer Haus. Fünf Stockwerke sind nicht leicht zu bezwingen. Vor allem, wenn man wie Percy die letzten Tage und Nächte eher dem Kummer, dem Alleinsein, dem Trinken und dem Briefeschreiben gewidmet hat, ohne jede Ertüchtigung. Deshalb stemmte er – schon auf dem dritten Treppenabsatz – die Hände in die Seiten und keuchte kurz.

Mary Jane holte auf. Sie polterte dem jungen Dichter hinterher, rief ihm nach: »Warten Sie!« Und Percy musste weiterlaufen. Oben angekommen, drehte er den Schlüssel, trat, nein, sprang zu Mary ins Zimmer. Die beiden pressten sich aneinander. Schon stand Marys Stiefmutter in Percys Rücken. Auch sie außer Atem jetzt. Dicht gefolgt von Jane. Die wollte nichts verpassen von dem, was gleich geschehen würde.

»Sie verlassen auf der Stelle das Haus!«, polterte Mary Jane.

»Nicht allein.«

»Jetzt!«, donnerte Mary Jane.

Da zog Percy seine Pistole aus der inneren Tasche des Rocks, spannte die Hähne und richtete sie auf seine eigene Stirn. Er reichte Mary das Laudanum und rief: »Trink du die ganze Flasche! Wenn du tot bist, erschieße ich mich. Wir ziehen das durch, Mary. Die ganze Romeo-und-Julia-Nummer.«

»Sind Sie von Sinnen!?«, rief Mary Jane.

Percy reckte die Pistole gen Decke und schoss ein Loch hinein. Schmutz rieselte hinab. Auf Marys Haar. Percy erschrak und kam ein wenig zu sich aus seiner melodramatischen Stimmung. Mary Jane sagte nichts mehr, eingeschüchtert durch den Knall. Jane flüsterte: »Hej.« Und Mary? Erbleichte.

Percy wurde ruhiger, er entspannte den zweiten Hahn, schob die Pistole zurück in die Innentasche und nahm Mary fest in den Arm.

»Geh bitte«, sagte Mary. »Geh zurück. Bitte. Geh.«

Percy kam sich vor wie ein schlechter Schauspieler. Er griff nach dem Laudanum und verließ das Gefängnis, hörte noch, wie Mary ihm hinterherrief: »Ich werde dich immer lieben!«, sah nicht mehr, wie Stiefmutter Mary Jane die Augen verdrehte, hörte nicht Janes Seufzen, aus welchem Grund auch immer, nein, Percy dachte: Ich habe alles verloren. Alles.

Wieder zu Hause, klemmte Percy den Korken der Flasche zwischen die Zähne, quietschte ihn heraus, spuckte ihn in die Luft, verfolgte den Flug und seinen kurzen ulkigen Tanz auf dem Boden, blickte noch einmal auf das rote Etikett, auf dem unter Laudanum das Wort »poison« prangte, er las laut die Dosierung vor, »2 Tropfen für Babys, 4 Tropfen für Einjährige, 6 Tropfen für Vierjährige, 14 Tropfen für Zehnjährige, o Kindheit, so schnell gehst du vorbei, 25 Tropfen für Zwanzigjährige, schon ist die Jugend zerronnen, 30 Tropfen für Erwachsene«, aber so fühlte er sich nicht, Percy hatte keine Ahnung, was das Wort bedeutete, nein, er war nicht erwachsen. Dann setzte er die Flasche an die Lippen und trank. Für den Selbstmord zu wenig, für den Tiefschlaf zu viel.

Schon stürmte der nächste Mensch in den Laden der Godwins, und diesmal war es Shelleys Vermieter, der nicht wusste, wohin er eilen sollte, aber die innige Verbindung Shelleys mit den Godwins war ihm bekannt, deshalb rief er: »Mister Shelley hat sich das Leben genommen!« Weder Jane noch Mary bekamen Wind davon. Mary Jane aber lief zu Percy, nach Hatton Garden, sie fand ihn erschöpft und im Beisein eines Arztes, der ihn versorgt hatte und mit ernster Miene sagte: »Der Mann braucht Ruhe.«

Mary Jane blieb an Percys Bett sitzen, irgendwie aus einem diffusen Gefühl der Schuld heraus, tupfte seine Stirn mit kühlem Wasser, wechselte die Wadenwickel, zog dem Schlafenden sogar das Hemd aus in seiner Hitze und wischte den Schweiß von der Brust und aus den haarigen Achselhöhlen.

Percy kam hustend zu sich und fragte: »Mrs Godwin?«
»Ja.«
»Was tun Sie hier?«
»Ich kümmere mich um Sie.«
»Warum?«
»Einer muss es tun.«
»Wo ist Mary?«
»Sie wissen, wo sie ist.«
»Lassen Sie sie frei.«
»Das entscheidet William.«
»Können Sie uns nicht ein kleines bisschen verstehen?«
Mary Jane sagte: »Nein.«
In diesem Augenblick stand Percy klar vor Augen, was er

würde tun müssen. Sobald er wieder bei Kräften wäre. Er lächelte, nahm kurz Mary Janes Hand, sagte ein Dankeswort und bat sie, ihn allein zu lassen, er komme gut zurecht und verspreche, nie wieder mehr als dreißig Tropfen Laudanum auf einen Schlag zu nehmen. Mary Jane nickte, stand auf und verließ das Zimmer.

Noch eine Woche dauerte es, ehe Percy seinen Plan in die Tat umsetzen konnte. Noch eine Woche musste er Kraft tanken. Was vor ihm lag, bedeutete: Strapazen. Romantische Strapazen, das schon, aber auch romantische Strapazen waren Strapazen. Die Woche bis zur Ausführung des Plans verbrachte er im Bett und aß gesunde Sachen. Ohnehin ernährte er sich nur von Pflanzen. Der Gedanke, ein Tier zu verspeisen, war ihm ein Grauen. Wie kann man mit den eigenen Zähnen das Fleisch eines beseelten Wesens zerfetzen? Wie kann man Blut wie Soße vom Teller tupfen? Percy hatte das nie verstanden. Die Woche verbrachte er damit, Briefchen zu schreiben, an Mary, ihr den Plan zu schildern, ihr auszumalen, was sie erwarten und wie die Freiheit schmecken würde und was er und sie alles tun könnten, wenn sie endlich London den Rücken kehrten. All die romantischen Orte und Reisen durch Frankreich, durch Deutschland, durch Italien. Paris, die Loire, der Rhein, die Lorelei, Venedig, Rom und all die anderen Städte der Liebe. Die edlen Gasthäuser und Tavernen, in denen das wahre Leben sein Schauspiel vollführe. All die Bücher, die man sich während der langen Schiffs- und Kutschfahrten vorlesen werde. Alle Liebesspiele, denen man in damastbezogenen Betten frönen könne. Alle Zärtlichkeiten, Küsse, Blicke, wenn man allein sei, ganz ohne Verbote und Drangsal, ganz ohne den so sehr verhassten Anstand.

Percy schrieb: Ich bin einundzwanzig, also habe ich die

Hälfte des Lebens schon fast hinter mir. Du, Mary, noch nicht. Ich möchte meine zweite Hälfte an deiner Seite verbringen. Und ich will keine Sekunde länger damit warten.

Jane schrieb: Und was ist mit mir!?
Percy schrieb: Du kommst mit, Jane. Ist doch klar.
Mary schrieb: Ehrlich?

Am 28. Juli 1814 mischte sich Marys Begeisterung für das aufziehende Abenteuer mit dem Erschrecken über ihr Vorhaben, Vater William zu verlassen. Außerdem war sie ein wenig verschnupft angesichts der Tatsache, dass Jane tatsächlich mitkommen sollte. Percy hatte Janes Idee für gut befunden. Jane sei eine Bereicherung für die Flucht, sie sei auf windige Weise verrückt, spreche gut Französisch, und er, Percy, werde keinesfalls eine geknechtete Frau in ihrem Elend zurücklassen.

Mary tat die ganze Nacht kein Auge zu. Sie lag bekleidet unter der Bettdecke. Nur ohne Schuhe. Sie horchte auf jeden Glockenschlag, auf das tönerne Scheppern von Saint Sepulcher und das Nachzüglerbimmeln der städtischen Uhren. Um drei Uhr morgens stand sie auf und blickte aus dem Fenster. Die Nacht war heller als sonst. Sie sah Nebel aufsteigen, der sich an die Hampstead-Hügel schmiegte. Es würde ein heißer Tag werden. Mary legte sich nicht mehr hin. Unten ging der Nachtwächter vorbei. Flackerten die Lichter schon? Wenn sie flackern, erlöschen sie bald, und der Morgen bricht an. Mary konnte nicht aufhören zu denken. Sie zweifelte an ihrem Vorhaben. Noch einmal las sie Percys letztes Briefchen. Er hatte sie beruhigen wollen in seiner offenherzigen Art. Er hatte geschrieben, sie solle sich keine Sorgen machen, er wisse, was er tue, er sei schon einmal durchgebrannt, damals, mit Harriet. Mary seufzte. Mit diesem Brief nahm Percy den Schleier des Besonderen von ihrem

Abenteuer. Überhaupt: Von welchem Geld wollten sie leben? Mary wusste: Percys Reichtum war ein künftiger. Die in Aussicht stehende Erbschaft lockte die Gläubiger an. Sie stellten Percy Schuldscheine aus. Percy unterschrieb sie rasch, obwohl er manchmal das Vierfache dessen zurückzahlen musste – irgendwann später –, was er von den Gläubigern bekam, zudem gab es hemmungslose Fristen, sprich, im Grunde waren die Schuldscheine schierer Wucher und schamlose Ausbeutung. Percy schien sich nicht weiter dran zu stören. Er glaubte, er wäre reich, und so lebte er auch. Wenn Gläubiger mit abgelaufenen Schuldscheinen anrückten, stellte er einfach neue aus. Oder er floh.

Um vier Uhr griff Mary ihr Bündel und wartete auf Jane. Ein letztes Mal sah sie in den Spiegel. Abenteuerlich schaute sie aus in ihrem schwarzen Seidenkleid, mit Schal und elegantem Schleier, den sie um ihre Haube würde legen können. Das Bündel war schwer. Bücher statt Kleider. Bücher, dachte sie, sind Kleider für den Geist. Endlich schloss Jane auf. Gemeinsam schlichen sie durchs Haus. Beide waren sie barfüßig. Beide trugen nur das Bündel. Den Rest des Gepäcks – zwei Handkoffer und zwei kleine Kisten – hatte Jane am Vortag heimlich aus dem Haus geschafft und zu Percy bringen lassen. Unten durchquerten sie den Laden. Jane hatte alles vorbereitet. Der Schlüssel steckte von innen. Sie drehte ihn, öffnete die gläserne Tür: Stille. Sogar das Ladenglöckchen musste Jane am Abend schon abgehängt haben. Lauer Morgenwind schlug ihnen entgegen. Keine Kühle der Nacht. Mary blieb stehen, atmete ein, atmete aus.

»Na komm«, raunte Jane. »Worauf wartest du?«

Sie gingen weiter. Da stand die Kutsche. Ecke Skinner Street. Mary ging die letzten Schritte, sah das Vaterhaus nicht mehr. Seltsam. Etwas stimmte nicht. Sie blieb stehen.

Jane stieg hastig ein.

Percy rief flüsternd: »Mary! Komm!«

Endlich verstand Mary in restloser Klarheit, was sie zu tun im Begriff war. Stiege sie in die Kutsche, würde sie ihr Leben wegwerfen und ihren Vater vor den Kopf stoßen. Sie konnte seinen künftigen Schmerz förmlich fühlen. All die Zeit, die er ihr geschenkt, und all die Bücher, die er ihr vorgelesen hatte, und all die vielen kostbaren Gespräche. Mary warf ihr Bündel in die Kutsche und lief noch einmal zurück ins Haus, schlich leise nach oben und schrieb eine hastige Notiz: »Papa, verzeih mir bitte. Ich kann nicht anders. Ich muss es tun. Ich werde immer deine Tochter sein. Du bist der beste Vater, den man sich denken kann. Im Herzen bleibe ich bei dir. In Liebe. Mary.« Wieder lief sie aus dem Haus. Ein allerletztes Mal schaute sie zurück. Da sah sie den Geist, oben, am offenen Fenster, Fanny, in ein weißes Nachthemd gehüllt. Als Fanny sich aus dem Fenster beugte, schrie Mary auf, doch Fanny sprang nicht, sie ging nur in die Knie, raffte ihr Nachthemd, zog es über den Kopf, ließ es los, es bauschte sich und wehte nach unten, während Fannys nackter Körper reglos am Fenster stand.

Kurz bevor Mary die Kutsche erreichte, rammte Jane – ein wenig wütend über die unnötige Verzögerung – ihre Faust ans innere Dach. Der Kutscher schnalzte, die vier Pferde setzten sich träge in Bewegung, Mary musste schneller rennen, Percy hielt die Hand aus der offenen Tür, Mary packte sie, und mit kräftigem Schwung sprang sie in die anfahrende Karosse, Percy schloss die Seitentür, lachte, Jane lachte, auch Mary musste lachen. Etwas war zerrissen, zugleich aber wuchs ein neues Band zwischen den Fliehenden, die drei schauten sich an, wurden ernst, Percy streckte die Faust aus, Jane knallte ihre flache Hand darauf, und Mary folgte ihrem Beispiel.

Jane: »Endlich raus!«

Percy: »Endlich frei!«

Mary: »Endlich!«

Percy zog seine Taschenuhr heraus, ein Geschenk von Großvater Bysshe. »Wir schreiben den achtundzwanzigsten Juli, vier Uhr und exakt acht Minuten. Und wir sind auf dem Weg.«

Zweiundzwanzig Minuten später musste Mary zum ersten Mal spucken. Es war der Augenblick, an dem die Kutsche auf die London Bridge fuhr. Eine Kirchturmuhr schlug halb fünf. Alles zu viel für die filigrane Mary. Sie beugte sich aus dem Fenster und spuckte einen gelblichen Schwall, putzte die Mundwinkel, lehnte sich zurück in den Sitz. Die Kopfsteinpflaster waren die Hölle bei diesem Tempo. Mary wurde durchgerüttelt, jeder Knochen in ihrem Körper schien den Platz zu wechseln.

»Müssen wir so schnell fahren?«, stöhnte sie.

»Wahrscheinlich ist die Meute schon hinter uns her!«, rief Percy. »Glaubst du, wenn man abhaut, läuft alles reibungslos? Nein. Jemand wird uns zurückholen wollen. Mary Jane oder William. Oder beide. Um einen Skandal zu vermeiden. Jeder Skandal trifft immer alle Mitglieder einer Familie. Sie werden unsere Flucht nicht einfach so dulden. Außerdem begehe ich gerade ein Verbrechen. Man nennt es: Entführung! Hüja! Schneller!«, rief Percy und klopfte mit dem Knauf seines Stocks heftig an die Decke der Kutsche. Der Kutscher peitschte jetzt, die Pferde wieherten. Mary wurde immer elender zu Mute. Bald kroch auch noch die Sonne aus ihrem Versteck. Schneckengleich rutschte sie den Himmel hoch, verbreitete ihre schleimige Hitzespur, und sie klapperten in unvermindertem Tempo über die Kopfsteinpflaster Londons und an kleineren Orten vorbei Richtung Dover. Sie wechselten die schäumenden Pferde in Dartford. Zum Glück gab es Stationen. An jeder Station musste

Mary Pause machen, sich kurz hinlegen, während Percy auf und ab tigerte, seine Uhr nicht aus der Hand ließ und Mary, kaum eingeschlafen, wieder weckte.

Percy redete pausenlos unterwegs. Über die Marter der Abhängigkeit. Und dass sie sich endlich befreit hätten. Von Timothy. Von Mary Jane. Von William Godwin, der nicht lebte, was er geschrieben hatte. Percy erzählte plötzlich von seinem allerersten Gedichtband als Kind. Großvater Bysshe hatte die frühen Gedichte Percys drucken lassen, zusammen mit ein paar Gedichten seiner Schwestern. Percy war stolz. Er lobte Hellens Satz über die alte Frau in ihrem »Knochengewand«. Sein Vater Timothy überflog die kindlichen Ergüsse mit Kopfschütteln, kaufte alle Exemplare auf und vernichtete sie, ohne dass Percy Wind davon bekam. Erst später fand er es heraus. »Während ich, der Knabe Percy, mich in der Vorstellung sonnte, andere Menschen läsen meine Gedichte, lagen sie bereits als Häufchen Asche im Kamin von Field Place.«

In die Stille hinein sagte Mary: »Ich aber, Percy Bysshe Shelley, ich liebe meinen Vater!«

Obwohl es nur fünfundsiebzig Meilen waren, dauerte die Fahrt nach Dover – aufgrund der vielen Mary-Pausen – zwölf Stunden: Die Reisenden erreichten Dover erst um vier Uhr nachmittags. Percy handelte mit Fischern einen Preis aus für die Überfahrt nach Calais. Auf die Abfahrt wartend, machten sie sich frisch und aßen etwas in einem Gasthaus. Percy sprudelte über vor Erzählwut. Eine Gruselgeschichte jagte die nächste. Und am Ende machte er gern einen überraschenden Witz. Sodass Mary & Jane beides konnten: erschauern und lachen.

Am frühen Abend ging es los. Die Fischer hatten versprochen, dass man bei Tageslicht ankommen werde. Die Fahrt sei eine Sache von zwei Stunden. »Schaut nur!«, rief Jane. »Die weißen Klippen von Dover! Vielleicht werde ich sie niemals wiedersehen!«

Immer noch hockte die Hitze über der Stadt und brütete Böses aus: Kaum hatte das Fischerboot das offene Meer erreicht, schlug das Wetter um. Mary wurde noch schlechter als in der Kutsche. Das Abendessen flog als Erstes über die Reling. Dann spuckte sie Gallensaft. Irgendwann schien nichts mehr in ihr zu sein.

»Kann mich nicht bewegen. Bin wie gelähmt.«

»Hier«, rief Percy gegen die lauter werdenden Elemente des Sturms an. »Leg deinen Kopf hierhin.«

Mary rutschte in eine tiefe, todesähnliche Ohnmacht. Percy hoffte, sie schliefe endlich, auf dem Kissen seiner Jacke.

Der Sturm zeigte jetzt seine Krallen, die Brecher wurden stärker, ins Schiffchen klatschte das Wasser. Die Reisenden waren längst durchnässt. Die willkommene Abkühlung angesichts des schwülen Tages wandelte sich in empfindliche Kälte. Mary schlief einfach weiter. Unruhig zwar, mit Seufzern und Schreien, hin- und hergeworfen von Wellen und bösen Träumen, ab und an mit aufgerissenen, schlaftoten Augen, aber sie schlief. Trotz der Wassermassen. Es zuckten die Blitze, und einer von ihnen traf den Mast. Die drei Seeleute wurden immer hektischer. Sie refften das Segel.

Percy & Jane hockten eng aneinander unter ihren Reisemänteln, die sie als Regen- und Wasserschutz nahmen. Percy flüsterte Jane zu: »Ich kann nicht schwimmen!«

Jane klammerte sich an ihn und musste lachen. Das war ihre Art, mit dem Unwetter umzugehen.

»Na, herzlichen Glückwunsch auch, liebster Percy!«

»Und du, Jane?«

»Natürlich kann ich schwimmen. Ich bin Jane Clairmont! Nützen wird's mir nichts. Bei *den* Wellen.«

»Das ist das Ende, Jane!«

»Somit wird es Zeit für letzte Worte?«

»Wenn du meinst.«

Jane flüsterte: »Ich liebe dich, Percy.«

Percy hauchte zurück: »Weiß ich doch.«

»Du weißt es?«

»Dein Herz steht dir ins Gesicht geschrieben.«

»Warum hast du mich dann mitgenommen?«

»Genau deswegen.«

»Aber du liebst *Mary*!«

»Abgöttisch. Ich liebe nicht nur Mary & Jane. Ich liebe das Leben. Und ich liebe die Liebe. Ich liebe alles! Ich liebe den Tod. Leb wohl, Jane. Wie es wohl ist, wenn der Tod *Jetzt!* ruft?«

»Irgendwann wird er es tun. Nicht gerade heute, bitte!«

»Nein, heute soll es sein!«, rief Percy. Dann warf er die Reisemäntel von sich und brüllte – während Jane mühsam die Mäntel festhielt, damit sie nicht fortflogen – voller Ekstase gegen den Donner an: »Komm doch, Todesgott! Hol mich! Du hast keinen Stachel! Ich fühle nichts! Nur leise Enttäuschung. Mehr nicht. Hast du keine Angst, Jane?«

»Welche Farbe, denkst du, hat das Ende?«

Percy kroch wieder unter die Mäntel, nahm Janes Gesicht fest in beide Hände und gab ihr einen Kuss auf die Stirn.

Mary schlief weiter.

Doch plötzlich war Schluss. Von einem Augenblick auf den anderen. Der Sturm brach ab, seufzte, ganz so, als habe er keine Lust mehr, seine Kraft sinnlos zu vergeuden. Die Seeleute bekreuzigten sich, beteten den Rosenkranz. Jesus, der für uns Blut geschwitzt hat. Jesus, der für uns gegeißelt worden ist. Jesus, der für uns mit Dornen gekrönt worden ist. Jesus, der für uns das schwere Kreuz getragen hat. Jane konnte nicht glauben, dass diese wettergegerbten Männer mit solch Inbrunst beteten. Erst nach dem Gebet refften die Männer das Segel wieder aus. Es war inzwischen Nacht. Der Sturm hatte sie irgendwohin gewirbelt. Doch mit Hilfe der Sterne fanden sie den richtigen Kurs. Der Morgen brach früh an. In dem Augenblick, da Mary zu sich kam, erreichten sie Calais.

Mary: »Wo bin ich?«

Percy: »Die Sonne geht auf über Frankreich.«

Marys Ohnmacht hatte alles verschluckt: Sturm, Wasser, Wellen, Kälte, Nacht, Schrecken, die Angst und den möglichen Tod, auch das Gebet der Seebären und die knirschende Ankunft am Strand von Calais.

»Jetzt bin ich da«, sagte sie.

»Ja«, murmelte Jane. »Jetzt sind wir da.«

Alles war fremd. Dieses Gesumm der Sprache, ein melodiöser Bienenschwarm. Mary verstand so gut wie nichts. Jane immerhin ein wenig. Die französischen Frauen trugen Kappen und kurze Jacken oder mützenartige Hauben, unter denen die Haare hochgezogen waren. Keine einzige streunende Locke brach unter den Hauben hervor, keine Strähne schmückte Schläfen oder Wangen. Manche Männer trugen Ohrringe.

Percy wollte sich als Mann von Welt zeigen und führte die Frauen ins beste Haus sur place: ins Dessin's. Mary & Percy teilten ein Doppelbett, Jane bekam den Raum nebenan. Doch auch hier herrschte französische Einfachheit: Essen mussten sie mit allen anderen Gästen an einem einzigen, riesigen, zerkerbten Tisch im Gastraum, das Baguette wurde zwischen den schmatzenden und pausenlos plappernden Franzosen hin- und hergereicht und auch schon mal geworfen. Als es endlich in ihre Richtung flog, fing Jane es auf, lachte, rupfte drei Stückchen ab, für jeden eins, und dann warf sie das Baguette zum gegenübersitzenden Franzosen, tunkte ihren Fetzen in die schwarze Muschelsoße und biss herzhaft hinein. Sie fand das großartig.

Es blieb keine Zeit zum Luftholen. Denn in Calais kam es sogleich zum Duell. Die drei Reisenden hatten ihr Gepäck im Zollhaus von Dover gelassen. Es traf mit dem Postschiff ein, am Abend. Und mit dem Gepäck kam Janes Mutter. Mary Jane war später losgefahren als sie, hatte aber keine Mary-Pausen machen müssen. In Dover hatte sie erfahren, dass drei junge Leute noch am Abend in ein Fischerboot nach Calais gestiegen waren. Da hatte sie das Postschiff genommen.

Jetzt standen sie sich gegenüber. In der Suite im Dessin's. Mary Jane auf der einen Seite. Percy & Jane & Mary auf der anderen Seite. Percy & Mary nahmen Jane in die Mitte. Janes Mutter hatte in den letzten Monaten zugenommen, pummelig war sie geworden, Captain Davison vom Dessin's hatte sie sogar als »fat lady« angekündigt, aber das war übertrieben. Mary Jane schwieg zunächst, sie schien noch zu schwanken, was am meisten Erfolg versprach: aufbrausen, manipulieren, unter Druck setzen? Sie zog den Ekel wie Rotz in die Augen und sagte zu Jane: »Wenn du nicht mit mir zurückkommst, dann ist dein Leben ruiniert! Auf immer!«

Jane schwieg.

Für Mary hatte Mary Jane kein Auge.

»Dein richtiger Vater war ein Schurke«, sagte Mary Jane. »Er hat mich sitzenlassen. Mit dir und einem Haufen Schulden. Er ist einfach so abgehauen. Zack.« Sie schnipste mit den Fingern. »Er war ein verdammter Mistkerl. Ich hoffe, Jane, du wirst nicht so werden wie er!«

Jane musste schlucken. Sie merkte, wie sich Tränen hinter den Augen sammelten. Sie wollte sie unbedingt zurückhalten.

»Clara Mary Jane Clairmont!«, zischte Mary Jane. »Das ist deine letzte Chance. Du wirst Abschaum sein, wenn du hierbleibst. Wer will dich dann noch heiraten? Ehrenwerte Männer werden dich nicht mal mehr mit Handschuhen anfassen. Komm zu Verstand! Was willst du bei den zwei Verrückten?«

Jane schaute ihrer Mutter fest in die Augen.

Clara Mary Jane Clairmont?

Warum hatte Mutter ausgerechnet jetzt ihren Taufnamen gewählt? Jane zurrte Marys & Percys Arme enger, Arm in Arm in Arm standen sie dort, die drei, ein unüberwindbares Gitter.

Clara Mary Jane Clairmont?

In der Mitte ihres eigenen Namens steckte ihre Mutter: Mary Jane. Und Janes Rufname war die Hälfte der Mutter. Eins war ihr plötzlich klar: Wenn sie jemals neu anfangen wollte, musste sie sich von Mutter lösen. Jane wollte nicht die ganze Mutter sein: Mary Jane. Auch nicht die halbe Mutter: Jane. Sie wollte endlich sie selbst sein. Sie wollte etwas Großes tun, etwas, das alles Vergangene in den Schatten stellt, sie wollte eine neue Sicht aufs Leben, eine Tat musste her, etwas, das Mutter klar und deutlich verstehen würde.

»Komm zu dir!«, rief Mary Jane jetzt.

»Mutter«, sagte Jane, leise, ohne Pose oder Theatralik dieses Mal, vollkommen ernst und ganz und gar nicht clairmont. »Mutter«, sagte sie. »Genau das tue ich jetzt. Ich komme zu mir.«

»Na, Gott sei Dank«, sagte Mary Jane.

»Ich bin eine andere, Mutter. Eine andere, als du denkst.«

»Was meinst du, Jane?«

»Ich ändere meinen Namen.«

»Du änderst was?«

»Ich heiße ab sofort nicht mehr Jane. Sondern Clara.«
»Clara?«, riefen Percy & Mary zugleich.
»Clara?«, rief auch Mary Jane, erschrocken.
Jane nickte wild.
»Das geht nicht!«, rief Percy.
»Warum nicht?«, fragte Jane.
»Weil wir in Frankreich sind!«
»Ja und?«
»In Frankreich gibt es keine Clara. Hier«, rief Percy und lachte, »gibt es nur eine Claire.«
Jane schaute ihn an. »Claire?«
»Claire«, sagte Percy, »ist mehr als ein Name. Claire, das ist der Klang der Klarheit. Claire, das bist du. Klar wie ein Frühlingsmorgen. Klar und glänzend wie das Glas deiner Stimme.«
»Claire«, murmelte Jane und fühlte eine tiefe, warme Freude in ihrer Brust.
»Claire!«, rief Mary.
»Claire?«, hauchte Mary Jane.
Da blickte Jane auf und rief: »Das ist es, Mutter! Von nun an bis in alle Ewigkeit heiße ich: Claire. Claire Clairmont.« Mit diesen Worten löste sich Jane von Percy & Mary und von ihrem alten Namen, trat zur Mutter und sagte ihr: »Du kannst jetzt gehen, Mary Jane. Zurück nach London.« Claire gab ihrer Mutter einen Abschiedskuss auf die Wange und drehte sich um.

Hôtel de Vienne &
Chalet de Troyes

Mary & Percy verbrachten einige Tage des ungetrübten Glücks. Auch Claire genoss ihre neue Freiheit und ihren neuen Namen. Nachdem die drei Fliehenden Mary Jane besiegt hatten und Claires Mutter ohne ein weiteres Wort abgereist war, sprengten die drei in einer Kutsche durch halb Frankreich, um so schnell wie möglich nach Paris zu kommen. Ihr französisches Gefährt erschien ihnen geradezu lächerlich, es hatte zwei Räder und keine Türen an den Seiten, man musste vorn eine Treppe herablassen, um einzusteigen, alles falsch, genauso wie die drei Pferde nebeneinander, das größte in der Mitte, noch dazu mit überflüssigem Pegasus-Geschirr, einem Paar hölzerner Flügel auf dem Rücken, der Postillion trug einen unwahrscheinlich langen Zopf, und hie und da schreckten versprengte Schäfer mit spitzen Hüten am Wegesrand aus ihrem Dösen auf und betrachteten die Reisenden staunend, als kämen sie aus einer anderen Welt.

Mary & Percy & Claire vertieften sich in ihre geliebten Bücher und lasen sich gegenseitig vor auf der Fahrt. Das heißt: Percy & Claire lasen, Mary hörte nur zu. Sie hing schlaff in der Kutsche, zumeist mit dem Kopf an Percys Schulter oder in seinem Schoß, hielt die Augen geschlossen und lauschte den Stimmen ihrer Schwester und ihres Geliebten – wie abenteuerlich das klang! –, sie versuchte, ihren schwachen Magen in Schach zu halten. Vor allem, wenn es in den Gasthäusern Schnecken gab oder als Artischocken angepriesene Stümpfe, die aussahen wie Froschschenkel.

Die Straßen waren in hervorragendem Zustand und blendend weiß. Die drei schliefen in Boulogne und staunten über die irrwitzige Vielfalt um sie her: Schäfer mit Opernhüten, Postjungen in Stiefeletten, die fremdartigen Kleider der französischen Frauen.

»Schaut euch gut um!«, rief Claire. »Wir sind in einem Roman! Wir *sind* der Roman! Wir sind Fleisch gewordene Romangestalten! Ein Roman zu dritt. Eine Romanze. In Frankreich. Was will man mehr! Haut rein! Das hier sind nur ausgebackene Luftkringel, die sind bittersüß und tun nichts Böses.«

Die zweite Nacht fuhren sie durch, langsamer in der Dunkelheit, aber ohne allzu viele Pausen. »Wisst ihr«, fragte Percy, »was das erste Gedicht war, das meine Mutter mir beibrachte?« Die beiden Frauen schüttelten den Kopf. Und Percy erzählte. Sein erstes Gedicht stammte von Thomas Gray. In diesem Gedicht ertrank eine Katze im See eines Goldfischglases. Achtmal tauchte sie aus den Fluten und miaute zu den Wassergöttern. Dann starb sie. Die Moral des Gedichts steckte frank und frei in der letzten Strophe. Da hieß es: Sei mutig nur mit Vorsicht! Das hatte Percy schon als Kind gestört. Wie konnte man mutig sein mit Vorsicht? Das widersprach sich. Entweder kopfüber in die Fluten springen und das Leben in vollen Zügen genießen, selbst auf die Gefahr hin zu ertrinken – oder aber für immer am Ufer sitzen im Schatten der Ereignislosigkeit. Meide die Extreme!, hatte seine Mutter ihm oft gesagt. Suche die maßvolle Mitte! Percy aber hatte ihr irgendwann ein Nein! entgegengeschleudert. Niemals! Lieber kalt oder heiß als langweilig warm! Lieber erfrieren und verbrennen als in der lauen Lake liegen.

»Mary! Claire!«, raunte Percy im Fahrtwind der Kutsche und ins Zirpen der Grillen hinein. »Das ist es, was wir tun. Wir befreien uns. Wir leben. Wir leben *uns*. Wir leben die Welt. Wir leben etwas Wirkliches.«

Die Frauen nickten. Sie rückten zusammen. So nah es ging. Hielten sich fest. Sechs Lippen trafen sich. Wenn auch nur kurz.

In Paris wohnten sie im Hôtel de Vienne: Das war weitaus weniger gemütlich als das Dessin's in Calais, doch verbrachten Mary & Percy dort ihre Hochzeitsnacht, wie Percy später schreiben würde. Endlich allein. Das heißt: fast allein.

Sie mussten die Räumlichkeiten – anders als in England üblich – für eine ganze Woche anmieten: Es gab ein Schlafzimmer und ein winziges sogenanntes Wandschrankzimmer, also ein Zimmerchen, in dem nur ein Bett stand. Dazu noch ein Vorzimmer, welches sie als Salon nutzten. Das war schon alles.

Claire musste ins Wandschrankzimmer. Sie schlief nicht. Ihr Bett stand eng an der Wand. Die Wand war pappendünn. Claire blieb nichts übrig, als zu lauschen.

Percy & Mary wurden nicht müde, sich Dinge zu erzählen, ihre Leben wieder und wieder voreinander auszubreiten, ihre Hoffnungen, Wünsche, das bereits Geschehene, Gelebte, Gesehene, Gelesene. Wie Lianen rankten sich die Wörter und Sätze um die beiden und schufen einen schützenden Dschungel.

Und Mary sprach noch einmal, tiefer, immer tiefer, über den unauslöschlichen Mutterverlust, über das Grab und über Papa, über Coleridge und diese Schreibsehnsucht tief in ihr, über ihre Angst, das Schreiben nicht meistern zu können und den Blicken der anderen nicht gerecht zu werden und dem eigenen Blick auch nicht, über die Monate in Schottland und über die seltsamen Gestalten, die ihre Fantasie bevölkerten.

Und Percy sprach noch einmal, tiefer, immer tiefer, über die Quälereien der Jungen in Eton, über diese schwarze, tief in ihm sitzende Wut, über Horrorromane, Spannung und Sprache und über seinen Drang, nein, Zwang, schreiben und dichten zu müssen, nicht aufhören zu können damit, auch wenn er nie ein Shakespeare werde, nicht mal ein Byron: Nur wenn er schreibe, könne er atmen.

»Apropos Byron«, sagte Mary und holte aus ihrem Bündel ein Buch. »Ich lese dir vor. *Childe Harold's Pilgrimage*.«

»Uff«, machte Percy.

»Allein der Titel, Percy. Harold ist herald, ein Bote, der Großes verkündet aus fernen Ländern. ›Childe‹ heißt ›Ritter‹ und ist zugleich ein Kind, das niemals erwachsen wird, das Ritterkind, ein Knabenknappe. Und in ›Pilgrimage‹ steckt das ›grim‹: Es ist eine grimmige Fahrt, zu der Byron aufgebrochen ist.«

»Wie sorgsam du sie betrachtest«, sagte Percy.

»Was meinst du?«

»Die Unterseiten der Wörter.«

Mary las eine Weile aus dem Buch, auf dem Rücken liegend, ihr Kopf in Percys Schoß, der versuchte, ihr die wirren Strähnen aus dem Gesicht zu streicheln.

»The sails were fill'd, and fair the light winds blew, as glad to waft him from his native home; and fast the white rocks faded from his view, and soon were lost in circumambient foam.«

Da rief Claire durch die Wand: »Die weißen Klippen sind doch die Klippen von Dover, oder?«

Percy & Mary stöhnten auf. Mary rief: »Kannst du dein Bett in eine andere Ecke schieben, Claire?«

»Hej! Das Zimmer ist eine einzige Ecke, Leute.«

Percy sagte: »Byron ist der größte Lebende. Er malt seine Gefühle aus. Ich bin immer wieder überrascht, wie sehr sie uns färben, die Worte eines anderen Menschen. Sie werden in meinem Geist zu lebendigsten Szenen.«

»Zu wunderbaren Bildern.«

»Aber«, rief Percy. »Das heißt nicht, dass man ihn nicht verbessern könnte.«

»Wen?«

»Wen? Na, ihn. Byron.«

»Verbessern?«, rief Claire entsetzt.

»Man muss immer weiterschreiben. Um jedes Wort kämpfen wie um sein eigenes Kind. Als gäbe es so etwas wie Perfektion. Wohl wissend, dass Perfektion ein Ding der Unmöglichkeit ist.«

»Zum Beispiel?«, fragte Mary mit roten Wangen.

»Das ›circumambient‹.«

»Was ist damit?«, rief Claire durch die Wand.

»Das klingt, ich weiß nicht. Gibt schon ein ›lost in‹. Ist doch klar, dass die Gischt sie umgibt. Ich hätte ein anderes Wort genommen. Vielleicht stören mich auch die vier Silben. Ich hätte, ja, ich glaube, ich hätte zwei Wörter genommen. Mit jeweils zwei Silben.«

Die nächsten Minuten versuchten sie vergeblich, zwei Wörter mit je zwei Silben zu finden, die besser klangen als »circumambient«. Auch Claire nebenan dachte nach und kam auf »silky« und »misty«, aber am Schluss mussten alle zugeben, dass »circumambient« die beste Wahl gewesen war, vielleicht gerade wegen der vier Silben, sagte Mary, denn man fühle sich von dem massiven Wort auf bedrohliche Art und Weise umgeben, so, als ob ein Ausweg nicht mehr möglich sei, und das, was er, Percy, als störend empfunden habe, sei vielleicht eine gewollte Störung, die sich spiegele in der gewaltigen Störung durch die Natur. Percy küsste sie. Und Mary erwiderte den Kuss. Und hätte ihre Lippen am liebsten nie wieder von seinen getrennt.

Percy: »Und du?«
Mary, flüsternd: »Was ist mit mir?«
»Willst du nicht endlich dein Kästchen öffnen?«
»Heute schon?«
»Jetzt. Sofort.«
Mary musste schlucken, doch dann holte sie ihr Kästchen und öffnete es. Im Kästchen befanden sich verschiedenste Papiere. Sie breitete die Papiere vor Percy aus: liebgewonnene Briefe ihres Vaters, die sie mit einem Seufzen beiseitelegte, sogar Abschriften von Liebesbriefen ihrer Eltern, auch Briefe von Percy, mit einer Schleife umbunden, endlich eine Mappe mit eigenen Texten, Skizzen, Anfängen von Geschichten, auf die sie ihre leicht zitternde Hand legte wie ein Vögelchen sich setzt auf zerbrechliches Gelege.
»Claire?«
»Ja?«
»Bist du noch da?«
»Wo sonst.«
»Würdest du im Vorzimmer schlafen?«
»Auf dem nackten Boden?«
»Nimm die Matratze mit.«
»Wenn's sein muss.«
Ein Rucken nebenan. Dann ging die Tür zum Wandschrankzimmer auf. Percy & Mary sahen mit an, wie Claire barfuß in ihrem weißen Nachthemd die Matratze quer durch ihr Schlafzimmer ins Vor- und Wohnzimmer schleifte wie ein erlegtes Reh, während zugleich Mary & Percy ihr Bett in die andere Ecke des Schlafzimmers schoben, fort von der Wand des Vorzimmers. Nachdem Claire die Tür geschlossen hatte, berührten sich Mary & Percy im Spiel und zogen langsam ihre Kleidung aus.
»Gute Nacht!«, rief Claire und klopfte an die Wand.

Immerhin klang ihre Stimme jetzt bedeutend leiser.
Percy & Mary mussten lachen.
»Also?«, fragte Percy, plötzlich wieder ganz ernst und deutete auf das Kästchen.
»Ich habe Probleme mit den Mitten«, sagte Mary, als sie wieder im Bett lagen, nur noch mit loser Wäsche bekleidet.
»Was für Mitten meinst du?«
»Ich kann Geschichten anfangen. Ich weiß oft, wie sie aufhören. Aber was genau steht zwischen den Seiten 3 und 13?«
»Lies vor.«
»Ich habe noch nie …«
»Ich bitte dich.«
»Vor meinem Vater würde kein Wort standhalten.«
»Ich bin nicht dein Vater.«
»Du hast *Queen Mab* geschrieben.«
»Mary!«
»Nicht mal Claire …«
Percy ruckte sich aufrecht hin und sagte in blitzendem Ernst: »Ich möchte dich kennenlernen, Mary. Solange du *das hier* unter Verschluss hältst, wird das nicht gehen, fürchte ich.«
»Also gut«, sagte Mary und erschrak zugleich vor diesem Versprechen und vor dem Augenblick, der jetzt käme.

Das, was sie vorlesen wollte, bedeutete ihr alles. Es entsprang dem, was ihre Mutter getan hatte und ihr Vater immer noch tat: schreiben. Nichts weiter. Schreiben, erfinden, erzählen, erschaffen. Ihr Vermächtnis: Papas Lieblingswort. Schreiben. Und das als Frau. Gegen alle Regeln. Für eine Frau gab es Schminke: statt Tinte; ein weißes Hochzeitskleid: statt weißes Papier; Kinder: statt Bücher; Stummheit: statt Stimme; Frauen sollten nichts Schönes schaffen: sondern schön sein; nicht denken: sondern gehorchen; statt aufzubegehren: entsprechen. Frauen sollten gefälligst der Wirklichkeit dienen: nicht der Einbildungskraft.

»Aber ich kann nicht anders«, sagte Mary. »Ich muss es tun. Schreiben. Ich weiß das. Hier drin.«

»So geht es mir auch«, sagte Percy.

»Deshalb lieben wir uns.«

»Unter anderem«, lächelte Percy und küsste sie.

Was aber war der Quell ihres Drangs. Der Faden zur Mutter? Zum Vater? Der Wunsch, anderen zu gefallen? Oder sich selbst? Die Suche nach Sinnhaftigkeit? Nach einem Haltepunkt?

»Es ist alles so schlecht«, sagte Mary.

»Was denn?«

»Was ich geschrieben habe.«

»Herrje!«

»Das meiste hab ich fortgeworfen.«

»Würdest du jetzt bitte anfangen?«

»Sind auch nur Fetzen. Anfänge. Enden. Gesichter. Figuren. Nichts Ganzes. Das wenige, bei dem ich den Eindruck habe, es lebt ein bisschen, es atmet oder könnte noch lebendig werden.«

»Bitte.«

»Verzeih. Also gut. Hör zu.«

Percy nickte.

Mary sagte: »Die Texte. Es ist noch ein Tapsen im Dunkeln, ein Nachmachen, ein Sich-Orientieren an anderen.«

Percy seufzte, fiel wie erschossen ins Bett und presste sich das Kissen auf den Kopf.

»Gut. Gut. Schon gut.«

Mary atmete tief ein. Jetzt war er da. Der Augenblick, sich einem liebenden Blick zu öffnen. Percy fehlten die hochgezogenen Brauen des Vaters. Er könnte ihr vielleicht helfen. Er könnte

da sein. Für sie. Mary schluckte, schloss kurz die Augen, ruckte noch ein letztes Mal aus sich selbst heraus. Und dann las sie – nur noch mit dem Hauch eines Stimmchens – den Beginn einer eigenen Erzählung, es war der Text, den sie selbst für einigermaßen annehmbar hielt, und sie schaute kein einziges Mal zu Percy, aus Angst vor einem Stirnrunzeln oder einem abfälligen Blick. Als Mary nach wenigen Minuten in einer merkwürdigen Erschöpfung die Seiten weglegte, näherte sich Percy und flüsterte: »Faszinierend.«
Mary schwieg.
»Du bist auf dem richtigen Weg.«
»Aber es ist längst nicht perfekt«, sagte Mary.
Percy erwiderte: »Zum Glück.«

Marys Lippen waren schmal und gerade, ihr Philtrum schwach ausgeprägt, die fein geschnittene Nase warf einen leisen Schatten, ihre Augen blühten staunend auf dem bleichen Papier des Gesichts, die offenen Haare stürzten den Rücken hinab, Percys Hand tauchte hindurch, hoch bis zum Nacken, seine Finger spreizten sich, griffen die Haare von innen. Sie zogen die Wäsche aus, ohne Hast, ohne Gier, jede Sekunde wie ein Schluck Wein, sie saßen auf der Kante des Betts, beatmeten die Lippen, während Fingerspitzen die Haut des anderen übertanzten. Sie schlossen die Augen, fühlten nur noch, sahen nichts. Endlich waren sie nackt. So nackt, dachte Mary und legte ihre Erzählung vom Bett auf den Boden, so nackt wie jetzt, hat mich noch nie jemand gesehen. Sie presste Luft durch die Lippen. Mary kam Percy so nah, dass kein Papier mehr zwischen sie passte. Mary konnte sich selbst sehen, während es geschah. Als lebe sie ein zweites Leben in Percys Augen. Sie tat zunächst nicht viel, sie reagierte eher auf Percy, das Bett schien zu schwanken unter ihr, nichts Festes in den Federn, alles zerfaserte langsam, die Welt verkehrte sich in ihr Gegenteil, ein stilles Kreiseln hinter der Stirn, sie beobachtete, horchte jeder Regung nach, jeder Empfindung, zog sich in die Haut zurück. Percy ließ sich Zeit. Am Anfang war die Zärtlichkeit. Mary mochte dieses Umspielen. Doch ließen sich ihre Gedanken nicht löschen. Sie dachte daran, mit wie vielen Frauen Percy bereits geschlafen hatte, und sie? Noch nie mit einem Mann. Mary dachte daran, welch enormen Vorsprung Percy hatte, weil er wusste, was er tun musste, und sie? Nicht. Mary lag da, nein, schwebte wie eine Wiese im Meer. Percys Lippen wanderten jetzt, sanken ab von ihren eigenen. Mary zog ihn noch einmal zu sich, ihre erste nachdrückliche Tat: Sie wollte nicht, dass er unter ihrem Kinn verschwand, wollte sein Gesicht bei sich wissen, wie unfassbar wundervoll es war, seine Lippen mit den eigenen zu ertasten, die Zunge zu fangen, die hin und wieder ihre Spitze herausschob, das Küssen, sie wollte nicht, dass es aufhörte. Doch jetzt änderten sich seine Küsse, wurden wilder, wurden weiter, tiefer, Mary hatte das Gefühl, ein Schlund tue sich auf, sie wollte nicht mehr denken, wollte sich hingeben, wie sie es irgendwo gelesen hatte, in einem dieser verbotenen Bücher, die ihre Stiefmutter heimlich unterm Ladentisch verkaufte, ja, Mary wollte nur noch Fleisch sein, schaffte es aber nicht, sah sich selbst von oben dort liegen, und dann kam die Gier. Zunächst bei Percy. Die Sanftheit wandelte sich in Hunger. Das Streicheln der Fingerspitzen wich heftigem Druck, Percy presste seine Hand auf ihre Brust, als sei er auf der Suche nach dem Herzen darunter, ja, Percys Hände waren jetzt überall, vier Hände, sechs Hände, an ihrem Bauch, an ihrem Hintern, zwischen den Beinen, die Schenkel entlang, die Leistengegend, seine Zunge und Zähne entwuchsen dem Mund, und Mary wusste nicht, wie sie erwidern sollte, schloss die Augen, ließ geschehen, dass er sie an der Hüfte packte, sich selber auf den Rücken drehte, und sie, die Leichte, landete auf seinem Bauch. Sie lachten kurz. Das Lachen war Atmen. Es nahm den Körpern die Schwere. Die neue Lage fühlte sich gut an, so konnte sie ihn wieder küssen, seine Finger zwischen ihre nehmen und sanft in die Kissen drücken, doch jetzt wuchs auch Marys Lust, endlich platzte ihr Kopf, und ihr letzter Gedanke – galt Claire. Die lag nebenan. Allein. In ihrer eigenen Liebe. Ich muss leise sein, dachte Mary. Sie sperrte ihre Kehle hinter Schloss und Riegel. Dann war es vorbei mit ihr. Vorbei mit der Mary, die sie kannte. Auch sie bräuchte einen neuen Namen jetzt.

Ihre Liebe wuchs von Stunde zu Stunde, von Tag zu Tag, wurde ungeheuerlicher, vielleicht auch bedrohlicher, allumfassend.

Percy: »Das Blut in deinem Gesicht mischt sich mit meinem. Es fällt um mein Herz wie Feuer.«

Mary: »Ich möchte den Kreis deiner Arme nie mehr verlassen.«

Percy: »Deine eifrigen Lippen sind wie Rosen, und ich gehe unter im schattigen Strom deiner gelösten Haare. Ich werde ein zweites Mal geboren mit dir.«

Sie mussten sich zwingen, das Hôtel de Vienne überhaupt zu verlassen, um Paris zu besichtigen. Die Stadt schien ganz in Ordnung, doch während sie durch die Gärten schritten und an den Monumenten vorbeibummelten, immer mit Claire an ihrer Seite, wären sie am liebsten schon wieder zurück zum Hotel gefahren, weil sie nicht mehr voneinander lassen konnten. Ihre Hände nicht. Ihre Lippen nicht. Ihre Häute nicht. Ihre Geister nicht. Ihre Stimmen nicht. Für Percy war die fleischliche Liebe eine mystische Erfahrung. Verschmelzen. Verschwimmen. Verschwinden.

Und dann geschah etwas, mit dem Mary nicht gerechnet hatte. Ihre Liebe hatte gerade erst begonnen, und plötzlich tat sich ein tiefer Spalt auf. Alles schien vorbei zu sein. Von einem Tag auf den anderen. Die Freude war fort, das Wunder, der Zauber des Anfangs, die Liebe hatte sich irgendwo versteckt. So fühlte es sich an. Mary grübelte. Waren sie sich vielleicht *zu nah* gekommen? Hatten sie sich aneinander verbrannt? War diese Absolutheit zu viel gewesen? Hätten sie sich einander langsamer nähern müssen? Nicht in dieser Ausschließlichkeit? Besser: nicht in dieser Einschließlichkeit? Der eigene Körper? Der fremde Körper? Das eigene Schreiben? Das fremde Schreiben? Hatte sich einer im anderen aufgelöst? Musste ihre Liebe kurz Luft holen, um neu lebendig zu werden? In einer gewandelten Form? In der sie beide miteinander verschmelzen konnten, aber ohne sich selbst zu verlieren? War es das?

Als Mary & Percy ihre Augen zur Welt öffneten, sahen sie: Das Hôtel de Vienne war nicht nur eng, sondern auch schmutzig, heiß und stickig, zumal um diese Jahreszeit. Percy hatte Schwierigkeiten, Geld aufzutreiben, er musste Uhr samt Kette versetzen, für zwei Napoleons und fünf Franken, er musste sich mit möglichen Gläubigern treffen, Tavernier, de Savi, Peregaux, morgens, mittags, abends, ehe einer von ihnen endlich seine Schatulle öffnete und ihm sechzig Pfund in die Hand zählte.

Percy atmete auf und dachte, dass sich alles zum Guten wenden könnte. Mary & er hatten beim Schreibwarenhändler Grosjean ein Übungsheft gekauft und ein gemeinsames Tagebuch begonnen.

Mary, schrieb Percy, fühlt, dass die Liebe allein genügt, den Invasionen der Kalamität zu widerstehen.

Wenn er sich da mal nicht täuscht, dachte Mary.

Am 8. August beschlossen die drei, dem hitzigen Paris den Rücken zu kehren und sich dem Land zu öffnen, dem so berühmten idyllischen französischen Dorfleben, mit seinen so liebevollen und wohlgenährten Bäuerinnen und Bauern, die sie aus den vielen heiter-bukolischen Gemälden anlachten, ja, sie wollten die erhabenen Schönheiten des Landlebens in sich aufsaugen, all die fetten Enten, die gemästeten Gänse, die kräftigen, unermüdlich und sorgsam kauenden Kühe, vor allem aber jenes restlos glückliche Kinderstrahlen, über welches – in zwei feinen Rinnsalen – die frisch getrunkene Milch zum Kinn läuft und auf die Erde tropft: Zeichen der schieren Unerschöpflichkeit.

Sie wanderten los, Percy sprang voran, in seinen engen Hosen, die ihm so gut standen. Er warf schon bald die lächerliche Fliege fort, schulterte seine Jacke in der Hitze, zog das Hemd aus der Hose, knöpfte es auf, von oben nach unten, öffnete es ganz und gar, sodass die beiden seine nackte Brust sehen konnten und den Nabel, von dem eine Spur Härchen sich hinabkräuselte wie eine Ameisenstraße. Percy hatte sich vorgenommen, besser hauszuhalten mit ihrem Geld, was so viel bedeutete wie: es nicht mehr mit beiden Händen zum Fenster hinauszuwerfen. Er wusste, es würde im Lauf ihrer Reise immer schwieriger werden, an Geld zu kommen. So hieß es: sparen. Auch den Frauen gab er Bescheid: »All die Francs und die Ecus und die Louis d'Or sind die weißen, fliegenden Wolken des Mittags: weg in null Komma nichts.«

Er mietete also keine teure Kutsche, sondern sagte, man könne durch die wunderschöne französische Landschaft auch zu Fuß spazieren, sprich, wandern. Das sei ohnehin gesünder: Bewegung. Fürs Gepäck, so Percy, reiche ein Esel. Sie mieteten den billigsten, der natürlich nichts taugte und nach ein paar Meilen zusammenbrach unter dem Gewicht der Bücherbündel und

Kleiderköfferchen. Im nächsten Dorf mussten sie das erschöpfte Vieh gegen ein Maultier tauschen, nicht ohne saftigen Aufpreis. Weiter ging die Landpartie. Percy spielte zur Aufheiterung der lädierten Gemüter Robin Hood, kletterte auf einen Baum, sprang hinab, einen imaginären Bogen in der Hand, dabei verdrehte er sich den Knöchel, was dazu führte, dass er – »Sorry, dears!« – den ganzen Weg durchs Land auf dem Rücken des Maultiers reiten musste, während seine Frauen die Sachen schleppten, für die auf dem Maultier kein Platz mehr war.

Percy fand am Anfang noch alles wunderbar. In Charenton zum Beispiel oder in Guignes. Ja, in Guignes erfuhr Percy, dass sie im selben Wirtshaus nächtigten wie Napoleon mit seinen Generälen vor nicht allzu langer Zeit, sogar im selben Zimmer, wenn man dem Wirt Glauben schenken mochte, wobei Percy Zweifel befielen, da der Wirt für die Übernachtung im Napoleon-Zimmer zwei Napoleon-Münzen mehr verlangte, und vielleicht, dachte Percy, macht er den Napoleon-Aufschlag bei allen Zimmern geltend und aus jedem Bett ein Napoleon-Bett.

Am Abend hinkte Percy im Zimmer auf und ab. Sein verrenkter Fuß wurde nicht wirklich besser. Er versuchte es mit Humor, verstellte seine Stimme, sprach tiefer gelegt und sagte: »Ich bin George Gordon Noel: der sechste Lord Byron.«

Claire war sofort Feuer und Flamme, sprang zu Percy, stützte ihn, sagte: »Sein Klumpfuß, von Geburt an. Le diable boiteux. Der hinkende Teufel. LB wurde aber nicht nur mit Klumpfuß geboren«, rief Claire. »Sondern auch mit Glückshaube.«

»LB?«

»Lord Byron. LB.«

»Du bist ja ganz besessen von ihm!«

»Wer ist das nicht?«

»Und was genau ist eine Glückshaube?«, fragte Percy.

»Die Fruchtblase. Wenn das Kind mit der Fruchtblase überm Gesicht geboren wird, ist es eine Glückshaube. Ein Mensch mit Glückshaube wird ein Genie, das weißt du, Percy, oder? Hier trifft es zu. Bei LB. Eine Glückshaube bringt Glück.«

Mary sagte: »Glückshaube und Klumpfuß? Das widerspricht sich doch, oder nicht?«

»Es scheint so«, erwiderte Claire. »Die Hebamme tupft die Fruchtblase behutsam vom Gesicht, mit einem Papier, das sie dann sorgsam faltet. LBs Hebamme hat die Glückshaube an den Seemann James Craig verkauft. Glückshauben sollen vorm Ertrinken schützen. Craig schenkte die Haube seinem Sohn. Der Sohn ertrank zwei Jahre später. Du hast recht, Mary, es ist eine Glücks- und Unglückshaube zugleich.«

»Und woher weißt du das alles?«

»Ich kenne LB ganz genau.«

»Persönlich?«, fragte Percy.

»Ach was, persönlich. Ich habe Nachforschungen angestellt.«

Percy setzte sich, ein wenig erschöpft vom Hinken. Und während ihn ein Schmerz durchzog, der daher rührte, dass Percy selber knapp 250 Exemplare seines Buches verkauft hatte, Lord Byron dagegen Zigtausende und kein Ende in Sicht –, erzählte Claire noch weitere Anekdoten aus dem Leben Byrons.

Mary wollte schlafen, Claire & Percy aber gingen noch einmal in den Gastraum. Dort stand ein Spinett. Es war nicht gestimmt. Claire sang ein Kauderwelsch aus Melodien. Percy musste lachen. Sie kippten noch einen Becher Wein. Claire setzte sich ans Fenster und tirilierte ohne Klavier. Sie dachte an Fanny, allein in London, an ihren Blick in die Einsamkeit.

»Deine Stimme, Claire«, flüsterte Percy, plötzlich nah, »ist das Schönste, was ich kenne.«

»Und was ist mit der Lerche?«

»Na gut. Die schönste menschliche Stimme auf jeden Fall.«

»Der Lerche hast du ein Gedicht geschrieben. Dann will ich auch eins.«

»Na, klar. Augenblick.«

»Jetzt sofort?«

»Warum nicht?«

Percy schloss die Augen und sagte: »Die Noten sind süß nur, wenn du sie mir singst. Wie der sanfte Glanz des Mondes sich wirft zum blassen, kalten Sternenlicht, so klingt deine zarte Stimme. Sing noch einmal für mich, entlock deiner Stimme den Ton einer Welt, weit weg der unsern, und führ mich dorthin, wo alles eins ist: Musik und Mondlicht und Gefühl.«

»Ich dachte, ich bin die Sonne«, sagte Claire.

»Nicht immer, Claire, nicht immer.« Dann murmelte er: »Away, away from men and towns, to the wild wood and the downs, to the silent wilderness, where the soul need not repress its Music lest it should not find an echo in another's mind.«

Spätestens ab Provins konnte auch Percy nicht länger so tun, als sei alles Sonnenschein. Die drei standen entsetzt vor den Trümmern der Zitadelle, frisch zerstört. Weiter ging es durch ein Land, in dem der Rauch des Krieges noch förmlich in der Luft lag über bleichen Ruinen. Nach Napoleons Kapitulation waren die Kosaken und die Preußen in den letzten Monaten umhergestreift, hatten sich genommen, was sie brauchten, und den Rest zerstört. Zurück blieben eingeäscherte Städtchen, niedergebrannte Scheunen, verwüstete Felder, geplünderte Ställe, vergewaltigte Frauen. Nicht nur Kosaken seien das gewesen, erzählte ihnen einer der Wirte, auch Napoleons Truppen. Lord Byron, immer wieder Byron hatte die richtigen Worte gefunden:

»Herfliegt der Tod auf schwefligen Gewittern; Das Grab erhält zuletzt die reichste Beute; Kaum zählt der Tod den Fang – so lustig ist er heute.« Es gab weder fette Enten noch Gänse, noch wohlgenährte Kühe. Im Krieg hatten die Bauern ihre sprichwörtliche Gastfreundschaft aufgeben müssen: Für Wasser, Brot und die armseligen Betten verlangten sie horrende Preise. Vorbei war es mit Marys & Percys Zweisamkeit. Die Betten wurden ohnehin immer knapper, je weiter sie kamen. Wenn es überhaupt noch welche gab, war das Bettzeug ungewaschen und mit verkrusteten Flecken übersät. Von Daunen und Lattenrosten war längst keine Rede mehr, allerhöchstens gab es noch Feldbetten, die manchmal einfach unter ihnen zusammenklappten, oder sie mussten ihre löchrigen Laken über das stinkende Stroh in Heuböden aufschlagen, in denen sich Ungeziefer tummelte und Spinnen in den Ecken kauerten. Die Wirtsleute wuschen sich weder morgens noch abends. Zu essen gab es Brot, in Wasser getunkt, oder, mit etwas Glück, in Milch, hingeknallt von schmutzigen Fingern. Kein Dreck, schrieb Claire, den ich je gesehen habe, gleicht diesem Dreck.

Marys Stimmung welkte von Tag zu Tag. Kaum noch Zuzweit-Zeit mit Percy. Nach zehn Tagen ohne wirkliche Waschgelegenheit verloren Körper-Annäherungen deutlich ihren Reiz. Auch erreichten sie endlich Briefe aus England. Von Peacock, Fanny und anderen. Die bis ins Innerste getroffene Mary Jane hatte – zurück in England und unterstützt von der verzweifelten Harriet – eine Rufmord-Kampagne losgetreten: Mary sei eine Hure, Godwin habe sie für fünfzehnhundert Pfund an Percy Shelley verhökert, außerdem hätten Mary & Percy ihre Tochter Jane verführt, zu dritt seien sie in Frankreichs Spelunken unterwegs, ihre Jane, die sich jetzt Claire nenne, sei unschuldig, sei in den Sündenpfuhl gezogen worden, so ihr Lieblingswort, Mary, die Hexe, Percy, der Satan in Menschengestalt. Und auch die Väter wandten sich restlos ab: Timothy Shelley ließ den Gläubigern zutragen, dass er nicht mehr geradestehen wolle für die Schulden seines Sohns. William antwortete nicht auf Marys Briefe. Mary hörte auf der Reise kein Sterbenswörtchen vom Vater. Es wurde immer klarer, was sie zu erdulden hätten, kehrten sie nach London zurück: Ein Leben in früherer Weise war nicht mehr möglich. Ein neues Leben mit Percy hatte noch keine Konturen gewonnen.

Noch etwas änderte sich: Mary wollte es zunächst nicht wahrhaben, doch von Tag zu Tag wurde Claire immer mehr zum Plagegeist für sie. Überall war sie dabei, gab ihren Senf dazu, hatte zu allem was zu sagen, auch wenn sie nichts wusste von dem, worüber sie sprach, sie plauderte immer öfter einfach so drauflos. Ja, am liebsten wäre Mary sofort nach Hause zurückgekehrt, doch das wagte sie nicht zu sagen auf ihrem Trip in die Freiheit.

Die Freunde beschlossen, Frankreich zu verlassen. Nur wohin? Hinunter, in die Schweiz, so schnell wie möglich. Vielleicht, schlug Mary vor, auf den Spuren von Papas Roman *Fleetwood*? Percy nickte, denn er mochte den Roman: Er handelte – na klar – von der Freiheit. Doch William Godwin war niemals selber in der Schweiz gewesen. Er hatte den Roman nicht aus eigener Anschauung geschrieben, sondern aus seinem Kopf heraus, aus dem, was er sich angelesen hatte. Mary wollte jetzt genau die Reise antreten, die ihr Vater nie gemacht, aber nichtsdestotrotz beschrieben hatte. Insgeheim dachte sie: Wenn ich nach England zurückkehre, irgendwann, kann ich ihm berichten. Und wenn ich ihm berichte, wird er mir vielleicht verzeihen und mich von Neuem zu lieben beginnen. Mary vermisste ihn. Nein: Vermissen war kein Ausdruck.

Ihr Stimmungstief blieb Percy nicht verborgen. Auf der Fahrt nach Troyes stellte er sie zur Rede.

»Also bereust du es? Weggelaufen zu sein? Mit mir? Sag die Wahrheit. Nach zwei Wochen schon?«

»Nach drei.«

»Die Freiheit schmeckt immer bitter am Anfang. Wir haben noch nicht mal angefangen, uns zu verschmelzen.«

»Vor dem Verschmelzen würde ich mich gern mal waschen!«, sagte Mary.

Percy schrie: »Anhalten! Anhalten! Sofort anhalten!«

Die Kutsche stoppte, Percy sprang heraus, indem er Mary bei der Hand nahm und hinter sich herzog. Claire folgte ihnen auf dem Fuß. Alle drei standen jetzt im Gras.

Percy ließ Mary los und deutete mit dem Stock zwischen die Bäume, dorthin, wo es schimmerte, ein Fluss neben der Straße.

»Dann spring doch rein!«, rief er.

»Wo rein?«

»In den Fluss dort!«

»Mit Kleidern?«

»Nackt!!«

»Vor dem Kutscher?«

»Na und?«

»Mit welchem Handtuch?«

»Ich pflücke dir Blätter von den Bäumen, mit denen kannst du dich abtrocknen.«

»Verdammt, Percy.«

»Also sagst du nein?«

Mary schüttelte den Kopf.

Da fing Percy an, sich auszuziehen, Stück für Stück, Mary rief, er solle das lassen, am helllichten Tag, man werde sie noch verhaften. Und wie aufs Stichwort gab der Kutscher den Pferden die Peitsche und sprengte davon, er ließ die drei zurück, indem er ihnen genau drei Buchstaben an den Kopf warf vom Kutschbock hinab, denn mehr schien sein Mund nicht übrig zu haben für sie, für jeden von ihnen einen einzigen Buchstaben: »Fou!«

»Hej!«, rief Claire ihm hinterher. »Was soll das!? Der hat unsere Sachen! Unsere Sachen sind noch in der Kutsche!«

»Er wird auf uns warten an der nächsten Station«, sagte Percy. »Sind nur ein paar Meilen. Die gehen wir zu Fuß. Gleich.«

Währenddessen zog sich Percy weiter aus, bis er nackt war, drehte sich um, rief »Adam!« und stürzte wild schreiend in den Fluss, der sich jedoch als Flüsschen entpuppte und viel zu flach war zum Schwimmen, aber sich hineinlegen wie in eine Badewanne, das konnte man gut.

Claire lachte und zog sich ebenfalls aus, erfreut über die frische Luft auf ihrem Körper, die sofort Kratzattacken nach sich zog, denn Flöhe oder Bettwanzen hatten sie letzte Nacht ordentlich malträtiert, und als sie vollkommen nackt war, drehte sich Claire einmal um sich selbst und sagte: »Mary. Komm mit.«

Mary wäre ihr gern gefolgt. Doch das ging jetzt nicht mehr, ohne ihr Gesicht zu verlieren. Sie setzte sich ins Gras. Um sie herum brummte und summte es. Mary drehte dem Fluss den Rücken zu.

»Eva!«, schrie Claire und rannte los.

Mary hörte ein Kichern, Glucksen und Planschen, ein Lachen, Giggeln und Prusten. Sie verscheuchte eine lästige Fliege. Dabei hatten Fliegen sie noch nie gestört.

Es wurde nicht besser, je weiter sie kamen. Das Schönste, dem sie unterwegs begegneten, waren einige intakte Weinberge, doch die Trauben waren noch nicht reif. Das Elend blieb. Besonders schlimm war die Lage im Chalet de Troyes, einer halb verfallenen Herberge im Département Aube. Nachts buckelten schmierige Ratten über Claires Gesicht, sie sprang auf, stürzte schreiend aus dem Zimmer und warf sich zwischen Percy & Mary ins französische Bett, höchstens ein Meter vierzig breit. Mary wachte kurz auf von Claires Rufen, drehte sich angeödet auf die Seite und schlief weiter, denn die Strapazen der vergangenen Tage hatten sie gebeutelt. Claire dagegen lag wach auf dem Rücken, ihr Körper dicht an Percys.

Die beiden flüsterten kurz.

»Ratten!«, sagte Claire und schüttelte sich. »Fette Biester. Solche Dinger. Uaah!«

»Schlaf jetzt.«

»Hast du noch ein leeres Notizbuch?«

»Ja«, sagte Percy. »Ich hab noch drei.«

»Gibst du mir eins? Meins hab ich vollgeschrieben.«

»Morgen«, sagte Percy.

»Willst du es mal lesen?«, fragte Claire und atmete immer noch wie nach einem Spurt.

»Ein Tagebuch gehört nur dem, der es schreibt.«

»Und was ist mit dem Tagebuch von Mary & dir?«

Statt einer Antwort drehte sich Percy zu ihr. Mit dem Rücken lag er jetzt an der Wand. Kaum Spielraum, dachte Claire. Ihr linker Arm war im Weg, sie schob ihn unter Percys Kopf. Seine Wange lag jetzt an ihrer Achsel.

»Geht das?«, flüsterte sie.

Sie fühlte, wie Percy sich an sie schmiegte und schwerer wurde. Schlief er ein? Claire selber war meilenweit entfernt davon. Sie atmete immer noch viel zu schnell. Dann kam die Hand. Unter der Decke. Absichtslos. Sie ruhte kurz auf ihrem Oberschenkel. Als hätte eine Bewegung in Percys Schlaf sie dorthin geweht. Percys Hand stieg höher. Wie von allein. War er wach? Er schnarchte leise, hauchte, näselte, schlief er? Die Hand lag auf Claires Bauch jetzt, der Daumen am Saum ihrer Brust. Claire wollte ihre Hand in seine nehmen und sich zu ihm drehen, da rollte Percy sich auf die andere Seite, den Rücken zu ihr. In Marys Schlaf hinein flüsterte Claire: »Es stimmt also. Er liebt nicht nur dich, Mary. Er liebt uns beide. Mary & Claire.«

In der Schweiz sagte Percy ihnen, sein Geld würde noch reichen, um sich sechs Monate lang hier einzumieten, in diesem leicht verfallenen Schloss in Brunnen. Und Claire dachte – mit ihren knappen Deutschkenntnissen – nicht an die Stadt Brunnen, in der sie sich befanden, sondern an einen tiefen Brunnen, in dem sie monatelang hocken würden, im Finstern. Und Mary dachte, dass sechs Monate eine lange Zeit wären, in der sie ihren Vater nicht um Verzeihung bitten konnte. Sie verließen das Gasthaus, in dem sie gerade untergebracht waren, Claire setzte sich links neben Percy auf die Schwelle, Mary setze sich rechts neben Percy. Mary & Claire starrten in die Langeweile, die vor ihnen läge, blieben sie hier. Percy betrachtete die Wilhelm-Tell-Kapelle in Sichtweite.

»Wir könnten Schiffe nehmen«, murmelte Claire.

»Schiffe?«, sagte Mary und dachte an ihre Seekrankheit.

»Ach, Mary«, sagte Claire. »Du bist so schwach und zerbrechlich. Wir müssten nur den Rhein entlang. Durch die Schweiz. Und Deutschland. Und Holland. An die Küste.«

»Zurück nach England?«, fragte Mary.

»Zurück nach Hause.«

»Und dann?«

»Versuchen wir zu retten, was zu retten ist.«

»Klingt gut, Claire«, sagte Mary. »Und wenn ich jeden Tag über die Reling spucke, auch ich will zurück nach Hause.«

»Ist vielleicht nicht der schnellste Weg, aber der günstigste.«

»Percy?«

»Sag doch was.«

Percy stand langsam auf und schob die Hände in die Hosentaschen. Er spie ein Stück Kautabak auf den Boden. Dann drehte er sich um und schaute die Frauen an.

»Morgen fahren wir los.«

Mary stand auf und umarmte Percy.

»Darf ich dir am Abend diktieren?«, fragte er.

»Ich bitte darum«, sagte Mary und küsste ihn.

Claire sah den beiden zu. Mary legte das Notizbuch zurecht, Percy tigerte durchs Zimmer, inzwischen wieder ohne zu hinken. Zwei Menschen, die wie mit einer unsichtbaren Schnur verbunden waren. Von Feder zu Mund. Percys Erzählung *Die Assassinen* war in vollem Gange. Jemand fiel gerade einfach so vom Himmel. Das ist schwer zu glauben, dachte Claire, es sei denn, man heißt Mary und überträgt jedes Wort mit glühenden Wangen. Der Mann fiel aus heiterem Himmel ins Tal der Assassinen, landete in einem Baum und wurde von einer gigantischen Schlange angegriffen und gebissen.

»Woher kenne ich das?«, rief Claire.

»Das habe ich aus einer Romanze von de Lisle«, sagte Percy.

»Darf man denn klauen, was ein anderer schreibt?«

»Ich klaue nicht. Ich lasse mich befruchten.«

»Aha.«

»Manchmal stoßen Schriftsteller eine Tür auf, glaub mir, mit der unerschöpflichen Kraft ihrer Inspiration, eine Tür, durch die sie dann selber gar nicht gehen. All diese Türen bleiben offen stehen. Ich wittere, jeder Schreibende wittert diese offenen Türen, und manchmal muss man nichts anderes tun als das, was der andere nicht tat: einfach hindurchlaufen, durch die offene Tür. Energie ist ansteckend.«

Percy wandte sich wieder seinem Text zu: Die Assassinen lebten in einem Tal und befreiten sich von allen religiösen und moralischen Einflüssen und Konventionen. Percy bat Mary, noch einmal die letzten Sätze vorzulesen, um den Anschluss zu finden. Mary las: »Ausgeschlossen von der grausamen Welt, erstarb jede Beurteilung. Ihnen blieb: die eigene Imagination. Und die heilige Inspiration fiel auf ihre suchenden Geister.«

Claire ging hinaus. Von allen moralischen und religiösen Einflüssen und Konventionen hatten sich die Assassinen befreit. In einem Kampf. Und was, dachte Claire, wenn man dafür gar nicht zu kämpfen bräuchte? Wenn es einen namenlosen Menschen gäbe, einen einzelnen Menschen, der fernab der Gesellschaft aufwächst? Jemand, der sich selbst einfach vorfindet? Ganz allein. Jemand, den keiner kennt? Jemand, der keinen kennt? Ein Kind müsste es sein. Ein namenloses Mädchen. Noch ganz jung zu Beginn der Erzählung. Fünf Jahre vielleicht. Die Namenlose. So nenne ich sie. Vorerst. Und wir sehen ihr zu. Sie wächst allein auf, ohne andere, ohne Regeln und Erwartungen, ohne Einflüsse und Konventionen, ohne Scham, ohne jemals Gefahr zu laufen, vor anderen Menschen ihr Gesicht zu verlieren.

Und dann hatte Claire ein Bild vor Augen. Die gesamte Londoner Gesellschaft: Alle hatten ihre Gesichter verloren. Buchstäblich. Ohne Gesichter und mit nackten Köpfen aus gespannter Haut tapsten die Menschen wie Blindlinge durch die Straßen, bückten sich auf der Suche nach ihren Gesichtern, aber sie fanden sie nicht, so viele Schalen sie auch aus dem Schlamm zogen. Claires Bild wuchs. All die Gesichter, die auf der Straße lagen, und all die Menschen, die sich bückten und nach den Gesichtern griffen und die Gesichter wieder fallen ließen, weil jedes Gesicht, das sie hochhoben und abtasteten, das falsche war, jede Menge verlorene Gesichter segelten wie dünne Tücher zurück und bedeckten den Boden. Claire dachte: Das namenlose Kind ist das einzige Geschöpf, das sein Gesicht nicht verliert. Weil es nicht weiß, was ein Gesicht ist. Weil es keinen gibt, vor dem es das Gesicht verlieren könnte.

Claire lief hinaus in die Nacht und wusste: Sie hatte etwas gefunden. Etwas Eigenes. Etwas nur für sich allein. Sie würde es aufschreiben, dachte sie. Percy schrieb, Mary schrieb, Byron schrieb, warum nicht auch sie? Sie hatte ein großes Talent: das Talent zu lügen, zu spielen, den Menschen etwas vorzumachen. Sie konnte sie dazu bringen, ihr zu glauben, was sie ihnen auftischte. Hatte Percy nicht gesagt, dies sei die wichtigste Voraussetzung fürs Erzählen: Menschen zum Sehen und Glauben zu bringen? Claire hatte noch nie eine Erzählung geschrieben, aber sie hatte schon viele Erzählungen geplappert. Vielleicht musste sie nur zu Papier bringen, was ihr aus dem Mund lief? Dann würde aus dem Plappern Schreiben. Eine Geschichte über das namenlose Mädchen. Eine Erzählung, eine Novelle oder vielleicht – wer sagt's denn – ein Roman?

Die Rückfahrt nach England stand unter keinem guten Stern. Die waldgrünen Schnellen der Reuss wirbelten sie in aberwitziger Geschwindigkeit voran, sie stürzten sogar Wasserfälle hinab, einer von ihnen drei Meter tief, den Kapitänen blieb mitunter nur die Hoffnung. Dazu dieses Grün, dieses tiefe, unheimliche Grün, etwas musste auf dem Grund des Flusses schlafen, das alle anderen Farben schluckte. Sie wechselten oft die Fahrzeuge, mal eine Diligence-par-Eau, ein Postschiff, mal ein schwerer Lastfrachter, mal, wenn sie Glück hatten, eine bequeme Fähre mit Unterdeck, manchmal aber mussten sie auch in Bötchen steigen, die einem großen Kanu glichen und nur eine Handvoll Menschen trugen, mit flachen Böden ohne Kiel, aus Dielenbrettern zusammengenagelt, das Wasser schwappte ständig hinein, und alle, auch sie, mussten schöpfen, und wehe, sie wären hängen geblieben an einem der spitzen Felsen, die ihre Rückenflossen aus dem Wasser reckten oder aber, weitaus gefährlicher, dicht unter der Oberfläche unsichtbar auf Beute warteten, die Bretter wären aufgeschlitzt worden wie nichts, das Boot wäre vollgelaufen und gekentert, und sie wären allesamt jämmerlich ersoffen, allen voran Percy, der noch nicht mal schwimmen konnte, und wenn es dann auch noch regnete, nun, ein ums andere Mal waren sie einfach nur froh, mit dem nackten Leben davonzukommen und zum Beispiel nicht in diesem Boot gesessen zu haben, von dem sie hörten, dass es hier, an gleicher Stelle, verunglückt sei, drei Tage zuvor, alle fünfzehn Insassen: tot. Aber was sollte man schon machen, wenn man nur achtundzwanzig Pfund besaß?

Die schnelle Reuss wich bald der zähen Langsamkeit des Rheins, eine Langsamkeit, die auch in den gemütlichen Namen all dieser Orte lag: Döttingen. Mumpf. Rheinfelden. Basel. Nicht nur die mürben Schwimmfahrzeuge ödeten sie an, auch dieser zähe, sich ewig windende Rhein, dieser Breitmaul-Strom, der jetzt, mitten im Sommer, nicht sonderlich viel Wasser führte und eher vor sich hin schlickte als floss, der Rhein, der Knick um Knick machte und zauderte, als wolle er unter gar keinen Umständen das Meer erreichen.

Die Landschaft beeindruckte alle drei zutiefst. Ganz im Gegenteil zu ihren Mitreisenden. Das waren meist düstere, schmutzige Gestalten, die tranken, fluchten und pöbelten. Irgendwann rief Mary: »Das sind doch Tiere! Ich würde sie am liebsten vernichten! Es wäre viel einfacher für Gott, neue Menschen zu erschaffen, als diese Monster hier reinzuwaschen.« Und sie erschrak heftig. Über ihre eigenen Sätze. Sie hätte sie am liebsten zurückgenommen. Diese rohe Gewalt, die plötzlich aus ihr brach: Wo kam sie her? Mary wandte sich ab und schaute aufs Wasser, das unbeeindruckt seine Bahn zog.

Bei Gernsheim stiegen drei Studenten ins Boot. Der erste hieß Hoff, ein fürchterlicher Geselle, »ein gestaltloses Tier mit einem schweren, hässlichen deutschen Gesicht«, sagte Mary und erschrak ein zweites Mal, ehe sie sich vornahm, ihre Sprache wieder einzufangen und ihren Hass, der in ihr ausgebrochen zu sein schien wie eine rätselhafte Krankheit. Der zweite hieß Schneider und war immerhin »ein hübscher und gut gelaunter junger Mann«, sagte Mary. Claire dagegen hielt ihn weder für hübsch noch hässlich. Der dritte hieß Schwitz und schien sehr langsam im Kopf zu sein, die anderen beiden foppten ihn und spielten ihm Streiche, sagten Dinge, die er nicht verstand. »Was für ein Idiot!«, sagte Mary und zuckte zum dritten Mal an diesem Tag zusammen und hätte sich gern selber angeschaut von außen: Sie kannte sich nicht mehr.

»Idiot?«, flüsterte Claire. »Das könnte der Titel sein.«

»Welcher Titel?«, fragte Percy.

»Für den Roman, den ich schreibe.«

»Du schreibst einen Roman?«

»Über eine Frau. Ein Mädchen zuerst. Sie lebt in einer Höhle. Allein. Kennt keine Menschen. Niemanden. Ich möchte zu gern wissen, was in solch einem Kopf vor sich geht, einem Kopf, der uns vielleicht langsam erscheint, aber nur, weil er nicht passt in unsere vulgären Vorurteile! Ein Mädchen, das von Bergen, Wüsten, Höhlen und Schlünden zur Frau erzogen wird, keinen anderen Lenker kennt als sich selbst und die Impulse, die aus ihr quellen.«

»So ähnlich wie die Assassinen?«, fragte Mary.

»Wer das liest, soll sehen, wie liebenswert sie ist, voll nobler Affekte und Sympathien, süß, mild und naiv, mit unverdorbenem Charakter. Man soll mit ihr mitleiden und -fiebern. Das Mädchen ist ein Idiot: aber nur in den Augen der anderen. Wenn jemand meine Geschichte liest und am Ende immer noch sagt, sie sei ein Idiot, hat er nichts verstanden, und sein Herz ist aus Stein und sein Geist aus Asche. Dann ist er verloren.«

»Oder ...«, sagte Mary und kicherte.

»Oder was?«, rief Claire.

»Oder aber: Du hast den Text vermasselt!«

Mary lachte, hätte aber am liebsten geweint über sich selbst.

»Schau mal, Schwitz!«, rief Hoff aus. »Da oben, die Burg!«

»Welche Burg?«, fragte Schwitz und stand auf.

»Dort! Hinterm Wald!«

»Ich sehe nichts!«

»Dort drüben! Schau mal genauer!«

»Ich sehe nichts.«

»*Hinterm* Wald! Musst du doch sehen!«

»Ich sehe nichts.«

»Eine riesige Burg! Mit eingefallenen Türmen!«

»Ich sehe nichts«, sagte Schwitz jetzt ganz langsam und dachte nach. »Hinterm Wald? Die Türme eingefallen? Dann kann man sie ja gar nicht erkennen von hier aus. Oder?«

Hoff rief: »Er hat's kapiert! Ich fass es nicht! Er hat's kapiert. Was für ein Wunder!«

»Wie ist denn der Name der Burg?«, fragte Schwitz.
Schneider sagte: »Burg Frankenstein.«
Und Mary dachte: Guter Name.

Marys Geburtstag verstrich. Ihr Geburtstag war für sie nie Anlass zur Freude, eher zur Trauer. Sie dachte nicht an ihre Geburt, sondern an das, was der Geburt folgte. Elf Tage später. Der ominöse 10. September, der Todestag ihrer Mutter.

Am 9. September, einen Tag zuvor, hatte Percy mit einem englischen Kapitän gefeilscht und schließlich eine Überfahrt von Rotterdam nach Gravesend vereinbart für drei Guineen pro Person, die man aber erst in England auszahlen könne, so Percy. Das Schiff fuhr los, musste aber gleich wieder anlegen, denn es zog ein heftiger Sturm auf, ganz wie zu Beginn ihrer Reise von Dover nach Calais: An eine Überfahrt übers Meer war nicht zu denken. Als Mary aufwachte, am 10. September 1814, fand sie sich wieder in einem verwinkelten Gasthaus mit winzigen Fenstern. Der Sturm tobte draußen und rüttelte alles durcheinander, Dinge, die nicht festgemacht worden waren, purzelten durch die Straßen.

Mary weckte Percy & Claire. Es gab kaum etwas zu essen. Das Frühstück bestand aus altem Brot mit ein paar Stücken Käse. Mary rief den beiden zu: »Ich wünsche mir was.«

»Dein Geburtstag ist vorbei«, murmelte Claire mit vollem Mund, bekam aber das trockene Brot nicht herunter und ließ es diskret als zerkauten Brei in einer Serviette verschwinden.

»Ich wünsche mir«, fuhr Mary fort, »dass wir schreiben. Jeder für sich. Den ganzen Tag. Einfach nur schreiben. Im Andenken an Mutters Todestag. Sie würde sich freuen.«

Mary saß mit Claire in Claires Zimmer. Sie hatten sich einen zweiten Tisch bringen lassen. Talglichter brannten. Mary schrieb. Sie schrieb genauso wackelig wie der Tisch unter ihr, sie schrieb auf, was ihr in den Sinn kam, wunderte sich über ihr erstes Wort, es war das Wort: »Hate«. Sie schrieb es ein paar Mal untereinander. Eine Geschichte mit dem Titel *Hass*? Sie legte los, sie schrieb über ihre Reise und sparte das Schöne aus, ließ sich lenken und leiten vom Hässlichen und Hassenswerten, von dem, was sie von ihrem Vater entfernt hatte, Paris, Land, Kutsche, Schweiz, Schiffe, Spucken, Schmutz. Nichts wird so, wie die Menschen es sich vorstellen, schrieb sie, und sie mochte diesen Satz, der wie ein Axthieb auf Anhieb den Traum und die Wirklichkeit spaltete. Sie schrieb sich in eine Rage hinein, in eine Wut, in einen Hass regelrecht, sie war erschrocken über sich, wie sie schon auf der Reise erschrocken war über ihre Sätze, und Mary erinnerte sich jetzt an all die Gestalten, die ihnen unterwegs begegnet waren, und ganz am Schluss war noch einer zugestiegen, kurz vor Holland, und Mary beschrieb zunächst das Aussehen des Mannes, schlaksig war er und wirkte beinah wie eine Giraffe, der Mund schief, und der Mann trat zu ihnen und sprach sofort los, warf seine froschhaften Blicke auf sie, während er ungeniert seine Fingernägel kaute beim Sprechen und die dreckigen Ränder nicht über die Reling spuckte, sondern einfach runterschluckte. Aber in welcher Sprache redete er? War das Deutsch? War das Englisch? War das Französisch? War das Holländisch? Geboren, sagte der Mann, sei er in Holland, aber gelebt habe er in den anderen Ländern, und endlich verstand Mary: Der Mann konnte keine der vier Sprachen richtig. Er konnte nur ein bisschen von allem, war in keiner Sprache wirklich zu Hause. Und dieser Franz war ein Bild für sie selbst: Er spricht keine Sprache richtig, genau wie ich, schrieb Mary, ich kann von allem ein bisschen, aber nichts richtig, mein Schreiben gleicht seinem Radebrechen. Sie schrieb: Ich kann keine Briefe schreiben wie Byron, ich kann keine Gedichte schreiben wie Percy, ich kann keine Gedanken schreiben wie Mutter und Vater, ich kann keine Balladen schreiben wie Coleridge, ich kann keine Romane schreiben wie Lewis, und deshalb hasse ich nicht die anderen, ich hasse nicht die Welt, ich hasse mich selbst und alles, was ich nicht bin, nicht kann und niemals können werde.

Mary hörte auf. Sie warf den Stift zu Boden und drehte sich um. Claire – hinter ihr – schrieb wie entrückt. Ihr Stift zuckte über die Zeilen, als jage er hinter den Buchstaben her oder laufe vor ihnen davon. Claire schrieb, ohne zu atmen, so schien es. Mary trat hinter sie, Claire merkte es nicht. Mary mochte Claires Schrift. Das verschnörkelte »d« sah genau so aus wie ihres. Aber Claire fehlten die schützenden »t«-Strich-Dächer. Stattdessen sprossen vom »g« und vom »y« Wurzeln unter die Wörter.

Mary ließ die entfesselte Claire sitzen, nahm ihre eigenen Blätter und ging zu Percy. Die Böen vor den Fenstern hatten keinen Deut nachgelassen. Percy lag auf dem Bett, eine Tonpfeife im Mund.

»Wie war's?«, fragte er.

Statt einer Antwort zerriss Mary ihre Papiere dreimal und legte sie als kleinen Stapel auf den Tisch.

»Dito«, sagte Percy und deutete auf die eigenen zerrissenen Blätter auf dem Sessel in der Ecke. Mary ging hin und mischte die Fetzen wie ein Kartenspiel. Eine Percy-Seite, eine Mary-Seite und so weiter.

»Vielleicht ergibt es einen Sinn«, sagte sie und nahm einen Percy-Wisch und einen Mary-Wisch und legte sie nebeneinander, als gehörten sie zusammen. Sie las das frisch vereint Zerrissene vor. Und seufzte. Ein Sinn sah anders aus.

Plötzlich wurde ihr übel. Von einer Sekunde auf die nächste. Sie hielt sich am Tisch fest. Und beugte sich vor.

»Mir ist schlecht«, sagte Mary.

Dann musste sie spucken.

»Mary! Wir sind noch nicht mal auf dem Schiff!«

»Das ist es nicht«, sagte Mary, legte ihre Hände auf den Unterleib, holte tief Luft und schaute zu Percy.

Church Street & Arabella Road

Marys Bauch wuchs, das war gut und befremdlich zugleich. Sie war nicht mehr allein, und sie wäre jetzt nie mehr allein. Etwas breitete sich in ihr aus, ein Menschlein, irgendwann konnte sie Tritte spüren. Mary zog sich zurück. Von Percy, von Claire, von den Spaziergängen, den Lesestunden und Diskussionen bis in die Nacht. Mary mochte am liebsten in ihrem Zimmer sitzen, liegen und lesen oder nichts tun, jedenfalls nichts Besonderes, sie wollte achtgeben, beobachten, bereit sein, nichts falsch machen, wollte mit dem Kind in ihr wachsen, für das, was auf sie zukam.

Einmal, noch ganz zu Anfang, hatte sie mit Percy & Claire angestoßen, gelacht und einen Abend verbracht, an dem sie sich auf wunderbare Weise leicht fühlte, doch gegen zehn Uhr war sie aufgeschreckt, hatte sich an den Bauch gefasst und gestammelt, sie müsse ins Bett, sofort. Der Tod wuchs mit heran in Marys Bauch, zumindest die Möglichkeit des Todes, die Angst vor ihm. Warum sollte es ihr, Mary, anders ergehen als der eigenen Mutter? Überall lauerten Sterbefälle für Schwangere: Blutverlust oder Vergiftung oder Fieber oder Steißlage oder ein zu mächtiger Quadratschädel, und dann diese Schlächter, die sich Ärzte nennen und das Kind herausschneiden, wenn nichts anderes mehr hilft.

In London war die Lage für Mary & Percy & Claire unerträglich: Sie wurden von der Gesellschaft regelrecht geächtet. Eine Ménage-à-trois plus unehelichem Bastard im Bauch war ein echter Skandal. Auch Marys Vater wollte nichts mehr mit Mary zu tun haben. Er hatte allen Freunden und Verwandten befohlen, Mary & Percy & Claire aus ihrem Leben zu streichen. Einmal begegnete Mary ihrem Vater auf der Straße. Er wandte den Blick ab und ging an ihr vorbei ohne ein Wort. Mary sah ihm hinterher, dem Vater, der sich von ihr entfernte, als existiere sie nicht. Er hatte ihr sechzehn Jahre lang seine Liebe geschenkt. Mehr als jeder andere Vater. Und jetzt? War sie vorbei, die Liebe? Einfach so? Mary konnte es nicht glauben. Sie stand dort, wollte rufen, wollte ihm hinterherlaufen, wollte ihn zurückhalten, aber sie schaffte es nicht, sie blieb stehen: fassungslos.

Als sei die Ächtung durch Marys Vater und durch die Gesellschaft nicht genug, mussten Percy & Mary & Claire in den Monaten nach ihrer Rückkehr ständig umziehen, um Percys Gläubigern zu entrinnen. Die erste Nacht im September hatten sie noch im Stratford Hotel verbracht, danach strandeten sie für vierzehn Tage in der Margaret Street und dann in der Church Street von Saint Pancras, es gab keine Heimat mehr. In Saint Pancras wohnte Mary immerhin wieder nah der Mutter. Sie konnte ihr den wachsenden Bauch zeigen. Doch etwas war anders. Bei ihrem ersten Besuch nach der Rückkehr kniete sie sich hin und wollte die Hände wie gewohnt in die Mutter tunken, zuckte aber zurück, als die Fingerspitzen die Erdkruste berührten. Mary konnte es nicht. Sie konnte auch nicht mehr auf der Erde sitzen. Sie hatte das Gefühl, sich selbst zu besuchen: Eines Tages würde auch sie hier liegen. Sie setzte sich auf die Bank, die ihr Vater vor dem Grab hatte verankern lassen. Statt zur Mutter legte Mary ihre Hände auf den Bauch.

»Tut es weh, Mutter?«
»Natürlich tut es weh.«
»Die Geburt meine ich.«
»Die meine ich auch.«
»Und der Tod?«
»Ist eine Truhe.«
»Und beim Sterben?«
»Fällt ein Tropfen ins Meer.«

Claire hatte unterdessen einen Entschluss gefasst: Sie wollte schreiben. Ihre Geschichte: *Idiot*. Während Mary ihr ungeborenes Kind hütete und Percy mit Geldangelegenheiten beschäftigt war, widmete Claire sich ihrem Text. Auch wenn sie die Hälfte von dem, was sie schrieb, mit der Geste einer seufzenden Dichterin ins Feuer warf, wuchs der Stapel der Blätter, der ihrem kritischen Blick standhielt.

Eine Sache hatte sich geändert. Das Kind in der Höhle war kein Kind mehr, sondern eine Frau, jung wie Claire selbst: Claire hatte einfach nicht gewusst, wie man aus Sicht eines Kindes schreibt. Ihre eigene Kindheit lag schon zu lange zurück. So war das Kind in ihrem Text über Nacht gewachsen: von einem zerbrechlichen Wesen zu einer jungen Frau von sechzehn Jahren. Claire lernte gleich zu Beginn: Beim Schreiben sollte man tunlichst alle Schwierigkeiten minimieren.

Als Erstes brauchte Claire einen Namen für die Frau. Wie heißt eine, die keiner kennt und die keinen kennt? Claire dachte nicht lange nach, sondern nannte sie Nobody. Keine. Keine hat keine Ziele. Will nichts erreichen, will nur leben. Sie muss essen, dachte Claire. Wird schmutzig sein. Sie braucht Unterschlupf. Sie haust in einer Höhle. Sie muss Aas vertilgen, das sie mit Fingern und Zähnen auseinanderreißt. Sie muss ihre Notdurft verrichten. Was ist das für ein Mensch, der nur dem Drang des Überlebens folgt? Was heißt Überleben? Was heißt Leben überhaupt? Stoffwechsel? Ist es das? Wie lebt eine Frau, die sich um nichts Sorgen macht, außer um tägliche Nahrung? Wird nicht ein tiefer Friede in ihr liegen? Durch das Fehlen der anderen? Durch das Fehlen der Abhängigkeit? Keine muss keinem gefallen, sie muss es keinem recht machen, sie muss keiner Erwartung entsprechen. Keine heißt nichts als: Trieb, Instinkt, Natur, Impuls. Vielleicht manchmal Angst. Angst um ihr Leben. Angst lässt sie zu einem Stein greifen, wenn sich ein Biest nähert. Ist es ein Bär? Ist es ein Löwe? Wo spielt die Geschichte? In der Höhle? Wo liegt die Höhle? Im Wald? In der Wüste? In den Bergen? In England? In Schottland? Im Orient? Auf den Spuren Byrons? Wann spielt die Geschichte? Heute? Damals? Wann genau ist damals? Je weiter Claire kam, umso mehr häuften sich die Fragen. Inspiriert von Percys Freiheitsideal und angestachelt von der Brutalität der Londoner Gesellschaft, schrieb Claire über das wundersame Keine-Leben ohne jene verhassten Konventionen, gegen die vor allem Percy mit ganzer Kraft anrannte, all diese Regeln und Verbote und Vorschriften und Prinzipien einer Gesellschaft, in der Mary & Percy & Claire niemals würden in Frieden leben und sich lieben dürfen zu dritt. Claire schrieb sich immer tiefer in Keines Kopf und Körper hinein. Ich will, dass sie gemocht wird, dachte Claire. Man soll sie ins Herz schließen. Die Menschen werden über Keine lesen, sie werden Keines Leben sehen, und sie werden auch ihr eigenes Leben sehen als das, was es ist. Heuchlerisch. Unfrei. Vorgekaut. Ja, vorgekaut. Das ist das Wort. Im Angesicht der Keine-Freiheit werden die Menschen es angewidert ausspucken wollen, ihr vorgekautes Leben. All das, was sich gehört und was man so tut und was üblicherweise zu beachten und was gang und gäbe ist und was sich schickt und was sich ziemt und was der Anstand gebietet und was den Gepflogenheiten entspricht, einfach alles, woran man sich pflichtgemäß anzupassen hat. Ihr eigenes Leben wird den Menschen schal vorkommen angesichts dieses Keine-Lebens. Niemand von ihnen tut doch wirklich das, was er tun will im Leben. Niemand. Außer Keine. Aber erst mal muss ich sie leben lassen, dachte Claire, ich muss sie handeln lassen in ihrer Freiheit, sie ist kein Tier, das ist wichtig, am Anfang denkt man noch, dass sie ein Tier ist, aber nein, das ist sie nicht, Keine ist Mensch, ist Frau, sie badet in einem kalten See, gluckst und freut sich und spürt den Stich der Kälte auf der Haut, Keine ist da, sie lebt, sie liebt die Wärme und die Bäume und das Umherstreifen und das Nacktsein, sie liebt ihren Körper und schützt ihn vor Kälte und Regen durch große Rinden, die sie von umgekippten Bäumen schält, sie liegt in ihrer Höhle und schläft, schläft ruhig, ohne jede Sorge, sie ist da, Keine.

Und plötzlich brachte Claire eine Szene zu Papier, mit der sie nicht gerechnet hatte: Keine saß vor ihrer Höhle und betrachtete zwei Schnecken, die in aller Langsamkeit aufeinander zu krochen, sich mit ihren Fühlern betasteten und ein Spiel begannen, das Keine nicht kannte. Der Einbruch des Alleinseins. Keine fühlte sich zum ersten Mal trostlos angesichts dieser sich ineinander verlierenden Schnecken. Etwas war anders als zuvor. Keine folgte einem Impuls, stand ruckartig auf und ging los.

»Wo willst du hin?«, rief Claire verblüfft.

Keine beachtete sie nicht, sie ging einfach weiter, nackt, wie sie war, den Weg und die leere Seite im Buch hinab, Keine tat einfach das, was sie wollte, so war sie nun mal, so hatte Claire sie erschaffen, und jetzt konnte sie Keine nicht daran hindern, sich von ihr zu entfernen.

»Aber das ist der Weg zu den Menschen!«, rief Claire.

Keine entschwand langsam ihrem Blick.

»Die Menschen werden dich einfangen!«, rief Claire in die Mulde des Papiers. »Sie werden dich ins Gefängnis sperren, sie werden dich ›Idiot‹ nennen! Weil du nicht sprechen kannst. Nicht beten! Nicht schreiben! Bleib! Bleib in der Freiheit!«

Doch Keine will nicht mehr allein sein. Sie will jemanden suchen. Oder etwas. Oder irgendwen. Der bei ihr ist. Der ihre nackte Haut bedeckt. Wie die Schnecken zu zweit sein will sie. Keine läuft einfach weiter. Claire stapft ihr hinterher, sie verliert die Kontrolle über das Schreiben, und sie hat in diesem Augenblick keine Ahnung, ob das gut so ist oder nicht, ob, wenn man eine Geschichte schreibt, dieser Verlust zu fürchten ist oder zu erstreben als höchste Form des Erzählens, sie folgt den Buchstaben wie Fußabdrücken, Claire sieht im Augenblick des Entstehens erst, was vor ihr geschieht. Keine. Dort hinten läuft sie. Läuft und lacht. Lacht sie? Kann sie lachen?

»Warte doch! Warte auf mich!«

Die Straße wird breiter, die Sonne sinkt. Ehe es dunkel wird, kommt Einer. Er kommt Keine entgegen. Den Weg hoch. Keine scheut zurück vor ihm. Sie duckt sich hinters Gebüsch. Sie zittert. Sie hofft, dass dieser Eine sie nicht gesehen hat. Jetzt, wo sie den Einen sieht, ist er ihr zu viel. Sie will kein Gegenüber mehr. Sie will bei ihrer eigenen Haut bleiben. Keine ist noch nie gesehen worden. Von niemandem. Einer geht den Hügel hinan, den Blick zu Boden gerichtet. Etwas trägt er auf dem Rücken. Was ist es, das er auf dem Rücken trägt? Keine weiß es nicht. Sie weiß nichts. Sie kann nichts benennen. Nicht Mensch. Nicht Hügel. Nicht Rücken. Nicht Bauch. Nicht Liebe. Keine bleibt in ihrem Versteck, bis der Eine verschwunden ist.

In diesem Augenblick springt Claire vom Schreibtisch und geht selber los. Sie weiß, wo sie hinwill. Sie weiß, was sie tun will. Sie tut es endlich. Sie tut das, wofür Keine der Mut fehlt. Sie geht in den Salon. Im Salon spaziert Percy lesend auf und ab und merkt nicht, dass Claire sich ihm nähert. Er ist versunken. Eine Hand auf dem Rücken, eine Hand hält das Buch. Fünf Schritte hin. Fünf zurück. Claire denkt: Er weiß nicht mal, dass er auf und ab geht, während er liest. Wäre da ein Brunnen vor seinen Füßen, so fiele Percy hinein. Und Mary? Liegt längst im Bett und hütet ihr Kind im Bauch unterm Laken. Doch sie, Claire, sie ist jetzt da. Sie ist bereit: zu tun, was sie schon lange hat tun wollen. Sie nähert sich Percy, schnappt ihm das Buch aus der Hand, wirft es aufs Sofa, schluckt Percys erstaunten Blick, lacht, ruft: »Ich wär jetzt so weit.« Percys Lippen öffnen sich erstaunt. Doch ehe Percy etwas entgegnen kann, stürzt Claire schon hinein, in die Lippen, in den Mund, ins Leben.

Claire hatte lange genug zugeschaut. Jetzt war *sie* an der Reihe. Sie wollte Percy lieben, mit ihm reden, mit ihm schlafen, und Percy wollte es auch, das wusste sie, und er schaute ihr lange in die Augen, ehe Kontrolle und Zurückhaltung endgültig erloschen und Claire die Oberfläche durchbrach und in Percys Körper tauchte, sie atmete unter Wasser und erwiderte Percys Berührungen, ließ sich von den eigenen Händen überraschen in dieser ersten Nacht und in all den Nächten, die folgen sollten. So nah bei Percy fühlte sich Claire oft genug wie Keine, losgelöst von allem Anstand, fühlte sich auf erregende Weise schmutzig, ohne jede Erfahrung, aber mit großer, beinah schmerzlicher Lust, ihren Impulsen zu folgen, Claire liebte Percys Schweiß und wie er roch, und sie leckte seine Brust und seine Achselhöhlen und seine Leisten.

Wenn Percy erschöpft ins Kissen kippte, machte Claire einfach weiter, unstillbar, unersättlich, und sie wusste nicht, woher das kam und wie und wann das überhaupt entstanden war, und Percy musste sie stets einfangen, indem er sagte: »Pause, bitte. Pause. Pause. Pause.«

Claire liebte ihre Nacktheit, und in der ersten Nacht mit Percy stand sie auf und griff nach einem Buch, blieb eine Weile am Bett stehen, damit Percy ihren Körper genau betrachten konnte, und als sie die rechte Stelle gefunden hatte, fiel sie vorwärts aufs Bett, legte das Buch auf Percys unbehaarte Brust, rammte die Ellbogen ins Laken, stützte ihr Kinn auf die Handballen, trippelte mit den Fingern auf den Wangen und blies Luft über Percys Nabel. Nach dem Lieben war zwischen den beiden alles fast genau so wie zwischen Percy & Mary: Es ging um Bücher.

»Wer?«, fragte Percy und spürte wieder eine leise Erregung.

»Byron«, rief Claire begeistert.

»Langsam werd ich eifersüchtig.«

»Nur weil er mehr Erfolg hat als du?«

»Schreib ihm doch mal einen Brief.«

»Ich? Ihm?« Claire lachte auf.

»Warum nicht?«

»Was haben wir zwei schon gemeinsam, Byron & ich?«

»Eure Liebe zum Theater vielleicht?«

Claire warf den Kopf nach hinten und die Locken aus der Stirn, dann las sie mit ihrer Glockenstimme aus dem *Korsar*. Percy schloss die Augen und hörte Verse, die sich ineinanderrankten, als hätte ein göttlicher Gärtner sie gepflanzt.

»Zehntausend«, sagte Claire nach einer Weile. »Ich weiß noch, ich stand in der Schlange. Am ersten Tag, an dem der *Korsar* verkauft wurde. Beim Buchhändler Crosby. Eine Schlange wie nach einem Krieg. Als könnte man verhungern ohne Gedichte. Ich habe das vorletzte Buch ergattert und den Einband geküsst. Zehntausend Stück haben sich verkauft. Nur am ersten Tag. Sagt man.«

Percy atmete tief ein, als er Claires linke Hand auf seinem Oberschenkel spürte. Doch Claire nahm die Hand weg, schlug das Buch noch einmal auf und las: »Wer sieht den Menschen, wie er wirklich ist: den geheimen Geist befreit?«

Percy liebte Claires Singstimme. Er konnte durch die Töne schauen wie auf den Grund eines klaren Wassers, vor allem abends, wenn Claire tirilierte, selber Melodien erfand und aus sich heraus sang. Beim Vorlesen dagegen war Mary unschlagbar, jedem einzelnen Wort auf der Spur, setzte sie geniale Pausen und mischte sich unter die Buchstaben wie unter ihresgleichen.
Percy liebte beide.
Percy liebte Mary & Claire.
Claire schien wirklich eher die Sonne zu sein, ein unbekümmert helles Streulicht, er nannte sie die strahlende Schwester des Tages, Claire verjagte Grübeln und Missmut, sie hüpfte und plapperte und schlug sich mit den Händen auf die Wangen, wenn sie sich zu etwas entschloss, ja, Claire war ein Irrwisch. Mary dagegen glänzte milder, zu ihr passte das Mondlicht. Ein nächtliches Wesen, mit schmalem, dünnem Gesicht, langen Fingern, schrecklich elegant. Mary war die Tastende, die Staunende, mit ihr konnte Percy grübeln und verzweifeln über die Welt und die Dinge, die er nicht verstand, Mary konnte seine Gedichte fühlen wie niemand sonst. Wie schön aber war es, wenn Mary & Claire in ihr Gegenteil kippten, kurz nur, wenn Claire traurig schaute oder Mary freudig erregt. Wenn der Mond zur Sonne wurde und die Sonne zum Mond. Das kam seltener vor, aber

wenn, dann waren es glitzernde Augenblicke, in denen die beiden etwas bejahten, was sie für gewöhnlich scheuten.

Percy liebte nicht nur beide Frauen, nein, er liebte die Liebe. Die Liebe, schrieb er, verbindet nicht nur die Menschen untereinander, sondern die Menschen mit allem, was existiert. Die Liebe, schrieb er, ist randlos und allumfänglich. Die Liebe ist die einzige Religion, der einzige Glaube, der einzige Gott, die einzige Göttin, die ich gelten lasse. Wenn der Mensch wirklich liebte, schrieb Percy, würde er sofort aufhören, andere Kreaturen zu töten, es gäbe keine Kriege mehr und es hätte ein Ende mit diesem erbärmlichen Schlachten von Menschen und Tieren. Liebe, schrieb er, ist die mächtigste Anziehung allem gegenüber, wir lieben, wenn wir in unseren Gedanken die Kluft einer ungenügenden Leere finden, und wir wollen in allen Dingen, die sind, eine Gemeinschaft erwecken mit uns selbst. Erreichen zwei Menschen die Verschmelzung, schrieb er, brauchen sie keine Worte mehr, denn dann ist jedes Verständnis blind: Wenn wir etwas denken, wird der andere uns verstehen; wenn wir uns etwas einbilden, werden die luftigen Kinder der Fantasie neu geboren im anderen; und wenn wir etwas fühlen, zittert der andere sich zu uns hin. Das ist Liebe.

Doch eine solche Liebe ist wild und – wenn man sie mit einem Menschen in all ihrer Kraft erlebt – nur schwer auszuhalten. Percy verbrannte sich zweimal an dieser allumfassenden Liebe. Einmal im Hôtel de Vienne, in Paris, als er Mary zu nah gekommen war und von der Liebe plötzlich abrückte. Jetzt war es ähnlich: Auch Claire kam ihm zu nah, und Percy musste ihrer Liebe etwas entgegensetzen. Der Gegenspieler der Liebe, wusste Percy von Kindesbeinen an, das war die Angst.

Noch ganz zu Beginn ihrer neuen Verbindung, nach zwei

Wochen vielleicht, lagen Percy & Claire nebeneinander im Bett, erschöpft, zufrieden, innig. Diesmal las Percy vor. Er hatte eine schaurige Passage gewählt, aus Lewis' *The Monk*. Dann klappte er das Buch zu und malte ohne Vorwarnung und mit wenigen flüchtigen Worten ein hohles Gesicht in den Raum und blies mit einem Zug sämtliche Kerzen aus. Immer noch war Percy versessen darauf, andere zu erschrecken und der Angst vor dem Übersinnlichen ins Auge zu blicken, sich dieser Angst zu stellen, sie zu erforschen, bei sich und bei anderen, herauszufinden, wie sie entstand. Percy wollte der Angst so nah wie möglich kommen, wollte sie fangen wie eine Spinne im Glas. So auch jetzt. Im Dunkeln flüsterte er Claire etwas ins Ohr, eine graue, uralte Stimme war das, vor der Percy selber erschrak, er raunte etwas, das mit Claires Seele zu tun hatte und mit einem Kerker und einer Knochengestalt und mit dem, wie es ist, lebendig begraben zu werden. In diesem Augenblick schluchzte Claire, sie wollte schreien, konnte es nicht, hielt sich die Ohren zu. Und Percy zündete die Kerzen wieder an.

»Tut mir leid«, sagte er, ein wenig beschämt über sich selbst.
»Warum machst du so was?«, fragte Claire.
»Ich kann nicht anders.«
»Ich kriege keine Luft mehr, Percy. Mir schnürt sich alles ab. Ich sehe das, als wär es wirklich da. Hör auf damit. Mach so was nie wieder, Percy. Hörst du?«
Und Percy nickte.
»In diesem Leben«, murmelte Claire, »stirbt man oft genug vor Angst, bevor man wirklich stirbt.«
»Merk dir den Satz.«
»Das war's dann wohl mit uns«, sagte Claire.
»Für immer?«
»Für heute.«

Claire stand auf, nahm eine der Kerzen, ging ohne ein weiteres Wort in ihr Zimmer, die Kerze flackerte, ihre Hände zitterten. Ein Luftzug streifte Claire, als husche jemand hinter ihrem Rücken vorbei. Sie fuhr herum, nichts. Aber ein Gefühl. War da noch jemand im Raum? Bei ihr? Die Anwesenheit von etwas Finsterem, etwas, das sich um sie schlingen und sie hinabziehen könnte, nach unten, immer tiefer und tiefer und tiefer. Sie hasste Percy. Sie wusste, sie würde kein Auge zutun. Die ganze Nacht nicht. Sie schloss die Tür, ihr Laken leuchtete weiß, darüber die gefaltete Decke und das Kissen. Sie stellte die Kerze auf den Waschtisch, warf sich Wasser aus der Schale ins Gesicht, nahm die Kerze, drehte sich wieder um. Die Decke lag an ihrem Platz. Das Kissen aber – fehlte. Claire hielt den Atem an, hob die Kerze, leuchtete in die dunklen Ecken des Zimmers, und endlich sah sie das Kissen: Es lag auf einem Stuhl. Drüben. Hinter dem Stuhl stand eine Gestalt, nur ihre Umrisse waren zu erkennen, eine knochige Hand legte sich mit leisem Knarzen auf die Lehne und beugte sich langsam vor.

Claire ließ die Kerze fallen und stürzte hinunter in Marys Zimmer. So schnell wie noch nie. Mary schlief. An ihrem Bett saß Percy. Claire schrie, krampfte, warf sich zu Boden. Und Mary erwachte, richtete sich auf, schlafnass.

»Claire? Percy?«, fragte sie und zog Claire zu sich hoch aufs Bett, nahm sie in den Arm, streichelte sie, hielt sie fest.

»Der Mann!«, rief Claire. »Im Zimmer! Mein Kissen!«

»Schon gut«, sagte Mary. »Das war nur ein Traum.«

»War kein Traum. War kein Traum!«

»Komm her.«

Claire schluchzte und sagte: »Mein Schweiß stinkt noch.«

»Ich schwitze jede Nacht«, sagte Mary.

»Das ist meine Schuld«, sagte Percy.

»Hast du wieder Gruselgeschichten erzählt?«

»Sie hat Angst«, sagte Percy.

»Wovor?«

»Vor dem, wovor wir alle Angst haben.«

»Claire«, sagte Mary, »du schläfst heute Nacht hier. Aber sofort. Ich bin müde. Komm.« Sie bettete Claire neben sich.

Claire flüsterte: »Es tut mir leid!«

Percy verließ das Zimmer. Claire drehte sich von Mary weg zur Wand und klemmte die Hände unter die Achselhöhlen.

Die Gläubiger machten ernst und verbündeten sich. Charters, der Kutschenbauer, der Geldleiher Starling, Mrs Stewart, eine ehemalige Vermieterin: Sie alle ließen sich Percys Weigerung zu zahlen nicht länger gefallen und beauftragten Gerichtsvollzieher, seine Adresse herauszufinden und ihn zu verhaften, damit er endlich geradestehe für seine Schulden. Die Gerichtsvollzieher schnüffelten los. Percy konnte nicht mehr zu Hause wohnen. Man hätte ihn festgenommen, und er wäre ins Schuldnergefängnis gesperrt worden. Er schlüpfte bei seinem Freund Peacock unter. Die ganze Woche über lebte er getrennt von Mary & Claire. Er sah sie nur am Sonntag, wenn er ungehindert in die Church Street spazieren konnte, denn am Tag des Herrn war es Gerichtsvollziehern verboten, ihrer Arbeit nachzugehen.

Die Lage spitzte sich zu. Verzweiflung wuchs. Von Vater Timothy war nichts zu erwarten. Percy schrieb an Harriet und bat sie um dreißig Pfund. Alle wollen Geld, wir haben Hunger, schrieb Mary ins Tagebuch. Mit Claire zog Percy los, um das Allerletzte zu Geld zu machen, das er besaß: die Pistolen vom Großvater und sein über alles geliebtes Solarmikroskop, das er dem Mad Doctor Adam Walker abgekauft hatte.

In der größten Not nahm sich Verleger Hookham der Situation an und überzeugte eine Anzahl Gläubiger, Shelley zu helfen. Vielleicht verwies Hookham auf den nahenden Tod des alten Großvaters Bysshe? Auf das in Bälde anstehende Erbe? Auf die Dankbarkeit, die von Shelley zu erwarten sei? Gegenüber allen, die ihm jetzt zur Seite stünden? Der kahle Mister Watts, Farmer aus Sussex, William Bryant vom Worthy Rectory, der stinkreiche Kaufmann Lambert, der schwere Immobilienspekulant Pike und ein Mann namens Ballechy: Sie alle halfen Percy aus der gröbsten Not, sodass sich die Lage entspannte und Percy seine Schulden begleichen und die Gerichtsvollzieher abwimmeln konnte. Aber Schulden zu begleichen war etwas anderes, als Geld zu haben. Und Geld hatte Percy immer noch nicht. So musste er neue Schulden machen. Er steckte in einem Teufelskreis. Und es war absehbar: Bald würden die Gerichtsvollzieher wieder anrücken.

Percy & Mary & Claire bezogen im November ein neues Quartier am Nelson Square. Percy atmete auf, als er wieder mit Mary & Claire vereint war. Auch wenn er mit Claire schlief, änderte das nichts an seiner Liebe für Mary. Er schrieb: Meine liebste Mary. Deine Gedanken allein können die meinen mit Kraft füllen. Mein Geist ohne den deinen ist tot und kalt wie der dunkle Mitternachtsfluss, wenn der Mond untergegangen ist. Es scheint, dass du allein mich schützen kannst. Wenn ich lange von dir getrennt bin, schüttele ich mich im Horror vor mir selbst. Ohne dich bin ich weder tot noch am Leben. Wie wundersam, wenn ein Mensch über sich hinauswächst oder in sich hinein.

Da kam Fanny zu Besuch. Eine seltene Freude. Im Salon setzte Fanny sich Percy gegenüber in den Sessel. Percy redete drauflos.

Er mochte Fanny. Sie schien ihm wie ein Wesen aus fernen Welten. Er mochte ihren konzentrierten Blick, ihr feines Schweigen, ihre Fähigkeit, in allergrößter Ernsthaftigkeit zuhören zu können. Sie saß dort, die Hände im Schoß, und Percy erzählte ihr offen vom Fächer seiner Ängste, wie er so gern sagte, seiner Angst um das Kind und um Mary, seiner Angst vor der Zukunft in Geldlosigkeit, vor Gläubigern und vorm Schuldnergefängnis, seiner Angst, dieses Buch zu beenden, seine Gedichte rund um *Alastor; or, The Spirit of Solitude*, denn das Ende eines Buches zog einen neuen Schweif von Ängsten nach sich, die Angst vor den Attacken der Kritiker, die Angst vor den Lesern, die anderes erwarteten, die Angst davor, dass es überhaupt keine Leser gäbe.

Percy redete bis um drei Uhr nachts. Fanny schwieg bis um drei Uhr nachts. Sie regte sich keinen Millimeter von der Stelle. Sie saß dort, als hätte jemand sie auf den Stuhl gemalt. Sie blickte unentwegt in Percys Gesicht, lächelte nicht, in ihrem tastenden Blick lag ernstes Glück. Um drei Uhr in der Nacht, in einem Augenblick, da Percy endlich schwieg, erhob sich Fanny. Percy wusste nicht, warum. Fanny schwebte auf Percy zu, in ihren gespenstischen Bewegungen, als fehlten ihr die Beine unterm viel zu langen Kleid, Percy stand auf zu ihr, und dann brach ein Satz aus Fanny heraus, als hätte sie ihn jahrelang in sich reifen lassen: »Wenn du wüsstest, wie sehr ich dich liebe.« Und Fanny beugte sich vor und presste ihren Mund auf Percys Mund, und Percy hatte mit allem gerechnet, nur damit nicht, er kappte die Lippen, sah in Fannys aufgerissene Augen, sah die Scham auf ihren Wangen, sah Hilflosigkeit, Entsetzen über die Unmöglichkeit ihrer Liebe, und Fanny drehte sich um und schwebte ohne weitere Worte aus dem Raum. Percy zitterte. Das war alles zu viel. Er konnte nicht mehr. Er krampfte. Er kannte diese Anfälle. Ein paar Mal hatte er sie schon erlebt. Er wusste, es wäre gleich vorbei. Er wartete auf das Ende des Zitterns. Ohnehin, dachte Percy, ist der Mensch nichts als ein zitterndes Tier.

Mary wusste von Percys Drang zur freien Liebe. Sie wusste von seiner Liebe zu Claire. Und sie duldete alles. Dennoch: Die Spannungen zwischen Mary & Claire nahmen zu. Mary wurde feindseliger gegen ihre Schwester, wollte, dass sie verschwand, ehe sie vollends Besitz von Percy ergriff, Mary schlug Percy sogar vor, Claire wegzuschicken, einfach so, sie irgendwo als Gouvernante unterzubringen, sie wollte Percy wieder ganz für sich. Mary & Claire gifteten sich an.

Und Mary dachte oft an die Sätze ihres Vaters: In der Liebe gibt es kein Mehr oder Weniger. Entweder man liebt oder man liebt nicht. Mary glaubte nicht, dass dieser Satz stimmte, auf Percy aber schien er tatsächlich zuzutreffen: Er liebte sie beide, und er liebte Claire nicht weniger als sie. Anders gleichwohl. Mary aber spürte etwas Hässliches in sich: Eifersucht. Und sie wusste genau: Claire erging es nicht anders. Tagelang sprachen sie kein Wort miteinander und gingen sich aus dem Weg. Wenn sie sich zufällig trafen, schoben sie ihre Blicke aneinander vorbei wie dunkle Kugeln.

Dann aber platzte Marys Fruchtblase, mitten in der Nacht.

»Claire«, rief Mary so laut sie konnte. »Claire!!«

Claire eilte herbei. Percy folgte ihr.

Mary stand mitten im Raum und rief: »Da läuft was, Claire. Da läuft was!« Claire leuchtete mit dem Talglicht den Boden aus. »Wasser«, sagte Mary, zog das Nachthemd hoch und deutete auf ihre Beine. Von einem Augenblick auf den anderen war alle Feindseligkeit zwischen den Schwestern vergessen.

»Ich bin da«, sagte Claire und legte ihren Arm um Mary.

Das Kind kam zu früh. Acht Wochen vor der errechneten

Niederkunft. Am 22. März brüllte Mary aus voller Kraft. Claire saß bei ihr, war ganz Schwester, hielt Marys Hand, tupfte ihr den Schweiß von der Stirn, redete ihr gut zu, ließ die Hebamme ihre Arbeit verrichten, und Stunden später wand sich der Säugling ins Freie. In Marys letztem Schrei lag alles. Als müsse der Schrei eine Kette sprengen.

Das Kind war ein Mädchen, winzig und schwach. Als Mary die Kleine sah, kippte etwas in ihr: Sie hatte keine Angst mehr, selber zu sterben, sie hatte nur noch Angst um ihr Kind. So zerbrechlich wie Porzellan, mit ihren filigranen Fingerchen. Mary hätte nie geglaubt, dass sie ein anderes Wesen so schnell so sehr würde lieben können: diese Handvoll Mensch.

»Wie soll sie heißen?«, fragte Claire.

Mary schaute ihre Schwester lange an.

»Clara natürlich«, sagte sie.

Als das Kindchen schlief und Mary sich gewaschen hatte, rissen die beiden Schwestern gleichzeitig und gemeinsam alle Seiten aus ihren Tagebüchern, auf denen sie ihrem Ärger auf die andere freien Lauf gelassen hatten. Sie verbrannten die Blätter. Für Hass gab es keinen Platz mehr.

Über allem schwebte diese Zahl: 11. Marys Zahl. 11 Tage bis zum Tod der Mutter. 11 war die Todeszahl. Sie hatte sich eingenistet in Mary. Am 11. Tag, so wusste sie, da kommt der Tod. Wenn nicht für sie, dann vielleicht für das Baby? Mary glaubte daran: Wenn ihr Baby Clara die ersten 11 Tage überleben würde, wäre es gerettet. Nacht für Nacht betete Mary heimlich, damit Percy nichts davon mitbekam. Auch Mary glaubte nicht an Gott, aber sicher war sicher. Für den zwölften Tag flehte sie. Das Kind trank gut und legte ordentlich zu in den ersten Tagen. Und Mary strahlte.

Doch wieder mussten sie umziehen. Die Vermieterin setzte sie kurzerhand vor die Tür. Ein illegitimes Kind unter ihrem Dach war untragbar. Percy & Claire kümmerten sich um den Umzug, Mary spazierte mit dem Baby allein zur Arabella Road mit der Hausnummer 13. Gut so. 13 und nicht 11, dachte Mary. Sie legte die Kleine in die Wiege und hütete ihren Schlaf. Was für ein Glück, als Mary am zwölften Tag erwachte und das Baby hungrig quakte. Ihr Ein und Alles. Mary legte sie an, die Tochter. Das Kind trank. Ein kalter Tag im April. Die Sonne stand tief. Wolken? Fehlanzeige.

Einen Tag später war das Kind tot.

Am Morgen trat Mary ans Bett, nichts regte sich. Sie nahm das Kind hoch. Sie schüttelte es. Legte es ans Ohr. Horchte. Gab ihm einen Klaps auf den Rücken. Als könnte die kleine Clara mit einem Bäuerchen den Tod ausspucken. Kein Leben mehr in ihr. Mary legte das Kind zurück ins Kissen. Sie stand an der Krippe. Da war dieses Bild in ihr: das Kind einfach wieder einsaugen in den Bauch. Dort war es sicher gewesen. Und warm.

Dann kippte Mary um.

Als sie nach einiger Zeit die Augen wieder öffnete, sprang sie aus dem Bett, in das man sie gelegt haben musste, das Kind war schon weg. Die Hebamme hielt ihr eine Schüssel hin und sagte: »Musst Milch ausstreichen. Sonst gibt's Fieber.« Sie schob Marys Nachthemd hoch, hielt die Schüssel an ihre Brust, und als Mary wie versteinert schaute, seufzte sie und molk Mary. Die Flüssigkeit sickerte aus ihr heraus wie weißes Blut.

Um nicht unterzugehen, musste Mary sich zusammenreißen, sich beruhigen mit dem zwanghaften Gedanken: Eine Unzahl Kinder stirbt vor, während oder kurz nach der Geburt, so ist es eben, man kann nichts machen, ich bin nicht die Einzige, die ihr Kind verliert. Verliert, dachte sie. Als sei das Kind ein Taschentuch. Als könne man es wiederfinden, jetzt noch, jederzeit. Verliert. Ein lächerliches Wort. Mary hüllte ihre Briefe in eine distanzierte Sachlichkeit, sie schrieb: Allem Anschein nach starb es an Krämpfen. In Wirklichkeit aber dachte Mary: Ich habe zwei Menschen auf dem Gewissen. Erst die Mutter. Jetzt die Tochter. Nur ich bin noch am Leben. Ich bringe Verderben. Zu beiden Seiten hin. Der Sarg war so unfassbar klein.

In den Tagen nach der Beerdigung stolperte Mary richtungslos durch die Stadt. Sie wusste nicht, wohin. Sie wusste nicht, was sie wollte. Was das alles zu bedeuten hatte. Markt. Menschen. Einkäufe. Geschäftigkeit. Die Blicke der anderen, die sie streiften. Denen all das zu Ohren gekommen war, die Blicke, in denen Gedanken lagen: Das kommt davon. Die Ungerechte trifft Gottes Zorn. Auf einmal sah Mary ihre Stiefmutter: Mary Jane stand auf dem Markt und begutachtete Birnen. Mary hatte sie lange nicht gesehen, hatte lange nicht an sie gedacht. Mary Janes Blick fiel auf sie. Die Stiefmutter wandte sich nicht ab, wie Mary gedacht hatte, nein, sie wandte sich ihr zu, beinah ruckartig, Mary Janes Augen verengten sich zu Schlitzen, sie legte die Birnen zurück, ging geradewegs zu Mary, trat an sie heran, Mary wusste nicht, wie ihr geschah.

»Es tut mir leid«, sagte Mary Jane.

Und sie nahm Mary in den Arm.

Mary weinte zum ersten Mal richtig nach dem Tod ihrer Tochter. Der Schock schmolz wie ein Eisblock hinter ihren Augen. Mary löste sich, schaute zu Mary Jane und sagte: »Danke, Mutter.« Sie ging langsam weiter. Wohin, das wusste sie immer noch nicht.

Aufstehen. Essen. Hinlegen. Aufstehen. Essen. Hinlegen. Die Zeit war klebrig wie der Porridge, an dem Mary jeden Morgen würgte. Mutterlos. Tochterlos. Zwei schwarze Fäden. In Mary gestickt. Sie hatte Albträume, in denen ihre tote Tochter aus der Krippe kroch, sie anblickte, mit wässrigen, gelben Augen. Mary fuhr hoch, schreiend manchmal, manchmal weinend, sie setzte sich auf einen Stuhl, das Kissen vorm Bauch. Ihre Nacht hieß Kerzenlicht. Ihr Schlaf: Schaukeln. Der Stuhl wippte, Mary wippte, Körper und Kissen wippten, Mary wiegte kein Kind in den Schlaf, sondern sich selbst. Sie wollte die Erinnerungen nicht verlieren, so weh sie auch taten. Wie Clara geschaut hatte. Neugierig, fast weise, in die Ferne, in sich selbst, noch ohne mit den Augen etwas greifen zu können, verschleiert und klar zugleich, die kristallene Ruhe ihrer Tochter. Ihr Krümel. Ihr Winzig. Ihr Liebchen. Ihr Zärtel. Clara hatte kaum geschrien in ihren wenigen Lebenstagen, sie hatte sich kaum bewegt, mal hatte sie die Händchen kurz ausgestreckt, sie hatte gut geschlafen, genuckelt, sanfte Geräusche von sich gegeben, die auch Mary beruhigt hatten, denn jeder Laut hieß Leben. Es spielt keine Rolle, wie lange, dachte Mary. Ob dreizehn Tage oder dreizehn Minuten wie bei Mary Jane. Wahrscheinlich ist es nicht anders, wenn es mit dreizehn Jahren geschieht. Mein Kind ist nicht mehr da. Mein Kind.

Bishopsgate & Lynmouth Bay

Monate später fuhren Mary & Percy für ein paar Tage nach Salt Hill, in das Windmill Inn, einem hinreißenden Gasthaus auf dem Land. Allein. Ohne Claire. Mary & Percy schliefen wieder miteinander. Zum ersten Mal seit langer Zeit. Marys äußere Wunden waren verheilt. Sie fühlte sich wie eine Haselmaus nach dem Winterschlaf. Die Traurigkeit nahm langsam ab, die Schuldgefühle blieben, doch der Wunsch nach Wachheit regte sich. Es herrschte Frühling. Alles zwitscherte: Neuanfang. Mary liebte Percy immer noch abgöttisch. Sie versuchte nicht daran zu denken, dass er während ihrer Schwangerschaft mit Claire geschlafen hatte. Jetzt war er da. Jetzt, wo sie ihn brauchte, wo sie allein war wie nie zuvor. Sie schrieb: Ich liebe ihn so zärtlich und ganz und gar, Percy, mein Leben hängt ab vom Strahl seiner Augen, meine Seele hat sich vollkommen um ihn geschlungen.

Sie machten einen Ausflug nach Eton. Dort setzten sie sich unter jene Eiche, die Percys Rückzugsort gewesen war, wenn die anderen Kinder ihn gequält, verhöhnt oder geschlagen hatten. Percy erzählte noch einmal von diesen höllischen Jahren in Eton, zum dritten Mal, dachte Mary und verstand, wie wichtig es ist, Erinnerungen auf immer neue Schiffchen zu setzen, denn hier erst konnte sie Percys Kindheitsschmerzen wirklich fühlen. Zum ersten Mal erzählte Percy vom »fagging«, ein Wort, das Mary nicht kannte. Es hieß: Die neuen Jungen waren die Sklaven der Älteren. Sie mussten tun, was diese befahlen, Stiefel putzen, vor ihnen im Staub kriechen, und des Nachts lagen die Älteren nackt im Bett und warteten. Percy beschrieb seine Bestürzung, die Gewissheit, seine Qualen mit einem Schlag beenden zu können, ein bröckelnder Kloß, der sich löste, und er, Percy, sei eines Tages losgerannt in der festen Absicht, es zu tun, ein Seil zu besorgen, es an den Baum zu knüpfen, zu springen, zu baumeln.

»Zu baumeln?«, fragte Mary.

»Ich war zu feige.«

»Oder zu mutig.«

Mary nahm ihn in den Arm.

Sie verharrten eine Weile tonlos.

»Sie war so klein«, flüsterte Percy endlich.

»Ein Schmetterling«, sagte Mary.

»Ich kann sie nicht vergessen.«

»Sie war so schutzlos.«

»So weich und weise.«

»Sie wäre jetzt hier, Percy. Inmitten uns.«

Es war klar, dass sie wieder umziehen mussten. Mary wolle nicht an dem Ort bleiben, an dem Clara gestorben war. Sie mieteten ein Haus in der Marchmont Street Nummer 26. Mary dachte: 26 ist zwei mal 13. Doch die doppelte 13 brachte endlich Glück. Die Schuldscheine, die Percy so leichtfertig auf sein Erbe ausgestellt hatte, wurden eingesammelt und beurteilt. Großvater Bysshe war gestorben, Vater Timothy bezahlte Percys Schulden, Percy erhielt eine Pauschale von 4500 Pfund und eine Jahresrente von 1000 Pfund. 200 davon zahlte er Harriet. Die größte Not war erst einmal vorbei.

»Lass uns von vorn beginnen«, sagte Mary an einem Morgen und hüpfte splitterfasernackt ins Büro. Percy folgte ihr.

Mary schlug ihr gemeinsames Tagebuch auf. Obwohl es noch nicht voll war, zog Mary einen Strich und schrieb: Ich beginne ein neues Tagebuch mit unserer Erholung.

»Und womit fangen wir an?«, fragte Percy.

»Mit dem Verrücktsein«, sagte Mary.

»Ich war schon immer verrückt.«

»Aber ich nicht! Jedenfalls nicht genug!«

Mary ließ acht Seiten frei und schrieb: 1 Esslöffel Anislikörgeist mit einer Winzigkeit Walrat.

Percy riss Mary sofort den Stift aus der Hand und ergänzte: 9 Tropfen Menschenblut, 7 Körner Schießpulver, ½ Pfund verfaultes Gehirn, 13 zerquetschte Grabwürmer.

Er unterschrieb mit: The Maie & her Elfin Knight.

Sie zogen noch ein weiteres Mal um, bevor sie endlich zur Ruhe kamen. Das neue Haus war ein zweistöckiges Landhaus in Bishopsgate, mit vergitterter Veranda am Osteingang des Windsor Great Park. Die nächsten Monate verstrichen in wundervoller Notlosigkeit, zufrieden wie nie zuvor. Mary schmiegte sich an Percys Schreibroutine, schaute ihm über die Schulter, es war genau so, wie sie es sich erträumt hatte, sie war ihm nah, sie machte Vorschläge, sie schrieb selber jeden Tag, Übungen, nannte sie es, weil Übungen getrost scheitern durften: Rüstungen gegen das Versagen.

Wieder war sie schwanger. Dieses Mal aber wollte Mary alles richtig machen. Vielleicht hatte sie bei der ersten Schwangerschaft zu sehr an das Kind gedacht. Jetzt versuchte sie, das Kind als etwas Selbstverständliches anzunehmen, so zu tun, als gehöre es einfach dazu. Kein Verzicht mehr auf die Abende mit Percy. Das eigene Leben weiterleben, das vor ihr lag. Mary genoss das. Sehr sogar.

»Wir brauchen beides«, sagte Percy. »Vernunft und Imagination. Der Vernunft geht es um Unterschiede; der Imagination um Ähnlichkeiten. Die Vernunft verhält sich zur Imagination wie der Schatten zur Substanz. Poesie ist Ausdruck der Imagination. Poesie ist ein stets gezücktes Blitzschwert, das die Scheide verzehrt, die es umschließen will. Und Sprache ist unmittelbare Schau der Innenwelt. Poesie nimmt den Schleier von der versteckten Schönheit der Welt. Wir sehen alles neu. Die Poesie erschafft, worüber sie spricht. Ein Dichter ist eine Nachtigall, die in der Dunkelheit singt, um seine eigene Einsamkeit aufzuhellen. Seine Zuhörer sind verzaubert von der Melodie, sind bewegt und wissen nicht, warum. Jede große Poesie ist unendlich. Aber die Poesie muss stets ausbrechen. Den Regeln entfliehen. Immer neue Wege suchen. Poesie ist die Freiheit selbst. Sie lässt sich nirgends einsperren. Die Poesie muss Feuer und Licht bringen gegen die Eulenflügel der Berechnung. Die Kraft des Schreibens entsteht von innen wie die Farbe einer Blume. Wir können die Ankunft dieser Kraft nicht vorherbestimmen. Wir müssen warten können als Dichter. Aber der Lohn ist reich. Poesie lenkt alle Dinge in die Anmut, vermählt Jubel und Horror, Trauer und Vergnügen. Unser Milton sagt: Der Geist ist sein eigener Ort, er kann aus dem Himmel die Hölle machen und aus der Hölle den Himmel. Poesie erschafft für uns ein Wesen *in* unserem eigenen Wesen. Poesie macht uns zu Bewohnern einer neuen Welt, der Welt in uns. Poesie reinigt uns vom Schmier der Gewohnheit. Denn die Gewohnheit ist unser größter Feind. Sie verdunkelt das Wundern darüber, wer wir wirklich sind.«

Und Claire? Claire war längst weg. Sie hatte sich bei dieser Mary-&-Percy-Liebe überflüssig gefühlt, störend wie ein Stachel unter der Haut. Sie konnte das Turteln nicht ertragen, sie war nicht mit umgezogen und einfach abgereist. Percy hatte ihr genügend Geld mitgegeben. Das würde reichen für ein Jahr, wenn sie sparsam lebte und noch etwas verdiente als Gouvernante. In Lynmouth, einem Fischerdorf an der Nordküste der Grafschaft Devon, hundertfünfzig Kilometer südwestlich von Bristol, mietete sie ein Zimmer in einem Häuschen mit Blick auf die Küste. Allein. Ganz allein. Claire war noch nie allein gewesen. Nicht als Kind. Nicht auf ihrer Reise mit Mary & Percy. Nicht während der anschließenden London-Zeit in den verschiedenen Wohnungen. Sie hatte immer Menschen um sich gehabt. Doch damit war es auf einen Schlag vorbei. Sie konnte nicht mehr einfach so in Marys Zimmer gehen und mit ihr sprechen, streiten, lachen; Percy aufsuchen und mit ihm schlafen, Schiffchen knicken, Schach spielen; an den Abenden für die beiden singen, ihnen zuhören, miteinander diskutieren. Mir nichts, dir nichts war sie allein.

Da bumste eine Fliege ans Fenster. Von innen. Claire nahm ihr Notizbuch, schlug nach dem Tier, verfehlte es. Die Fliege brummte die Scheibe hoch. Claire holte noch einmal aus. Diesmal ließ sie das Notizbuch sinken, betrachtete die Fliege und sagte: »Ich lass dich leben. Wenn du mir summst, sing ich für dich.« Die Fliege nickte und putzte ihre Flügel. »Wir richten uns ein«, sagte Claire zur Fliege. »Wir richten uns ein in der Einsamkeit.«

Wie meine Figur, dachte Claire. Wie Keine in der Höhle. Bin ich deshalb hier? In Lynmouth? Am Meer? Um genau das zu lernen? Die Einsamkeit? Wie soll ich über Keines Einsamkeit schreiben, wenn ich selber die Einsamkeit nie wirklich erlebt habe? Mein geliebter Byron hat *Childe Harold's Pilgrimage* nur schreiben können, weil er selber reiste. Ist Anschauung fürs Schreiben nicht wichtiger als Fantasie? Claire schrieb aber nicht. Noch nicht. Das Schreiben holte förmlich Luft.

Unter der Woche unterrichtete Claire die vier Töchter der Familie Newton, 7, 9, 11 und 13, Sarah, Moira, Vicky und Leslie, so standen die Mädchen einzeln oder als Grüppchen vor ihr, und das Erste, was Claire lernte, war: Jedes Kind braucht eine andere Form der Zuwendung und des Zuspruchs, ob Strenge, Milde, Geduld oder Ansporn. Als Gouvernante liebte Claire vor allem das Erklären. Wenn sie ihr Wissen in einfache Worte packen musste, bis die Kinder plötzlich »Ahhhh!« riefen. Doch oft genug fand sie ihn nicht, diesen Zugang zu den Köpfen der Kinder. Und wann immer es möglich war, erklärte Claire daher mit Gesten oder mit Mimik oder mit dem Einsatz ihres ganzen Körpers, sie spielte den Kindern Sequenzen vor, wie im Theater, mitunter sang sie ihre Begründungen, und bald merkte Claire, dass sie dadurch oft schneller ans Ziel kam. Und wenn die Augen der Kinder blitzten, war auch Claire zufrieden, seufzte und sagte: »Hej! Na endlich.«

Die wirkliche Einsamkeit kam erst, wenn die Familie verreist war und Claire allein. Richtig allein. Ohne einen. Tagelang. Claire beobachtete sich selbst in der Einsamkeit. In der Natur, draußen, wenn sie im Wind stand, fühlte sie sich wie eine Röhre so leer. Im Zimmer, spätabends, wenn sie sich gegen Ablenkungen entschied, gegen ein Buch oder gegen das Singen, sammelten sich ihre Gedanken wie Tau, einfache Gedanken zunächst, an das, was zurücklag, Erinnerungen an Percy & Mary, an ihre Mutter, an William. Je länger sie aber so nichts tuend dasaß, umso schwerer wogen ihre Gedanken und wurden zu den ewigen, bohrenden Fragen, woher wir kommen und wohin wir gehen, Gedanken an ihr eigenes Leben und an die Zukunft, die vor ihr lag, an ihre künftigen Kinder und den kommenden Tod, an das Alter, und Claire sah sich selber als grauhaarige Frau mit Stock und Dutt über einen Friedhof wanken. Einsamkeit, dachte sie, ist wahre Befreiung, ist die Erlösung vom Blick der anderen. In der Einsamkeit finde ich mich als die, die ich bin, und als die, die ich sein möchte. Ich bin da. Ich bin Mensch. Nackter Mensch. Nichts sonst. Ich möchte sein. Wer möchte ich sein? Ich möchte singen, ich möchte schreiben, ich möchte schauspielen, ich möchte Kinder bekommen, ich möchte Kinder erziehen, ich möchte einen genialen Mann finden, ich möchte Lust, ich möchte Leidenschaft, ich möchte begehrt werden, ich möchte lesen, ich möchte wichtig sein für andere, ich möchte eine Spur hinterlassen in den Herzen der Menschen, die mich kennen, in den Herzen der Menschen, die mich auf der Bühne sehen oder die meine Bücher lesen werden, wenn ich welche schreibe, ich möchte fröhlich sein, ich möchte genießen. Puuh, dachte sie. Ich möchte ganz schön viel. Diese wimmelnden Möglichkeiten: wie Kaulquappen. Und auch wenn Claire ahnte, dass sie sich irgendwann einmal für eine einzige oder für ein paar wenige würde entscheiden müssen, fühlte sie sich in den Minuten der Einsamkeit: unbesiegbar. Alles lag vor ihr wie frisch gefallener Schnee.

Doch musste Claire lernen: Die Einsamkeit besaß eine Zwillingsschwester namens Alleinsein. Beide sahen fast gleich aus und waren doch grundverschieden. Die Einsamkeit wurde für Claire zu einem zweiten Rückgrat; auf dem Hügel der Einsamkeit stand Claire und schaute hinab wie ein Lord auf seine Ländereien. Der Schmerz des Alleinseins dagegen steckte ihr in der Seele wie ein Splitter; Claire spürte in jeder Sekunde des Alleinseins, wie sehr ihr andere Menschen fehlten. Durch die Einsamkeit wurde Claire gestützt und gestärkt. Durch das Alleinsein angegriffen und ausgehöhlt. In der Einsamkeit kam Claire zur Ruhe. Im Alleinsein drehte sie verzweifelte Runden in ihrem Zimmer.

Endlich kehrte Claire zurück zu ihrem *Idiot*. Mit der Einsamkeit im Rücken und gegen das Alleinsein schrieb sie die Geschichte noch einmal ganz neu. Von Anfang an. Keine hat sich dem Menschen auf dem Hügel nicht zu erkennen gegeben. Ihre Angst ist größer gewesen als ihre Neugier. Sie ist allein geblieben, in ihre Höhle zurückgekehrt. Claire öffnete ein leeres Buch, ein Büchlein eher, vierzehn Zentimeter hoch, elf Zentimeter breit, aber fest gebunden in blutrot gefärbtes Schafsleder, mit einer metallischen Schließe und einer Scheide für den Bleistift.

Und Claire schrieb.

Keine sitzt. Keine sitzt in der Dunkelheit. Keine sitzt allein. Sie steht auf. Sie weiß nicht, was Feuer ist, kennt Wärme nur im Sonnenlicht. Mond dringt durch den Spalt im Fels. Keine kann nicht schlafen. Sie nimmt einen scharfen Stein vom Boden, ritzt ihren Daumen. Den Zeigefinger taucht sie ins Blut. Sie malt die Wände ihrer Höhle an. Ihre Hände und Arme sind übersät von verheilten Wunden. Keine mag das Rot und das Warme, ein wenig auch den Schmerz. Vor allem mag sie die Bilder, die sie gemalt hat. Wenn sie etwas mag, spürt sie ein wohliges Summen irgendwo in ihr. Keine malt ihr eigenes Gesicht mit den verstrubbelten Haaren. Immer nur ihr eigenes Gesicht. Sie kann es ansehen in einem Teich. Sie findet es schön, ihr Gesicht. Fühlt sich zu ihm hingezogen. Zu diesem unscheinbaren, auf dem Wasser zitternden Gesicht – Sie hat nicht gewusst, wer das ist, beim ersten Mal – Sie hat das Wasser berührt – Ein Zucken, und das Gesicht ist verschwunden – Und wieder aufgetaucht, als die Oberfläche sich geglättet hat – Keines Gedanken noch ungreifbar – Wie vor der Geburt – Keine hat keine Sorgen – Nichts, was sich auf Zukunft richten kann – Ganz bei sich ist sie – Ganz hier – Isst Beeren, rohes Fleisch, Gräser, Kräuter, Früchte – Isst, wenn sie Hunger hat – Geht hinaus – In die Nacht – Zu den Sternen – Weiß nichts von Namen und Entfernung – Steht im Nachtlicht – Denkt – Denkt sie wirklich? – Woran denkt sie? – Ist das Denken ein Sirren eher, ein mildes Säuseln der Gegenwart? – Oder fehlt das Denken? – Ist Keine befreit von der Last des Denkens? – Das Denken, dem aller Kummer entspringt? – Wenn sie nicht denkt, weiß sie nicht, dass sie einst sterben wird – Der Kummer wächst im Wissen nur – (Auch ich darf nicht so viel denken, dachte Claire. Schreib einfach weiter!, rief sie sich zu, still.) – Keine sonnt sich in der Nacht – Sie schlendert durch die Dunkelheit – Sie kennt die Gegend – Sie legt sich nackt auf den Boden und würde gern die Erde einatmen – Mit ihrer Haut – Alles auf einmal – Sie liebt das Tasten – Das Berühren – Das Leben, das durch ihre Fingerspitzen fließt – Sie liebt ihre Sinne – Jeden einzelnen für sich – Sie trennt die Sinne voneinander – Wenn sie lauscht, schließt sie die Augen – Hält die Nase zu – Dann hört sie alles, was es gibt, nicht nur den Vogel im Gezweig, auch das Knistern des Käfers – Wenn sie die Nase in den Wind streckt, schließt sie die Augen – Hält die Ohren zu, um nur den Gerüchen zu folgen, die der Wald mit sich bringt – Wenn sie die Ohren zudrückt, hört sie noch etwas anderes, ein Rauschen, ein Brodeln im Innern des Kopfes – Wie das Prasseln eines starken Regens – Wenn sie sieht und nur sehen will, steht sie gern auf erhöhtem Punkt und schaut in alle Richtungen, gespannt, ob sie an diesem Tag etwas Neues entdecken wird, etwas, das sie noch gar nicht kennt – Und wie sie so vor sich hin lebt, allein und ohne andere, spürt sie eines Tages einen

Drang in sich, im Bauch und in der Kehle, und der Drang platzt heraus, es ist der Drang, ein Geräusch zu machen, das sie selber hören kann, und es ist der Drang, dieses Geräusch zu knüpfen an die Welt, die sie kennt – Und Keine sagt Ong – Einfach so – Dieses Wort steht vor ihr, es ist ihr erstes Wort, und sie weiß nicht, dass es ein Wort ist, sie weiß nicht, dass sie spricht, gesprochen hat, zum ersten Mal in ihrem Leben, und sie zeigt auf den Lieblingsbaum vor ihr, und der Baum heißt Ong von diesem Tage an – Ong ist nicht ihr Wort für »Baum«, es ist ihr Wort für diesen einen Baum – Das ist ein großer Unterschied – (Denkt Claire. Und schreibt. Und schreibt.)

Claire rief: »So könnte es gehen!« Rief es laut am Schreibtisch. Ließ den Stift fallen. Klatschte in die Hände. Zackzack. Zweimal. Claire schrieb ihr Buch langsamer, als sie sonst schrieb, sorgsamer, warf Punkte und Kommas über Bord, die sie ohnehin nicht mochte, letzte Fesseln der Konvention. Stattdessen griff sie zu ihren geliebten Tagebuch-Spiegelstrichen, die dem Text etwas Brüchiges verleihen, so wie Keines Leben selbst, aber auch – beim Lesen – etwas Schnelles, Zügiges, Rauschhaftes, das beim Schreiben des Textes gefehlt hatte. Claire wusste, dass sie etwas gefunden hatte: offen und geschlossen, rasch und langsam in eins.

Liebste Fanny, schrieb Claire aufgeregt, hier in Lynmouth bin ich endlich in Freiheit – Du sagtest mal, es sei undenkbar, dass ich je allein würde leben können – Wenn du meine gleichmäßige Ruhe hier kennen würdest – Wie fröhlich und vergnügt ich bin, vielleicht würdest du deine Meinung sofort ändern – Ich bin absolut glücklich – Nach so viel Missmut in London und solch heftigen Szenen, solch Quälerei aus Leidenschaft und Hass würdest du kaum glauben, wie entzückt ich bin über

diesen lieben, kleinen, ruhigen Flecken – Ich bin immer gleich glücklich, ob ich ins Bett gehe oder aufstehe – Ich bin nie enttäuscht, weil ich das Ausmaß meines Vergnügens kenne – & lass es regnen oder lass die Sonne scheinen, meine wolkenlose Stimmung bleibt ungetrübt – Das ist das Glück, das ist diese klare & ununterbrochene Ruhe, nach der ich mich so lange gesehnt habe – In der Einsamkeit spannen sich die Kräfte um die Seele & lehren sie den ruhigen, entschiedenen Pfad von Tugend & Weisheit – Bitte schreib mir – Tu es, brave Fanny!
Vom Alleinsein: kein Wort.

Fast ein Jahr verbrachte Claire in Lynmouth. Sie blieb das schrille, verrückte, kichernde, wilde Mädchen, das sie schon immer gewesen war, aber etwas fügte sich zu ihr hinzu. Wie eine nachträgliche Grundierung. Ein tieferer Ton. Ein zweiter Boden, ein festerer Stand. Das Briefschreiben glich den Sprüngen von Gazellen, hoch, weit und schnell. Das Buchschreiben glich dem Gang einer Schildkröte, wacklig, schräg, schleppend. In ihrer langen Zeit in Lynmouth schrieb Claire nicht mehr als fünfzig Seiten an ihrem *Idiot*. Aber in diesen fünfzig Seiten steckte alles, was sie konnte und worüber sie nachgedacht und was sie erlebt hatte. Mit Keine neben sich erfuhr und beschrieb sie die Einsamkeit und das Alleinsein. Claire verstand irgendwann: Einsamkeit und Alleinsein waren keine Zwillinge, sondern eher zwei Seiten derselben Medaille. Einsamkeit, das hieß: Ohne die anderen finde ich erst zu mir selbst. Alleinsein hieß: Ohne die anderen verkümmere ich. In jedem von Percys Gedichten tauchte der Tag auf und die Nacht, das Helle und das Dunkle, Sonne und Wolken, Licht und Schatten, Leben und Tod. Hier, in Lynmouth, durchlebte Claire ein neues Paar: Einsamkeit und Alleinsein. Einsamkeit ist das Ende der Abhängigkeit. Alleinsein das Ende der Lebensfreude. Claire verstand: Die Höhle des Einzelnen muss nicht immer der Himmel sein. Und die Herde der Anderen nicht immer die Hölle.

Im Januar 1816 brachte Mary ihr zweites Kind zur Welt. Diesmal kam das Kind zur rechten Zeit, war kräftig, munter, lebensfähig und ein Junge. Sie gab ihm den Namen William, ein vielleicht schon letztes, in jedem Fall verzweifeltes Angebot an ihren Vater. Sie hatte davon geträumt, Papa den Enkel in den Arm zu legen am Geburtsbett, doch ihr Vater kam nicht, er blieb stur und schenkte ihr weiterhin keine Beachtung. Doch für eine Wut auf den Vater fehlte Mary die Zeit. Sie wollte aufpassen, wachsam sein. Tagsüber saß sie bei ihrem Sohn und schaute ihn einfach nur an. Die Nächte verbrachte sie an der Wiege, kein wirklicher Schlaf war das, Mary schreckte oft hoch, das Kind nuckelte, im Mondschein rosig und putzmunter, und es sah so gar nicht nach Tod aus. In den Nächten Nummer 11 und 12 machte Mary kein Auge zu, hielt sich wach, indem sie bei Kerzenschein griechische Vokabeln lernte, Verbtabellen, Aorist, Medium, und alles, was sie in diesen Nächten lernte, würde sie nie wieder vergessen. William überlebte die Tage 11 und 12 und 13. Und weiter wuchs er wunderbar. Je älter und speckiger der kleine William wurde, je mehr er trank, umso ruhiger wurde Mary und umso stärker ihr Vertrauen in die Lebensbeharrlichkeit ihres Sohnes. Er würde durchkommen. Er würde es schaffen.

Percy aber war in Aufruhr. Er hatte *Alastor; or, The Spirit of Solitude* endlich beendet, eine Reihe anderer Gedichte hinzugefügt, seinen ersten richtigen Poesieband zusammengestellt und dem Verleger Hamilton zukommen lassen. Den kurzen Hosen seines früheren Verlegers Hookham fühlte er sich entwachsen. Am nächsten Morgen stürzte Percy früh zu Hamilton ins Geschäft. »Und?«, rief er. »Genial!?«

Hamilton sagte: »Sie müssen sich gedulden, Mister Shelley.«

»Wie? Gedulden?«

»Ich habe die Gedichte noch nicht gelesen.«

»Aber ich habe sie Ihnen doch gestern gebracht!!«, rief Percy und stand mit aufgerissenen Augen dort. Er hatte sich sein eigenes Herz aus der Brust gerissen und roh aufs Tablett gelegt. Wollte Hamilton warten, bis er tot wäre?

Es geschah tatsächlich das Unfassbare: Hamilton meldete sich ein paar Tage später und lehnte ab. Er wollte die Gedichte nicht drucken. Percy erbleichte. Er schickte die Gedichte sofort an Murray, den Verleger Lord Byrons. Doch auch Murray sagte ab. Percy wankte tief getroffen, als hätte er im Gefecht zwei Kugeln abbekommen, sehr schmerzhaft, vielleicht sogar tödlich.

Erst Anfang Februar 1816 fanden sich zwei kleinere Verleger, die Percys Buch gemeinsam herausbrachten, um das Risiko des Scheiterns zu teilen: Baldwin, Cradock & Joy in der Paternoster Row sowie Carpenter & Son aus der Old Bond Street. Das Buch verkaufte sich miserabel. Und ein paar wenige Kritiker verzogen verächtlich ihre Münder.

»Wir bitten ihn«, stand in der *Monthly Review*, »für seine Kritiker genau wie für seine Leser (wenn er denn welche hat!) der nächsten Veröffentlichung einen Anhang anzufügen und reichlich Hinweise, die seine Anspielungen bebildern und ihre Bedeutung erklären.«

Und in der *British Critic* wurde aus Percys Gedichten zitiert: »So sind wir überhaupt nicht erfreut über den Nonsens, der aufgeht und unsere Erde mit Füßen tritt und all seine dumpfen Wirklichkeiten.« Und Percy strahlte zunächst, als er die von ihm selbst erdachten Zeilen las, dann aber begriff er endlich, dass der

Kritiker mit genau diesen Zeilen Percys eigenes Buch meinte: »So sind wir überhaupt nicht erfreut über den Nonsens, der aufgeht und unsere Erde mit Füßen tritt und all seine dumpfen Wirklichkeiten.«

All das machte Percy unendlich traurig. Keiner wollte ihn lesen. Keiner wollte anerkennen, was er geleistet hatte. Keiner sah, dass er einfach alles gegeben hatte. Percy zog sich in sich selbst zurück und wollte nur noch schreiben. Wenn nicht für seine Zeitgenossen, dann halt für sich selbst und die Nachwelt. Sein Entsetzen war groß, als er merkte: Es ging nicht mehr. Mit Mühe kratzte er ein paar Zeilen zusammen, ein erbärmliches Resultat. Immer wenn er zu schreiben ansetzte, ertönten die Stimmen der Kritiker in seinem Kopf. Herzlos. Nonsens. Dumpf. Dumpf. Dumpf. Immer wenn er anfangen wollte, sagte er sich selbst: Es wird ohnehin kein Mensch lesen.

Percy saß verzweifelt am Schreibtisch. Er warf die leeren Seiten hoch in die Luft und sah ihnen zu, wie sie auf den Schreibtisch zurücksegelten. Da hörte er hinter sich ein Glucksen. Sein Sohn William lag dort. Den hätte er beinah vergessen. Mary hatte ihn in sein Schreibzimmer gelegt, weil die Kindfrau erkrankt war und Mary auf dem Markt. Ein paar Monate war William jetzt alt, kräftig und strampelnd, er lag auf dem Rücken und – lachte. Zum ersten Mal in seinem Leben. Percy warf sich zu Boden und kroch heran. Noch einmal lachte William und schaute strahlend. Ein wundersames Lachen war das, kein ausgewachsenes Lachen, eher ein Ton, der dem Lachen die Tür öffnet, ein Summen, ein nasales, langgezogenes »Ä«.

Percy erwiderte das Lachen. William schaute ihn an.

»Lach noch mal! Warum hast du gerade gelacht?«, fragte Percy, und er schaute zum Fenster und zum Schreibtisch mit den Blättern. Sofort sprang er auf, kam mit ein paar Blättern wieder und warf sie in die Luft. Wieder lachte William. Und Percy lachte mit.

Percy zog sich jetzt selber an den Ohren und streckte seinem Sohn die Zunge heraus, blies die Backentaschen auf, stieß die Finger hinein, ließ Luft knallend entweichen, wandelte die Hände zu Hasenohren, wedelte seinem Sohn zu, und immer wenn William lachte, öffnete sich sein Herz ein wenig mehr, immer wenn Williams Äuglein leuchteten und sein Mündchen krähte, schwappte etwas über, und Percy konnte nicht genug davon bekommen.

Irgendwann drehte er sich zur Tür. Dort stand Mary.

»Er lacht!«, rief Percy. »Ich kann ihn zum Lachen bringen.«

»Ich weiß«, sagte Mary und ihre Augen schimmerten. »Ich schaue dir zu. Schon eine ganze Weile.«

Claire war wieder da. Sie übernachtete manchmal bei Mary & Percy, die jetzt nicht mehr Mary & Percy waren, sondern Mary & Percy & William; manchmal aber schlief sie auch in einer eigenen Wohnung, ganz für sich allein. Sie merkte, dass Percy & Mary sich über ihre Rückkehr freuten. Die Trennung hatte ihnen allen gutgetan. Claire musste sich eingestehen: Nach der langen Zeit allein in Lynmouth war sie regelrecht ausgehungert nach Abenteuern, nach Gesellschaftsleben, nach Menschen, Bällen, Festen, Theatern, nach Männern, Liebe, Lust, Rausch, nach allem, was sie in ihrem Alleinsein so lange vermisst hatte.

»Hör zu!«, sagte Mary zu Claire. »Eine Sache, Schwester: Lass die Finger von Percy. Wir verstehen uns gerade so gut.«

Claire setzte sich ans Piano. Sie spielte den Klavierpart von Mozarts Konzert in d-Moll. Sie war besser geworden.

»Hast du gehört, Claire?«

Claire spielte einfach weiter und sagte durch die Töne hindurch: »Du hast dich verändert, Mary.«

»Wenn du ein Kind verlierst, bist du mit einem Schlag hundert Jahre alt.«

»Sorg dich nicht um deinen Percy«, sagte Claire. »Ich hab einen anderen Mann im Auge.«

»Und wer soll das sein?«

»Er weiß noch nichts von seinem Glück.«

»Na, toll!«, sagte Mary, indem sie Claires Tonfall imitierte.

Claire sprang in die virtuosen Stellen, holprig zwar, sie verhaute mehr Noten, als sie traf, aber sie spielte mit Eifer. Claire ließ schwirige Passagen aus und ging über zur herzergreifenden Melodie des zweiten Satzes, technisch simpel, aber es kam darauf an, das Gefühl in die Tasten zu legen, sie summte die Melodie mit, auch ihre Stimme war reifer geworden, noch klarer.

»Und sein Name?«, fragte Mary, als Claire aufhörte.

»Gigi«, murmelte Claire und kicherte.

»Ein Italiener?«

»Nein«, lachte Claire. »Ich nenn ihn nur so. Für mich. Gigi. Immer wenn ich an ihn denke. Ich weiß alles über diesen Mann. Ich bewundere ihn. Ich liebe ihn. Ich liebe sein Leben! Seine Reisen! Seine Gedichte!«

»Er ist ein Dichter?«

»Ja. Ein richtiger Dichter«, sagte Claire.

»Was willst du damit sagen?«

»Seine Dichtung ist perfekt wie Mozarts Musik. Seine Dichtung ist zugleich sein Leben. Sein Leben liegt seiner Dichtung zu Grunde. Es ist faszinierend, diese Verbindung von Gedicht und Leben, vor allem wenn das Leben so abenteuerlich ist. Unbedingt will ich Teil seines Lebens werden. Teil seiner Dichtung vielleicht auch.«

»Wie willst du das anstellen?«
»Ich schnapp ihn mir.«
»Sag schon: Wie heißt er?«
»Gigi. Doppel-G. George Gordon. George Gordon Noel.«
»Lord Byron!?«, rief Mary.
»LB himself. Er wohnt jetzt in der Piccadilly Terrace. Und ich werde ihm Briefe schreiben. So lange, bis er mich zu sich lässt.«

Folly Castle &
Piccadilly Terrace

Claire war perfekt vorbereitet. Sogar mit Byrons Stammbaum hatte sie sich beschäftigt. Ein heilloser Wirrwarr von Männern, Frauen, Titeln, Taten. Der alles überstrahlende Grundton der vielen Byron-Leben hieß: Wahnsinn.

Byrons Großvater wurde Schlechtwetter-John genannt: Als Vizeadmiral erlitt er vor Patagonien Schiffbruch und musste, um zu überleben, seinen Lieblingshund fressen, eine fürchterliche Erfahrung, festgehalten in einem Buch, dessen Titel klingt wie das Ergebnis einer verrückten Offizierswette: Wer hat den längsten Titel? Schlechtwetter-Johns Buch hieß *Die Erzählung des ehrenwerten John Byron, welche beinhaltet einen Bericht der großen Notleiden, erduldet von ihm selbst und seinen Begleitern vor der Küste Patagoniens vom Jahr 1740 bis zu ihrer Ankunft in England 1746 inklusive einer Beschreibung von Santiago de Chile und den Sitten und Gebräuchen der Einwohner* und so weiter, *geschrieben von Ihm Selbst: Lord Byron.*

Schlechtwetter-Johns Sohn, Vater von George Gordon Noel, hieß Mad Jack Byron, verrückter Säufer und Prasser übelster Sorte und wurde zum Glück nie selber Baron.

Der unmittelbare Vorgänger von George Gordon Noel, der fünfte Lord Byron, Georges Großonkel, war der Schlimmste von allen. Der böse Lord. So wurde er genannt. Er hieß William mit Vornamen und ließ am See von Newstead Abbey, dem Hauptsitz der Byrons, ein Miniaturschloss bauen, das den sprechenden Namen Folly Castle trug und verrufen war für seine ausschweifenden Orgien, bei denen der Lord seinem sexuellen Fanatismus frönte: Das lag eindeutig in der Familie. Der böse Lord tat immer nur das, was er wollte. Hatte er schlechte Laune, schnappte er sich seine Frau und warf sie in den Teich. Einem seiner Cousins rammte er ein Kurzschwert in den Bauch inklusive Todesfolge. Und den Kutscher Collum Mac Floyd, den er über den Haufen geschossen hatte, wuchtete der böse Lord grimmig lachend in die Karosse, direkt neben Mac Floyds in Tränen aufgelöste Ehefrau, die der Leiche ihres noch aus der Stirn blutenden Mannes als Stütze dienen musste, während der böse Lord auf den Kutschbock sprang und laut wiehernd durch die Nacht des Wahnsinns preschte. Der Mord am Kutscher hatte kein Nachspiel. Für den Mord am Cousin jedoch, den man zum Totschlag verdrehte, wurde der böse Lord verurteilt, zu einer Geldstrafe, die er missmutig zahlte, denn geizig war er auch noch.

George Gordon Noel schließlich, sechster Baron Byron of Rochdale, glitt am 22. Januar 1788 in die Welt. Und blieb dabei mit einem Füßchen hängen. Auf jeden Fall, dachte Claire, ist er schon jetzt der berühmteste Byron aller Zeiten und wird es mit Sicherheit bleiben. Sie hatte ihn in den letzten Wochen des Öfteren heimlich im Theater beobachtet. Diese Kontraste: das jugendlich frische, fast knabenhafte Gesicht gegenüber den Haaren, die an den Ecken der Stirn ausfielen wie bei alten Männern. Die knallroten, sinnlichen Lippen gegenüber der mächtigen Nase mit dem kaum wahrnehmbaren Buckel. Sein faszinierender Augenglanz gegenüber dem stämmigen Hals, auf dem der Kopf thronte wie aufgeschraubt. Widersprüche kannte sie von Percy. Noch ausgeprägter schienen sie bei LB.

Claire war sich voll und ganz bewusst, was sie riskierte. Sie kannte nicht nur die äußeren Umstände des Byron-Lebens, sie kannte auch die Gerüchte über den Mann hinter diesem Leben, über seinen Charakter, seine Ausstrahlung, seine Ansichten. Claire wusste, dass Byron neben dem eigenen Leben nichts anderes gelten ließ. Doch sein angeblich immenser Narzissmus schreckte sie nicht. Irgendeine Frau, dachte sie, muss ihn doch retten. Warum nicht ich? Natürlich wusste sie, wie viele Frauen und auch Männer sich um seine Zuneigung bemühten, vielleicht schönere, reichere, eloquentere, gebildetere Frauen als sie. Doch Claire war das gleichgültig. Sie kannte ihren Trumpf: die unbekümmerte, für alles offene, restlose Verfügbarkeit.

Gerade jetzt bot sich eine Chance, Byrons Gunst zu erwerben. Erst im Januar hatte er sich von seiner Frau getrennt. Zudem stand seine Halbschwester Augusta kurz vor der Entbindung, allem Anschein nach eine inzestuöse Tochter, denn Byron selbst hatte diese Leidenschaft für Augusta als seine tiefste bezeichnet, ein willkommener Skandal für die Londoner. Auch verhakte Byron sich in einem dornigen Geflecht aus Rechnungen, Anklagen und Forderungen. Am gefährlichsten aber waren die Anschuldigungen, Byrons sexuelle Neigungen gälten nicht nur Frauen, sondern auch Männern. Was der Wahrheit entsprach. Gleichgeschlechtliche Liebe aber bedeutete: Todesstrafe oder Lynchjustiz. Es gab ausgebildete Schnüffler, die den verdächtigten Homosexuellen Fallen stellten, um sie zu überführen. So wollte Byron nur noch eines zu dieser Zeit: England verlassen. Dennoch hatte er scheinbar noch Zeit genug, um beim Kutschenbauer für fünfhundert Pfund eine Kutsche in Auftrag zu geben, die genau so auszusehen hatte wie die Karosse Napoleons. Das würde ein paar Wochen dauern. Denn das Gefährt sollte riesig werden, mit einer Liege, Platz für eine ordentliche

Bibliothek und eine gewaltige Geschirrtruhe, um in Ruhe während der Fahrt die Bücher zu wechseln und ohne Halt bequem und entspannt sein Dinner einzunehmen.

Genau diese Wochen bis zur Fertigstellung der Kutsche blieben Claire also für ihren Überfall auf Byron. Noch schwankte sie und erschrak vor der Größe ihres Vorhabens. Noch lauschte sie den Gerüchten und den neuesten Sprüchen, Zeilen und Bonmots des Lords, die überall kursierten und manchmal in den Zeitungen standen.

Ich bin sehr einsam & sollte mich auch als elend betrachten, wäre da nicht eine Art hysterischer Heiterkeit, die ich weder erklären noch bezwingen kann. Oder: Ich schreibe weiß Gott was, nur um mir selbst zu entfliehen. Oder: Mit der Unsterblichkeit will ich nichts zu tun haben; wir sind schon in diesem Leben unglücklich genug. Oder: Es gibt ein Seelenchaos, Seelenkampf, wo all des Geistes Kräft ein wüster Krampf, ein finstrer Schlangenknäul, verstört und blind, ein Fletschen unbußfert'ger Reue sind. Ja. Diesem Seelenchaos wollte Claire endlich ihre Hand reichen und die Stirn bieten, wollte Byron retten aus dem finsteren Schlangenknäul. Wollte loslegen in ihrem Unterfangen, den größten aller lebenden Dichter zu verführen. Noch einmal atmete sie ihre Lieblingszeilen aus dem *Korsar* aus: »Kurz alles! All begrabnen Gram und Schmerz entblößt das offne Grab, das nackte Herz!« Und dann schlug sie zu.

Seit Percy ihr damals gesagt hatte, Lord Byron doch einfach einen Brief zu schreiben, dachte Claire immer öfter daran, es auch wirklich zu tun. Doch wie schreibt man einem Byron? Der in der Sprache selbst zu Hause ist? Welche Worte wählt man, damit der Brief nicht gleich ins Feuer fliegt? Wie fängt man sie ein, die Aufmerksamkeit eines Genies?

Claire verzweifelte schon am ersten Satz. Zig Mal fing sie an, zig Mal strich sie durch. Mit dem ersten Satz musste sie Lord Byron nicht nur zum Weiterlesen animieren, sondern am besten gleich dazu, sich mit Haut und Haar in Claire zu verlieben. Sie schaffte es nicht. Die Striche auf dem Papier glichen einem Zaun mit Gattern. Ihr blieb nur eine Rettung: Mary.

»Ich brauch deine Hilfe, Schwester.«
»Worum geht es?«
»Um die richtigen Worte.«
»Was schreibst du?«
»Einen Brief.«
»An Byron?«
»Du sagst es.«
»Und dabei soll ich helfen?«
»Nur beim ersten Satz. Der erste Satz ist die einzige Chance, einen Fuß in sein Herz zu bekommen.«

Schon hockten sie zusammen, die Schwestern, ganz nah. Mit dieser natürlichen Selbstverständlichkeit, die ihre Leben verband. Da steckten Köpfe zusammen, Lippen kicherten, Finger knufften, Augen strahlten. Sie schrieben, ordneten, stürmten drauflos, überlegten, nahmen Wort für Wort unter die Lupe, schüttelten die Köpfe, nickten, Wangen färbten sich rot. Nach einer Stunde des Grübelns und Probierens legte Mary ihre Hand auf Claires Unterarm, beide sahen sich an und wussten, sie hatten ihn gefunden, den ersten Satz: An utter stranger takes the liberty of adressing you. Von Mary stammte das Wort »utter«, sie liebte dieses Wort, eine Blüte mit zahllosen Blättern, im »utter« lag Absolutes und Vollkommenes, im »utter« lag das Äußern selbst, durchs »utter« bebte für Mary immer auch das Stammeln, das zu jedem Leben, Lieben, Sprechen gehört, »utter« klang für sie wie der geköpfte Leib des Wortes »stutter«. »Stranger« dagegen stammte von Claire. An utter stranger. Eine vollkommen Fremde. Das pure Geheimnis, die fremde Frau, das musste Byron einfach anziehen, wo er das Fremde so liebte. Der Satz gipfelte im »you«. Mary & Claire hatten von Percy gelernt: Am Schluss eines Satzes findet sich oft das wichtigste Wort, ein Wort, das nachhallt wie der Schlag einer Peitsche. Hier war das »you« Lord Byron selbst, das wichtigste Wort, der wichtigste Inhalt des Briefes, *er*, Lord George Gordon Noel Byron: »you«. Und vor dieser allumfassenden Reverenz warfen Mary & Claire dem Lord noch einen Köder hin, sein Lieblingswort: »liberty«. Die Schwestern wussten, »liberty« war nicht nur Byrons Lieblingswort, sondern Percys und das von Marys Eltern. Doch Freiheit bedeutete für jeden von ihnen etwas anderes.

Für William Godwin: Anarchie.

Für Mary Wollstonecraft: gleiche Rechte.

Für Percy: Auflehnung.

Für Byron: Ungebundenheit? Freiheit*en* statt Freiheit? Restloses Ausleben eigener Lüste und Leidenschaften? Eher »libertinage« als »liberty«? Tue, was du willst? Hedonist? Alle anderen müssen schauen, wo sie bleiben?

»Dir ist klar, was das heißt, wenn es stimmt?«, fragte Mary.

»Er nimmt, was er braucht, und dann: Nach mir die Sintflut.«

»Sagen die Leute?«

»Sagen die Leute.«

»Pass auf dich auf, Claire.«

»Bevor ich mich verbrenne, ziehe ich die Hände zurück. Ich bin stark, Mary. Stärker, als du denkst.«

Der erste Satz war eine mächtige Bö nach der Flaute, jetzt bauschte sich die Feder und segelte von allein übers Papier. Claire schrieb einfach die Wahrheit, alles, was ihr in den Sinn kam, schrieb sich nackt, schrieb, was sie fühlte, schrieb von ihrer jahrelangen Liebe, von fiebriger Zuneigung, von schrankenloser Hingabe. Sie schlug ein Treffen vor. Allein. Sofort. Schrieb ihm auch von ihren Ängsten. Was ihr Vorschlag für eine Frau bedeutet: bedingungslose Auslieferung an ihn, Lord Byron. Sie lege ihr Leben in seine Hände. Derartiges vorzuschlagen, ein Treffen, sie, allein, mit ihm, ohne Anstandsdame: Gelangte der Brief an die Öffentlichkeit, sie wäre verloren.

Claire setzte alles auf eine Karte, auf eine Antwort, eine Einladung von ihm. Sie musste nur seine Gemächer betreten, schon könnte sie ihren Körper ins Spiel bringen. Darin war sie gut. Das jedenfalls sagte Percy. Einmal in seinen Zimmern, wollte sie Byrons Wünsche erfüllen, und wenn er sie danach ausspuckte wie einen Kirschkern, sie würde es erdulden.

Claire schrieb: Meine Füße stehen am Rand des Abgrunds; Hoffnung fliegt auf ihren Flügeln voraus, sie winkt mir, ihr zu folgen, & ehe ich sie aufgebe, diese geliebte Kreatur, meine Hoffnung, springe ich, trotz der Gefahr für mein Leben.

Claire bot vollkommene Hörigkeit. Byron wäre die Hand, sie die Knetmasse. Byron wäre der Schöpfer, sie seine Kreatur.

Claire schrieb: Wenn Ihr spürt, wie Eure Empörung siedet, wenn Ihr Euch versucht fühlt, nicht weiterzulesen und leichtfertig ins Feuer zu werfen, was geschrieben wurde von mir mit so viel ängstlicher Unruhe – hemmt Eure Hand: Meine Tollheit mag groß sein, doch ein Schöpfer sollte nicht zerstören: seine eigene Kreatur.

Und dann? Kam keine Antwort. Claire aber schrieb weiter, sie flüchtete sich ins Schreiben und in die Hoffnung. Ob vielleicht sieben Uhr an diesem Sonntag, sprich heute, genehm sei? Um sich zu sehen? Oder ob Seine Lordschaft eine eigene Verabredungszeit vorzuschlagen in Erwägung ziehe? Ihr messenger warte draußen, bis Seine Lordschaft eine Antwort geschrieben habe. Eine short message genüge. Sie werde kommen. Egal, wohin. Egal, wann. Und wenn er sie schon nicht sehen wolle, ob er wenigstens die Güte habe, Freunde zu fragen, wie sie es anstellen solle, in der Welt des Theaters Fuß zu fassen? Denn sie habe vor, Schauspielerin zu werden, ein möglicher Weg in die Unabhängigkeit. Ob es wirklich nötig sei, durch die Provinztheater zu tingeln? Ob man nicht gleich im Piccadilly Theatre anfangen könne? Wer der beste Meister sei in der Kunst des Rezitierens?

Sie schrieb: Mein Stil ist so harsch & meine Gefühle so ungraziös. Wollen Sie dies bitte meinem geringen Verkehr mit der Welt zuschreiben sowie der gänzlichen Abgeschlossenheit meines Lebens & der schlechten Laune, die ich allem gegenüber fühle, was mich umgibt.

War es der Hinweis auf ihre schlechte Laune, die den Lord überzeugte? Claire erhielt tatsächlich eine Antwort, ein Billett, eine Uhrzeit für ein Treffen am nächsten Tag. Die Stunden wollten einfach nicht verrinnen. Claire dachte pausenlos an LB und malte sich aus, was geschähe, stünde sie ihm gegenüber.

Endlich ging sie hin: 13, Piccadilly Terrace. Ein Diener nahm ihr an der Tür den Mantel ab. Hier entlang, sagte er nicht mal, sondern zeigte es nur und ging die Treppe hoch. Oben öffnete er eine Tür, deren Klinke sich auf Höhe des Halses befand. Claire ging hinein. Hinter ihr fiel die Tür ins Schloss.

Der Raum war ein verstörendes Gemach, eine wilde Mischung aus Wohnzimmer, Salon, Bibliothek, Schlafstatt, Büro, von Kerzen erhellt, dennoch seltsam schummrig, angenehm warm, ein Feuer, dort drüben, in diesem imposanten Kamin. Claire stand sofort in einer Garbe betörender Gerüche, Moschus, Lavendel, Vanille, Kirsche unbedingt, etwas Weihrauchartiges, das wohl von den Räucherstäbchen rührte, unter allem aber lag ein seltsamer Grundduft, etwas Scharfes, Beißendes, das sie nicht einordnen konnte, es erinnerte sie an den Moder von feuchten, lange nicht gelüfteten Kellerräumen.

Und Byron?

Nicht in Sicht.

Claire fühlte sich allein, konnte aber immerhin in Ruhe alles auf sich wirken lassen. Als Erstes fiel ihr der geschnitzte und vergoldete Adler ins Auge, der auf einem scharlachroten Sockel thronte. Scharlachrot und Gold: die Lieblingsfarben des Lords. Daher hatte Claire sich ein scharlachrotes Gewand anfertigen lassen für ihren ersten Besuch. Hinten in der Ecke stand ein hohes Bett, die Pfosten ebenso vergoldet und mit Japanlack verziert, ein gewölbter Baldachin-Himmel, Krönchen überm Gesims, ordnungsgemäß geraffte grüne Seidendraperien, jede Menge Kordeln und Quasten baumelten noch leicht, fast schien es, als sei gerade jemand an ihnen vorbeigestreift, dazu erschütternd tiefschwarze Laken, schwarze Kissen, schwarzes Bettzeug: Claire stellte sich vor, wie ein Dienstmädchen blütenweiße Laken in einen Bottich aus flüssiger Nacht tunkt. Sie schluckte ihre Herzschläge.

Claire schritt über die maßgefertigten Kidderminster-Teppiche, die exakt dort lagen, wo sie zu liegen hatten. Sechs Lackstühle scharten sich um einen Prunktisch, dazu zwei Mitternachtskommoden und ein Kippspiegel mit Mahagonirahmen, in dem Claire kurz die roten Punkte anschaute, die immer auf ihrem Gesicht blühten, wenn sie aufgeregt war.

Sie ging weiter. Ein Klauentisch mit Schubladen und Einlegearbeiten aus Satinholz vor einem Chiffonnier-Bücherschrank mit Messingdrahttüren. Claire trat an eins der Schieberegale, wollte nach einem Buch von Pope greifen, da hörte sie ein Geräusch vom rückwärtigen Teil des Gemachs. Von der Decke bis auf den Boden herab hingen dort, verloren und fast ein wenig sinnlos: zwei rote Vorhänge aus französischem Baumwollmoiré mit Fransenbesatz. Was verbarg sich dahinter? Claire ging neugierig darauf zu, vorbei an zwei dreifüßigen Blumenständern, auf denen je ein menschlicher Schädel thronte. Claire schaute weg. Der lange rote Vorhang bauschte sich sanft. Wieder erklang das Geräusch, fast ein Summen. Hatte Byron sich hinterm Vorhang versteckt? Wollte er sie anlocken? Sollte sie den Vorhang mit einem Ruck zur Seite ziehen? Würde er sich auf sie stürzen? Percy hätte sich dort versteckt, um sie zu erschrecken. Und Byron?

Plötzlich quietschte etwas zu Claires Füßen. Eine Katze stob davon, blickte sich im Springen um, fauchte. Da lagen noch mehr Katzen neben der Ottomane. Vier, nein, fünf. Schwarz, braun, eine von ihnen hatte keine Haare und sah aus wie ein gerupftes Huhn. Es bellte ein Hund, aber kraftlos, nur ein kurzes Wuff. Eine gelangweilte Bulldogge lag auf ihrem Kissen, Augen trielten traurig, die Leine zum Glück an einem Wandhaken, und neben dem Hund drifteten in einem gläsernen Becken: Schildkröten. Claire hätte sie gern näher betrachtet, schritt aber weiter, wie magisch angezogen von diesem Vorhang. Das Geräusch von dort klang jetzt tiefer, der schwere, beißende Geruch verstärkte sich. Endlich war sie da, legte Hand an den Vorhang und wollte ihn zur Seite ziehen, doch im selben Augenblick rief jemand hinter ihr: »Obacht!«

Claire fuhr herum. Byron selbst war wohl durch eine Tapetentür in den Raum getreten und hinkte jetzt auf Claire zu.

»Obacht!«, rief er noch einmal. »Nicht erschrecken!«

Claire drehte sich um, zog den Vorhang zur Seite: Dort stand ein Bär. Claire sprang zurück. Ein Schwarzbär, der sich aufgerichtet hatte und leise brummte.

»Keine Angst. Ist ein gezähmter Bär«, sagte Byron. »Der tut nichts. Einen Sherry auf den Schreck?«

Byron geleitete Claire zu einer Couch, Claire öffnete ihren Fächer, wedelte sich Luft zu, schaute immer wieder zum Bären, dessen rechter Fuß in einer Schelle steckte, die Schelle war mit einer metallischen Kette verbunden, und die Kette steckte fest verankert in der Wand. Auf dem Boden: Stroh und ein Wassernapf. Claire klappte den Fächer ein und warf ihn einfach hinter sich, als Byron ihr den Sherry reichte, sie kippte ihn, während Byron sich dicht neben sie setzte und Claires Linke zwischen die eigenen Hände nahm. Claire gewöhnte sich langsam an die Umgebung und daran, dass immer wieder Katzen fauchten, der Bär brummte, der Hund wuffte und Byron sie inmitten all dieser Geräusche betrachtete. Selbst von den Schildkröten drang ab und zu ein Platschen, Schaben oder Kratzen.

»Jetzt bist du in meiner Höhle, Claire«, sagte Byron.

Höhle. Claire dachte an Keine in ihrer Höhle. Allein. Ohne alle. Wie seltsam jetzt. Dieses Wort, dieser Ort, aus Byrons Mund. Der Lord trug einen schmalen, frisch gestutzten, gezwirbelten Schnurrbart sowie einen farbenfrohen Streifenturban, kunstvoll drapiert, ein Ende des Turbans wand sich schlangengleich hinab auf seine Brust. Sein leicht pummeliger Körper steckte in einem orientalischen Kaftan. Claire sah knallrote Schnabelschuhe, ein kurzes Pumpbeinkleid bis zu den Oberschenkeln und darunter weiße Wollstrümpfe.

»Wollstrümpfe?«, fragte Claire atemlos.

»Gefallen sie dir nicht?«

»Schon. Wenn meine Mutter sie trägt.«

Byron lachte.

»Und der Bär?«, fragte Claire.

»Stammt noch aus meiner College-Zeit.«

»Ist doch schon lange her, oder?«

»Den Bären habe ich adoptiert. Willst du wissen, warum?«

»Warum?«

»Es gab eine idiotische Hausordnung. Sie lautete: Man darf nicht mit seinem Hund im Zimmer leben. Ich habe diese Hausordnung gehasst. Weil ich von meinem Hund getrennt leben musste, von meiner geliebten Bulldogge Smut. Aus Rache, verstehst du, um es ihnen heimzuzahlen, einfach, weil man mir meinen Hund verbot, habe ich den Bären mit aufs Zimmer genommen. Weil: Von Bären stand nichts in der Hausordnung.«

Claire musste lachen.

»Weißt du nicht, wie sehr ich Tiere liebe?«, fragte Byron.

»Aber hier? In deinem Schlafzimmer!?«

»Das ist nicht mein Schlafzimmer. Das ist mein Alleszimmer. Ich lebe, wohne, esse, schlafe, schreibe, streichle Menschen und Tiere gern in einem einzigen Raum. Wenn ich nicht gerade in Newstead Abbey bin. Dort gibt es Räume und Träume wie Kies am Teich.«

Claire schwieg. Der Bär legte sich hin. Den Kopf auf den Tatzen, ließ er Claire nicht aus den Augen.

»Nach dem Sherry kommt der Wein«, sagte Byron, stand auf, hinkte ohne Stock in den Raum, hantierte irgendwo emsig herum, Claire konnte nicht erkennen, was genau er tat, schon kam er zurück mit den beiden Menschenschädeln, in jeder Hand einen, die Schädel waren umgedreht und randvoll gefüllt mit blutrotem Wein. Byrons Daumen steckten in der Flüssigkeit. Er reichte Claire einen der Schädel: Ohne zu warten, leckte er nacheinander die feuchten Daumen ab, trank seinen Schädel aus, in einem einzigen, langen Zug. Während er trank, führte auch Claire das umgedrehte Kinn des Schädels an die Lippen, schluckte den Wein aus dem lippenlosen Kopf, erst als er leer war, schaute sie hinein und sah, dass man den Schädel von innen mit Silber beschlagen und so präpariert hatte, dass keine Flüssigkeit heraustropfen konnte.

Claire: »Die sind dichter als jeder lebende Kopf.«

Byron lachte wieder. Sie mochte sein Lachen.

»Das hier ist mein Großvater«, sagte der Lord und hielt den Schädel hoch.

»Schlechtwetter-John?«

»Kennst dich gut aus, Claire. Und du selbst trinkst aus meiner Urgroßmutter. Ziemlich warm hier, findest du nicht?«

Ohne ein weiteres Wort stieg Byron aus seinen Kleidern, bis er nackt war. Nur die Strümpfe ließ er an.

Claire senkte den Blick nicht, legte den Kopf ein wenig schief wie ein Vögelchen, sie konnte Byron nichts entgegensetzen, dieser selbstsicheren, unbedingten Bestimmtheit, und daher folgte sie seinem Beispiel und ließ ihre eigenen Kleider fallen, was länger dauerte wegen des verdammten Korsetts. Genau dafür war sie hier. Sich ausziehen. Und mit Byron schlafen.

Nackt an nackt saßen sie dort. Byron erzählte irgendetwas. Claire spürte den Wein schon jetzt, ein leiser Schwindel zog durch die Stirn wie Nebel. Byron sprach in einem gewundenen, von Verschachtelungen und Nebensätzen geprägten, komplizierten Duktus, gespreizt, dachte Claire. Warum redete er denn jetzt? Wollte er den Augenblick auskosten? Ehe es geschah? Claire aber konnte an nichts anderes mehr denken als an: es.

Dreimal tastete sie mit ihren Blicken den Lordkörper ab, Härchen, Muttermale, Pickel, die vom Boxen geschärften Muskeln an Armen und Oberschenkeln und Brust, seine Schwimmerstatur, drei Narben, eine am Kinn, eine neben dem Nabel, eine überm Herzen, dazu der Bauch, etwas zu sehr gewölbt, gutes Essen und offenbar viel zu viel Alkohol.

Byron redete und redete und redete. Was verbirgt sich hinter seiner Selbstsicherheit?, dachte Claire und beobachtete ihn eine Weile. Endlich wusste sie es. Sie lächelte. Byron war – schüchtern. Er hatte sich ausgezogen in einem Akt frivolen Draufgängertums, doch jetzt schien er sich nicht mehr weiter voranzutrauen. Und flüchtete sich ins Erzählen. Claire aber konnte nicht länger warten. Sie schwitzte schon. Sie atmete tief ein, ging zum Angriff über, rückte näher und küsste ihn. Einfach so. Ein paar Minuten folgte der Lord wie ergeben ihren Küssen, dann aber wandelte er sich ein weiteres Mal. Claire fühlte sich, als hätte der Lord sie in eine Falle gelockt. Was jetzt geschah, überforderte sie. Der Lord spielte auf ihrem Körper wie auf einem Instrument. Seine Kraft schien zu wachsen, die Muskeln spannten sich, Byron wurde zupackender, roher, er schob sein Geschlecht auch in ihren Mund, in ihren Hintern, Claire war längst ins Bett verfrachtet worden vom Hinkenden Teufel, und jetzt ging sie unter: in diesem Schwarz der Laken. Sie streckte die Arme aus, um die Pfosten zu fassen.

Und dann war es plötzlich vorbei. Claire lag dort. Endlich kamen ihre Gefühle hinterher. Claire war dem Lord in diesem Augenblick unendlich nah, sie konnte ihn sehen, wie er wirklich war, und jetzt fühlte Claire etwas unfassbar Großes in sich, etwas, das in ihr wuchs wie ein Ballon, etwas, das nie wieder verschwinden würde, ihr Leben lang, sie wusste es sofort. All diese Schwärmereien und das Anhimmeln und das Verliebtsein und die Bewunderung, all das waren nur Symptome einer einzigen wundersamen Ursache: Sie liebte ihn. Sie liebte ihn nicht nur, wie eine Frau einen Mann liebt, sie liebte ihn tiefer, sie liebte ihn, wie ein Mensch einen Menschen lieben kann, sie liebte alles an ihm, egal, wer er sein und welche seiner Facetten er ihr noch zeigen mochte, ob schön oder hässlich, gemein oder liebevoll, roh oder zärtlich, ihr war es einerlei, sie liebte ihn allumfassend, und sie erschrak davor.

Byron drehte sich fort. Er lag auf dem Rücken. Claire atmete. Kam nur langsam zu sich. Sie versuchte, mit ihrem kleinen Finger Byrons Finger zu angeln, der aber zog die Hand zurück.

Und stand auf.

Claire folgte seinem Beispiel sofort.

Claire: »Sehen wir uns wieder?«

Byron: »Das weiß der Bär allein.«

»Hilfst du mir?«, fragte Claire und reichte ihm ihr Korsett.

»Das Ding behalt ich.«

Claire zog sich rasch an. Ohne Korsett. Sie gingen zur Tür. Unterwegs öffnete der Lord einen dunkelbraunen Schrank und hängte das Korsett auf einen Bügel. Claire sah aus dem Augenwinkel, dass etliche weitere Korsetts dort hingen. Säuberlich in einer Reihe. Sie dachte an Geweihe von erlegten Hirschen. Aber sie war nicht erstaunt. Das hatte sie gewusst. Morgen schon käme vielleicht eine andere. Oder ein anderer.

Sagten die Leute?

Sagten die Leute.

»Wer bist du?«, fragte Claire, federte im Rahmen der Tür noch einmal zu ihm hin, mit einem Fragezeichen auf der Stirn.

Byron richtete den Blick zur Zarge über ihr und sagte: »Wenn ich das wüsste.«

Claire ließ nun Briefe regnen. Ihre Frage: Wollte er oder wollte er nicht? Also: weitermachen? Er solle sich nicht zu hastig entscheiden, schrieb sie, aber doch antworten, ohne zu zögern. Sie wolle zu ihm kommen und mit ihm sprechen über Geschäfte besonderer Wichtigkeit, sie wünsche, allein empfangen zu werden, mit äußerster Diskretion, und sie wolle nicht vom Lord angesehen werden als schnödes Alltagsabenteuer.

Byron schien nicht abgeneigt für weitere Treffen, schrieb ihr sogar eine Empfehlung an den Ehrenwerten Bankier Douglas James William Kinnaird, Mitglied im Management-Unterausschuss vom Drury Lane Theatre, dem Byron selbst auch angehörte. Claire ließ nicht locker, bedankte sich artig und fragte Byron, ob sie denn dem Ehrenwerten Bankier Douglas James William Kinnaird, Mitglied im Management-Unterausschuss vom Drury Lane Theatre, besser schreiben oder ihn direkt persönlich aufsuchen solle? Fragen waren Fäden, die Antwort zogen, Antwort hieß Verstrickung, Verstrickung war Voraussetzung dafür, dass sie den Lord weiter würde sehen können und er nicht von ihr ließe. Claire hatte das Gefühl, sie müsse beständig Holz in ein Feuer werfen, immer mehr, Scheit auf Scheit, Brief auf Brief, Besuch auf Besuch.

Es brauchte weitere gemeinsame Felder für eine Fortsetzung der Affäre, in diesem Fall: die Literatur. Claire schickte Byron einen Auszug aus Percys *Queen Mab*, sie schrieb, Shelley habe seine *Queen Mab* im Alter von zwanzig Jahren verfasst, das philosophische Gedicht lasse den Genius erahnen, der Stil aber sei so unpoetisch und ungeschliffen, dass sie ihn niemals bewundern könne. Sein *Alastor* sei schon besser, Shelleys wahre Kunst aber liege in der Übersetzung. Moschus und Dante. Da könne ihm keiner das Wasser reichen. Claire fühlte einen Stich im Herzen, ihr war, als habe sie ihren Percy verraten, den sie weiterhin liebte. Doch für ein Leben an Byrons Seite musste sie sich interessant machen, wollte glänzen mit Percy und mit ihrer Überlegenheit.

Bald schon platzte es aus ihr heraus. Claire konnte nicht mehr an sich halten. Wenn schon Offenbarung, dann alles. Restlos blankziehen. Bis zum Letzten. Natürlich wusste Claire: Jeder erfolgreiche Dichter wird heimgesucht von Scharen an Möchtegern-Schreiberlingen, wahre Heuschreckenplagen, allerhand junge Autoren, die den erhabenen Dichter bestürmen, nur einen Blick zu werfen – just a glance! – in das von ihnen verfasste Elaborat. Byron würde, wenn er läse, was sie ihm nun schreiben wollte, aufseufzen und denken: Nicht noch so eine nichtsnutzige Papierverschwenderin – und dann auch noch eine Frau! –, die ihn quälen wollte mit den Ergüssen einer frühreif zuckenden Feder. Doch Claire musste es einfach tun. Da war etwas neu in ihr: eine Art fatalistischer Trotz.

Claire schrieb von *Idiot*. Ihr Manuskript war weit davon entfernt, fertig zu sein, immer noch träumte Claire davon, ein Buch daraus zu machen. Sie schrieb Byron, sie habe einen halben Roman verfasst. Wahrscheinlich, dachte sie, würde er ihr mit Alexander Popes Ratschlag an junge Dichter kommen: das Manuskript zehn Jahre lang liegen lassen. Aber sie, schrieb Claire, sie pendele zwischen zwei Möglichkeiten: auf der einen Seite eine Theaterkarriere, denn sie sei ihr Leben lang für ihre Theatralik bekannt gewesen; auf der anderen Seite ein Leben als Literatin. Sie schrieb, sie sei zu melancholisch für das Dauernde. Sie schrieb es, weil sie dachte, das sei etwas, das Byron gern höre. Sie wolle leben, als ob das Leben nichts weiter sei als unangenehme Notwendigkeit: Je schneller wir es loswerden, umso besser. Doch das war eine Pose, mehr nicht, und sie wusste es auch.

Aber Claire blieb hartnäckig. Gestern, schrieb sie, habe sie ihm einen langen Brief geschickt und immer noch keine Antwort erhalten. Wenn er wüsste, wie glücklich sie seine Antworten machten, würde er nicht trödeln, keine Sekunde. Als er weiter schwieg, wagte sie den nächsten Schritt. Ein Schweigen sei kein »Nein«, schrieb sie. Ohne ein »Nein« sehe sie es als ihre Pflicht an: zu sprechen, zu schreiben. Über ihren Roman.

Sie breitete jetzt vor Byron die wichtigsten Linien des Romans aus, schrieb von ihren atheistischen, revolutionären Absichten und dem Mittel, diese Absichten zu verstecken für die Argusaugen der klerikalen Zensur. Sie wolle einen Geistlichen erfinden, der die Erzählung herausgebe. Dadurch würde jedermann denken, das Geschriebene sei eine Warnung für junge Leser, eine Warnung vor jenen außergewöhnlichen, unerhörten, gefährlichen Ansichten der Hauptfigur namens Keine. Dadurch könne ihr Buch angesehen werden als ein leuchtender Strahl entlang der Tiefe, um die Barke der Jugend zu geleiten zum sicheren Hafen der gepflegten Meinungen und zu den guten Ratschlägen Papas & Mamas. Gleichgesinnte Atheisten jedoch würden sofort den geheimen Sinn ihrer Erzählung erkennen und das Vorwort als Schafspelz durchschauen. Das Buch, schrieb Claire, müsse funkeln wie ein Diamant: nach rechts violett, nach links rosa.

Weiter. Immer weiter. Sie spüre, schrieb Claire, zwar eine Kraft in sich, diese große Idee zu empfangen, nicht aber, sie auszuführen. Gegenwärtig sei der erste Satz eine Katastrophe, viel zu abrupt, man wolle doch nicht, dass der Leser das Buch wegwerfe, vielleicht müsse der ganze Anfang neu geschrieben werden. Denn er wabere mittlerweile in einer seltsamen Unentschiedenheit zwischen der Schönheit der Einsamkeit und der Schrecklichkeit des Alleinseins. Trotz all ihrer Zweifel lege sie, Claire, das unvollkommene, unfertige Manuskript bei. Wenn er es überfliegen wolle? So schnell wie möglich? Und dabei die Kommentare möglichst lang und ausführlich machen könne? Und schon legte Claire Brief, Manuskript und Herz in die Hände des Boten. Und als der Bote weg war, erschrak Claire aufs Heftigste über ihren Wagemut. Und vor allen Dingen darüber, dass sie Byron das Original ihres Textes geschickt hatte, und eine Abschrift besaß Claire nicht.

Beim nächsten Treffen fürchtete sich Claire vor dem vernichtenden Urteil ihres geliebten Byron. Doch Byron war wieder ein anderer. Er sagte kein einziges Wort, sondern schlief sofort mit Claire, schob seine Hüfte so weit vor und zurück, wie es ging, in einer überraschend langsamen Zärtlichkeit, ja, Byron streichelte sie mit Blütenfingern, sah sie an, als sei sie eine andere, nein, als sei *er* ein anderer jetzt, er nahm sich Zeit, betrachtete jeden Zentimeter ihres Körpers, als könne er nicht glauben, dass es so etwas gab. Doch dann riss etwas in ihm, der Lord tat sich auf wie ein Abgrund, er schluchzte kurz, lag zitternd neben ihr. Claire legte den Arm um ihn. Und hatte Zeit nachzudenken. Nachzuspüren. Dem, was geschehen war.

Seine Selbstsicherheit: ein Schild für die Schüchternheit? Seine Schüchternheit? Eine Maske für die Wildheit? Seine Wildheit? Eine Schminke für die Sanftheit? Seine Sanftheit? Eine Haut für die Verletzlichkeit? Aber das war nur eine nachträgliche Ordnung. Im Bett mit ihm floss alles ineinander.

Byron zupfte eine Fluse vom schwarzen Laken, schenkte ihr eingehende Beachtung, fusselte sie zwischen Daumen und Zeigefinger, schippte sie neben sich auf den Boden, fixierte Claire, die dachte, er würde endlich über das Manuskript sprechen, doch der Lord raunte ihr zu: »Jetzt zeig ich dir meine Tiere.«

Er zog Claire aus dem Bett. Nackt – lediglich seine Strümpfe ließ er immer an und rollte sie bis zu den Knöcheln hinab –, humpelte er Arm in Arm mit Claire an den Tieren vorbei, blieb bei jedem einzelnen stehen und erzählte, wie und wo er es erworben hatte, angefangen bei seiner Bulldogge Smut und den Schildkröten Agatha, Martha, Hannah, immer ein »A«, es müsse immer ein »A« im Namen stecken, bei den Schildkröten, weil sie aus »A« wie Athen stammten, die Katzen, die Vögel in den Käfigen, sogar der vergoldete Holzadler hatte einen Namen, bis hin zum Bären, den er Albert nannte. Gerade als Claire fragen wollte, woher der Name Albert stamme, sagte Byron: »Ich las gestern deine Erzählung, Claire.«

»Wirklich?«

»In der Tat.«

»Ganz?«

»Sie ist ja nur halb da. Ich las, was ich las. *Idiot!*«

»War das jetzt der Titel oder das Urteil über die Autorin?«

»Ich mochte den Text.«

»Wirklich?«

»Er trägt, Claire. Wird es ein Roman?«

Claire wusste kurz nicht recht, wohin mit sich. Sie sagte: »Ja. Nein. Klar.«

»Ich finde in dem Text beachtliche Möglichkeiten. Für eine junge Frau wie dich: ein erstaunlicher Wurf.«

»Danke.«

»Bitte.«

»LB?«

»Ja, meine Schnecke?«

»Was meinst du denn mit: *für eine junge Frau?*«

»Wie du weißt, hat jede Frau ihre Fehler.«

»Männer nicht?«

»Es gibt zwei Fehler, die für eine Frau unverzeihlich sind.«
»Und die wären?«
»Lesen und schreiben.«
»War das ein Witz?«
»Seh ich so aus?«
»Aber *ich* darf?«
»Was?«
»Weiterschreiben?«
»Du darfst, Claire.«
»Danke, Euer Gnaden.«
»Gern geschehen.«
»Herrje. Ich tu jetzt einfach mal so, als hätt ich das nicht gehört. Ich glaube, ich liebe alles an dir, auch deine hässliche Seite.«
»Du musst jetzt gehen, Claire.«
»Gibst du mir meinen *Idiot* zurück?«
»Da drüben auf dem Tisch.«
»Wann sehen wir uns wieder?«
»Das wird die Zeit entscheiden.«
»Ist das ein Satz aus einem deiner Gedichte?«

Es war – auch hier – ein Hin und Her. Auf der einen Seite Nähe, körperliche Nähe, geistige Nähe, mündliche Nähe, auf der anderen Seite tagelange Ferne und Rückzug des Lords. Claire bekam LB nicht zu fassen. Er entzog sich der Vereinnahmung und flackerte wie eine Kerze im Windzug, die jederzeit zu erlöschen drohte. Mal war er Seine Lordschaft, mal war er Lord Byron, mal einfach nur Byron, mal George, mal verspielt Gigi, mal zärtlich LB, mal Boxer Byron. Claire wollte so gern bei ihm sein, Tag und Nacht, die Landschaft seiner Identitäten durchstreifen, ihn viel besser kennenlernen. Byron dagegen wollte oft genug einfach seine Ruhe, sonst nichts, er empfing Claire nur, wenn ihm danach war, sprich, wenn er Lust hatte.

Claire bestürmte ihn, belagerte ihn wie eine Festung, begrub ihn unter Beteuerungen, restlos aufgewühlt davon, dass er ihren Text gutgeheißen hatte. Nichts, schrieb sie, nichts bedeute ihr mehr, als dass er so an sie glaube! Für das, was sie sei! Wer sie sei! Was sie schreibe. Sie liebe ihn! Ganz uneigennützig, schrieb Claire und dachte: Warum habe ich das betont? Uneigennützig? Sie liebe ihn wegen seiner Talente. Es sei nicht *ihr* Fehler, wenn er auch noch so ein ausnehmend schöner und guter Mensch sei.Claire verzweifelte, wenn LB sich mal wieder nicht meldete oder verächtliche Bemerkungen fallen ließ.

Claire schrieb: Ich weiß nicht, wie ich dich anreden soll; ich kann dich nicht Freund nennen, denn obwohl ich dich liebe, spürst du nicht mal ein Interesse für mich; der geringste Unfall, der dich ereilt, bedeutet für mich einen Todeskampf; wenn ich selbst dagegen ertrunken im Fluss an deinem Fenster vorüberglitte, wäre alles, was du sagen würdest: Ah voilà. Ich habe alle deine Gedichte gelesen & fürchte mich beinah, wenn ich daran denke, dass du diesen dummen Brief hier liest, aber ich liebe dich. Sie komme, sie sei sofort da, wenn er winke, sie warte auf eine Antwort, eine Zeit, halb sieben?, sie eile, er müsse Antwort schicken, sie könne die Spannung nicht ertragen.

Claire schrieb: Ich liebe zart, ich liebe mit Zuneigung. Nichts von dem, was du tun oder sagen wirst, werde ich hinterfragen. Tu, was du willst, geh, wohin du willst, weigere dich, mich zu sehen, verhalte dich garstig, ich werde dich nie vergessen. Du wirst mit manchen Frauen tändeln, dich mit anderen amüsieren, aber nie wieder eine finden, welche dich liebt und für dich lebt mit zärtlicherer, aufrichtigerer Zuneigung, als ich es tat & tun werde. Lieber Freund, ich liebe dich in höchster Wahrhaftigkeit.

Eine Sache immerhin gab es, das merkte Claire sofort, in die auch LB regelrecht verschossen war: ihre Stimme. Sie musste für ihn singen. Vorher und nachher. Auch währenddessen hörte Byron gern die klaren und kehligen Geräusche ihrer Lust. Als er einmal schon mit ihr an der Tür stand, um sie hinauszuschicken, weil er immer so schnell wie möglich wieder allein sein wollte danach, warf er in aller Hast vier Zeilen auf ein loses Papier und reichte es Claire mit den Worten: »Den Reim kriege ich auch noch hin irgendwann.« Claire stand allein auf dem Flur und las: Keine von Schönheits Töchtern ist voll Zauber wie du; und wie Musik über den Wassern ist deine liebliche Stimme für mich.

Claire wollte Byron nicht wieder von der Leine lassen, merkte aber schnell, dass sie allein ihm niemals genügen würde in seiner Suche nach Abenteuern und Veränderung. Schon hörte Claire sich von Mary sprechen. Das war ein Reflex. Sich interessanter machen, als man ist. Mary! Mary Godwin.

»Meine Schwester!«

»Deine Schwester?«

»Die Tochter von Mary Wollstonecraft und William Godwin«, seufzte Claire.

»Das muss ein ganz bezauberndes Geschöpf sein«, sagte Byron.

»Ist sie. Ist sie.«

»Die Tochter zweier solcher Menschen.«

»Kann's nicht mehr hören, aber es stimmt. Den Papa haben wir gemeinsam. William hat mich genauso erzogen wie sie. Nur die Mutter. Na ja, kann ich nichts für. Ihre Mutter schrieb *A Vindication of the Rights of Woman*. Meine Mutter übersetzte *Die Schweizer Familie Robinson*.«

Byron musste ihr glauben. Wenn er ihr glauben sollte, musste sie Dinge sagen, die ihm gefielen, auch wenn sie einiges zu erfinden hatte. Claire legte los. Mary sei eine glühende Bewunderin seines Werkes. (Das stimmte.) Und Mary wolle ihn unbedingt treffen. (Das hatte sie so nicht gesagt, aber Byron treffen wollten doch alle, oder etwa nicht?) Mary sei in Byron verliebt. (Eine Lüge, aber zu höherem Zwecke.) »Du wirst Mary sehen«, sagte sie. »Du wirst dich in sie verlieben. Sie ist sehr schön und liebenswert.« Claire meinte das ernst. Mary teilte Percy mit ihr. Jetzt wollte sie Byron mit Mary teilen. Das war nur fair.

Byrons Kutsche war endlich fertig. Er sagte, er wolle raus aus dem feindseligen London. Der Wind drehe sich immer mehr. Ihm schlage blanke Abneigung entgegen.

Auch Percy wollte reisen. Mit ihr & Mary. Er wollte den Reinfall wettmachen, den sie auf der ersten Reise erlebt hatten. Er wollte ihr & Mary zeigen, wie schön das Reisen wirklich ist mit genügend Geld, das er gerade besaß – nach Großvaters Tod. Percys Ziel war Italien. Byrons Ziel war der Genfer See. Das passte für Claire nicht zusammen. Beide Reiseziele unter einen Hut zu bekommen, müsste doch machbar sein. Claire dachte nach, dachte aus. Wirklichkeit prallte auf Erfindung.

Zu Mary sagte Claire, Byron wolle sie treffen, er schmachte danach, ihre Bekanntschaft zu machen, als Bewunderer von Wollstonecraft & Godwin könne er nur erahnen, was für ein bezaubernder Funke aus dieser Verbindung entstanden sei.

Mary errötete.

Zu Percy sagte Claire, Lord Byron wolle ihn treffen, eine Einladung von ihm, dem großen Byron, an den Genfer See, wo er einen Aufenthalt plane im Juli und August. Byron habe nicht nur *Queen Mab*, sondern auch *Alastor* gelesen. Byron bewundere Percys edle Feder und grandiose Gabe.

Percy errötete.

Zu Byron sagte Claire, die engelhafte Mary habe sich heillos in den Lord verliebt, könne aber einem Treffen in London nicht zustimmen, aus gesellschaftlichen Zwängen, sie sei nicht so frei wie sie, Claire, weshalb Mary eine »Audienz« bei ihm am Genfer See erbitte, zwinker, zwinker, sie, Claire, wolle ihm, Byron, dort ihre Schwester Mary ins Schlafzimmer führen. Ferner, fuhr Claire fort, sei Percy sein, Lord Byrons, allergrößter Bewunderer und der einzige Mensch auf Augenhöhe, der tatsächlich ermessen könne, wie unerreicht und vom göttlichen Odem behaucht Byrons Genie einsam brenne in der Sonne der Poesie.

Byron errötete nicht.

So kamen die drei Reisenden – Percy & Mary & Claire – überein, nicht direkt nach Italien zu fahren, sondern zunächst an den Genfer See, um dort Station zu machen und der freundlichen Einladung Lord Byrons zu folgen, einer Einladung, die Byron niemals ausgesprochen hatte. Nein. Diese Einladung entsprang ganz allein dem Wunsch, der Sehnsucht, der Hoffnung und der Fantasie von Claire Clairmont.

Blizzard Pass &
Lac Léman

Byron brach als Erster auf. Claire schickte ihm noch einen Brief hinterher: Ich komme nach, Liebster, und in meinem Schlepptau befindet sich der ganze Stamm der Tahiti-Philosophen. Percy & Mary & Claire bestiegen nun ein zweites Mal eine Kutsche, preschten ein zweites Mal nach Dover, und Percy spähte ein zweites Mal alle paar Minuten aus dem Fenster, in Sorge, dass ihnen jemand folge. Vor der Abfahrt hatte ihn eine Wahnvorstellung gepackt: Vater Timothy und Hauptmann Pilfold, so behauptete er, wollten ihn verhaften lassen. Doch keiner folgte ihnen. Nicht Vater Timothy. Nicht Pilfold. Nicht Mary Jane. Nicht Vater William.

Dafür hatten sie einen anderen William an Bord: ihren Sohn, ein paar Monate jung. Und mit ihm Sorgen und Geschrei, wenn er Hunger hatte oder zu sehr durchgerüttelt wurde auf den Kopfsteinpflastern oder ihn sonst etwas quälte. Einander vorlesen konnten die drei nur, wenn William schlief, was zum Glück recht oft der Fall war, vor allem während der Passagen, in denen die Pferde nur zockeln konnten und die Kutsche sich in eine Wiege verwandelte. Dennoch: Sie waren nicht mehr zu dritt und mussten seriöser reisen als vor zwei Jahren. Ein Bötchen wie damals, im Sturm von Dover nach Calais, hätte Mary nie erlaubt: Sie nahmen das Postschiff. Von Calais ging es sofort nach Paris. Und von Paris weiter Richtung Genf.

Am Fuß der Alpen, inmitten des Jura, erwartete sie eine schäbige Hütte mit vor Schmutz starrenden Betten. Auf solche Unbequemlichkeiten hatten sie keine Lust mehr. Es war Anfang Mai. Von Frühling keine Spur. Um diese Zeit sei es hier so kalt noch nie gewesen, sagte der Stationsvorsteher. Das Wetter: stürmisch, zuckend, brodelnd. Sie müssten warten, mit den Bergen sei nicht zu spaßen. Der Schnee liege auf den Höhen noch metertief. Eine Kutsche könnte jederzeit stecken bleiben, und man könnte erfrieren.

Doch weil alles so gut geklappt hatte in den ersten Tagen ihrer Reise, wurden die drei unvorsichtig und schlugen die Warnung des Stationsvorstehers in den Wind. Sie wollten nicht in Les Rousses bleiben, sondern sofort weiterreisen, über die Berge, hinab zum Genfer See. Sie mieteten zehn Männer als Begleitung und fuhren am selben Abend los, zehn Männer, so dachten sie, das müsste reichen als Sicherung. In der Kutsche stopften sie Fetzen in die undichten Fensterritzen und schlugen muffige Militärdecken um Beine und Rücken. Die Decken hatte Claire vorher genau untersucht, aus Angst, eine Spinne könnte sich in ihren Falten verstecken. Mary wickelte William ein, so gut es ging. Die Kälte wurde von Stunde zu Stunde beißender. Flocken warfen sich unablässig gegen die Scheiben. Mary hatte das Gefühl, sie sitze im Innern einer riesigen Schnecke. Es ging kaum voran. Als Mary endlich nach draußen rief, dass man umkehren solle, schüttelte der neben ihnen gehende Mann den Kopf, den er mit Schal, Tuch und Mütze zu schützen versuchte. Jetzt sei es zu spät, rief er durch das Wehen. Man habe den höchsten Punkt des Passes bereits überschritten.

Das Schneetreiben wuchs sich aus zu einem richtigen Blizzard. Es ging nicht mehr weiter. Die zehn Männer suchten Schutz unter einem Felsüberhang. Die Fenster der Kutsche waren voller Eis und Schnee. Mary konnte bald nicht mehr hinausschauen. Als sie die Handfläche von innen an die Scheibe legte, blieb die Haut kurz daran kleben. Das Heulen des Sturms drang durch die Ritzen, es war, als wolle der Wind sie zu sich herauszerren. William schrie, ganz egal, unter wie vielen Decken man ihn begrub.

Endlich wuchs eine weiße Stille ringsum. William war eingeschlafen, erschöpft. Der Sturm legte sich. Fenster und Türen ließen sich nicht mehr öffnen, die Kutsche lag unter Massen von Schnee. Mary bekam einen Erstickungsanfall, schnappte nach Luft, dachte an ihre Mutter und ihre Tochter und an die Stille dort unten, die nicht von Schnee bedeckt war, sondern von Erde. Wir stecken fest in einem weißen Grab, dachte Mary und hielt William so oft es ging an den Bauch, gab ihre eigene Wärme ab, behauchte sein Gesicht, das ungeschützt im Kalten lag, die roten Wangen durften nicht blau werden. Endlich hörte sie das ersehnte Geräusch: ein dumpfes Schlitzen. Die Schaufeln. Die Schaufeln der Männer. Noch weit entfernt. Mary lauschte den Schaufelstichen, die immer näher kamen.

»Wo bleibt das zweite Geräusch?«, fragte Mary. »Ich höre nicht, wie der Schnee von den Schaufeln fällt. Aber jedem Stechen folgt immer ein Fallen.«

Und Mary sprach von den Totengräbern, die den Aushub neben das Grab warfen. Slit. Thud. Eine wunderbare Lautmalerei. Die Geräusche steckten schon in den Worten. Slit. Thud. Mary hatte es oft genug gehört auf dem Friedhof von Saint Pancras: jene schlitzenden Stiche gefolgt vom staubigen Flappen der Erde auf Erde. Hier aber gab es nur den Stich. Kein Fallen.

»Zu leicht«, sagte Claire, »der Schnee ist zu leicht.«

Endlich kratzte eine Schaufel gegen die Tür der Kutsche. Mary hörte Stimmen, jetzt ging es schneller. Sonne floss durchs Fenster. Die Männer buddelten mit ihren Handschuh-Händen. Kurze Zeit später war die Kutsche frei. Sie konnten weiterfahren. Und quälten sich mühsam durch den Neuschnee. Es war früher Morgen, und der Sturm hatte alles um sie her in eine weiße Fläche verwandelt. Nur die Kiefern lugten aus dem Schnee, in weitem Abstand voneinander. Die Straße war nicht mehr zu sehen, doch zwischen den Bäumen ragten von Zeit zu Zeit die Spitzen von Pfählen in die Luft: Die Einheimischen hatten sie in den Boden gerammt, um bei Tiefschnee den Weg anzuzeigen.

Es taute. Auf die Kälte folgte unerwartete Milde. Mary war es recht. William entspannte sich in ihren Armen. Mary konnte sich nicht sattsehen an der Landschaft. Eine zauberhafte Trostlosigkeit, gottverlassen und erhaben zugleich, eine nie gesehene Schönheit und ein nie gehörtes Schweigen der Welt, nur hin und wieder zerrissen von den Rufen der Männer.

Mary legte William in Percys Schoß, zückte das Tagebuch und schrieb drauflos. Sie konnte nicht anders. Sie schaute nach draußen in die weiße Wildnis und schrieb die Landschaft ab, bannte das Weiße ins Weiße, schrieb und wusste, während sie schrieb: Das ist mehr als ein Tagebucheintrag. Das ist eine Be-Schreibung. Ein Er-Leben. Eine Er-Schreibung. Etwas Gesehenes. Ein Eckchen Literatur. Für später. Dachte Mary.

Jetzt ging es hinab. Der Schnee schmolz mit jedem Meter. Bald verschwand er ganz. Ein leises Glucksen war zu hören, als würden die Bäume in den Bergen mit den Blättern trinken. Mitunter leuchteten noch weiße Flecken auf. Und endlich sah Mary den See. Auf einmal lag er dort, unter ihnen, ein tiefes Grünschwarz, reglos, ohne das geringste Kräuseln. Die Kälte lag endgültig hinter ihnen. Alle hielten den Atem an.

M onsieur Dejean vom Hôtel d'Angleterre grüßte sie mit ernstem Tadel. »Bei dem Wetter!? Von Les Rousses!?«
»Ist der Lord schon hier?«, platzte es aus Claire heraus.
»Welcher Lord, my Lady?«
»Lord Byron.«
»Seine Lordschaft verspätet sich.«
»Wann kommt er?«
»Das kann man nie wissen bei Lord Byron.«
Monsieur Dejean sprach LBs Namen aus wie einen Nebenfluss der Rhône, dachte Claire, La Byronne.
»Und wo ist er jetzt?«
»Sein letzter Brief kam aus Waterloo.«
Claire seufzte. Das hieß: Sie mussten warten.
Percy mietete die billigsten Räume unterm Dach. Die Fenster zeigten immerhin nach Süden, direkt auf den See, doch um die Mittagszeit war es unangenehm heiß in den Zimmern. Gern hielten sie sich draußen auf.
Allein.
Allein zu dritt.
Jeder wohlhabende Engländer, der in der Genfer Gegend unterwegs war, mietete sich im Hôtel d'Angleterre ein. Viele der anderen Gäste kannten Percy & Mary & Claire und ihre skandalöse Geschichte. Jetzt hatten die drei auch noch ein Kind dabei, zwei Mütter, ein Baby, ein Vater, man wandte sich raunend ab von der »league of incest«, wie Claire es einmal tuscheln hörte.
Mary & Percy & Claire waren meist zu dritt. William gab man in die Obhut einer Schweizer Nanny namens Elise Duvillard, die selber ein Kind im gleichen Alter zu versorgen hatte. Insofern war der Kleine nicht mehr in ihrer unmittelbaren Gegenwart, und die drei hatten ihre gewohnten Freiheiten. Sie waren ans Zu-dritt-Sein gewöhnt, lasen sich wie üblich gegenseitig vor,

mieteten ein Bötchen mit Segel und ohne Kiel, drehten um sechs Uhr abends eine Runde über den See, der in der Abendsonne ruhte, als schlafe er schon, und Claire & Mary schwebten gern übers flache Wasser, weil es so himmlisch glitzerte in der Nähe des Ufers, bei den ovalen, grün schimmernden Kieselsteinen. Manchmal blickten quicke Fische mit stauenden Mäulern zu ihnen empor, doch entwischten sie jedem ihrer Griffe.

»Was Fanny wohl jetzt macht?«, fragte Mary.

Fanny war Meisterin im Fischfang.

Weil ihre Geduld unendlich war.

»Hab ich mich auch gerade gefragt«, sagte Claire.

Mary & Claire & Percy blieben oft bis zur Dämmerung auf dem See. Den späten Abend verbrachten sie gern im angenehm kühlen Garten des Hotels. Zig Eidechsen auf der Südwand der Gartenmauer konnten schneller als ein Herzschlag in ihren Spalten verschwinden; Maikäfer kippten von den Bäumen und krochen mühsam Richtung Tod; fette, fast plumpe Hasen waren so sehr an die Gegenwart der Menschen gewöhnt, dass sie ihre schwerfälligen Haken erst schlugen, wenn man sich ihnen auf Greifweite näherte. Zwei Wochen verbrachten Percy & Mary & Claire auf diese Weise am Genfer See.

Byron erreichte Sécheron am 25. Mai gegen Mitternacht. Eigentlich war längst Sperrstunde um diese Zeit, aber nicht für Neuankömmlinge, schon gar nicht für Neuankömmlinge mit Rang und Namen. Claire konnte schlecht schlafen in diesen Tagen. Als sie das Getrappel der Hufe und das Klappern der Räder vernahm, die Schreie der Männer, das Wiehern der Pferde und das aufgeregte Flattern und Kreischen der Menagerie, ohne die Byron nicht gern reiste, sprang sie auf, zündete das Talglicht an und schaute aus dem Fenster. Draußen standen einige Diener mit Fackeln um drei Kutschen herum. Die bizarre Szenerie war in ein flackerndes Licht getaucht. Byron kraxelte aus der vorderen Kutsche, seine nagelneue, riesige, mit Schlamm bespritzte Napoleon-Kutsche, deren rechtes vorderes Rad nicht zum hinteren passte: Sie mussten eine Panne gehabt haben. Ein junger, schwarzhaariger Mann half Lord Byron beim Aussteigen. Byron stützte sich auf dessen Arm. Der offenkundig schlecht gelaunte Lord – Claire sah das an der hochgezogenen rechten Augenbraue – humpelte achtlos mit seinem Stock an Monsieur Dejeans Verbeugung vorbei und entschwand im Hotel. So groß die Napoleon-Kutsche auch war, sie reichte bei weitem nicht für den Tross des Lords. Diener schleppten Porzellan, Silber und Bücher hinter ihm her, selbst Bettwäsche wurde ins Hotel gebracht. Aus der dritten Kutsche wurde ein Hund geführt, zwei Affen, ein paar Katzen in Käfigen, ein Pfau, drei Gänse, ein Kranich und eine Ziege mit gebrochenem Bein. Sie hinkte genauso wie ihr Besitzer. Dejean wies den Dienern den Weg zu den Stallungen. Endlich kehrte eine gewisse Ruhe ein.

Claire wartete eine Weile, dann schlich sie hinunter, mitten in der Nacht, niemand war mehr wach, sie sah im Register an der Rezeption nach: Byron hatte unter »Alter« 100 eingetragen. Er musste vollkommen erledigt sein, dachte Claire. Dennoch schrieb sie ihm sogleich eine Notiz, schlich zur Tür mit der entsprechenden Zimmernummer, hob die Hand, wollte schon klopfen, überlegte es sich anders, schob die Notiz durch den Türschlitz zu ihm hinein. Sie wartete ein wenig, aber nichts regte sich. Vielleicht schlief er schon. Claire zog sich zurück. Tut mir leid, dass du so alt geworden bist, hatte sie geschrieben. Ich vermute, dein ehrwürdiges Alter hat eine schnellere Ankunft verhindert. Hochachtung, und dir einen süßen Schlaf. Ich bin so glücklich – Claire. Früh am Morgen erst schloss sie die unruhigen Augen. Die durchwachte Nacht forderte ihren Tribut. Sie kam gegen zehn Uhr wieder zu sich, sprang auf, zog sich an, lief hinaus. Byron sei schon wieder weg, hieß es, in Genf, und er sei nicht vor Anbruch der Nacht zurück. Claire stieß Luft durch die Nüstern. Schrieb sofort einen weiteren Brief, den sie in Byrons Gemächer bringen ließ. Seit vierzehn Tagen sei sie schon hier, schrieb Claire, seit vierzehn Tagen warte sie auf ihn. Sie beschwerte sich über seine Grausamkeit. Was er sich dabei denke, sie, Claire, derart zu behandeln!? Sie befahl ihm in ihrer Erregung, er möge sofort nach seiner Ankunft unters Dach eilen. Sie warte dort auf ihn, denn sie wolle ihm ihr Zimmer zeigen, den Landeplatz, schrieb sie frivol.

Keine Reaktion.

Als der Lord am nächsten Morgen schon wieder verschwunden war – langsam glaubte Claire, er befand sich auf der Flucht vor *ihr* –, plauderte sie in ihrer zugänglichen Art eine Weile mit dem auskunftsfreudigen Monsieur Dejean, der wirklich alles dafür tat, dass jeder Gast sich bei ihm wohlfühlte. So fand Claire heraus, dass Byron nach Genf gerudert war, um sich mit einem Bankier namens Hentsch zu treffen. Dieser sollte ihn in die Genfer Gesellschaft einführen sowie eine Reihe von Häusern zeigen, denn der Lord gedenke, in Bälde umzuziehen.

»Ist er allein unterwegs?«, fragte Claire.

»Polidori ist bei ihm«, sagte Monsieur Dejean.

»Wer zum Teufel ist Polidori?«

Polidori, so erfuhr Claire von Monsieur Dejean, war jener schwarzhaarige junge Mann, der Byron bei der Ankunft aus der Kutsche geholfen hatte. Auf Claires atemlose Frage, ob er Byrons Geliebter sei, schrie Dejean auf und verneinte sofort. Er müsse doch sehr bitten! Nicht in seinem Haus! Niemals! Eine solche Abscheulichkeit! Polidori sei der Leibarzt des Lords.

Doktor John William Polidori schien ein Wunderkind zu sein. Erst einundzwanzig Jahre jung, aber bereits ausgebildeter Mediziner, mehr noch, jüngster Medizinabsolvent der Stadt Edinburgh. Mit neunzehn hatte Polidori eine gefeierte Arbeit über den Somnambulismus veröffentlicht. Seine Mutter war Engländerin, sein Vater Italiener: daher seine tiefschwarzen, wunderschönen Haare. Die vornehme Blässe rührte von seiner schwachen Konstitution. Ob Verdauungsstörungen oder Schwindelattacken, Erkältungen oder Magendrücken: Polidori war im Grunde durchgängig krank. Als Arzt konnte er selber die Diagnosen stellen, das heißt, wenn er nicht gerade ohnmächtig war, was des Öfteren vorkam, denn auch Ohnmachtsanfälle standen in seiner Krankenkarte.

Doch das sei nicht alles, so Monsieur Dejean. Polidori habe neben medizinischen, wissenschaftlichen und künstlerischen Ambitionen – er sei ein begnadeter Zeichner und habe in wenigen Strichen eine hervorragende Seenlandschaft ins Gästebuch geworfen, »schauen Sie hier, Mademoiselle Clairmont!« –, er habe neben all dem auch noch literarische Ambitionen, und zwar die allerhöchsten, ja, Polidori wolle Autor werden, denn er liebe das Schreiben und sei begierig zu lernen. Vom Meister selbst. Von Lord Byron.

Claire legte sich an ihrem Fenster auf die Lauer. Als sie am späten Nachmittag Byron & Polidori Richtung Hotel rudern sah, sprang sie auf und schnappte sich Percy & Mary zu einem Strandspaziergang, wie sie sagte. Zu dritt eilten sie durch die wundersamen Gerüche des Abends. Das gemähte Gras, ein Duft zwischen Kinderspiel und künftigem Heu. Die blühenden Blumen, eine Wolke aus Oleander und Jasmin. Pollenschauer, staubbeseelt, voll von trägem Sonnenlicht. Je näher sie aber dem Wasser kamen, umso deutlicher wurde der ureigenste Duft des Sees: Der einst grüne Tang, überall ans Ufer geschwappt, lag braun vertrocknet dort und roch ein wenig abgestanden, muffig fast, dennoch betörend nach Weite und Abenteuer einer Seefahrt, ein Unterwasserduft an Land, Claire konnte sich daran verschlucken. Dazu das beständige Plätschern, wenn die winzigen Wellen sich am Strand brachen, die Kaimauer umspielten, die Stege oder Poller. Grillen zirpten unermüdlich, hin und wieder gurrte ein Käuzchen.

Percy & Mary & Claire kamen genau in dem Augenblick an den Strand, da Byron über den Kies in ihre Richtung hinkte. Polidori saß seltsamerweise noch im Boot draußen am Steg und kämpfte mit der Leine. Jetzt konnte der Lord ihnen nicht mehr ausweichen. Claire lächelte ihm zu. Byron blieb jäh stehen, als er sie erkannte, sein Blick wirkte kühl, abweisend, verärgert über Claires Penetranz. Byron begrüßte sie kaum, nur mit knappem Nicken, als sei sie eine flüchtige Bekannte, nicht mehr, dann sah er zu Mary & Percy, senkte sofort den Blick auf die Kiesel, zwischen denen frische Algenfäden ein wenig nach Kloake rochen.

»LB!«, rief Claire wie aufgedreht.

Als Claire ansetzen wollte, Percy & Mary vorzustellen, trat Percy zu Byron und sagte: »Ich bin Percy Bysshe Shelley. Und diese schöne Frau hier ist *Misses* Shelley. Meine Mary.«

Mary & Claire zuckten zusammen.

»Angenehm«, sagte Byron, sichtlich unwohl in seiner Haut. Er wirkte, als suche er nach einer Ausrede, um so schnell wie möglich der Situation zu entfliehen. »Wollen Sie heute Abend zum Dinner kommen? In meine Gemächer«, fragte LB. »Alle drei? Weiteres später. Mit fällt ein, ich habe was Wichtiges vergessen.« Mit diesen Worten hinkte er zum Steg zurück und über den Steg zum Boot, es glich einem panischen Rückzug vor dem

Feind, er stieg zu Polidori und bedeutete ihm, das Boot loszumachen und wieder fortzurudern.

»*Misses* Shelley?«, fragte Mary.

Percy kicherte und sagte: »Natürlich! Mary *misses* Shelley. Wenn er nicht da ist. Oder etwa nicht?«

Mary & Claire verdrehten die Augen.

Beim Dinner war Polidori nicht nur mit dabei, er beteiligte sich auch am Gespräch und redete von seinen allerersten literarischen Versuchen auf dem Gebiet der Dramatik. Voller Stolz erzählte er, dass sein Theaterstück soeben erst vom Verleger Murray höchstpersönlich angenommen worden sei.

»Von Murray?«, fragte Percy, und Claire spürte Percys Eifersucht. Sie wusste, wie sehr ihn die Ablehnung von Byrons Verleger immer noch schmerzte.

»Der große Murray«, strahlte Polidori.

»Dafür kann es nur einen Grund geben!«, sagte Byron mit einem für Claire inzwischen untrüglichen Schnurrbartzucken, das anzeigte, es würde gleich ein bissiger, giftiger Kommentar folgen.

»Welchen denn?«

»Sie haben ihm doch zugesagt, Tagebuch zu führen, oder nicht, Polidori? Kommen Sie. Tun Sie nicht erstaunt. Haben Sie gedacht, ich weiß das nicht? Ist doch ein offenes Geheimnis.«

»Was für ein Tagebuch?«, fragte Mary.

»Über unsere Reise«, sagte Byron. »Über die gesamte Reise. Mit mir. Polidori begleitet mich als Leibarzt und zugleich als Spion.«

»Ich muss doch sehr bitten«, sagte Polidori.

»Was denn? Sie sollen alles aufschreiben, oder nicht? Alles, was uns geschieht unterwegs. So ein Tagebuch über Byron himself wird sich verkaufen wie nichts«, sagte Byron. »Alle Welt wird das lesen wollen. Oder nicht?«

Das stimmt, dachte Claire. Und ich bin mittendrin.

»Wie viel Pfund hat der alte Murray Ihnen dafür gezahlt?«, fragte Byron.

Polidori schwieg.

»Na, kommen Sie, raus mit der Sprache.«

»Fünfhundert«, murmelte Polidori.

»Fünfhundert Pfund?«

»Ja.«

»So ein Halsabschneider.«

»Was?«

»Ich bin viel mehr wert.«

»Er hat mir darüber hinaus versprochen«, sagte Polidori, »mein Theaterstück anzunehmen.«

»Jetzt sehen Sie endlich den Zusammenhang?«, sagte Byron.

Polidori schluckte und schwieg eine Weile. Etwas schien in ihm zu arbeiten. Plötzlich rief er in einer kurzen Aufwallung: »Ich gebe zu, Sie sind ein begnadeter Dichter! Aber ...«

»Mein *Harold* hat sich vierzehntausendmal verkauft«, sagte Byron. »Und das nur am ersten Tag, Polidori.«

»Ich dachte, zehntausend!«, rief Claire.

»Vierzehntausend, meine Liebe. Und Sie, Shelley?«

»Ich?«, rief Percy.

»Wie viele Bücher ...«

»Zweihundertfünfzig«, platzte es trotzig aus Percy heraus.

»In der ersten Stunde?«

»Insgesamt!«

»Oh«, machte Byron.

»Ja. Oh.«

»Und hieß Ihr Buch etwa *Miscellany*? Vermischtes?«

»Wieso das?«, fragte Percy.

»Na, bei zweihundertfünfzig verkauften Exemplaren insgesamt sind Sie ja eine wahre *Miss Sell Any*, oder nicht?«

Byron brach in Gelächter aus. Percy blieb die Spucke weg, dennoch musste auch er kurz lachen, denn obwohl auf seine Kosten, war der Witz wirklich lustig, und Byrons Humor, so wusste er, tat immer auch ein wenig weh.

»Schon gut!«, rief jetzt Polidori wieder. »Doch über das Dichten hinaus, my Lord: Was können Sie schon besser als ich?«

»Da fallen mir drei Sachen ein«, sagte Byron sofort, während er zur Beruhigung seines Zwerchfells ein tropfendes, fettiges Stück Haut von seinem Hähnchenknochen schlürfte.

»Und die wären?«, fragte Polidori

»Ich kann die Kerze hier mit einem einzigen Pistolenschuss löschen, aus zwanzig Schritt Entfernung. Außerdem kann ich weitaus schneller ans andere Ufer schwimmen als Sie. Und ich kann Ihnen eine ordentliche Tracht Prügel verpassen, wenn Sie es wünschen. Sonst noch was?«

Claire wartete während des Dinners auf eine Gelegenheit zur Nähe. Endlich verließ der Lord mit mokanter Verbeugung den Raum, indem er statt einer einfachen Entschuldigung sagte, er wolle dem erhabenen Porzellanthron dort draußen das köstliche Geschenk seines Darms eröffnen, worüber er selber lachen musste, vom Portwein beschwipst. Claire stand kurze Zeit später auf und folgte ihm, wartete vor der Tür auf LBs Rückkehr vom Abort. Als Byron wieder auftauchte, stellte sie ihn zur Rede. Der Lord unterbrach ihre Worte mit einer zackigen Geste und einem unpassend nachsichtigen Augenaufschlag. Er sagte: »Was ist jetzt mit Mary?«

Claire sah ihn fragend an.

»Ich bin hier, weil du mir Mary zuführen wolltest, du erinnerst dich? Heute Nacht?«

»Ach so, das«, sagte Claire. »Es war nur eine Kriegslist, LB. Damit *wir zwei* uns endlich mal länger am Stück sehen können.«

»Eine Kriegslist?«

»Ist Liebe nicht immer auch ein bisschen Krieg, my Lord?«

»Das heißt, Mary kommt nicht in mein Bett?«

»Nicht, dass ich wüsste.«

»Hör zu, Claire. Ich hab's dir hundert Mal gesagt. Ich liebe dich *nicht*!«, zischte Byron mit deutlicher Überbetonung. »Ich habe dich nie geliebt, Claire. Ich werde dich nie lieben. Ich bin ein Nielieber. Ein Neverlover. Mach dir nichts draus. Das muss nicht zwangsläufig an dir liegen. Ich glaube, ich habe noch nie einen Menschen geliebt. Nicht mal Augusta. Ich habe Liebe – wenn überhaupt – immer nur gespielt. Ich bin Schauspieler. Lebensspieler. Das kann ich. Das kann ich gut. Aber ich werde älter. Ich sehe ein: Ich muss nur noch spielen, was unbedingt nötig ist. Ich kann und will sein, wie ich bin. Ich kann und will tun, was ich will. Hörst du? Glaubst du mir jetzt, dass ich eine schreckliche Person bin?«

Claire schüttelte den Kopf.

»Großer Gott. Claire. Ich finde dich auf anregende Art attraktiv, auf köstliche Weise süß, und dein Körper ist mir die Venus selbst. Das ist die Wahrheit. Sonst nichts. Du, Claire, als Mensch, bist mir zu schrill und zu aufdringlich. Wir können auch ohne Mary weiterhin dem Geschlechtsverkehr frönen in seinen verruchtesten Varianten. Muff, Donner, Schellen, Strick, Faust, Saft und Seuche. Ich bin offen für alles. Schau mal: Wenn eine junge, hübsche, zu allem bereite und hingebungsvolle Frau achthundert Meilen durch die Weltgeschichte kraxelt, um mich zu entphilosophieren, dann werde ich auf keinen Fall den Stoiker spielen und sie abweisen! Außerdem ist mir so viel Hass entgegengeschlagen in den letzten Wochen und Monaten, da tut mir etwas Fremdliebe ganz gut. Komm heute Nacht in mein Zimmer. Wenn du willst. Erwarte nichts von mir, was ich dir nicht geben kann. Deine Liebe ist wie ein duftendes Öl für mich. Ich nehme sie gern, wenn ich sie will und brauchen kann. Nicht mehr. Nicht weniger. Von mir kriegst du nur den Knochen.«

Er ließ sie stehen. Ohne eine Antwort ließ er sie stehen und ging zurück in den Essensraum. Claire wurde ruckartig übel. Sie hätte beinah gespuckt. Aber das Spucken ist Marys Sache, dachte sie, lief zu einem Flurfenster und sog die Nachtluft des Sees ein, Nach einer Viertelstunde kehrte auch sie zurück zu den anderen. Ich werde dich nie lieben. Hatte er gesagt. Das wollen wir mal sehen, dachte Claire. Ich werde ihn vom Gegenteil überzeugen. Heute noch. Ich werde ihm eine Nacht bereiten, wie er sie noch nie erlebt hat. In seinem ganzen verdammten Leben.

So berückend seltsam das erste Zusammentreffen am Strand für Percy auch gewesen war, die folgenden vierzehn Tage glückten vortrefflich. Byrons wirre Schüchternheit tauchte nur noch selten auf. Stattdessen redete Byron gern. Percy auch. Die beiden Dichter verstanden sich auf Anhieb blendend. Percy merkte: Das könnte eine wunderbare Freundschaft werden. Zumindest mit dem ihm zugewandten Teil Byrons. Im Lauf der nächsten Wochen sollte Percy aber auch die anderen Byrons kennen und schätzen lernen: den schattigen, den bösen, den gutmütigen, den windigen, den zynischen, den sanften, den gemeinen, den tastenden, den narzisstischen, den verstimmten, den verletzten, den verletzenden, den liebevollen, den lachenden, den genialen, den dichtenden, den wahnsinnigen Byron und alle anderen Brüder und Schwestern im Schlepptau seiner

Existenz. Trotz aller Irritation, die Byrons unerschöpflich scheinendes und sich wild drehendes Charakter-Arsenal nach sich zog, fasste Percy ein seltsames Vertrauen zu ihm. Erstens waren solche Persönlichkeits-Facetten ihm selbst nicht unbekannt, wenn auch seine eigene kümmerliche Vielschichtigkeit kein Vergleich war zu jener des Lords, und zweitens gab es eine Ebene – die wichtigste für beide –, auf der die Männer sich auf Anhieb trafen: das Schreiben. Ja. Das Schreiben spannte eine feste Brücke zwischen ihren Herzen.

Sie frühstückten von nun an jeden Morgen zusammen, alle fünf, argwöhnisch belauert von der englischen Gesellschaft im Hôtel d'Angleterre. Percys Heimweh nach England war verpufft. Kein Gedanke mehr an voreilige Rückkehr, über die er vor kurzem noch – vor der Bekanntschaft mit Byron – seinem Freund Peacock geschrieben hatte. Die Gespräche zwischen Byron & Percy wurden immer tiefer, legten Schicht für Schicht ihrer Existenzen frei. Aber nicht nur diese beiden, alle fünf kamen sich in den nächsten Tagen näher, und es war schnell klar, dass sie diesen Sommer gemeinsam verbringen wollten, am Genfer See. Aber zuerst mussten sie dieser klatschgeilen Gesellschaft entfliehen, diesen versnobten, ach so tugendhaft scheinenden Hotelgästen, die einfach nicht aufhören konnten, sie süffisant, abschätzig oder mit unverhohlener Neugier zu mustern und hinter ihren Rücken die behandschuhten Hände vor die Lippen zu halten, um wieder eine Gemeinheit zu flüstern oder eisig zu schweigen, wenn die Außenseiter durch die Gemeinschaftsräume schwebten wie verblasste Seelen.

Da Byron überlegte, ob er das prächtige Säulenhaus namens Villa Diodati anmieten solle, am gegenüberliegenden Ufer des Sees, der an dieser Stelle schmal wie eine Sichelspitze zusammenlief, hielt auch Percy Ausschau nach einer neuen Unterkunft dort drüben und mietete spontan und als Erster das Maison Chapuis, ein Stück unterhalb der Villa Diodati gelegen. Anfang Juni flohen Mary & Claire & Percy dorthin. Ein paar Tage später zogen Byron & Polidori in die Villa Diodati.

Sie lebten acht Gehminuten voneinander entfernt. Über einen schmalen, zuckenden Pfad musste man sich durch die Weinfelder schlagen. Nach einem späten Frühstück erwartete Percy seinen neuen Freund Byron sowie den unvermeidlichen Polidori an der Tür des Maison Chapuis. Je nach Form und Laune humpelte Byron entweder mit seinem Stock hinab, in dessen Knauf ein Totenkopf eingraviert war, oder er stützte sich auf Polidori. Manchmal ließ er auch Sänftenträger kommen oder bat Claire um Hilfe. Percy freute sich über diese morgendlichen Besuche, die immer nur kurz währten. Der Lord setzte sich nie, sein Blick glich spitzen Fingern. Das Shelley-Haus war für Byron nur Durchgangsstation zum Hafen. Denn dort lag ein nagelneues Segelboot, das Percy & Byron gemeinsam für fünfundzwanzig Louis d'Or gekauft hatten. Es war das einzige Boot mit Kiel auf dem See. Sie drehten eine ausgiebige Runde und genossen den Fahrtwind. Auf ihrem Schiff konnten sie schweigen und reden, je nachdem, wie ihnen zu Mute war. Der kleine William blieb bei Elise.

Um fünf Uhr am Nachmittag zog sich Byron in seine Villa zurück. Percy verstand das gut. Sie beide brauchten die Einsamkeit, jeden Tag. Byron noch mehr als Percy. Die Zeit für sich, dachte Percy, ist das Gegengift, um die Gemeinschaft mit anderen zu überleben. Auch das Dinner nahm Byron meist für sich ein, in aller Ruhe. Erst nach dieser Runde Einsamkeit schien Byron wieder von sich selbst gestärkt und bereit für andere. Percy auch.

Nach dem Dinner stiegen Percy & Mary & Claire gemeinsam hinauf zur Villa Diodati, um den Abend mit Byron & Polidori zu verbringen: Bis tief in die Nacht hinein würden sie dort bleiben und reden, jeden Abend in den nächsten Wochen. Aber immer waren es Percy & Mary & Claire, die sich auf den Weg machen mussten, von ihrer tiefer gelegenen Herberge hinauf zur Villa, nein, an den Abenden kam Lord Byron nicht mehr zu ihnen hinunter, sondern erwartete sie stets in seinen weitläufigen Salons. Das war einerseits dem Klumpfuß des Lords geschuldet, andererseits der Tatsache, dass Byron tagsüber schon einmal zu den Shelleys hinabgestiegen war. Zudem bot die Villa weitaus mehr Komfort für ein Treffen zu fünft als das Maison. Percy kam sich beim allabendlichen Anstieg vor wie auf einem Pilgergang. Die Villa und das Maison sowie das Gefälle zwischen den beiden Behausungen waren ein Sinnbild der Beziehung zwischen ihm und dem Lord. Er, Percy, hockte unten, im zweistöckigen Maison, zwar in unmittelbarer Nähe eines idyllischen Hafens gelegen, Montalègre, ein fröhlicher Berg gleich am Wasser, das für Percy Zeit seines Lebens immer ein Bild war für die Wildheit, für die Freiheit, für die Ungebundenheit, für die Möglichkeit, sich hinaustragen zu lassen ins Nichts; gleichwohl aber thronte Byron hoch über ihm, nicht nur hinsichtlich seiner Kunstfertigkeit und seiner Auflagenzahlen und seiner Beliebtheit bei der Leserschaft, sondern auch hinsichtlich seines Reichtums und Lebenswandels. Die Villa Diodati war wie für Byron geschaffen. Einst hatte hier sogar ihr geliebter Milton übernachtet, fast zweihundert Jahre zuvor, in diesem epochalen Stuckhaus, dreistöckig, mit atemberaubend viel Platz für Gäste, einer grandiosen Aussicht über den See, auf das Juragebirge und die Stadt Genf, mit einem immensen, schattigen Balkon an der Seite. Als Percy erfuhr, wie hoch die Miete war, musste er schlucken.

In einem Punkt jedoch täuschte sich Percy. Der englischen Gesellschaft des Hôtel d'Angleterre entkamen sie nicht. Monsieur Dejean besaß ein überaus starkes Teleskop, das er für gewöhnlich auf Sterne richtete, doch jetzt hatte er es – Percy besaß selber ein Fernrohr – im Garten seines Hotels platziert, um den Gästen zu ermöglichen, einen Blick auf die Inzesttruppe zu werfen und auf deren verbotene Spielchen am gegenüberliegenden Ufer. So würden die prüden Engländer dort drüben, dachte Percy, die frisch gewaschenen Bettlaken kommentieren, die an der Leine hingen, sie würden die Laken aus der Ferne für Unterröcke halten und sich fragen, welcher der beiden verkommenen Inzest-Schwestern sie gehörten und was sich darin und darunter am Abend zuvor alles abgespielt haben könnte.

Byron fügte sich in ihre Gemeinschaft wie ein viertes Rad. Es wunderte Percy nicht: War Byron nicht immer schon bei ihnen gewesen? Wie oft hatten sie aus Byrons *Korsar* oder *Harold* gelesen? Laut oder leise? Gemeinsam oder jeder für sich? In London schon? Auf ihrer ersten Reise zwei Jahre zuvor? Im Bett sogar? Mit Mary? Mit Claire? Jetzt aber trat aus dem Schatten der Gedichte der Mensch, der sie geschrieben hatte, ein seltsamer, ein rätselhafter, schwieriger, aber plötzlich naher, greifbarer Mensch, ein Mann von achtundzwanzig Jahren, weder jung noch alt. Um ihn mögen zu können, musste man seine Launen und Widersprüche ertragen, seine Reizbarkeit und seine Bissigkeit, seinen Humor und seinen Zynismus. Wenn man sich aber auf ihn einließ, konnte man wunderbare Stunden erleben. Hinter der Fassade aus Facetten, hinter all den Mauern, die Byron um sich errichtet hatte, lag etwas, das Percy bewunderte, suchte, etwas, von dem er sich angezogen fühlte wie lange von nichts mehr: Gut verborgen unter all den Oberflächen lag Byrons ungehemmter, nein, hemmungsloser Blick auf die Welt, ein Blick aus Worten, mit denen er malte, was er sah und fühlte, vollgesogen von den Verletzungen seines Lebens, angefangen mit dem alles überschattenden verkrüppelten Fuß, ja, Byrons Blick war ein hinkender, von Geburt an, Fehl und Schmerz des Hinkens schimmerte durch alles, worüber er schrieb, und verlieh ihm einen eigenen, unverwechselbaren Glanz. Percy dachte an die Glückshaube, unter der Byron geboren worden war und die ja eher eine Unglückshaube gewesen zu sein schien angesichts seines Klumpfußes. Doch wenn Byrons Gedichte ohne diese lebenslange Wunde gar nicht möglich gewesen wären, war die Glückshaube letzten Endes doch eine Glückshaube: Sie hat ihn zu diesem zerrissenen Dichter gemacht, dessen Splitter keiner und keine je würde zusammensetzen können, nicht Percy, nicht Claire, schon gar nicht Byron selbst.

Meist sprachen die Männer. Die Gespräche zwischen Byron & Percy schlugen ein irres Tempo an, und nur Polidori grätschte ab und zu dazwischen. Mary & Claire lauschten, Claire mit einer Hand auf dem Bauch. Das Blut war zum zweiten Mal ausgeblieben. Die morgendliche Übelkeit, frappierend ungewohnt, ließ nur einen Schluss zu. Außer Mary wusste es niemand. Sie würde es bald Byron sagen müssen, dem Vater. Zwar fand Claire es spannend, den Diskussionen zu folgen und zu beobachten, welche Position Byron vertrat und welche Percy, ob sie ihre Standpunkte in aller Ernsthaftigkeit einnahmen oder nur zum Schein, ob der Kampf echt war oder nur Spiegelfechterei; aber während Claire zuhörte, kehrte ihre Hand immer wieder zum Bauch zurück, heimlich berührte sie sich und durch ihre Haut den Winzling, verrückt, dachte sie, da ist etwas in mir, das vorher fehlte, und dem Nichts wachsen Federn.

Seit ein paar Tagen schlief Claire wieder mit Byron. Sie beugte sich seinem Rhythmus. Wenn er Lust hatte, ging sie zu ihm, wenn er allein sein wollte, blieb sie weg. Das nahm sie in Kauf. Sie war die Bittstellerin. Er der Gewährende. Daran würde sich nichts ändern. Sie nahm, was sie kriegen konnte. Die Liebe ist ein Straßenköter, dachte sie manchmal, sie schnappt nach jedem Brocken, den man ihr hinwirft, und wartet hechelnd auf mehr, egal, was es ist, das man ihr zuwirft, der Liebe. In den byronlosen Nächten fütterte Claire ihre Liebe mit Bildern, Erinnerungen von Händen auf Haut und Lippen auf Haaren, all die Augenblicke, in denen sie sich LB nah fühlte, in denen er seine Rüstungen ablegte und fast nackt neben oder unter oder über ihr lag. Diese Sekunden ankerten fest in Claire, bestärkten sie in ihrer Liebe, zeigten ihr, was für ein Mensch Byron sein könnte mit ihr, mit Claire an seiner Seite. Dass Byron gern um sich schlug und andere verletzte, ließ sich längst nicht mehr leugnen. Claire duldete das, mehr noch, sie liebte auch diese hässliche Seite an ihm, sie liebte einfach alles, liebte ihn bis zur vollkommenen Selbstaufgabe. In der Selbstaufgabe, dachte Claire, liegt meine ganze Kraft und Stärke. Wenn sie ihn nur ansehen konnte. Wenn sie nur bei ihm sitzen konnte. Wenn sie ihm nur zuhören konnte. Oder mit ihm reden. Wenn er nur da war. Alles war besser als seine Abwesenheit. Und wenn es ihm guttat, sie zu verletzen, dann sollte er es tun. Sie würde es aushalten. Und Claire zeigte ihm ihren Schmerz, weil sie wusste: Einer, der andere gern verletzt, will deren Leiden auch sehen.

Aber nicht nur Claire kam unter Byrons Räder. Einmal wurde Claire Zeuge, wie Byron auch Polidori eine Gemeinheit an den Kopf warf. Sie spazierten durch die Weinfelder Richtung Villa Diodati. Percy war nicht dabei, er hatte Korrespondenzen zu erledigen und wollte nachkommen. Mary ging voran, und Claire stützte LB. Polidori dagegen war im Spiel auf eine einzelne Mauer geklettert, ein sinnlos dastehendes Relikt, er balancierte wie ein Kind, ein Füßchen vor dem anderen, die Arme ausgebreitet, und ausgerechnet in diesem Augenblick sprach Byron Polidoris Theaterstück an, das er inzwischen gelesen hatte, und Byron machte sich lustig darüber, vernichtete Polidoris Stück in drei Sätzen, die klangen wie das Ratschen von Papier. Polidori schwankte auf der Mauer, hatte Mühe, das Gleichgewicht zu halten. Es hatte geregnet, und in diesem Augenblick rutschte Mary aus, vielleicht vor Schreck über Byrons harsche Worte, sie fiel der Länge nach in eine Pfütze. Byron & Claire blieben abrupt stehen. Byron rief zu Polidori: »Wollen Sie der Dame nicht aufhelfen, Sie Ritter ohne Ritterlichkeit?«

Und Polidori sprang hinab. Die Mauer war mehr als zwei Meter hoch. Polidori landete und schrie auf vor Schmerz. Er war umgeknickt. Mary raffte sich auf, wollte helfen, doch Byron ließ Claire los und hinkte, so schnell er konnte, zu Polidori.

»Mein Gott«, sagte er, plötzlich todernst und zerknirscht über das Unglück. »Das wollte ich nicht. Es tut mir leid. Wirklich.«

Byron nahm den Arzt mit einem einzigen Schwung in seine vom täglichen Training gestählten Arme. Polidori war mager und ein leichtes Paket. Und Byron humpelte mit Polidori zur Villa und seufzte dabei. Claire wusste: Die Schmerzen für Byrons eigenen Fuß mussten unerträglich sein.

»Verzeihen Sie mir!«, rief der Lord, wie um sich Luft zu verschaffen. »Es ist meine Schuld! Es ist alles meine Schuld! Das ganze Leben ist meine Schuld. Alle Fehler! Alle Hässlichkeit! Meine Schuld. Es tut mir so leid, Polidori.«

Claire kamen die Tränen, wie immer, wenn Byron mit blankem, ehrlichem Entsetzen auf sich selbst blickte. Sie drehte sich um, blieb mit Mary zurück und starrte zu Boden. Als ihre Augen sich klärten, erkannte sie, worauf Polidori soeben gesprungen war: auf etwas Hartes, Steinernes, Großes, Rundes. Claire bückte sich und befreite das Ding vom Gras. Es war ein Deckel von etwa einem Meter Durchmesser, ein schwerer, runder, steinerner Deckel mit Löchern an den Rändern.

»Hej! Hilf mir mal!«, sagte sie zu Mary.

Mit aller Kraft schoben die beiden den Deckel zur Seite. Darunter kam ein Loch zum Vorschein. Sie waren auf einen alten Brunnen gestoßen. Claire ließ einen Stein fallen, der nach kurzem Sturz ins Wasser plumpste.

Schon am selben Abend hatte Lord Byron seinen Panzer aus Sarkasmus wieder übergezogen, und er rief dem geknickten Polidori zu: »Mensch, Doktor, Sie wollen werden wie ich selbst? Und dachten sich, da fangen wir mal ganz unten an? Beim Hinken? Wohl wahr. Mal schauen, ob Sie es von dort aus bis zu meinem Kopfe schaffen.« Und Byron lachte.

In der Nacht klopfte Claire an Byrons Tür. Byron öffnete, ließ Claire herein, legte sich auf den Rücken, und Claire tat jetzt all das, von dem sie wusste, dass er es mochte. Körperlichkeit war für sie eine endlose Entdeckungsreise. Sie probierte Neues aus, prüfte, wiederholte Bewährtes, verbesserte es, folgte jedem Zucken LBs. Inzwischen gab es viele Stellen an seinem Körper, die sie zu streicheln und zu küssen wusste: mit den Fingern die Leistengegend; mit den Kuppen den Bauch; mit den Lippen die Brust; für Ohren und Kinn ein angedeuteter Biss. Byron schaute

Claire lange an. In seinem Blick glaubte Claire die Worte zu lesen: Rette mich!

Sie setzte sich auf, nahm ihren Mut zusammen und sagte: »Ich bekomme ein Kind.«

Nach diesem Satz war Claire ganz da, wich keinen Millimeter zurück, das Herz eingeklemmt zwischen ihren Rippen.

Keine Reaktion. Das kannte Claire. Vor Unvorhergesehenem schloss LB gern die Augen. Claire blieb standhaft. Schaute ihn so lange an, bis er den Blick abwandte. »Und?«, fragte sie. »Was sagst du?« Sie biss sich auf die Lippe.

»Ist das Gör von Shelley?«, fragte LB.

Claire zuckte zusammen. Daran hatte sie noch gar nicht gedacht. Für sie stand felsenfest, dass LB der Vater war. Aber sie wusste gar nicht genau, in welchem Monat sie überhaupt war. Und wann hatte sie das letzte Mal mit Percy geschlafen?

»Das Gör?«, flüsterte sie. »Das Gör!?«

»Shelley oder ich?«, sagte Byron unbeirrt, und er fuhr nach einer Pause fort: »Dass du nichts sagst, zeigt mir, du weißt es nicht. Wir werden mit Shelley reden müssen.«

Claire wollte, sie musste stark bleiben, nicht weinen, nicht jetzt, nicht vor LB, keine Tränen.

»Ist es meins«, sagte Byron, »sorge ich für den Unterhalt. Ist es Shelleys, wird er es tun müssen.«

»Und wir?«, fragte Claire, ohne den letzten Satz zu beachten.

»Wer ist wir?«

»Wir zwei, LB?«

»Wie alt bist du eigentlich? Hast du es immer noch nicht verstanden? Es gibt kein Wir. Schon gar kein *wir zwei*. Es gibt nur mich.«

Claire stand auf. »Ich liebe dich trotzdem«, sagte sie.

»Tu dir keinen Zwang an.«

»Schlag mich. Ich will die Schmerzen spüren: lieber auf der Haut als darunter.«

»Dein dramatisches Talent reicht immerhin fürs Melodram.«

»Du bist ein widerlicher Mensch.«

»Nur meistens.«

»Und du wirst niemals wieder eine finden, die auch deine Verkommenheit so liebt wie ich.«

»Gib mir den Stock. Ich will was zerbrechen. Symbolisch.«

Und LB lachte. Er lachte tatsächlich.

»Ich gehe jetzt«, sagte Claire.

»Vergiss deine Tränen nicht.«

In Claire löste sich etwas. Wie Geröll. Sie hatte keine einzige Träne vergossen. Dieser letzte Satz traf sie umso mehr. Als hätte LB ihre inneren Tränen gesehen, ihre innere Nacktheit, ihre innere Schutzlosigkeit. LB öffnete ihr die Tür. Als er Claire hindurchschob, sagte er: »Ach so. Noch was!«

Claire drehte sich im Türrahmen um, schaute ihn an, wappnete sich für den Todesstoß.

»Deine Geschichte da«, sagte LB. »Dein *Idiot*.«

Und Claire erschrak. Sie hatte Angst vor den Worten, die jetzt folgen würden. Sie wollte Polidoris Schicksal nicht teilen. Sie wollte nicht, dass der Lord ihren Text vernichtete. Sie presste die Hände gegen die Ohren. Sie starrte auf LBs Lippen, die sich bewegten. Sie wollte nicht hören, dass LB ihren Text nur gelobt habe, weil sie mit ihm schlief. Sie wollte nicht hören, dass ihr Text noch missratener sei als Polidoris Stück. Sie wollte nicht hören, dass sie keinen Funken Talent besitze. Sie wollte nicht hören, dass sie den Text nicht weiterschreiben dürfe. Sie selber würde LBs Verachtung überleben, ihr Text aber nicht. Claire blickte auf LBs Lippen und verstand kein einziges Wort.

Endlich warf LB die Tür ins Schloss. Claire nahm die Hände

von den Ohren. Sie wich nicht zurück, sie beugte sich ein Stück nach vorn und presste ihre Nase gegen das Holz. Und dann lachte sie. Das Lachen war falsch und echt zugleich. Es kam aus der Tiefe des Schmerzes und aus einer trotzigen Gewissheit. Nein, dachte Claire. So leicht wirst du mich nicht los. Ich durchschaue dich, LB. Du willst mich von dir stoßen mit all deiner Hässlichkeit? Deine Hässlichkeit schreckt mich nicht. Sie wird in den Schatten gestellt von deiner Schönheit. Der Schönheit deiner Gedichte. Der Schönheit deiner Gabe. Der Schönheit deiner Züge. Es mag so sein: Du liebst mich nicht, LB. Du liebst unser Kind nicht, LB. Du liebst meinen Text nicht, LB. Aber ich gebe nicht auf. Niemals. Die Liebe ist kein Zauberschlag. Sie kann entstehen. Sie kann neu entfacht werden. Sie kann wachsen. Ich verzeihe dir deine Bosheit. Ich bin stark genug für deine schwarzen Flügel. Du musst meinen Text nicht lieben. Aber irgendwann wirst du unser Kind lieben. Irgendwann wirst du auch mich lieben. Eines Tages. Ich brauche dich. Ich will mich in dein Leben schreiben. Ich will mich in dich einschreiben mit allem, was ich bin. Deine Haut soll mir Papier werden. Meinen Federfingern wirst du nicht entkommen. Ich werde immer neue Seiten an dir entdecken. Du denkst, es endet hier? Nein, LB, es fängt gerade erst an.

Maison Chapuis &
Villa Diodati

Das Wetter spielte verrückt: Wolkenwände bauten sich auf, Stürme tobten, ein Gewitter nach dem anderen rollte heran, eine empfindliche Kälte begleitete den Regen, überall dampfte es, die Scheiben beschlugen. Mitten im Sommer. Keiner verstand die Wut der Gewalten. Mal kübelte es, mal prasselten endlose Fäden herab, mindestens aber war ein stetes Tröpfeln und Glucksen zu hören. Die Wolken hatten sich wie grauviolette Tiere zusammengerottet und versperrten die Sicht auf den Himmel. Sie schienen über einen unerschöpflichen Vorrat an Regen zu verfügen. Bei so viel Wasser hätten eigentlich Unkraut und Büsche in die Höhe schießen müssen, aber weil die Sonne fehlte, gingen die Pflanzen ein, und der Weinberg ertrank regelrecht. Am zweiten Tag dieser seltsamen Flut verabschiedeten sich Mary & Percy von ihrem Sohn William und dem Kindermädchen Elise Duvillard. Elise hatte mit ihrem eigenen Sohn im Maison Chapuis ein Zimmer bezogen: William war gut versorgt. Mary & Percy wollten der Einladung Byrons folgen und ein paar Tage in der Villa Diodati bleiben, so lange, bis das Wetter sich wieder beruhigte. Ihre Sachen hatten sie schon hinauftragen lassen. Jetzt kraxelten die beiden hoch, zu zweit, unter der mächtigen Wolkenwand, die gerade ausnahmsweise den Regen einbehielt. Dennoch floss das Wasser des vergangenen Tages in einem wahren Sturzbach den Pfad hinab von der Villa Diodati zum Maison Chapuis. Mary & Percy mussten über die Biegeschnüre steigen und ein Stück neben dem Pfad durch die Rebstöcke gehen. Sie rutschten öfter aus und fielen mit Knie und Handballen in die Pfützen, die sich überall gebildet hatten, dazu diese Schnecken, Regenwürmer, Blutegel. Auf halbem Weg wurden die Wolken noch dunkler, als sie ohnehin schon waren. Obwohl ein Sommerabend, hätte man glauben können, es sei mitten in der Nacht. Die Regenpause endete, und der Regen kam. Aber das war kein Regen, das waren Wasserfälle, die auf die Weinfelder klatschten. Da fasste Mary Percy bei der Hand und zog ihn über die Schnüre dreier Rebenreihen hinweg in den Weinberg und ließ sich fallen zwischen die im Wasser faulenden Pflanzen. Sie küsste Percy, und Percy küsste sie. Sie zogen sich aus, lagen im Schlamm, wälzten sich unter den Blättern, leckten sich ab, tranken sich aus, Wasser knallte, sammelte sich auf den Körpern, Mary hatte das Gefühl, sie löse sich auf, der Dreck schmeckte nach Fruchtbarkeit und Leben und verwandelte die Häute in etwas Dunkles. Beide schrien und waren laut wie noch nie, das Rauschen des Wassers schluckte ihren Lärm, dazu der Schlamm und das Wasser und die Weberknechte, die im Ertrinken ihre langen Beine zusammenklappten über den Körperpünktchen: Danach schauten Mary & Percy sich an, ganz nah lagen sie, in den Augen Staunen, in den Kehlen Verlangen, gestillt und ungestillt, von nasser Erde verklebt, und sie pflückten sich Schnecken aus den Haaren.

Die Kamine mussten befeuert werden, und das im Juni. Mit der Kälte, dem Regen, den Gewittern und den Gästen hielt noch etwas anderes Einzug in die Villa Diodati, und zwar die Zeit. Davon hatten die fünf jetzt mehr als genug. Draußen ging nichts mehr. Sie konnten nicht mehr segeln auf dem See.

Sie konnten nicht mehr mit Pistolen auf Dosen schießen. Sie konnten nicht mehr auf dieser breitrückigen Stute reiten. Sie konnten nicht mal mehr spazieren gehen. Selbst der Blick vom Balkon verfing sich im Regen und im dunklen Tag. Ablenkung boten nur Gespräche, Bücher, Essen und Wein.

Polidori sprach über seinen Leibarzt Lawrence, bei dem er unlängst Vorlesungen gehört hatte und der die Ursprünge der Natur nicht in Gott sah, sondern in der Natur selbst.

»Na klar«, sagte Percy. »Aber um das zu wissen, muss ich nicht Arzt sein. Oder Wissenschaftler.«

Polidori rief: »Lawrence geht viel weiter als Sie, Mister Shelley. Es gibt nicht mal eine Seele für ihn. Keine Kraft neben dem Körper. Nichts jenseits der Materie.«

»Und woher kommt das Gedicht?«, sagte Percy. »Die Musik? Die Liebe? Die Empfindsamkeit? Es gibt eine Kraft in uns, die weit mehr ist als Materie. Ob man sie Seele nennt, darüber kann man streiten. Es ist etwas, das zur Materie hinzukommt, etwas, das uns übertrifft, etwas, wofür wir nichts können, etwas, das uns zu Göttern macht. Nicht Gott hat den Menschen erschaffen, sondern der Mensch hat Gott erschaffen. Und warum? Weil der Mensch es nicht aushalten kann, selber ein Gott zu sein.«

»Man könnte auch Folgendes sagen«, grinste Byron. »Dass Sie den elementaren Funken des Schaffens nicht kennen, lieber Polidori, zeigt sich ganz evident an Ihrem Theaterstück.«

Über diese Gemeinheit lachte Byron allein.

Polidori ließ nicht locker und breitete nun sein Wissen aus über allerhand Experimente hinsichtlich der Frage, woher das Leben stammt und ob nicht auch Unbelebtes zum Leben erweckt werden könne. Zum Beispiel eine Fadennudel? Er bezog sich auf die Forschungen von Erasmus Darwin.

Mary warf ein, ihre Mutter habe einst mit Erasmus Darwin

dinniert. Und Darwin habe in der Tat Fadennudeln zum Zucken gebracht.

»Beim Abendessen?«, lachte Claire.

»Durch Elektrizität. Mit zerhackten Regenwürmern hat er es auch versucht.«

Die Diskussion schwappte über, eins kam zum anderen, von der zappelnden Fadennudel ging es zu Galvani. Der hatte Kupfer und Eisen an einen Frosch gehalten. Obwohl der Frosch tot war, zuckte er. Woher kam das Zucken? Aus einem nicht wahrnehmbaren Lebensfunken, der im Toten umgeht wie ein Geist? War nicht eher die messbare, materielle Elektrizität der Grund? Und damit auch der Urgrund allen Lebens? Kommt die Elektrizität von außen? Oder wohnt sie im Tier selber? Oder beides? Und wenn man genügend Elektrizität aufbringt: Kann man dann nicht noch viel radikaler Gott spielen als jeder Dichter, der seine Werke aus toten Buchstaben zusammenschustert? Kann man nicht mit den Mitteln der Wissenschaft einen Frosch ins Leben zurückblitzen? Elektrifizieren? Reanimieren? Wie Ertrunkene? Die nicht mehr atmen, aber durch den Mund des Retters zurück ins Bewusstsein finden?

Polidori sah alle herausfordernd an.

Byron rief: »Angenommen, es gelingt uns, einen, sagen wir, toten Hund zum Leben zu erwecken. Mittels Elektrizität. Was dann?« Alle schauten ihn an. »Der Hund erwacht. Er lebt. Und wenn er beißt, der Köter, wenn er tötet, wenn er jemanden in Fetzen reißt? Wer ist dann schuld? Der Hund? Oder wir?«

Ein Punkt führte zum nächsten, es war nur eine Frage der Zeit, ehe der Gedanke erwuchs, was geschähe, brächte man einen toten Menschen ins Leben zurück. Percy sagte: Wenn Mary *vor ihm* stürbe, bräche für ihn der Himmel ein, und wie wundervoll es wäre, wenn er sie wieder zum Leben erwecken könnte.

»Und mich auch?«, rief Claire.

»Dich auch«, sagte Percy.

Claire schaute zur Decke.

Und wenn er selber stürbe, fuhr Percy fort, so würde Mary mit Sicherheit Gleiches tun und ihn zurück ins Leben holen. Ein ewiges Spiel, ein nicht endendes glückliches Leben, der Tod tastet blind umher, findet die Körper nicht und nicht die Geister. Was für ein Balsam für die offene Wunde der Geburt.

Byron streute sofort Salz in diese Wunde, seine Worte wurden zu winzigen Gedichten, etwas, das Percy bereits des Öfteren beobachtet hatte, wenn Byron im Sprechen die Welt und die Menschen um sich her vergaß oder aber im Gegenteil ganz genau durchschaute und den eigenen Sätzen freien Lauf ließ; wenn er die innere oder äußere Wirklichkeit als Sprungbrett nutzte für seine unfassbare Sprachkraft. Byron entzog Percys Bildern mit wenigen Worten die Farben, alles wurde bleich und blutleer, wie ein Vampir saugte Byron das Wunderbare und Schöne aus Percys Vorstellung. In Byrons Worten erweckten sich Mary & Percy weiterhin gegenseitig vom Tod, immer wieder neu, in Byrons Worten begrüßten sie sich mit einem Kuss ihrer Lippen, aber in Byrons Worten wurden sie auch älter und älter und immer älter. Das Geheimnis der Ewigkeit hatten sie gelöst, nicht das Geheimnis ewiger Jugend. Percy & Mary schrumpelten immer mehr in Byrons Worten, wandelten sich in Gnome und Greise, schon fehlten ihnen die Haare, und die Zähne lagen ausgespuckt vor ihren Füßen, ihre Haut war ein einziges Faltenmeer, und beide stanken nach der schalen Pest des Alters, sie konnten kaum noch stehen, hinkten aufeinander zu, sie mussten sich gegenseitig halten, um nicht zu stürzen, und ihre Wangen fielen ein, ihre Lippen zogen sich zurück, wurden dünner, waren bald verschwunden, ihre Lust starb, sie erschauerten vor ihrem Elend im Haut-und-Knochen-Dasein ohne Feuer und ohne Fleisch, und in Byrons Worten war ein jedes Erwecken schrecklicher als das Erwecken zuvor. »Und eines Tages«, rief Byron, »hoben sie die Augen ein letztes Mal beim fahlen Schein und sahen einander ins Antlitz – sahen sich – schrien auf und starben – starben an der eigenen Scheußlichkeit.«

Das wäre ein schönes Schlusswort gewesen.

Doch Byron trat ans Fenster und schaute hinaus, er nahm noch einen Schluck von seinem Portwein, drehte sich zu den anderen, und sein Blick glänzte in eigentümlicher Verrücktheit, als er sagte: »Wer von uns schreibt die schaurigste Geschichte?«

Schweigen ringsum.

»Eine Geschichte, bei der das Blut in den Adern gefriert, wie man so hässlich sagt. Eine Geschichte, die uns alle das Zittern lehrt. Eine Geschichte, die den Herzschlag lähmt und die Farbe aus dem Antlitz saugt. Eine Schauergeschichte, wie es noch nie eine gab. Wir schreiben! Alle fünf! Seid ihr dabei?«

Percy nickte und dachte: Ich will es versuchen. Auch, wenn ich nichts geschrieben habe seit dem Scheitern von *Alastor*.

Claire nickte und dachte: So vermessen bin ich nicht. Keiner von uns kann gegen LB in den Ring steigen.

Polidori nickte und dachte: Das Schreiben geht mir leicht von der Hand. Aber wie zum Teufel finde ich eine Idee?

Mary nickte und dachte: Frankenstein.

Im selben Augenblick blitzte es. Als würde das Gewitter die Wette besiegeln. Und Byron fuhr fort: »Gut. Dann ist jetzt der Augenblick gekommen. Wir bringen uns in Stimmung für unsere Geschichten. Ich lese ein Gedicht vor. Und wir trinken ein Gläschen Laudanum. Oder zwei. Oder drei. Herr Doktor!?«

Polidori entfernte sich – immer noch leicht hinkend nach seinem Sturz auf den Brunnendeckel – und kam nach einer Weile, während der alle schwiegen und ihren Gedanken nachhingen, mit einem Tablett zurück, auf dem eine volle Karaffe mit rötlich-brauner, leicht durchscheinender Flüssigkeit stand, darum herum fünf große Weinkelche, bereits gefüllt mit dem Gift.

»Ihr könnt mir vertrauen«, sagte er. »Ich bin Arzt. Ich weiß, was ich tue. Das ist eine gute Mischung. Portwein & Laudanum. Das Verhältnis ist mein Geheimnis. Aber eins ist sicher. Es wird euch guttun. Und eure Fantasie ins Strudeln bringen.«

Claire griff zu. Sie kippte den ganzen Kelch in hastigen Zügen und schüttete gleich nach. Polidori sagte nichts. Schon nach wenigen Minuten verschoben sich Claires Wahrnehmungen. Sie konnte LB und die anderen sehen, aber verschwommen nur, wie hinter Glas; sie konnte LB und die anderen hören, doch nur noch einzelne Wörter, einsame Monumente, die sich nicht mehr zu Satz und Sinn knüpften. Claire lauschte LB, der dieses Gedicht gerade zu lesen begonnen hatte, zur Einstimmung auf das Schreiben, so hatte er es angekündigt. Claire musste kichern. Warum, wusste sie nicht. Der Regen donnerte gegen die Scheiben. Claire hatte das Gefühl, es regne auch in ihr selbst. Alles schmolz. Sie musste irgendwann aufgestanden sein, sie fand sich gehend wieder, beinah schwebend, sie konnte nicht steuern, wohin sie ging, folgte ihrem Körper und setzte sich auf LBs Schoß. Sie küsste ihn. LB schob sie von sich, Claire trat ans Fenster, legte die Hände auf die Scheiben, wäre gern draußen gestanden, im puren Regenguss, unter Blitzen, die einfach nicht enden wollten. Claires Blick blieb starr. Sie verließ den Salon allein und sah auf dem Weg durch den Dschungel der Flure nur fetzenhaft Decke und Wände mit Augen von Tigern, Panthern, Löwen. Schon lag sie im Bett, die Lider fielen ihr zu, Claire träumte. Und diesen Traum sollte sie nie wieder vergessen. Sie lag nackt dort im Traum. Bei LB. Zum ersten Mal überhaupt hatte LB seine Strümpfe ausgezogen. Claire lag mit ihrem Kopf dort, wo sie nie gewesen war bislang: an LBs nackten Füßen. Sie sah den gesunden Fuß, wunderbar geformt, schlank, die Haut weich, ohne Härchen, die Zehennägel perfekt pediküt, ein fröhlicher Fuß voll Beweglichkeit und Anmut, fast wie der schmale Fuß einer Frau, die ihr Leben lang auf einer Sänfte getragen worden ist. Dann rückte Claire ein Stück zur Seite und zwang sich: zu schauen auf LBs Klumpfuß. Er war unnatürlich gekrümmt wie ein zerknickter Flügel, aufgequollen, die Zehennägel bräunlich, beinah schwarz und mit einer dünnen, grünlichen Haut überzogen, auf dem Fußrücken sprossen schwarze Haare, der gesamte Fuß war dreckig und stank, es hatte den Anschein, als verberge LB den Fuß nicht nur vor den Menschen, sondern auch vor sich selbst, als lege er ihn nur höchst ungern frei, als wasche er ihn kaum und wolle nichts mit ihm zu tun haben. Wie ein totes, fünfbeiniges Tier, vor dem sich alle ekeln, hing der Klumpfuß an seinem Bein. In diesem Augenblick konnte Claire nicht anders, sie küsste den Fuß und sagte: Ich liebe auch dich, mein Spinnentier. Und dann stand sie auf. Die Wirkung des Laudanums hatte nachgelassen oder zugenommen, der Fußkuss hob Claire auf eine neue Stufe des Sehens, und Claire wusste jetzt ganz genau, was sie tun wollte, tun musste, in ihrer Liebe zu LB. Draußen, im Regen, war sie mit einem Schlag hellwach. Sie hatte den Übergang nicht mitbekommen vom Laudanum-Traum in die Wirklichkeit. Jetzt schaute sie hoch zum Gewitter über ihr, in ihrem Nachthemd, allein. Der Traum war vorbei. Hier blitzte das echte Leben, die echte Nässe, der echte Schlamm, die echte Kälte. Claire tat jetzt, was ein innerer Dirigent ihr befahl. Sie wollte einen Schlussstrich ziehen. Unter sich selbst. Wollte sich frei machen. Für LB. Für niemanden und für nichts sonst wollte sie leben.

Wollte alles von sich werfen, was sie von LB trennte. Sie wollte künftig der Stock sein, auf den er sich stützt. Für seinen Körper hatte er einen Stock aus Holz; Claire wollte ein Stock aus Fleisch werden für seinen Geist. LB sollte dichten. LB sollte schreiben. LB sollte sein. Nie zuvor hatte Claire eine solche Klarheit gespürt, eine vollkommen verrückte Laudanum-Klarheit. Sie stieg hinab. Durch das nächste aufziehende Gewitter. Sie sah keine Gefahr. Es gab nur noch ein Ziel: das Maison Chapuis. Über das Gewitter freute sie sich. Jeder Blitz zeigte ihr, wohin sie gehen musste. Nur schwach glitzerten die wenigen Lichter vom Hafen hinauf. Orientierung bot ihr der Wildwasserpfad. Sie tastete sich neben ihm hinab, hielt sich an den ertrunkenen Reben fest, schwebte wie auf einem inneren Kissen. Sie erreichte Montalègre. Jetzt ging es schnell, sie eilte zum Maison Chapuis, trommelte gegen die Tür, als stünde ihr Leben auf dem Spiel. »Aufmachen!«, brüllte sie. Eine verschlafene Elise öffnete. Claire stürmte in ihr Zimmer, bis auf die Haut durchnässt, zog eine Schublade auf, und mit gezieltem Griff fand sie, was sie suchte, und klemmte es zwischen die Zähne. Sprechen konnte sie nicht mehr mit der Beute im Mund. Das nasse Nachthemd störte sie beim Laufen, klebte zwischen den Schenkeln, Claire schlüpfte aus ihm wie aus einer Schale. In weißem Unterhemd und Unterrock lief sie zurück in den Regen, den Weinberg hinauf. Bald erreichte sie die Mauer, von der vor kurzem erst Polidori gesprungen war. Der Regen wurde immer noch stärker. Eigentlich hätte ihr kalt sein müssen, doch im Laudanum-Rausch schmeckte das Wasser angenehm warm. Claire presste die Zähne zusammen, und zwischen den Zähnen klemmte dieses Ding, das sie aus dem Maison Chapuis geholt hatte: Es war ein kleines Buch, vierzehn Zentimeter hoch, elf Zentimeter breit, fest gebunden in blutrot gefärbtes Schafsleder, mit einer zerbrochenen metallischen

Schließe und einer zerschlitzten Scheide für den Bleistift, längst durchnässt wie sie selbst. Claire sank zu Boden, das Buch immer noch im Mund, sie keuchte, tastete durch den Dreck und fand den Deckel des Brunnens, zerrte daran, bis er neben der Öffnung lag. Das Schwarz übte einen unheimlichen Sog aus, es brodelte aus der Tiefe, das Wasser von oben verband sich mit dem Brunnenwasser, und als das Gewitter den entscheidenden letzten Schlag tat, Donner und Blitz unisono, genau über ihrem Kopf, kniete Claire am Rand des offenen Brunnens, zog endlich das Buch aus dem Mund, rief ein paar Sätze, die das Laudanum ihr soufflierte, holte weit aus und schleuderte das Buch ins Loch. Es war das einzige Exemplar ihres *Idiot*, den sie so sehr liebte und für den sie so sehr gekämpft hatte. Das Buch fiel ins Schwarze. Claire erschrak erst jetzt über ihre Tat, zuckte zusammen und griff dem Buch hinterher: ein Reflex. Durch den Ruck nach vorn verlor sie das Gleichgewicht, ihr Körper kippte, die trunkene Claire fand nichts, was sie hielt, und kopfüber stürzte sie in den Brunnen.

Percy hatte schon öfter Laudanum genommen und hätte eigentlich wissen müssen, was auf ihn zukam. Aber alles war anders heute. Lag es am Mischungsverhältnis? Oder am schweren Portwein, in den Polidori das Zeug gekippt hatte? Lag es an einer ungewohnten Reinheit des Laudanums? Lag es an Percys Panik, dieser Regen könnte nie wieder aufhören? An der bleischweren Luft, schwül und kalt zugleich? An der Dunkelheit in der Nacht und der Dunkelheit am Tag? Lag es an jenem Kind, von dem Claire erzählt hatte und das vielleicht von ihm war? Byron las gerade aus einem Gedicht vor: *Christabel*. Er las vor, wie die blutjunge Christabel im Wald der schönen Geraldine begegnete, Geraldine, mit nackten Armen, barfuß, mit blauen, aristokratischen Venen unter blasser Haut und Edelsteinen in den Haaren. Christabel nahm Geraldine mit ins Schloss des Vaters. Alles schlief im Schloss. Selbst der Wachhund konnte Christabel nicht schützen vor der schönen, bösen Geraldine. Ach, dachte Percy, all die schönen Menschen, die im Herzen böse sind. Percy trank immer mehr Laudanum, um sich zu wappnen für das, was jetzt käme. Geraldine zeigte nach und nach ihre finstere Hexen-und-Schlangen-Natur. Im Saal gingen sie am Kamin vorbei, und die Scheite lagen in ihrer eigenen weißen Asche, doch unter Geraldines Blick entzündeten sie sich wie von selbst, entfacht vom reinen Willen der Hexe. In Christabels Gemächern entkleidete sich Geraldine. So viel Schönheit. So viel Nacktheit. Christabel näherte sich staunend. Wollte sie die Haut der Hexe berühren? Da sah Christabel Geraldines Brust und erschrak zu Tode. Die Brust der Hexe war vollkommen entstellt. Percy sprang auf und rief, dass Coleridge an dieser Stelle das Wichtigste verschweige. Dass er gar nicht zeige, wie genau diese Entstellung aussehe! Dabei, rief Percy, habe Coleridge ein wahrhaft monströses Bild gefunden für die Entstellung der Brust. Coleridge persönlich habe ihm dies erzählt. Dieses Bild aber sei so erschütternd, dass Coleridge es nicht ausgehalten habe. Er habe es gestrichen! Er habe das Schrecklichste gestrichen! Und das Schönste zugleich! Er habe seinem Gedicht das Herz herausgerissen. Und stattdessen geschrieben: ein Anblick nicht zum Aussprechen! Percy rannte aus dem Zimmer, durch die Flure, riss ein Fenster auf und ließ sich Regen ins Gesicht sprühen und schöpfte Luft, Luft, Luft. Und als er nach unten schaute, sah er im Blitzschein eine weiße Frau und wusste sofort, das musste die Hexe Geraldine sein, die durch den Weinberg von unten heraufkroch, herauf zu ihm. Percys Angst wuchs, seine Angst vor Geraldine und vor allen anderen Ausgeburten seiner schwarzen Fantasie, doch zugleich erwachte die Wut, sein Drache, der seit längerem in ihm geschlafen hatte, und die Wut richtete sich gegen seinen ewigen Fächer aus Ängsten. »Damit muss Schluss sein!«, rief Percy. »Endgültig!« Er wollte der Hexe Aug in Aug gegenübertreten. Sich ihr stellen. Ihr und seinen Ängsten. Er wollte sie töten, die Hexe. Ohne zu zögern, eilte Percy die geschwungene Treppe hinab, durch die Vorhalle an den Säulen vorbei. Draußen lief Percy durch den Regen in Richtung Weinberg. »Wo bist du!?«, rief Percy in seiner Wut. Und als hätte die weiße Frau seinen Ruf gehört, tauchte sie plötzlich auf, dicht vor ihm, zwei Meter entfernt wuchs Geraldine wie eine bleiche Pflanze aus dem Boden, legte die Hände auf den Rand des Brunnens, aus dem sie stieg, richtete sich auf und schaute Percy aufmerksam an. Sofort stürzte er sich auf die Hexe und wollte ihr die Hände um den Hals legen, doch da hörte er seinen Namen aus dem Mund Geraldines, und Percy kannte die Stimme, die seinen Namen rief, er liebte die Stimme innig, diese Glockenstimme, wasserklar, und die Stimme gehörte keiner Geraldine und keiner sonstigen Ausgeburt seiner dunklen Vorstellungskraft, die Stimme gehörte niemand anderem als Claire. Noch einmal rief sie: »Percy! Ich bin es!« Percy sah sie an. Claire nahm ihn in den Arm. Percy lachte jetzt durch den Regen hindurch. Er hatte seiner Angst die Stirn geboten. Und er küsste Claire. »Du hast mich gerettet!«, sagte er, und dann schob er Claires klatschnasses Unterhemd hoch, aber Claires Brüste hatten keine Augen, die böse glotzten, wie beim gestrichenen Bild von Coleridges *Christabel*. Er ging in die Knie und legte ihr die Wange an den nackten Bauch und sagte, dass er immer da sein werde für das Kind, ob es seins sei oder Byrons, spiele keine Rolle. »Eins steht fest, Claire. Es ist auf jeden Fall deins.«

Am nächsten Tag erwachte Percy mit einem Kater. Er kam erst gegen Mittag zu sich. Neben ihm: Claire. Percy wusste nicht mehr, wie der Abend geendet hatte, nachdem Claire aus dem Brunnen geklettert war. Hatte jemand etwas vorgelesen?
»Ich hatte einen Traum, der nicht ganz Traum war«, murmelte Percy. Vielleicht war das die treffendste Zeile, die Byron je geschrieben hatte. So war das Leben: ein Traum, der nicht ganz Traum war. Percy ging in den Frühstücksraum. Byron saß dort, gemeinsam mit Polidori. Beide schwiegen. Percy klinkte sich ins Schweigen ein. Alle aßen, um zu Kräften zu kommen. Auch die Frauen setzten sich zu ihnen. Schwiegen. Aßen. Laudanum schien hungrig zu machen. Das Frühstück dehnte sich aus, wurde zum Lunch, Diener trugen auf, Münder aßen stumm. Bis alle fertig waren und ihre Servietten auf die Teller warfen.

»Und?«, fragte Byron plötzlich. »Wer hat geschrieben in der Nacht? Die schaurigste Geschichte?«

Percy schüttelte den Kopf. »Ich kann nicht mehr schreiben«, sagte er. »Seit einiger Zeit. Seit den Kritiken zu *Alastor*.«

»Löse dich von dem Fluch!«, sagte Byron.

»Du hast leicht reden«, rief Percy. »Bei deinen Hymnen.«

Byron warf sich in Pose und zitierte: »›Der junge und vornehme Verfasser dieser Gedichte präsentiert sie mit einer Bescheidenheit, die seinen Empfindungen als Dichter und Lord zur Ehre gereicht.‹«

»Was ist das?«

»Die erste Kritik über mich«, sagte Byron.

»Du kennst sie auswendig?«

»Klar. Es geht noch weiter: ›Seine Mängel …‹« Byron blies Luft durch die Nase und rief: »Unverschämtheit, oder? Als ob es Mängel gäbe! Weiter. ›Seine Mängel gehen hervor aus der Wärme seiner Empfindungen und der Leichtigkeit, mit der er schreibt.‹ Na gut. Da hat er gerade noch mal die Kurve gekriegt. ›Seine Schönheiten gedeihen auf dem Mutterboden des Genies.‹«

Percy seufzte.

Byron aber stand auf und zog Percy mit sich ans Fenster, sodass die anderen sie nicht hören konnten. »Ich verrat dir mal was, Percy. Bleibt aber unter uns, ja?«

Percy nickte.

»Weißt du, wer diese Kritik geschrieben hat?«

Percy schüttelte den Kopf.

»Crosby. Der Buchhändler. Ihm gehört die Zeitschrift, in der die Kritik erschien. Die *Monthly Literary Recreations*. Er ist ein guter Freund meines Verlegers. Das war mein erstes Buch damals. Weder Crosby noch mein Verleger wollten auf den Bänden sitzen bleiben. So schrieb Crosby die Hymne gleich selbst.«

Sie kehrten wieder zurück an den Tisch.

»Und ihr?«, fragte Byron. »Habt ihr geschrieben?«

Mary schüttelte den Kopf und blickte zu Percy.

Claire sagte: »Ganz im Gegenteil.«

»Was meinst du?«

»Ich habe alles vernichtet.«

»Wie, alles?«

»Alles, was ich je geschrieben habe.«

»Und das ist?«

»Der Anfang von meinem *Idiot*.«

»Und warum?«

»Ich hab's für dich getan.«

»Lass mich aus dem Spiel.«

»Ich bin frei jetzt. Ich bin bereit. Es gibt nichts mehr, was mich ablenkt. Von dir. Von uns. Von der Liebe. Von meinem Kind.«

»Das verstehe ich nicht.«

»Ich werde es dir heute Nacht erklären.«

»Und es gibt keine Kopie vom *Idiot*?«

»Keine.«

»Verbrannt?«

»Ertränkt.«

Claire schwieg eine Weile. So richtig hätte sie es selber nicht erklären können, was sie getan hatte am Abend zuvor. Ja, sie war einer Sicht gefolgt, einer inneren Sicht, einer Vision und Eingebung zugleich, aber diese Eingebung war nicht nur dem Laudanum entsprungen, denn auch am heutigen Morgen war für Claire ganz klar: Sie wollte nicht mehr schreiben. Sie würde nicht mehr schreiben. Sie musste nicht mehr schreiben. Sie hatte eine Last von ihren Schultern geworfen. So jedenfalls fühlte es sich an. Oder redete sie sich das alles nur ein?

»Und du?«, fragte Claire. »LB! Hast *du* nichts geschrieben?«

»Doch«, sagte Byron.

»Aber?«

»Es ist miserabel.«

Da meldete sich Polidori zu Wort und sagte: »Das finde ich nicht, my Lord!« Er trat zwischen sie und wedelte mit Papieren. »Ich habe gestern Nacht Ihre Idee aus dem Kamin gezogen, my Lord. Ich habe mich inspirieren lassen. Vom Abfall Ihrer Idee. Vom Fragment, das Sie wegwarfen. Und jetzt bin ich fast fertig. Die Geschichte heißt *Der Vampyr*. Soll ich sie vorlesen?«

»Musst du nicht, Polidori«, sagte Byron und lächelte mokant. »So ich das sehe, bist du der Einzige, der überhaupt etwas geschrieben hat. Folglich hast du gewonnen, oder nicht?«

E in paar Jahre später sollte Claire die Gruselgeschichte von Polidori in einer Buchhandlung entdecken. *Der Vampyr, von George Gordon Noel, Lord Byron.* So stand es auf dem Titelblatt. Der Buchhändler erzählte ihr vom Schicksal des Textes. Dass er vergessen worden sei. In Genf. In der Schublade einer Villa. Dass der Text gefunden worden sei, irgendwann. Dass man ihn an einen Verleger geschickt habe. John William Polidori sei der Autor. Nach einem Fragment von Byron. Doch wer zum Teufel kaufe einen Polidori? Da habe der Verleger kurzerhand den Autorennamen geändert und auf die zweite Auflage »Lord Byron« geschrieben. Schon sei das Werk in aller Munde. Es verkaufe sich wie nichts. Goethe, sagte der Buchhändler, Goethe liebe Lord Byrons Werke sehr und kenne fast alles von ihm, und Goethe persönlich habe vor kurzem erst geschrieben, der *Vampyr* sei Byrons »schönstes Product«.

Claire musste lachen.

»Wissen Sie«, fuhr der Buchhändler fort, »ich bin mir sicher, Fräulein, in den nächsten Jahrhunderten wird es eine Fülle von Texte geben mit Vampiren. Oder, um im Bild zu bleiben: Die Geschichte *Der Vampyr* wird selber noch oft ausgesaugt werden, glauben Sie mir. Das macht eins fünfundzwanzig.«

E ndlich lenkte das Wetter ein. Die Gewitter zogen ab. Die Sonne kämpfte sich durch die Wolken. Es wurde wieder hell am Tag. Und der Regen verschwand. Man konnte zurück auf den See. Percy & Byron fuhren los. Nur die beiden. Ein paar Tage. Sie hatten Ziele. Eine literarische Pilgerfahrt entlang der Orte aus Rousseaus *La Nouvelle Héloïse*. Auf der Fahrt kamen sie sich näher und sprachen über ihre Leben, Lieben, Leidenschaften. Wenn sie schwiegen, schrieb Byron. Percy schrieb nicht. Er beobachtete Byron. Was auch immer Byron wahrnahm, floss sofort in eine Zeile. Jedes Gefühl, jedes Ding, alles Erlebte wurde vom Schreiben verschlungen. Zwischen ihm und der Welt stand jederzeit die Möglichkeit eines Gedichts. Es war grausam, diese Leichtigkeit mit anzusehen, denn Percy hatte sie in diesem Jahr eingebüßt. Als sie in Seenot gerieten, glich ihr Abenteuer frappierend dem Abenteuer in Rousseaus Roman. Fast an derselben Stelle, an der Julie und ihr Liebhaber St. Preux mit dem Boot umgekippt waren, nämlich zwischen den Felsen von Saint-Gingolph und Meillerie, kam ein Wind auf, und die Wellen hoben das Boot empor und zerschmetterten das Ruder, und Byron wollte ins Wasser springen und zum nahen Ufer kraulen, da rief Percy ihm zu, er könne nicht schwimmen, Byron schaute ihn entsetzt an, bedrängte ihn, die Gefahr sei groß, und schließlich sprang Percy doch noch ins Wasser, er schloss die Augen und hielt still, während Byron ihn ans Ufer schleppte. Und wieder war Percy der Schwache. Der Hilflose. Der Nichtschwimmer. Der Nichtkönner.

Nicht nur in Genf, auch zurück in England, konnte Percy nicht mehr schreiben, nicht nur den sommerlosen Sommer über, auch das ganze restliche Jahr bis in den englischen Winter hinein. Es ging einfach nicht. Jedenfalls nicht mehr auf gewohnte Art und Weise. Im Oktober las er eine neue Besprechung seines *Alastor*. Es hieß, das Ganze sei eine »herzlose Fiktion, wild und trügerisch, nicht greifbar und zusammenhanglos wie ein Traum«. Und Percy dachte sofort, ja, das stimmt doch, bis auf das herzlos traf es genau ins Herz seiner Gedichte. Aber was daran war so schlimm? Was konnte an einem Traum Verderbliches sein? Er schüttelte den Kopf. Die Menschen, dachte er, sie verstanden ihn einfach nicht. Und die Stimmen, die Urteile, sie hemmten ihn. Doch eines war klar: Percy würde nicht lange leben können, ohne zu schreiben. Das Schreiben war sein Schutzmantel gegen die Unerbittlichkeit des Lebens, sein Fluchtpunkt, sein Ankerplatz, die tägliche Planke vor dem Ertrinken, sein Lebensquell.

Percy schlief so viel und so lange wie möglich, nur um diesen toten, wortlosen Tagen zu entrinnen. Er frühstückte ausgiebig. Er las noch mehr als sonst. Er verbrachte viel Zeit mit seinem Sohn William, beobachtete, wie er heranwuchs, Bewegungen lernte, Laute von sich gab, sein Brabbeln noch entfernt davon, das erste Wort zu finden. Beinah wie ich selbst, dachte Percy. Vielleicht muss ich das Schreiben wieder lernen. So wie William das Sprechen lernen muss. Die Liebe zu William hielt Percy eine Weile über Wasser. Es reichte nicht. Percy fehlte die Luft zum Atmen. Leere rankte sich um sein Herz. Er spürte: Ihm bliebe nicht mehr viel Zeit. Das ganze Jahr über hatte er kaum hundertfünfzig Zeilen geschrieben. Unfassbar wenig für ihn. Er hatte es immer wieder versucht, aber es war ihm nichts gelungen.

Percy mietete eine Hütte am Meer, in der Kälte des Winters, und er sagte Mary erst kurz vor der Abreise Bescheid. Er wolle, er müsse allein sein. Nur eine Woche. Dann kehre er zurück. Doch Percy hatte sich ein Ultimatum gesetzt. Entweder es würde ihm in dieser Woche gelingen, etwas Bleibendes zu Papier zu bringen, oder er würde den Weg ins Meer einschlagen, und dieses Mal wäre kein Byron da, um ihn zu retten. Die Hütte war klein, zugig, ohne jeden Komfort, Percy wollte es so, schlief auf einem Strohsack ohne Kissen. Wenn ihn das Knistern der Wanzen störte, bettete er sich auf den steinharten Boden. Der Kamin heizte gut. Ihm war nicht kalt. Der Schreibtisch stand vor dem Fenster mit Blick auf das Meer. Wellen brandeten. Das Geräusch war nicht auszublenden. Das Schreiben würde sich dem Rhythmus der Wellen beugen müssen. Aber das war das Schlechteste nicht. Vier Tage lang saß Percy dort und versuchte es immer wieder, kämpfte einen Kampf um sich selbst, um das Wichtigste, das er besaß, eine Schlacht gegen all die Stimmen der anderen und all die Zweifel von außen und innen, eine Schlacht gegen das Gefühl, dem, was er zeigen wollte, nicht gerecht zu werden. Ohne sein Schreiben würden die Menschen ihn nie so sehen, wie er wirklich war. Ohne sein Schreiben war er nichts. Ohne sein Schreiben könnten keine möglichen Menschen zu ihm treten und ihm sagen: Sie haben mich im Innersten berührt. Ohne sein Schreiben gäbe es nur eine einzige Welt für ihn, und diese eine Welt war ihm zu eng. Ohne sein Schreiben: Was genau wäre der Sinn?

Am fünften Tag klammerte sich Percy an den letzten Strohhalm. Er schrieb zwei Zeilen in sein Heft, die er auswendig kannte, die aber nicht von ihm stammten. Er hielt sie für welterschütternd: In Einsamkeit am wenigsten allein, ahnt dann die Seel unendlich Leben schon. Percy tat jetzt so, als hätte er selber diese Zeilen verfasst, ließ sich von den Zeilen tragen, flügelte auf ihrem Rhythmus und Rausch, und als das Gedicht beendet war, strich er die ersten zwei geklauten Zeilen durch und besah das selbst Geschriebene, zitterte vor Freude und Erleichterung, weil er sofort wusste, er hatte es geschafft, sein eigenes Gedicht, es lebte, es atmete, vielleicht hie und da noch ein wenig von Schleim und Blut bedeckt, es musste noch wachsen, aber es schrie schon, es strampelte mit den Zeilen, lachte ihn an und freute sich, hinauszukommen in die Welt.

Percy steckte das Gedicht ein, packte seine Sachen zusammen und fuhr nach Hause. Er wusste, dass er diese Tage am Meer keinem gegenüber je erwähnen würde. Das hier war nichts für Briefe oder Tagebücher. In der Kutsche sagte Percy noch einmal die beiden Zeilen auf: In Einsamkeit am wenigsten allein, ahnt dann die Seel unendlich Leben schon? Dieses Mal verlieh er dem Satz ein Fragezeichen. Und er schaute aus dem Fenster und nickte dem Dichter jener Zeilen zu, einem imaginären Gesicht in den Wolken, mit gezwirbeltem Schnurrbart. Schon zum zweiten Mal war er gerettet worden von Lord Byron.

Bagnacavallo & La Spezia

Auch Claire schrieb nicht mehr. Im Gegensatz zu Percy hörte sie wirklich auf. Sie wollte sich auf das Wichtigste konzentrieren: auf ihr Kind und auf die vage Möglichkeit, LBs Liebe in die rechten Bahnen zu lenken, nämlich zu ihr hin. Da war einfach kein Platz für Romane oder Erzählungen. Was würde sie schon Großes zustande bringen?, dachte sie. Im Schatten LBs? Es wäre doch lächerlich, es überhaupt zu versuchen. Als wolle eine Kröte sich in die Lüfte schwingen, um dem Adler zu folgen.

Das Ende der gemeinsamen Zeit am Genfer See bedeutete für Claire auch das Ende ihrer Beziehung zu LB. Doch redete sie sich ein, dieses Ende sei kein Ende, sondern eine Pause. Zurück in London, schickte Claire ihrem geliebten LB weiterhin Briefe. Byron schrieb manchmal zurück und nannte sie: mein kleiner Unhold. Sie nahm, was sie bekommen konnte. Ein paar Zeilen von LB machten sie glücklich.

Claire schrieb immer noch und immer wieder dasselbe: Deine Unfreundlichkeit kann meine Liebe nicht trüben. Ich werde dich lieben bis zum Ende meines Lebens. Keinen sonst. Ich werde die langen Wintermonate über schmachten, während dir, hoffe ich, kein einziger störender Gedanke kommt. Ich weiß, dass du mich verachtest, LB, und dass jedes Wort, das aus meinem Mund fällt, Schlangen und Kröten für dich sind.

Hass war besser als gar kein Gefühl.

Claire schrieb: Ich würde mich nie über dich beschweren. Auch nicht, wenn du dreimal so unfreundlich wärest wie jetzt. Schreib mir nur ein Briefchen. Ich bin glücklich, wenn du mir schreibst, dass du das Kind lieben und dass du für es sorgen wirst und dass du manchmal an mich denkst ohne Ärgernis.

Das Kind kam im Januar zur Welt. Claire erfuhr eine neue Form der Liebe. Sie hatte nicht mit dieser Wucht gerechnet. Allegra. Der Name stand sofort fest. Wegen Montalègre? Dem Fröhlichen Berg? Dem Ort, an dem Byron vom Kind erfahren hatte? Nein. Allegra hieß Allegra wegen ihres ungewöhnlichen Geburtslächelns. Von Anfang an war sie ein Sonnenkind. Ihre Augen leuchteten, offen, zugewandt, in ihnen lag die pure Freude darüber, am Leben zu sein. Selbst ihre Schreie klangen wie Lachen. Und alle erlagen ihrem Charme.

Claire schrieb: Wenn's dir schlecht geht, wird ihre helle sorgenfreie Stimme dich glücklich machen. Die kleine Kreatur füllt all meine Gedanken, all meine Zeit & meine Gefühle.

Achtzehn Monate verbrachte Claire ungetrübt mit Allegra. In dieser Zeit hätte sich Claire gern aus LB heraus geliebt, aber sie schaffte es nicht, im Gegenteil, sie liebte LB inniger als je zuvor. Es gab etwas, das seinen Glanz noch vergrößerte: LB war Allegras Vater. Ohne ihn wäre Allegra nicht Allegra. Ein Teil von LB steckte in ihr und würde für immer in ihr stecken.

Byron erkannte die Vaterschaft an. Allegra war damit offiziell seine Tochter. Nach achtzehn Monaten beschloss Byron, das Kind auf immer zu sich zu nehmen. Claire brauchte ein paar Tage, um zu verstehen, was das bedeutete. Allegra wegzugeben. Aber hatte sie überhaupt eine Wahl? Rechtlich gesehen gehörten Kinder ohnehin dem Vater. Zudem besaß Byron Geld, Titel und Einfluss, er würde weitaus besser für das Kind sorgen können als sie. Wollte sie Allegras Zukunft nicht verbauen, so musste sie sich von ihr trennen. Dachte Claire. Und sie tat es.

Claire schrieb: Ich habe dir mein Kind geschickt, weil ich es zu sehr liebe, um es zu behalten. Bei dir, mächtig und adelig, wird es glücklich sein. Ich versichere dir, ich habe heute Nacht so viel geweint, dass aus meinen Augen jetzt heißes & brennendes Blut zu tropfen scheint. Schreibe mir, dass es ihm gut geht, dem Liebling Vogel. Mein liebster LB, bester aller Menschen, du bist der Vater meines kleinen Mädchens, und ich kann dich nicht vergessen.

Claire hatte LB alles gegeben, ja, geopfert, was sie hatte: ihre Liebe, ja, sich selbst, ihr Schreiben, ihre Tochter. Den zwanzigsten Geburtstag verbrachte sie allein im Zimmer.

Als Allegra vier Jahre alt war, gab Byron sie zur weiteren Erziehung ins Kapuzinerkloster nach Bagnacavallo.

Byron schrieb: Dem Kind Allegra geht's gut, aber der Affe hat einen Husten und die Krähe litt vor kurzem an Kopfschmerz.

Claire spuckte Gift und Galle. Ein Kloster war nichts für Allegra. Das wusste sie genau. In ihrem Zorn verfasste Claire eine bitterböse Parodie auf LB: Wie Byron zu Byron geworden ist. Wie man als Nicht-Byron zum Byron werden kann. Eine Anleitung. Claire schrieb aus Byrons Sicht. Man müsse also: ein pathetischer Dichter sein; eine Kolonie gründen; die Mutter durch Boshaftigkeit und Grausamkeit ins Grab bringen; die Kinder vernachlässigen; möglichst viele dreckige Liebhaberinnen aufsuchen; sich bei ihnen schreckliche Krankheiten holen; ein erträglich Maß an Missmut und Reue an den Tag legen; nicht vergessen, gegen gelehrte Frauen zu hetzen. Das, so legte Claire LB in den Mund, ist mein untrügliches Rezept, mit dem ich so viel Geld verdiene.

Auch Percy kümmerte sich um das Kind. Er besuchte Allegra im Kloster von Bagnacavallo. Als er Claire davon erzählte, sah sie alles leibhaftig vor Augen. Sie erschrak vor der Finsternis. Nur für eine Stunde am Tag durfte Allegra nach draußen. Was hieß schon draußen? Ein Schatten meterhoher Mauern. Dabei liebte Allegra die Natur. Aber hier? Kein Feld, kein Wald, kein Bach. Nur klobige Steine, eine Zelle und der Friedhof der Nonnen.

Allegra aber schien unerschütterlich in ihrer Unbeschwertheit. Sie spielte Fangen mit Percy. Mitten im Kloster. Sie stürmten nach draußen und taten, was verboten war: rennen. Percy lief dicht hinter Allegra her, konnte sie aber nicht erwischen. Da blieb Allegra stehen, keuchte, blickte Percy kumpelhaft an. Vor ihnen baumelte ein rotgoldenes Band. Allegra kicherte und zog daran. Ein leises Läuten erscholl: Es war die Glocke, die alle Nonnen zusammenrief. Und die Priorin hatte größte Mühe, die herbeieilenden Nonnen wieder zurück in ihre Zellen zu treiben. Am Blick der Priorin sah Percy, dass Allegra eine saftige Strafe drohte.

Als Claire dies von Percy hörte und alles so überdeutlich vor sich sah in seinen gestochen scharfen Sätzen, raufte sie sich die Haare und fasste einen Plan: Sie wollte ihre Tochter aus dem Kloster befreien. Es war ein Fehler gewesen, Allegra in die Obhut ihres Vaters zu geben. Eine Freundin riet Claire, Byron einfach aus dem Weg zu räumen, ihn zu erstechen oder zu erschießen, damit das Kind wieder an sie zurückfalle. Claire starrte sie entgeistert an. Eine Bluttat lag außerhalb ihrer Vorstellungswelt. Claire bat Percy um Hilfe. Percy in seinem lebenslangen Freiheitshunger. Seine Parole hatte doch immer gelautet: Raus aus den Kerkern! Weg mit den Ketten! Hier gab es endlich eine konkrete Möglichkeit. Auch war Claire ihm gerade sehr nah, sie schlief wieder mit ihm, ganz offen. Doch Percy erklärte ihr, weshalb ein solches Unterfangen zum Scheitern verurteilt sei und ungeheuerliche Konsequenzen nach sich ziehen werde: Claire käme ins Gefängnis wegen Kindesentführung. Und sie würde ihre Tochter niemals wiedersehen.

Ein Jahr später war Allegra tot.

Sie starb mit fünf Jahren, drei Monaten und acht Tagen. Sie starb an Typhus. Sie starb im Kapuzinerkloster. Sie hätte auch überall sonst an Typhus erkranken und sterben können, aber sie starb nun mal eben in diesem Kapuzinerkloster, und für Claire blieb der Tod ihrer Tochter auf ewig ans Kloster geknüpft und das Kloster auf ewig an Byron. LB schickte ihr ein Miniatur-Porträt von Allegra und eine Locke ihrer blonden Haare. Claire fühlte sich außer Stande, Abschied zu nehmen vom Körper ihrer balsamierten Tochter.

Percy & Mary & Claire befanden sich zu dieser Zeit in Italien, in San Terenzo, bei der Bucht von La Spezia. Als Claire vom Tod ihrer Tochter erfuhr, saß sie acht Tage lang da und tat nichts. In ihrem Zimmer. Auf dem Boden. An der Wand. Ging manchmal auf und ab, aß kaum etwas, wusch sich nicht, saß nur, saß und ging. Am neunten Abend betrat Mary das Zimmer ihrer Schwester und rutschte zu Claire hinab auf den Boden, langsam und vorsichtig, denn Mary war wieder schwanger: im dritten Monat.

»Irgendwann geht es weiter«, sagte Mary.

Claire schwieg.

»Ich hab dir was mitgebracht.«

Claire schaute auf.

Mary reichte ihr einen Packen Briefpapier, ein Tintenfässchen und einen Federkiel. » Das wirst du brauchen«, sagte sie.

Eine Weile saßen sie noch an der Wand. Endlich stand Claire

auf, und Mary folgte ihr zum Schreibtisch. Claire setzte sich, öffnete das Tintenfass, stach die Feder hinein, legte Blätter zurecht.

»Magst du bei mir bleiben?«, fragte Claire.

Mary setzte sich neben sie.

Claire hatte noch ganz genau ihren ersten Brief an LB vor Augen und wie Mary ihr damals beim Einstiegssatz geholfen und wie alles angefangen hatte. Das war jetzt sechs Jahre her. Aus diesem ersten Satz war ein Mensch aus Fleisch und Blut entsprungen: Allegra. Allegra hätte es ohne diesen ersten Satz nie gegeben. Allegra wäre ohne diesen ersten Satz aber auch nie gestorben. Viele Dinge hätte Claire nie erlebt ohne diesen ersten Satz: Freude, Schmerz, Trauer. Ihr erster Satz mündete jetzt in den letzten Brief an LB.

Claire schrieb los. Kein Wort über Allegra. Ihr Tod war viel zu nah. Claire schrieb auch nicht über ihre Trauer. Fast ebenso grausam wie Allegras Tod war für Claire der Umstand, dass ihre Tochter allein gestorben war, ohne ihre Mutter, allein in der dunklen Zelle, keine saß bei ihr, die ihre Hand hielt, keine saß bei ihr, die ihr zu trinken gab im Fieber, Claire hätte ihr so gern die Stirn getupft, sie hätte so gern das Lied gesungen, das sie achtzehn Monate lang jeden Abend für Allegra gesungen hatte, Claire hätte Allegra gern umarmt in den Sekunden, da der Atem wich. Über all das schrieb Claire nicht. Stattdessen schrieb sie über LB. Über ihre Beziehung zu LB. Über die Jahre der Liebe. Über ihre Liebe. Zu ihm. Über sich. Über alles, was sie gegeben hatte. Über alles, was sie von LB bekommen hatte. Ein letztes Mal sparte sie die schönen Stunden nicht aus. Doch dann wandelte sich der Ton des Briefes, und Claire schrieb über ihre Verletzungen, über LBs harte Briefe und über seine Nichtbriefe, über LBs Antworten und seine Nichtantworten, über seine gehässigen Sätze, über seine Verachtung, seine Nichtliebe. Claires

Herz lag begraben unter meterhohem Dreck. Ihre Sätze glichen Schaufelstichen. Claire dachte an Marys Worte in der Schneekutsche. Slit. Thud. Erst jetzt begriff Claire voll und ganz, dass ihr Brief ein Abschiedsbrief wurde. Sie schaufelte die Liebe zu LB aus sich heraus, ihre Liebe und ihre Unterwerfung und ihre Erniedrigung. Claire schrieb zwei Stunden lang. Ihr Brief war mehr als ein Neuanfang. Claire hatte das Gefühl, sie schreibe zum ersten Mal als erwachsener Mensch. Sie rückte mit jedem Satz ein Stückchen näher zu sich selbst. Und am Schluss glänzten ihre Augen in der Hoffnung, diesen Weg weitergehen zu können. Es fehlte nur noch der letzte Satz. Claire schaute zu Mary, die während des Schreibens aufmerksam bei ihr gesessen hatte. Ihr erster Satz sechs Jahre zuvor hatte gelautet: An utter stranger takes the liberty of adressing you. Claire schrieb jetzt – wie ein Echo darauf – ihren letzten Satz an LB: I'm still an utter stranger to you.

Mary schüttelte den Kopf.

Claire blickte sie an.

»Das wichtigste Wort steht am Schluss«, sagte Mary.

Claire nickte, begrub ihren Satz unter Tinte und schrieb noch einmal neu: To you an utter stranger still am I. Sie ließ die Tinte trocknen, wartete eine Weile erschöpft, während sie Marys Hand hielt, dann faltete sie den Brief und schob ihn in einen Umschlag. Noch am selben Tag verließ Claire La Spezia und fuhr zurück ins Alleinsein und in die Einsamkeit zugleich.

Mary wünschte sich oft, sie würde nicht mehr leben. Sie könnte den zahlreichen geliebten Menschen folgen, die vor ihr gestorben waren. Und mit den Toten teilen, was sie nicht mit ihnen teilen konnte, solange sie lebte: Atemlosigkeit. Sie wollte mit ihnen durchs Nichts schwimmen und sich nicht sorgen müssen um den nächsten Tag. Mary konnte die Welt der Toten nicht betreten, doch lebten die Toten in ihrem Kopf weiter, und Mary konnte mühelos mit ihnen sprechen, konnte sie mir nichts, dir nichts aus ihren Gräbern ziehen und in Sessel oder auf Sofas setzen, mit in die Stube nehmen, in die Kutsche, in den Salon. Die Toten kamen, wann immer Mary es wollte. Sie kamen auf Zuruf. Die geliebten Toten alterten nicht, sahen stets genau so aus, wie Mary sie in Erinnerung hatte, auch wenn die Erinnerung auf einem Porträt fußte wie bei ihrer Mutter.

Diese People of the Grave.

Diese zahlreichen Grabmenschen.

Mit Marys Mutter hatte alles begonnen. Inzwischen spazierte Mutter bei Mary ein und aus, nicht nur am Grab, auch sonst, wann immer Mary es wollte, sie sprachen vertraut und einander zugewandt über die Welt und die Gesellschaft und die Millionen von Frauen, die sich in all diesen Jahrhunderten nie hatten frei entfalten und ihren künstlerischen Talenten folgen können, nein, es gab keine Mrs Aristoteles, keine Mrs Kant, keine Mrs Bach, keine Mrs Rubens, keine Mrs Michelangelo, keine Mrs Milton. Nicht, weil es sie nicht hätte geben können, rief Marys Mutter aus, sondern weil man ihre Talente erwürgt und ihnen weder Raum noch Möglichkeiten eröffnet hatte: zu lesen, zu lernen und zu erfahren, was Männer hatten lesen, lernen und erfahren dürfen, dagegen kämpfe ich, rief Marys Mutter aus, wir wollen keine Mäuse sein, die man in einen Bau sperrt, und alles, was wir haben, ist Stroh, ja, für strohdumm hält man uns, und das, Mary, müssen wir ändern, ich habe versucht, damit anzufangen. Längst verstand und erfühlte Mary all diese Muttergedanken und ihr Feuer, doch liebte sie es nach wie vor, die Sätze in Mutters dunkle, samtene Stimme zu kleiden, die Vater William ihr oft genug beschrieben hatte.

Die zweite Tote war Marys zu früh geborene Tochter Clara. Und Mary zog Clara immer dann aus dem Tod zu sich, wenn es etwas gab, worüber sie sich aufregte, und sie Ruhe brauchte. Mary konnte sich verlieren in Claras stillem, beinah ehrfürchtigen Blick, der etwas unaussprechlich Sanftes hatte, als kenne sie alle Geheimnisse der Welt.

Im September 1817 war Mary & Percys zweite Tochter geboren und ebenfalls auf den Namen Clara getauft worden. Die zweite Clara, Percys »kleine Ca«, wurde nur ein gutes Jahr alt. Sie starb an der Ruhr-Krankheit. Mary zog die zweite Clara immer dann aus dem Tod zu sich, wenn sie über etwas nachdachte und keine Lösung fand. Die zweite Clara konnte sich in ihrem kurzen Leben so gut mit sich selbst beschäftigen wie kein anderes Kind. Gern lag sie auf dem Rücken und vergaß alles um sich her; manchmal sah es aus, als würde sie grübeln.

Marys Sohn William folgte seinen beiden Clara-Schwestern am 7. Juni 1819 in den Tod. Von einem Wurmbefall geschwächt, starb er an Malaria oder Typhus, in Italien. William wurde nur drei Jahre alt. Ins Tagebuch trug Mary ein: Montag, 7. Juni, am Mittag ------- Die Reihe der Striche, die folgten, stand für etwas, für das es keine Worte gab: das dritte tote Kind. Mary fiel in eine schwere Depression. Und Percy alterte nach Williams Tod mit einem Schlag um etliche Jahre. Sein über alles geliebter William, seine »Wilmouse«, wie er ihn nannte. Auf Percys Gesicht legte sich die Farbe und Härte einer Mauer. Mary aber zog ihren William immer dann aus dem Tod zu sich, wenn sie Erinnerungen brauchte wie bittere Zuckerstücke und wenn sie sich etwas Schönes vorstellen wollte, das sie mit Percy verband.

Bei Williams Beerdigung war Mary wieder schwanger: Im November 1819 wurde ihr Sohn Percy Florence geboren. Mary konnte sich nicht freuen über ihr viertes Kind. Sie hatte noch keines ihrer drei Kinder durchgebracht. Warum sollte es bei Percy Florence anders sein? Jeder Tag war ein Tag der Sorge.

Was ihre Adoptivtochter Elena betraf, so hatte Mary weit mehr Hoffnung. Eine Adoptivtochter, dachte sie, hat nichts von meiner Lebensschwäche, die ich den eigenen Kindern mitgebe. Elena war aus dem Nichts aufgetaucht, ein italienisches Mädchen, elternlos, Percy hatte das Baby mitgebracht, in Italien, einfach so, ein Geschenk, ein Trost, eine Freude, Mary wusste es nicht. Elena starb ein Jahr nach William. Sie wurde zwei Jahre alt. Mary zog Elena immer dann aus dem Tod zu sich, wenn sie etwas Unklares verstehen oder ein Geheimnis entschleiern wollte. Mary blieb Zeit ihres Lebens verborgen, woher dieses Kind eigentlich stammte. Nach Elenas Tod flüsterte Mary: »Jetzt steht es fest: Ich bin verflucht.«

Der Tod von Allegra schmerzte Mary ebenso stark wie der Tod ihrer eigenen Kinder. Mary litt mit Claire. Und Mary zog Allegra manchmal aus dem Tod zu sich, wenn eine dunkle Stimmung über sie hereinbrach und sie jemanden brauchte, dessen Lächeln die dicksten Wolken löschen konnte, einfach so.

Percy schrieb Mary ein Gedicht: Meine liebste Mary, wohin bist du gegangen, hast mich allein gelassen in düsterer Welt? Deine Gestalt ist noch hier, wirklich und lieblich, aber du selbst bist geflohen, die düstere Straße hinab, die führt zu des Kummers dunkelster Bleibe, du sitzt auf dem Herd der blassen Verzweiflung, wohin ich dir – um deinetwillen – nicht folgen kann.

Manche von Marys Toten kamen auch ungefragt. Harriet zum Beispiel, Percys Ehefrau. Sie kam, wenn Mary sich schuldig fühlte. Sie kam mit mahnendem Finger. Mary hatte ihr den Ehemann weggenommen. Letzten Endes hatte dies dazu geführt, dass Harriet sich in die Themse stürzte, noch 1816, im Jahr ohne Sommer. Diesmal waren keine Lebensretter in der Nähe wie bei Marys Mutter. Die tote Harriet kam zu Mary, um sie zurechtzuweisen. Sie kam, wenn Mary das Gefühl hatte, etwas falsch zu machen. Sie kam in ungebetenen Augenblicken, stand bei ihr, legte den Kopf schief, zog die Brauen hoch. Zum Glück blieb sie nie lange.

Harriet hinterließ ihre Kinder Ianthe und Charles. Damit sie dem leiblichen Vater Percy zugesprochen werden konnten, mussten Percy & Mary schnellstmöglich den gesellschaftlichen Pflichten Genüge tun und heirateten. Sie vermählten sich Hals über Kopf. Noch im Jahr 1816. Percy & Mary wurden zu Mister & Misses Shelley. Harriets & Percys Kinder durften sie dennoch nicht behalten. Die Autoritäten wollten nicht, dass Kinder bei einem stadtbekannten Atheisten wie Percy Shelley aufwuchsen. Einziger Lichtblick der hektischen Winterhochzeit war die Anwesenheit von Marys Vater, der sogar das Banner in der Skinner Street hochgezogen hatte. Nach der Trauung nahm William seine Tochter Mary in den Arm. Sehr lange. Seine Ächtung endete mit Marys Treueschwur und ihrer Wiedereingliederung. Mary weinte. Sie hielt ihren Vater fest. Ihr war nicht klar gewesen, wie sehr sie ihn vermisst hatte.

Auch Marys achte Tote tauchte unverhofft bei ihr auf: Fanny trat einfach aus dem Schatten ihrer selbst und schaute Mary an, als wolle sie etwas sagen, könne es aber nicht. Ohne Vorwurf blickte sie. In einer gespenstischen Klarheit. Fanny hatte sich mit Laudanum umgebracht, nachdem Percy & Mary & Claire vom Genfer See zurückgekommen waren. Ob ihre unerfüllte, aussichtslose Liebe zu Percy der Grund war oder die Verzweiflung über ihr Alleinsein, das ein Leben lang in ihr spukte, Mary wusste es nicht. Fanny sagte niemals auch nur ein einziges Wort, wenn sie erschien. Ihre letzten Sätze standen auf dem Zettel neben ihrer Leiche: »Vielleicht wird es euch schmerzen, von meinem Tod zu erfahren, aber ihr werdet bald den Segen des Vergessens erleben: dass solch eine Kreatur existierte wie *****« Ein »ich« fehlte genauso wie ihr Name: »Fanny«. Stattdessen gab es fünf Sterne. Für jeden Buchstaben einer. Zurück blieb eine leere Stelle. Im Brief. Und in der Welt.

Es kam das Jahr 1822, das Jahr des Kummers, wie Mary später sagen sollte, und von Marys geliebten Menschen lebten nur noch Claire & Percy & Vater William & Sohn Percy Florence. Letzterer schien von äußerst robuster Konstitution zu sein. Mary wich ihm keine Sekunde von der Seite. Erneut war Mary schwanger. Nach zwei Jahren ohne Todesfall hoffte Mary, dass ihre geliebten Menschen endlich bei ihr blieben.

Sie befanden sich in Italien.

Und Claires Tochter Allegra starb.

Kurz danach hatte Mary eine Fehlgeburt.

Ihre Kräfte verließen sie, Mary hörte auf zu kämpfen, das apfelkleine Kind floss mit dem Blut aus ihr heraus, und das Bluten wollte nicht enden. Mary wäre beinah ihrem Kind hinterhergestorben. Percy wartete nicht auf den Arzt, sondern ließ Eis kommen und setzte Mary in eine Hüftwanne mit Wasser, kippte das Eis hinein und hatte Erfolg: Die Kälte stoppte den Blutfluss, Mary überlebte mit knapper Not. Sie erholte sich langsam, konnte das Bett kaum verlassen. Claire blieb bei ihr. Sie spendeten einander Trost, nein, sie teilten ihr Leid.

Unterdessen wollte Percy mit einem Schiffsjungen und einem Freund auf einem Schoner übers Mittelmeer segeln. Genau wie das Schiff hieß auch Lord Byrons inzwischen bekanntestes Werk: *Don Juan*. Der Name »Don Juan« stand in fetten schwarzen Lettern mitten auf dem Marssegel. Das störte Percy. Er wollte auf keinen Fall ständig den Namen »Don Juan« sehen müssen beim Segeln, immer nur Don Juan, Don Juan, Don Juan vor Augen und damit Byron, Byron, Byron, immer nur das Gefälle zwischen Shelley, dem Sterblichen, der unten saß, im Boot, und ihm, Byron, dem Unsterblichen, der hoch über ihm thronte, nah beim Himmel, mitten im Segel. Percys Bewunderung für Byron hatte in den letzten Wochen und Monaten gelitten. Bei genauerem Hinsehen musste er feststellen, dass Byrons Genius, wie er schrieb, ein fatales Gift ist, welches in Byron einen unangemessenen Stolz entwickelt und eine Trockenheit des Herzens und eine grimmige Wildheit der Gefühle.

Percys Schiffsbegleiter verstanden – schon aus Kostengründen – überhaupt nicht, was Percy jetzt tat. Nachdem ihm nicht gelungen war, die Aufschrift Don Juan mit Terpentin vom Segel zu entfernen, ließ Percy einen Segelmacher kommen, der das Quadrat mit dem Namen Don Juan aus dem Segel herausschnitt und ein leeres Stück Tuch hineinnähte. Zufrieden stand Percy am Steuer des Schoners, in seiner zweireihigen Seemannsjacke, weißer Nanking-Matrosenhose und schwarzen Lederstiefeln, blickte strahlend auf das korrigierte weiße Segel und rief das Kommando zum Ablegen: »Leinen los! Wir fürchten nichts! Keinen Tod! Keine Piraten! Keinen Sturm!« Und während die erfahrenen Seeleute vor Ort – nur Stunden später – die Zeichen am Himmel und auf See richtig deuteten und mit ihren Feluken rasch in die Häfen schlüpften, geriet der Schoner Don Juan in einen heftigen Orkan und versank.

Tagelang warteten Mary & Claire auf Nachricht. Endlich wurden die Leichen an Land gespült. Mary war viel zu verstört, um weinen zu können. Percy war der zehnte Tote in ihrem kurzen Leben. In der Nacht kam ihr das Gedicht von Thomas Gray in den Sinn, das erste Gedicht, das Percys Mutter ihren Sohn hatte auswendig lernen lassen: jene Katze, die im See des Goldfischglases ertrank. Mary sah Percy vor sich, wie er – der Katze gleich – acht Mal aus dem Wasser tauchte, ohne schwimmen zu können, aber mit aller Kraft, denn er wollte unbedingt zurück zu Mary & Claire, und ehe Percy nach dem neunten Auftauchen für immer unterging, schaute er Mary an über die Grenzen des Wassers und die Grenzen von Leben und Tod hinweg, und er warf ihr eine letzte Kusshand zu und rief: »Erst sterben unsere Freuden – und dann unsere Hoffnungen, und dann unsere Ängste – und wenn diese tot sind, ist die Schuld fällig, Staub fordert Staub – und wir sterben auch.«

Die Wasserleichen wurden provisorisch am Strand verscharrt. Lord Byron reiste nach La Spezia, erschüttert vom Verlust seines Freundes, gerade jetzt, da sie eine Zeitschrift planten und Percys Talent sich in immer neue Sphären schraubte. Mary & Claire blieben fern. Man baute am Strand einen Scheiterhaufen, und Percy wurde verbrannt, Byron kippte einem alten Brauch folgend Weihrauch, Wein und Salz in die Flammen. Dann stürzte er sich ins Meer und schwamm eine Meile hinaus, zu Ehren seines Freundes. Er schleuderte voller Wut dem offenen Meer entgegen: »Ich bin Lord Byron! Und ich bestehe gegen die Wellen, die mir meinen Freund genommen haben!«

In England berichteten die Zeitungen mit spöttischem Unterton über den Tod jenes »ungläubigen Poeten« Percy Shelley. Jetzt wisse er, so hieß es, ob es einen Gott gebe oder nicht.

Nach Percys Tod trennten sich die Wege von Mary & Claire. Als sei ein Seil zerschnitten, das die beiden jahrelang verbunden hatte. Sie würden in Kontakt bleiben, ja, sie würden sich Briefe schreiben, ja, sie würden von Zeit zu Zeit einander sehen, selten zwar, aber dennoch: Es würde nicht mehr sein wie vorher. Ohne Percy fehlte der Anker, ohne Percy fehlte die Mitte. Claire wusste: Wenn ihre Schwester sie sähe, würde sie zugleich denjenigen sehen, den sie so sehr vermisste: Percy. Sie umarmten sich. Sie weinten. Claire fuhr nach Florenz. Sie musste alle zurücklassen: Allegra & Percy & Mary & LB.

Claire schrieb: Ich habe auf dem Weg Rhabarber gekaut, als einzige Ablenkung, die ich angemessen finde angesichts meiner Gefühlslage. Ich habe die ganze Reise über versucht, die Landschaft zu bewundern, Berge und Täler, Wälder und reißende Flüsse, das heißt, ich vermute, sie waren da, denn alles, was ich sah, war mein verlorener Liebling.

Weil Claire Geld verdienen musste, wurde sie Gouvernante in verschiedensten Städten, auch in Moskau, obwohl es hieß: Wenn eine Frau allein nach Russland geht, ist es, als würde sie den Schleier nehmen oder sich umbringen. Aber Russland gefiel Claire. Meistens jedenfalls. Sie blieb ein paar Jahre dort und hätte lieber Jungen unterrichtet als Mädchen, denn Jungen durften spielen und tollen, Mädchen aber lebten unter der ewig währenden Glocke der Etikette: Die überreiche Fröhlichkeit der Kindheit, so schrieb Claire, verdampfe bei ihnen zu misslauniger Reizbarkeit. Doch auch die Jungen litten unter den Erziehungsstrapazen. Bei einer ihrer Familien musste Claire das Schicksal eines neunjährigen Jungen mit ansehen, der von seiner Mutter und dem Tutor vollgestopft wurde mit Wissen, Geschichte, Geographie, Biologie und so weiter, und der Junge konnte mit seinen neun Jahren schon vier Sprachen, aber keine richtig, er brachte kaum Sätze in einer einzigen Sprache zu Ende, und irgendwann sagte er zu seiner Mutter: »Mama, wenn du mich weiter mit der Literatur verfolgst wie bisher, dann zerschlage ich mir den Schädel an der Mauer.«

Als die Mutter endlich eine längere Reise antrat, sagte der Junge beim Abschied zu ihr: »Ich gebe mir alle Mühe, Mama, aber es kommen einfach keine Tränen.«

In Abwesenheit der Mutter grätschte Claire dem Tutor in die Erziehung. Sie fing damit an, das Gehirn des Knaben wie einen Stall gründlich auszumisten, Laufen und Spielen an der frischen Luft. Von Tag zu Tag ging es dem Jungen besser, einfach nur, weil er weniger lernte und mehr dachte, schrieb Claire. Und sie stellte von Anfang an die in Moskau geltenden Erziehungsmethoden auf den Kopf. Sie wollte den Kindern nichts Äußeres ins Innere schaufeln, das sei eine Erziehung für Affen und ein bloßes System der Nachahmung. Sie suche vielmehr im Inneren die Grundlage, schrieb Claire. Ihre Schüler erhielten so viele Freiheiten wie möglich, und die eigene Vernunft sollte zum Souffleur ihrer Handlungen werden. Sie sei überzeugt, dass sie den Ruf habe, die schlechteste Gouvernante Moskaus zu sein. Aber Claire ließ sich nicht beirren. Bei jeder Gelegenheit, in den Pausen oder wenn der Unterricht endete, raunte sie den Kindern in immer neuen Anläufen zu: »Die wichtigste Lektion: Tut, was ihr tun wollt. Lasst euch eure Leben nicht abnehmen. Von keinem. Weder von mir noch von euren Eltern. Schon gar nicht von euren Männern später. Ihr seid die Kapitäne eurer Jahre. Fahrt mutig drauflos, lasst euch nicht ins Schlepptau nehmen. Wenn das Segel reißt, näht selber ein neues. Wenn euch Gefühle übermannen, steht eisern am Steuer und lasst euch nicht über Bord schwemmen. Pflügt durch die Wellen des Lebens mit voller Kraft. Und die Kraft schöpft immer aus euch selbst.« Die Kinder schauten sie meist ratlos an. Claire war das gleich. Sie wusste, ihre Worte würden erst später Früchte tragen.

Mit der Liebe zu LB hatte Claire in ihrem letzten Brief auch ihren Hass auf LB aus sich herausgeschrieben. Sie empfand rein gar nichts mehr für ihn, als LB zwei Jahre nach Allegra starb, 1824, in Griechenland. Er hatte sich der griechischen Unabhängigkeitsbewegung angeschlossen. Er hatte zu handeln begonnen. Er kämpfte mit Leib und Leben. In Griechenland, hieß es, fand Byron seine Lebensliebe: einen jungen Griechen, der als Page bei ihm arbeitete. So unerschütterlich und verzweifelt wie Claire einst LB geliebt hatte, so unerschütterlich und verzweifelt liebte LB jetzt den jungen Griechen. Doch LBs Liebe griff – wie damals Claires Liebe – ins Leere: Der junge Grieche wollte von Byron nichts wissen. Dieses Mal war es Byron, dem es nicht gelang, sein Herz auszuschalten. Eine seiner letzten Gedichtzeilen hätte auch von Claire stammen können, Jahre zuvor: Wenn ich schon nicht geliebt werden kann, so lass mich doch wenigstens selber lieben! LB starb nicht im Kampf, sondern an einer Unterkühlung.

Claire schrieb: Böte man mir das prächtigste Paradies an unter der Bedingung, es mit LB zu teilen, ich würde es ablehnen. Zugleich wäre ich froh: zu wissen, dass er glücklich gewesen ist, denn ich hege keine Rachegelüste.

Im Laufe der Jahre gab es Männer, die Claire Anträge machten. Claire winkte stets ab. »Ich habe zwei Männer geliebt«, pflegte sie den Interessenten zu sagen. »Der eine liebte mich zurück, der andere nicht, beide sind tot, und mir reicht's.« Im Namen von Freiheit und Leidenschaft hätten die Männer ihr genug Schmerzen zugefügt. Für sexuelle Beziehungen und kurze Affären blieb Claire offen. Ab und zu gab es Schwärmereien, wie jene zu einem Musiker, der Claire das Singen wieder schmackhaft machte, er am Klavier, sie wie ein Kanarienvogel. Doch ehe die Schwärmerei zur Liebe hätte werden können, zog Claire einen Schlussstrich. Dem Singen blieb sie treu. Jeden Abend sang sie. Nur für sich allein. Weder Probe noch Aufführung. Es störte sie nicht mehr, dass keiner ihr lauschte. Die Musik war letzten Endes die höchste Form der Kunst.

Claire schrieb: Worte können es nie ausdrücken, könnten es nur, wenn sie selber zu Musik werden. Nichts als es selbst kann sein Gleiches sein.

Mary entgegnete: Deine Briefe sind so amüsant und schlau, dass ich dir sehr danke dafür, dass du sie geschrieben hast – und entschuldige mich, dass ich solch dumme als Antwort schreibe. Aber ich war nie eine gute Briefschreiberin und du immer.

Und noch etwas anderes änderte sich. Als die junge Tochter des Hauses, in dem Claire gerade unterrichtete, Dunia mit Namen, erkrankte und langsam starb, tat Claire all das, was sie bei ihrer eigenen Tochter Allegra nicht hatte tun können: bei ihr sitzen; die Hand halten; ihr vorsingen; sie trösten; ihre Stirn tupfen. Claire begleitete ihre letzten Stunden, sie sah zu, wie ihr Körper gewaschen und abgeholt wurde und wie das Kind in der Erde versank. In den nächsten Tagen dachte Claire viel an Allegra. Etwas in Claire fühlte sich anders an als sonst. Sie schlenderte zu ihrem Schreibtisch und holte ein dickes Buch heraus, in Form eines Quartheftes, dreißig Zentimeter lang, zwanzig Zentimeter breit, fest gebunden in pechschwarzes Kalbsleder, Claire blätterte es durch, zweihundertfünfzig leere Seiten, weiß wie die Schneewüste auf dem Pass Richtung Genfer See, und sie schrieb an den oberen Rand der ersten leeren Seite ihren Namen. Und an den unteren Rand der ersten leeren Seite schrieb sie: Roman. Und in die Mitte der ersten leeren Seite setzte sie den Titel jenes Textes, der sie vor Jahren schon in Atem gehalten hatte: *Idiot*.

Nachdem Claire am Genfer See ihr Buch im Brunnen begraben hatte, nachdem sie das Schreiben an sich begraben hatte, nachdem sie Allegra begraben hatte, nachdem sie ihre Liebe zu LB und dann auch LB selbst begraben hatte, nachdem sie eine mögliche Gesangskarriere oder Theaterlaufbahn begraben hatte, regte sich jetzt etwas tief in ihr. Ein Drang. Ein Wunsch. Zu schreiben: ihr Buch. Einfach so. Für sich. Allein.

Sie saß am Tisch und schlug das Titelblatt um. Dann dachte sie eine geschlagene Stunde lang nach. Zum Schluss schrieb sie einen einzigen Satz und klappte das Buch zu. Sie musste lächeln. Das ruhige Singen zuvor am Fenster, das Nachdenken und Stillsitzen und das kurze Schreiben – ein Zucken der Hand eher als ein wirkliches Schreiben – hatten ihr gutgetan, hatten ihren Geist erfrischt, auch wenn der erste Satz nur aus drei kleinen, simplen Wörtern bestand.

Claire nahm sich vor, an jedem weiteren Tag ihres Lebens einen einzigen Satz hinzuzufügen. Nur einen. Nicht mehr. Eine Stunde nachdenken – Claire nannte es »luftschreiben« oder »geistschreiben« oder »stillschreiben« oder »die Spreu vom Weizen schreiben« oder »inneschreiben« oder »das Bleibende suchen« –, um dann, ganz kurz nur, das Ergebnis zu Papier zu bringen. Wenn sie jeden Tag einen Satz schriebe und wenn sie etwa achtzig Jahre alt würde, könnte sie ihr Buch doch noch beenden. Und wenn nicht? Dann halt nicht. Das Wort »wenn«, dachte Claire, ist ein Schritt auf dünnem Eis.

So schrieb sie weiter, ihr Leben lang, nach dem abendlichen Singen. Noch erfüllt vom Gesang, setzte sie sich an den Schreibtisch, dachte lange nach und schrieb ihren Satz. Eine Art Versenkung, eine friedliche, beinah monastische Meditation. Vielleicht, dachte sie, schreibe ich nicht wirklich, sondern singe die Worte ins Buch? Bald schon lockerte sich Claires selbst gesteckte

Vorgabe, weil sie merkte, dass jede Regel dieser Art des Schreibens zuwiderlief: Mal schrieb Claire zwei Sätze, drei oder vier, mal schrieb sie gar nichts, monatelang, aber immer wieder fand sie zurück zu ihrem Buch, das sie heimlich überallhin mitnahm und auf allen Gouvernanten-Stationen in die obere linke Schublade ihres Schreibtischs einschloss, sodass sie es mit einem einzigen Griff parat hatte, wo auch immer sie sich gerade befand, ob in Karlsbad, Dresden, Moskau, Florenz, Pisa oder Paris.

Wenn sie stillschrieb, durchflutete sie das erhebende Gefühl eines Segelns ohne Flügelschlag, ein Adlergleiten, allzeit bereit für den Sturzflug auf diesen einen Satz. Vielleicht, dachte sie, rührte die Freiheit daher, dass ihr Buch niemals das Licht der Welt erblicken würde. Keine und keiner würde das Buch jemals lesen. Sie würde es nie veröffentlichen. Sie würde das Buch vor ihrem Tod begraben. Genau deshalb, weil es keine Leser geben würde, musste Claire auf niemanden Rücksicht nehmen, konnte tun und schreiben, was sie tun und schreiben wollte. Als Claire dies voll und ganz verstand, änderten sich Stil und Inhalt ihres Buches noch einmal auf radikale Weise. Sie konnte nicht mehr nur erzählen und beschreiben, sondern auch schreien, scherzen, klettern, springen, fliegen, flüstern, tauen, wuchern, strömen: Alles war möglich. Ihr Buch musste nicht mal ein Roman werden. Es musste gar nichts werden. Es musste nur *sein*. Es existierte im Augenblick. Es musste nicht mal einen Sinn ergeben.

Jahrelang kroch Claire auf diese Weise von Zeile zu Zeile ihres Romans, der längst kein Roman mehr war. Sie ließ ihrem Bleistift einen freien, aber langsamen Lauf. Mal war die Höhle eine Höhle, in der Keine saß und Gräser kaute, mal hieß Keine auch Bee, mal anders, mal hatte sie gar keinen Namen. Claire fing immer wieder neu an mit ihrer Geschichte *Idiot*, und vielleicht, dachte sie, war das ihr eigener, unerhörter Beitrag: eine Liste von unvollendeten Anfängen, die hintereinanderstanden und sich ablösten, ein Anfang reichte dem anderen die Hand, und keiner gelangte ans Ende, alle fielen am Schluss ins Vergessen, ein endloses Anlaufnehmen. Und irgendwann wurde aus Keine wieder jener Mensch, der – so hatte Claire es einst geplant und längst vergessen – von Anfang an in der Höhle zu Bewusstsein hatte kommen sollen: ein Kind nämlich, ein kleines Mädchen, das sich selbst dort findet mit seinen fünf Jahren. Das Mädchen in Claires Buch zählte aber nicht fünf Jahre, sondern exakt fünf Jahre, drei Monate und acht Tage. Und es hieß nicht Keine, es hieß Allegra.

Allegra wuchs in beide Richtungen. Zunächst in die Vergangenheit. Claire rief sich die anderthalb Jahre ins Gedächtnis, die sie mit ihr verbracht hatte. Das Nachdenken wurde zum Erinnern, Claire schwelgte darin und versuchte Worte zu finden für Allegras Lächeln und für ihr Schreien, für ihr Glucksen und für ihr Brabbeln, für ihr Strampeln und für ihre Reglosigkeit im Schlaf. Sie ließ sich nach wie vor viel Zeit für jeden einzelnen Satz, und über den Zeilen lag eine für Claire ungewöhnliche, aber wohltuende Gründlichkeit, und diese Gründlichkeit bildete das Gegenteil zu ihrer Flatterhaftigkeit im Leben.

Endlich wuchs Allegra auch in die andere Richtung, in die Zukunft, in ihre eigene, erloschene Zukunft, Allegra wurde älter und wuchs ihrem Tod über den Kopf, wurde sechs, sieben, zehn, fünfzehn Jahre alt, und Claire ließ sie einfach laufen, in die Welt hinein, sie erfreute sich daran, ihr beim Leben zuzusehen. Mal war Allegra allein, mal mit anderen, mal mit ihrer Mutter, mal immer noch in einer Höhle, mal auf einem Fest oder beim Pferderennen, mal in einem Wald. Claire sah stillschreibend zu, wie die Tochter zu einer jungen Frau wurde und zu einer älteren

Frau und schließlich zu einer alten Frau. Claire genoss diese Stunde am Abend, in der sie bei Allegra sein konnte und bei sich selbst und bei den Möglichkeiten, die Möglichkeiten geblieben waren in ihrem und in Allegras Leben, und plötzlich, mitten im Satz und mitten im Gedanken, hatte sie die letzte Seite erreicht. Claire wollte kein zweites Buch mehr beginnen, sondern setzte das Wort »Ende« in die letzte Zeile ihrer zweihundertfünfzig Seiten. Claires Buch brach ab. Einfach so. Wie das Leben selbst. Claire klappte es zu. Und schlug es sofort wieder auf. Ganz vorn. Bei der Titelseite. *Idiot*. So stand da. Der Titel war fürchterlich. Ein Relikt des allerersten Anfangs, gedacht als hässliches Urteil der Gesellschaft über eine Frau, die man aus der Höhle ans Licht zerrt: Was für ein Idiot sie ist!, hätten die Londoner gerufen. Sie kann nicht beten, nicht sprechen, nicht lesen, nicht schreiben. Der Titel, dachte Claire, passt längst nicht mehr zu dem, was ich geschrieben habe. Claire riss die Titelseite heraus, und der Blick wurde frei auf den ersten Satz.

Sie konnte nicht anders, sie las sofort los, las alles, was sie geschrieben hatte, in einem Rutsch las sie ihr Buch, von der ersten bis zur letzten Seite, und Claires Staunen wuchs von Satz zu Satz, sie lachte manchmal, weil die Sätze nicht zueinanderpassten und es aberwitzige Verbindungen gab, die alles sprengten, was sie kannte, wodurch eine ungewollte Komik entstand, die lustiger war als jede gewollte, und Claire weinte manchmal, weil ihr Allegra plötzlich so nah kam wie in den Tagen, da sie noch lebte, und Claire staunte manchmal über einen Gedanken und konnte nicht glauben, dass sie selber diesen Gedanken hervorgebracht hatte, und manchmal schüttelte Claire den Kopf über Passagen, in denen sie in einen Leserausch geriet und sich fragte, wie dieser Sog entstand, obwohl das Buch so ganz anders geschrieben war, Satz für Satz, in unablässiger Sorgfalt. Oft dachte

Claire beim Lesen daran, wie schade es sei, dass sie dieses Buch ins Nichts geschrieben hatte und kein Mensch es je würde lesen können und dass sie es ungesehen mit ins Grab nähme, und oft fragte sie sich, wie viele Bücher es wohl gab, denen es ähnlich erging wie dem ihren, wie viele geschriebene und ungeschriebene Bücher, von so vielen Schreibenden neben ihr, all diese Bücher, die niemals das Licht der anderen erblicken, vielleicht waren es ganze Bibliotheken. Am Schluss klappte Claire das Buch zu und öffnete es nie wieder in ihrem Leben. Sie hob den Blick, nickte sich zu im Spiegel des Fensters und erschrak ein wenig: Sie sah ins faltige Gesicht einer Frau von achtzig Jahren.

Claire hatte stets darüber geschimpft, dass Menschen dächten, es gäbe nur *einen* Tod. Womöglich mit schwarzem Umhang und einer Sense in der Hand. Nichts als Dummheiten! Claire wusste schon lange: Jeder Mensch besitzt seinen eigenen Tod. Claires Tod hieß nicht Death, sondern Heather, und Claires Tod war eine schicke Frau von etwa fünfundzwanzig Jahren, die Claire seit kurzem an sonnenhellen Tagen lachend erschien, sie trug stets ein geblümtes kurzes Kleid und klapperte mit ihren Stricknadeln. Kein Sensenmann. Eine Nadelfrau. Heather war fröhlich, zwitschernd, ihre Stimme lerchenhaft. Sie passte ganz wundervoll zu Claire.

»Es ist nicht schlimm«, sagte die Nadelfrau. »Das Ende ist nicht schlimm, my dear, aber unausweichlich.«

»Hej«, sagte Claire. »Das sind vielleicht Neuigkeiten! Die hauen mich um! Sagenhaft, Heather!«

Claire lachte. Die Nadelfrau lachte auch.

»Bevor ich mit dir gehe, Heather«, begann Claire und machte eine Kunstpause, um eine Nachfrage zu erwirken.

»Ja?«, fragte Heather und hörte nicht auf zu stricken.

»Darf ich vielleicht noch eine letzte Reise tun?«

»Eine Reise?«

»Ich reise doch so gern.«

»Wohin?«, fragte die Nadelfrau.

»Nach Bournemouth.«

»Verstehe.«

»Darf ich?«

»Wie lange dauert das denn?«

»Ich bin eine alte Frau. Mit Hin- und Rückfahrt, hm, eine Woche. Oder hast du es eilig?«

»Eine Woche?«, rief die Nadelfrau und schien im Kopf etwas durchzurechnen. »Also gut. Weil du es bist, Claire.«

»Danke«, sagte Claire und fing an zu packen.

»Aber danach …«

»Ich weiß, ich weiß«, sagte Claire.

»Soll ich dir schon mal deine Todesanzeige vorlesen, Claire? Nur so, zur Einstimmung?«

»Kennst du sie denn, liebe Heather?«

»Ich bin dir immer einen Schritt voraus.«

»Wenn du meinst.«

Die Nadelfrau ließ die Nadeln sinken und las aus einer imaginären Zeitung, die sie in den Händen zu halten vorgab: »Heute Morgen gegen zehn Uhr starb sie …«

»Wer?«

»Du, Claire. Siehst du hier sonst noch jemanden?«

»Keine.«

»Also gut: Heute Morgen gegen zehn Uhr starb sie, Claire Clairmont …«

»Wieso heute?«

»Heute *in einer Woche*, my dear!«

»Ach so.«

»Heute Morgen gegen zehn Uhr starb sie, Claire Clairmont, ruhig, ohne Todeskampf und ohne Bewusstsein, sie ging aus wie eine Kerze. Sie wurde begraben, wie sie es wünschte, auf dem Friedhof in Antella. Sie trägt einen Schal von Shelley und liegt nun neben ihrer über alles geliebten Tochter Allegra. Okay so?«

»Danke.«

»Ich muss nur das Datum noch ändern«, sagte die Frau.

»Jetzt kauf ich mir erst mal ein Ticket. Erste Klasse.«

»Hast du denn so viel Geld?«

»Werd mir was pumpen. Muss es ja nicht mehr zurückzahlen.« Und Claire kicherte.

»Raffinierter Plan«, sagte Heather.

»Da fällt mir ein, Heather: Hast du vielleicht ein paar Lire auf der Tasche?«

»Ich, liebe Claire, bin nicht von dieser Welt.«

»Und von welcher Welt bist du dann?«

»Wenn ich das wüsste, Claire. Wenn ich das wüsste.«

Die Nadelfrau lächelte fröhlich und strickte an diesem langen weißen Schal, dachte Claire, mit dem sie mich schon bald bedecken wird.

Antella &
Saint Peter's

Ohne Claire war das Leben trist für Mary. Claires Verrücktheit fehlte, Claires Freude, Claires schrille Theatralik, Mary konnte sich nicht mehr ärgern oder aufregen über Claires Capricen, auch Claires Hand fehlte in schweren Stunden, ihr Kichern, das plötzlich ins Ernste kippen konnte. Und ohne Percy war das Leben leer und kalt. Ohne Percy war Mary mit allem allein. Mit dem einzigen Kind Percy Florence. Mit dem Schreiben. Mit dem Lesen. Mit der Liebe. Mit der Lust. Sie hatte keine Ahnung, wie sie es schaffen sollte ohne Percy. Zug um Zug. Atemzug um Atemzug. Eins nach dem anderen. So hatte Percy ihr gesagt. Als sie ihr erstes Buch zu schreiben begann. Im Jahr ohne Sommer. Damals. Sechs Jahre zuvor. Am Genfer See.

Nachdem Byron in der Villa Diodati seine Frage gestellt hatte, wer die schaurigste Gruselgeschichte schreiben werde, war Mary sofort ein Name in den Sinn gekommen: Frankenstein. Frankenstein, flüsterte sie, unhörbar. Percy hatte immer gesagt, entweder ein Name komme oder er komme nicht. Wenn man darüber nachdenken müsse, sei es schon zu spät. In diesem Augenblick war der Name einfach da. Frankenstein. Und Mary wusste sofort: Das ist er, der Name. Es gab keinen Zweifel. Und woher kam der Name? Ehe sie darüber hätte nachdenken können, schwemmte das Laudanum ihre Sinne, Mary wusste nicht mehr, wer sie war, plötzlich fand sie sich nackt in Claires Zimmer, und nicht nur sie, auch Claire & Percy & LB, ein Knäuel aus Häuten, Haaren, Knochen, Zähnen, Fell, aus Mündern, Augen und Nasen. Mary wusste nicht, was sie hier sollte, zog sich langsam zurück und ging in ihres & Percys Zimmer, und dort tat sie, was sie unbedingt tun wollte, tun musste, sie setzte sich an ihren Schreibtisch und schrieb los. Aber es kam, wie so oft, nichts dabei raus. Ein Reinfall. Das Laudanum löschte ihre Fantasie, Mary erlebte das Elend eines Schreibenden: Nichts antwortete ihr. Nur der Name blieb. Frankenstein.

Mary legte sich aufs Bett. Es war die Nacht zur Sommersonnenwende. Draußen zog ein neuerliches Gewitter auf. Sie fiel in einen zittrigen Schlaf, und als sie die Augen öffnete, irgendwann, da stand – im alles erhellenden Blitz – eine Kreatur an ihrem Bett, zusammengeflickt aus Menschenteilen, aus Knochen und Fleisch, die Augen wässrig gelb und starr, ohne Haare, die Zähne schräg im Mund, die Nase mit nur einem einzigen, zerfledderten Nasenloch, über die blanke Stirn kroch eine Narbe zur linken Wange, und jetzt streckte das Wesen seine Hände nach Mary aus, und Mary schrie und schloss die Augen sofort, wie ein Kind, das denkt: Wenn ich selber nichts sehe, sieht der andere mich auch nicht.

Als Mary nach einiger Zeit die Augen wieder öffnete, war das Wesen verschwunden. Mary stand auf, zündete alle Kerzen und Talglichter an, die sie finden konnte, und setzte sich an den Schreibtisch. Sie barg das Gesicht in den Händen. Sie zitterte. Sie weinte sogar. Es war ein Traum, versuchte sie sich zu beruhigen, es war ein Traum, wollte sie sich einreden, mit aller Kraft, aber Mary wusste, es war mehr als ein Traum. Dieses Wesen, das sie so deutlich und klar gesehen hatte, war erschaffen worden von keinem anderen als ihrem Doktor Frankenstein, Viktor

Frankenstein. Er hatte die verschiedensten Glieder, Kopf, Hals und Brust der verschiedensten Menschen zu dieser hässlichen Kreatur zusammengenäht.

Da dachte Mary: Genau diese Angst muss es sein. Genau diese Angst, die ich gefühlt habe. Genau diese Angst vor dem Tod, den ich in allem sehe. Genau diese Angst müsste ich schüren. Wenn ich ein Buch schreibe. Mary legte Papier zurecht.

Und sie schrieb.

It was on a dreary night of November …

Mary hatte inzwischen gelernt, die inneren Bilder nicht einfach nur abzumalen, denn dann würden sie an Kraft verlieren. Sie musste die Bilder verändern im Schreiben, nur das Gefühl musste bleiben, die Angst. Jetzt wandelte sich die Kreatur in ein Wesen mit glänzenden, wallend schwarzen Haaren und mit perlweißen Zähnen, doch bildete dies nur den Kontrast: zur gelben und entsetzlich dünnen Haut, unter der Muskeln und Adern sichtbar fuhrwerkten, und zu diesen wässrigen Augen, die beinah von selber Farbe waren wie ihre grauweißen Höhlen: tote und lebende Augen zugleich.

Noch in derselben Nacht beendete Mary ihre kurze Geschichte und las noch einmal, was sie geschrieben hatte. Die Blätter sanken auf den Tisch. Sie klatschte in die Hände. Einmal. Zweimal. Ohne zu zögern, sprang sie auf und lief nach nebenan. Dort schlief Claire. Neben ihr lag Percy. Mary weckte Percy und sagte: »Komm mit!« Percy schaute sie verschlafen an. Es war fünf Uhr morgens, das Gewitter hatte sich gelegt. Mary setzte Percy auf einen Stuhl neben sich, holte tief Luft und las ihm die Geschichte vor. Sie wagte nicht, Percy anzuschauen dabei. Später dachte Mary oft daran zurück. Hätte Percy jetzt den Kopf geschüttelt oder den Daumen gesenkt, vielleicht hätte sie nie wieder ein Wort geschrieben. Sie hatte alles gegeben. Sie spürte zum ersten Mal beim Lesen ihres Textes denselben Funken wie beim Schreiben. Irgendwann hielt sie es nicht mehr aus und blickte zu Percy. Der hatte ihr die Seiten aus den Händen genommen, geblättert, nachgelesen, schien immer noch die Sätze abzuwägen, endlich legte er alles auf den Tisch und sah Mary ernst an. Streng sogar. Mary erschrak vor diesem Blick. Percy aber beugte sich vor und sagte jetzt nicht mehr, wie damals, im Hôtel de Vienne: »Du bist auf dem richtigen Weg!« Nein, Percy sagte: »Das ist sie. Deine Geschichte. Aber es ist mehr als eine Geschichte. Viel mehr. Eine Tür steht offen. Zur Landschaft namens Roman. Du musst nur noch hindurchgehen.«

»Bist du sicher?«, fragte Mary.

»Bist du es denn nicht?«

Mary war sich nie sicher. Und wusste, sie würde sich nie sicher sein. Bei keinem ihrer Bücher und Texte. Sicherheit, dachte Mary, ist ein fetter, fauler Kater. Nur wenn du unsicher bist, kannst du wirklich übers Papier laufen wie übers Eis. Wenn du nicht jederzeit einbrechen und versinken kannst beim Schreiben, so dachte sie, wird keiner, der das liest, deinen angehaltenen Atem spüren.

»Du musst mir jetzt was schwören«, flüsterte Mary. »Sprich zu niemandem von diesem Text. Du hast recht. Es ist erst der Anfang. Byrons Spiel vergessen wir.«

»Warum?«

»Meine Pflanze hat gerade ihren Schopf aus dem Boden gestreckt. Sie blinzelt schüchtern in die Sonne. Und ich will nicht, dass einer daherkommt und den Sprössling zertritt.«

Percy nickte und schaute noch einmal zu Mary. Lange. Innig. Mary hatte das Gefühl, er schaue sie anders an als je zuvor.

In den nächsten Monaten gab es für Mary nur noch Frankenstein. Ihr erster Gedanke am Morgen war Frankenstein, ihr letzter Gedanke in der Nacht war Frankenstein. Sie hatte alle Hände voll zu tun, ihre Ideen und Bilder zu bündeln, sie schrieb ruhig und konzentriert, aber in zügigem Fluss, und wenn sie schrieb, spürte sie eine Drehbewegung. Wie Zahnräder griffen die Wörter ineinander. Auf losen Blättern notierte sie auch vieles für später. Wenn sie eine gute Idee hatte und sie nicht sofort aufschreiben konnte, fürchtete sie, die Idee zu verlieren, doch Percy beruhigte sie: »Gute Ideen kommen immer zweimal.« Überhaupt: Percy war ein Glück. Er feuerte sie regelrecht an, er ließ nicht nach, sagte ihr unermüdlich: »Das ist Stoff für etwas Größeres. Die Geschichte ist der Kern. Du kannst um sie herum den Roman schreiben. Wenn du willst. Wenn du musst.«

Mary wollte. Mary musste. Kein Abend verstrich, an dem sie nicht mit klopfendem Herzen zu ihrem Schreibtisch ging. Die Zeit mit ihrem Buch war eine heilige Zeit. Das hatte sie vom Vater gelernt. William hatte immer morgens geschrieben. Mary schrieb meist abends. Bis in die Nacht hinein. Eine Eule. In dieser Dichte hatte Mary das Schreiben nie zuvor erlebt. Und sie bekam einen neuen Blick auf das, was sie hier tat jeden Tag. Die Verbindung von Mensch und Papier. Ihre Vorstellungskraft traf auf dieses seltsame, weiße Gebilde, das dort lag, in flacher Hingabe, bereit fürs Empfangen, aus Papiermaschinen entsprungen und im Chlorbad erbleicht, zu Brei verklebt, rotierenden Metallsieben entkommen und zu Papierbahnen getrocknet. Mensch und Papier verknüpften sich in der Schrift, die vom Kopf in die Hand sprang und von dort in die unbarmherzig jeden kleinsten Fehler ans Licht bringende Helligkeit. Das eine, dachte Mary, ist die Ermöglichung des anderen. Ohne Geist bleibt die Materie leer. Ohne Materie verliert der Geist sich in sich selbst. In der

Schrift verbindet sich die Fantasie mit der Wirklichkeit. Mary fühlte zwar oft genug eine beißende Angst, ihrem Stoff nicht gerecht zu werden, dennoch näherte sie sich jeden Abend dem Schreibtisch voller Freude. Ja, sie durfte es versuchen. Ja, sie durfte tun, was sie am liebsten tat. Ja, sie würde allein sein für die nächsten Stunden. Mit sich und der Welt, die sie schuf. Mit sich und den Figuren, die sich ihr zuschrieben. Mit sich und der Sprache. Mit sich und den Wörtern, den gefrorenen Tropfen. Sollte sie ruhig durchs Eis brechen. Sollte sie ruhig nass werden und frieren bis auf die Knochen. Es wäre nicht schlimm. Sie würde sich wieder ins Trockene ziehen. Und danach würde sie wissen, welche Stellen zu meiden wären. Jeder Sturz führte sie auf einen anderen Weg, und dieser Weg trug so lange, bis sie ein weiteres Mal einbrach und sich erneut aufs Eis retten musste, und alles, was sie zu tun hatte, war: weitergehen.

Mary mochte das Monster. Sie nannte es nicht »Monster« in ihrem Buch. Sie nannte es »Kreatur«. Die anderen würden es »Monster« nennen, später. Als die Kreatur ihre eigene Geschichte erzählte, musste Mary weinen, sie bemitleidete dieses Geschöpf, das ganz allein lebte, ohne einen anderen, in die Welt gestoßen, ohne Kindheit, ohne je geliebt worden zu sein, wie nur ein Kind geliebt werden kann, vom Stapel gelassen wie ein Schiff mit Löchern im Rumpf, schwimm, nun schwimm doch, gleichwohl ein Mensch, der Liebe sucht, einen anderen Menschen, eine Frau vielleicht, die ihm gleicht, die Kreatur will, was auch ein Mensch will, doch alle laufen vor ihr davon, Hass schlägt ihr entgegen, allein ist sie wie Claires Keine in ihrer Höhle, wie Fanny vor ihrem Selbstmord in der Gaststätte in Swansea, und die Kreatur in ihrem Roman fleht Frankenstein an, fleht ihren Vater an, der nichts mehr mit ihr zu tun haben will, wie Vater William nicht mehr mit Mary, die Kreatur fleht Viktor an: Erschaffe mir eine Frau! Nur dies eine musst du für mich tun. Und erst als Viktor Frankenstein sich weigert, wird die Kreatur zum Monster.

Mary schrieb und schrieb und schrieb, zunehmend schneller, als laufe sie vor etwas davon, vielleicht vor der eigenen Schuld, die sie auf sich geladen hatte, wie sie zeit ihres Lebens dachte. Auch ihr Buch, das gerade entstand, hatte etwas Monströses für sie, schien aus Tod, Schmerz, Sehnsucht, Verlusten und Qualen zusammengeschweißt. Und dann kippt es. Nachdem die Kreatur Frankensteins geliebte Familie ermordet hat, ändert das Buch die Richtung: Jetzt verfolgt nicht mehr die Kreatur den Schöpfer, sondern der Schöpfer seine Kreatur. Hasserfüllt. Viktor Frankenstein will sein Monster vernichten. Die beiden sind aneinandergekettet auf Gedeih und Verderb. Wenn Frankenstein dem Monster folgt, dachte Mary, folgt er im Grunde sich selbst, bis tief hinein in die Arktis, wo beide im ewigen Eis verschwinden. Jeder für sich. Beide allein.

Als Mary fertig war, schrieb sie das Manuskript sofort ab. Ohne Pause. Aus Angst, es könnte verbrennen. Sie schloss die Kopie in ihre Schreibtischschublade ein. Das Original gab sie Percy zum Lesen. Es begann das Warten. Das Bangen. Das Hoffen. Percys Meinung war Mary die wichtigste. Mochten alle Kritiker der Welt das Buch vernichten: Wenn Percy es lobte, sie wäre glücklich. Endlich ging die Tür auf. Percy kam herein. Er klang nüchtern. Mary erschrak bin ins Innerste.
»Mary«, sagte Percy. »Schau mal. Alle Figuren sprechen gleich bei dir. Die Kreatur, Frankenstein, Walton, De Lacey. Außerdem: Ist es nicht unglaubwürdig, dass die Kreatur – die nichts kann

und kennt zu Beginn – so schnell ein so exzellentes Englisch spricht? Die Kreatur belauscht die De Laceys und lernt dadurch sprechen? Ach, Mary. Dann findet die Kreatur einen Koffer mit Büchern? *Die Leiden des jungen Werther? Paradise Lost? Plutarch?* Und die Kreatur lernt lesen und bildet mit diesen Büchern ihr Herz und ihren Verstand? Da riecht man die Lektüreliste der Autorin. Und dann all diese Zufälle! Die Kreatur sieht ein kleines Kind und denkt: Ein Kind hat keine Vorurteile, es weiß nichts von meiner Entstellung. Ich werde es großziehen. Es wird mein Kamerad und Freund. Die Kreatur packt den Jungen, aber der Junge sieht die Kreatur an, hält sich die Augen zu, schreit und nennt sie einen Oger. Dann sagt der Junge, er sei der Sohn von Viktor Frankenstein! Welch tollkühner Zufall, Mary! Die Kreatur läuft irgendwo herum, trifft plötzlich den Sohn seines Feindes und, zack: bringt ihn um?«

Mary wusste nicht, was sie sagen sollte. Sie konnte nicht glauben, dass Percy diese Worte gewählt hatte. Sie blickte ihn hilflos an. Percy erbleichte, als er Marys Schmerz spürte.

»Tut mir leid«, sagte Percy. »Du weißt ja, wie sehr ich es liebe, andere zu erschrecken. Aber ich bin zu weit gegangen. Ich wollte dir nicht wehtun. Sieh mal. Alles, was ich gesagt habe, stimmt. Nur zuvor hätte ich sagen müssen: Dein Buch ist ein Meisterwerk! *Trotz* aller Schwächen. Ich gehe alles mit. Soll die Kreatur sprechen wie alle anderen, es ist mir gleich. Ich spüre in jeder Zeile deine Energie, dein mildes Toben, deinen harten und zärtlichen und sezierenden Blick, du steckst in diesem Buch mit Haut und Haar, Mary, du hast es geschrieben, als wäre dir egal, was die Menschen darüber denken. Ich liebe die Form des Buches, die vier Rahmen, wie russische Puppen, Waltons Briefe, Frankensteins Erzählung, die Erzählung der Kreatur und die De Laceys. Ich liebe das Alleinsein der Kreatur, die sich wiederfindet von den Menschen geächtet. Ich liebe die Frage, was der Mensch ist ohne andere Menschen. Ich liebe die Spannung, die du entzündest, mit wenigen Strichen. Man kann nicht anders als zu lesen, zu lesen, zu lesen. Ich liebe den Horror, den du entfachst, sanft und brutal zugleich. Doch dein Buch ist so viel mehr als eine Gespenstergeschichte. Du nennst es *Frankenstein; or, The Modern Prometheus*. Es stimmt. Du stellst die Frage nach der Wissenschaft. Die sich von allen Knebeln befreit. Ob alte oder neue Wissenschaft. Und darin steckt die Frage nach dem entfesselten Menschen, der Gott spielt und Leben erschafft. Du gibst keine Antwort. Das ist gut. Vielleicht denke ich anders als du, Mary, hoffnungsfroher, für mich bleibt Prometheus' Kraft das Ziel des Menschen, ich glühe für eine Befreiung hin zu einer neuen, vielleicht übermenschlichen Form des Daseins. In dir dagegen hausen Zweifel. Aber in jedem Fall ist deine Frage eine Frage, die alle Menschen zu allen Zeiten nahegehen wird: Was darf der Mensch? Was kann der Mensch? Wann braucht er Fesseln? Wann Entfesselung? Die Kreatur wird nicht zum Monster, weil Frankenstein die Grenzen des Lebens sprengt! Deine Kreatur wird zum Monster, weil die Menschen vor ihm weglaufen und es nicht annehmen, es nicht lieben können, wie es ist! Und warum? Weil sie genaue Vorstellungen davon haben, wie ein Mensch zu sein hat! Mary! Du hast eine Tür geöffnet in deinem Buch. Du hast etwas angestoßen. Auch ohne es zu wissen. Du hast bestimmt nicht an Epimetheus gedacht, oder? Den Bruder des Prometheus? Derjenige, der zuerst handelt und danach denkt? Also ein Nachher-Bedenkender – Epi-metheus – im Sinne eines Nach-Läufers, einer, der den Dingen hinterherläuft, so wie dein Frankenstein es auch tut, dein Viktor, der Sieger, der erst die Kreatur schafft und dann darüber nachdenkt, ob es gut war, was er getan hat. Vielleicht ist dein Frankenstein ja ein Prometheus und Epimetheus in einem? Und vielleicht wäre es gut, wenn er nur Prometheus wäre? Vielleicht ist nicht das Entfesseln das Problem der Wissenschaft, sondern das Nach-Laufen? Also das Schaffen von Wirklichkeiten, ohne zuvor die Folgen zu bedenken? Lass uns später darüber reden. Verstehe mich richtig, Mary: Wenn ich sage, dein Buch hat neben diesen Vorzügen auch die Schwächen eines ersten Buches, so ist das nicht schlimm. Im Gegenteil! Es ist sogar gut. Du bist nicht mal zwanzig, Mary! Schwächen sind Echo und Boden deiner Leidenschaften. Deshalb wird es nicht darum gehen, die Schwächen auszubügeln, sondern sie zuzulassen.«

Wieder wusste Mary nicht, was sie sagen sollte.

»Na ja«, rief Percy. »Vielleicht nicht alle. Aber ich bin ja auch noch da.« Percy lächelte kurz, dann sagte er, innig und ernst: »Mary! Dein Buch! Es hat mich angehalten! Wie der Alte Seemann den Hochzeitsgast im *Rime of the Ancient Mariner*. Hat es mich angehalten. Dein Buch. Und das, Mary, schaffen nur wenige Bücher.«

Mary ließ sich rücklings aufs Bett fallen. Sie breitete die Arme aus. Etwas in ihr weitete sich. Sie schloss die Augen und sah ihr Buch vor sich. In naher Zukunft. Gedruckt und gebunden. Mit rotem Buchrücken. Goldenen Verzierungen. In Crosbys Buchhandlung. *Frankenstein* würde auf dem Buchrücken stehen. Sie würde es aufschlagen, und auf dem Titelblatt lesen: *Mary Shelley, Frankenstein; or, The Modern Prometheus*.

Und der Augenblick kam tatsächlich, da Mary ihren frisch gedruckten *Frankenstein* in Händen hielt. Jedoch anders, als sie es sich vorgestellt hatte: Die Ausgabe war gedruckt und gebunden in drei einzelne Bände. Immer wieder hielt Mary sich die Bände vor Augen, schaute sie an, von allen Seiten, konnte sich nicht sattsehen an den goldenen Verzierungen und dem braunen, nach Moschus duftenden Ganzledereinband. In welchen Band sollte sie zuerst schauen? In Band 1, in dem alles beginnt? In Band 2, in dem das Herz steckt? In Band 3, in dem alles ein Ende findet? Mary beschnupperte und betastete die Bände eine lange Zeit, öffnete sie endlich, versank im Schriftbild, las wild blätternd immer wieder Sätze, ihre eigenen Sätze standen da, schwarz auf weiß, und irgendwann schob sie alle drei Bände zurück in die prächtige, mit Maroquinleder bezogene Kassette, sprang auf und lief – noch nicht zu Mutter, noch nicht zu Percy, noch nicht zu Claire – nein, Mary lief, die Kassette an die Brust gepresst, zu ihrem Vater. Seit sie Percy geheiratet und sich mit William versöhnt hatte, verstand sie sich wieder aufs Beste mit ihm. Mary hatte ihm alles verziehen. Und William, wie er sagte, ihr auch. Jetzt stürzte Mary mit *Frankenstein; or, The Modern Prometheus* zuerst die Stufen hinauf in Vaters Stube. Es war der letzte Tag des Jahres 1817, fünf Uhr nachmittags, die Silvesterfeier lag noch ein wenig entfernt.

»Papa!«, rief sie.

»Mary?«

»Ich bin es!«

»Was machst du hier um diese Zeit?«

»Ich liebe dich.«

»Ich liebe dich auch, Mary«, lachte William.

»Schau mal, Papa.«

Sie reichte William die *Frankenstein*-Kassette und sah, wie Williams Mundwinkel zuckten vor Stolz auf seine Tochter. Sie hatte William in alles eingeweiht: dass *Frankenstein* ohne Angabe des Autors erscheinen würde; dass vermutlich alle Welt denken würde, Percy Shelley habe das Buch verfasst; dass man fünfhundert Exemplare gedruckt habe, die im nächsten März erscheinen sollten; dass Mary vom Verleger Lackington ein Honorar erhalten habe von achtundzwanzig Pfund.

»Was für ein wundervolles Ende für dieses Jahr«, sagte Mary jetzt. »Ich schreibe schon wieder an etwas Neuem!«

»Natürlich. Was sonst?«

Bedächtig nahm William die Bücher aus der Kassette und legte sie auf seinen Schoß. Und kurz sah Mary ihren Vater vor sich, wie er einem Kind – ihr selbst – den Rücken streichelt, so wie er jetzt die Rücken der Bücher streichelte, mit andächtigem Blick, restlos versunken.

»Nun schlag schon auf«, flüsterte Mary.

William schaute sie an. Mary konnte es kaum noch aushalten. Vater öffnete das Buch auf der ersten Seite. Seine Miene änderte sich. Der Stolz wich einem Gemisch aus Freude, Rührung und tiefem Gram. Er hob den Kopf. Seine Augen schimmerten.

»Es tut mir leid«, sagte William.

Mary sah ihn erstaunt an.

»Die Jahre ohne dich«, sagte William. »Es war die schlimmste Zeit meines Lebens. Ich habe gedacht, ich tue das Richtige. Aber es stimmte nicht.«

»Vater. Das ist vorbei.«

»Aber das hier«, sagte William und deutete mit dem Zeigefinger ins Buch, »habe ich nicht verdient.«

»Doch, Papa. Hast du.«

»Komm mal her, Mary«, sagte William.

Mary eilte die fehlenden Schritte zu ihrem Vater, beugte sich hinab und küsste ihn. William stand auf und nahm Mary in den Arm, so fest er konnte, den Zeigefinger in die Seite geklemmt, auf der die gedruckte Widmung stand: »FÜR WILLIAM GODWIN, Autor von *Political Justice*, *Caleb Williams* &c. Diese Bände sind ihm in Verehrung zugeeignet vom Autor.«

Dreizehn Jahre später, 1831, saß Mary am Grab ihrer Mutter mit der brandneuen *Frankenstein*-Ausgabe, die sie selber durchgesehen und verbessert hatte: *Frankenstein; or, The Modern Prometheus, by Mary W. Shelley.*
»Dein Name«, sagte Mutter. »Er steht jetzt endlich drinnen?«
»Ja.«
»Wurde auch Zeit, Darling.«
»Aber deiner auch, Mama. Dein schönes Initial. Dein W. Dein einsames Double-You, sofern ein Double-You einsam sein kann.«
»Jetzt gehört *Mary W. Shelley* untrennbar zu *Frankenstein*?«
»Ja, Mutter.«
»Von nun an seid ihr eins. Ich freu mich für dich, Mary.«
»Mein Verleger freut sich weniger.«
»Warum das?«
»Der Verkauf ist eingebrochen. Es liegt an den Leuten. Sie können nicht fassen, dass eine Frau so etwas geschrieben hat. Sie erklären es durch eine krankhafte Geistesstörung. Sie halten mich für vollkommen wahnsinnig. Kaum einer will das Buch jetzt noch lesen.«
»Hört das denn nie auf?«, stöhnte ihre Mutter. »Ich glaube, Mary, wir brauchen mehr Geduld, als wir denken. Bis der Tag kommen wird, da jede Frau schreiben darf, was sie schreiben kann und was sie schreiben will. Wir dürfen die Hoffnung nicht verlieren. Vielleicht werden unsere Bücher Kreise ziehen, von denen wir jetzt nichts ahnen. Vielleicht, weißt du, Mary, vielleicht wird diese Ausgabe von *Frankenstein*, die du hier gerade in Händen hältst, vielleicht wird genau diese Ausgabe eines Tages verkauft werden oder versteigert. Vielleicht in, von mir aus, in zweihundert Jahren. Für, sagen wir, eine Million Pfund?«
Mary lachte. »Du bist gut, Mama«, sagte sie.
»Ach, Mary, man kann nie wissen.«

Mary schreibt weiter. Und weiter. Unbeirrt. Sie schreibt. Sie liest. Sie liest schreibend, sie schreibt lesend. Das Schreiben und das Lesen sind gefaltete Hände für Mary. »READ – WORK – WALK – READ – WORK.« Ihr ganzes Leben lang schreibt sie fortan. Sie hört nicht mehr auf damit. Egal, was die anderen sagen oder denken: Sie schreibt. Mary schreibt weiter, als ihr Vater begeistert ausruft: »*Frankenstein* ist das wundervollste Buch, das je von einer Zwanzigjährigen geschrieben wurde!« Mary schreibt weiter, als sie sich fragt, wie viele zwanzigjährige Frauen überhaupt einen Roman geschrieben, geschweige denn, veröffentlicht haben? Und Mary schreibt weiter nach Claires Worten zu *Frankenstein*, über die sie sich am meisten freut: »Dein Buch ist zauberhaft, Mary. Die Geschichte ist so, so, so durchgängig und außergewöhnlich. Ich hätte es nie so gut hinbekommen. Aller Neid zwischen uns schweigt: Du bist eine Frau und eine Kämpferin für unsere Sache. Männer sollen uns Frauen von Hause aus übertreffen an Tugend und Wissen und Kunstfertigkeit? So ein Unsinn! Ihr glaubt es nicht? Schaut euch meine Mary an!« Mary schreibt weiter, als William das nächste Manuskript *Matilda* als »ekelhaft« bezeichnet. Wegen des dort behandelten Inzests zwischen Vater und Tochter? Aber Mary hat das Buch einfach schreiben müssen. Mary schreibt weiter, als ihr Vater sich weigert, *Matilda* an einen Verleger zu schicken, um keinen Skandal zu riskieren. Sie schreibt weiter, als sie ahnt, dass *Matilda* zu ihren Lebzeiten nie als Buch erscheinen wird. Sie schreibt weiter. Sie schreibt weiter, in einem fort, sie schreibt gegen die Stimmen des Lobes und gegen die Stimmen der Ablehnung. Das Schreiben bleibt. Mary verbringt mehr Zeit am Schreibtisch als mit anderen Menschen. Sie schreibt Briefe, Tagebücher, Reiseberichte, Romane, Erzählungen, Artikel, Essays, sie schreibt Bücher über berühmte Persönlichkeiten, Gedichte und

Fragment gebliebene Anfänge. Und seltsam: Schreibt Mary einen Reisebericht oder in ihr Tagebuch, steckt sie ganz und gar in der Erinnerung, wringt ihren Kopf aus, erlebt am Schreibtisch alles Erlebte noch einmal neu, erpicht darauf, nichts zu vergessen, sich nicht zu ver-innern, nichts Falsches zu behaupten, Mary strebt im Reisebericht nach restloser Genauigkeit, die es – das ahnt sie – doch niemals geben kann. Schreibt sie dagegen Romane und Erzählungen, lässt Mary die Kräfte der Fantasie ungezähmt schwelgen, und während sie dies tut, spürt sie oft genug, dass all diese Erfindungen und all dies Ausgedachte und all dies scheinbar nirgends Existierende ein tief reichendes unzerstörbares Fundament besitzt, das sich niemals von ihr lösen wird, und dieses Fundament ist ihr eigenes Leben. Vielleicht, denkt Mary, sind Wirklichkeit und Vorstellungskraft zwei zänkische Geschwister, die im Grunde nicht atmen können ohne einander. Mary schreibt weiter. Und weiter. Sie schreibt: *Matilda. Valperga. The Last Man. The Fortunes of Perkin Warbeck. Lodore. Falkner. A Tale of the Passions. The Bride of Modern Italy. Ferdinando Eboli. The Evil Eye. The False Rhyme. The Mourner. The Swiss Peasant. The Transformation. The Dream. The Brother and Sister. The Mortal Immortal. The Elder Son. The Parvenue. The Pilgrims. Euphrasia. The Heir of Mondolfo.* Und vieles, vieles mehr. Mary schreibt alles mit Feuer und Flamme, und einiges *für* Feuer und Flamme.

Mary veröffentlicht noch eine weitere Erzählung unter ihrem Namen: *The Pole*. Doch die stammt nicht von Mary selbst, sondern von ihrer Schwester Claire. Zumindest der größte Teil. Denn Claire hat eines Tages ihr schwarzes Lebensbuch kurz unterbrochen und beiseitegeschoben und getan, was sie nie mehr hat tun wollen, sie hat eine Geschichte verfasst, nur ein kurzer Rückfall war's. Claire nennt ihre Figuren Marietta und Idalie, was so viel bedeutet wie: Ich sehe die Sonne. Und Idalie sagt: Ich bin, was ich bin, wer kann schon mehr sein? Es gibt einen Schurken namens Giorgio, und einen edlen Helden Ladislas, der wahrscheinlich beide Frauen liebt. Claire schreibt vom Amphitheater dunklen Laubes, Claire schreibt vom flüssigen Licht, Claire schreibt davon, welch ermüdende Person Idalie sei: Wenn sie eine Idee in ihrem Kopf hat, kann selbst ein Erdbeben sie nicht erschüttern. Claire schreibt noch das Wort »forfeit« und muss an ihre Kindheit denken und an Marys Grabgeschichte von Frank Skinner, doch während Claire immer träger weiterschreibt, wird die Erzählung mehr und mehr das, was sie ist: eine simple Romanze. Claire lässt Idalie – rein metaphorisch – vom Höhepunkt des Glücks noch in eine schwarze, lichtlose Höhle sinken, der Wohnung des Todes, und dann verliert sie die Lust an der Geschichte, sie will wieder zurück in ihre eigene Höhle, zum schwarzen Buch ihres Lebens, aber da Claire den größten Teil der Geschichte nun schon mal geschrieben hat, schickt sie *The Pole* zu ihrer immer berühmter werdenden Schriftstellerinnenschwester Mary mit den Worten: Hier. Kannst du haben. Schreib ein hübsches Ende, am besten leben sie alle drei am Schluss in Paris, oder? Also, du »Autor von *Frankenstein*«, polier das Stück ein bisschen auf und lass es unter deinem Namen drucken. Und genau das tut Mary.

Beim Schreiben gleichen sich die Tage. Mary liebt das. Wenn sie am Abend das Zimmer betritt. Wenn es dämmert im Sommer und dunkelt im Winter. Wenn sie sich vorbereitet auf den Sprung. Keiner stört sie. Mary will, sie muss allein sein. Mit sich selbst. Sie legt alles zurecht, das Papier, das nicht ausgehen darf, die Bleistifte, ihre Lieblinge, das Wasser zum Trinken, eine Karaffe, zwei Gläser. So hat sie es sich angewöhnt. So will sie es für den Rest ihres Lebens beibehalten. Immer noch flattert ihr Herz wie zu Anfang ihres Schreibens. Und der Anfang des Schreibens bleibt für sie der 21. Juni 1816: die Frankenstein-Nacht am Genfer See. Wenn sie irgendwann nicht mehr flattern wird beim Schreiben, wird sie aufhören. Das weiß sie genau. Mary schließt die Tür ab. Manches Mal, an Tagen, an denen etwas Besonderes ansteht – wenn Mary eine neue Geschichte beginnt oder eine begonnene Geschichte zum Abschluss bringen will oder wenn ihr eine Idee fehlt oder ein zündender Gedanke, wenn sie gestockt hat am Tag zuvor, den Bleistift abgenagt zwischen ihren Zähnen –, dann geht sie am Abend nicht gleich zum Schreibtisch, sondern macht einen Umweg zum Wandschrank in der Ecke, in dem Akten und Ordner und Hefte liegen müssten, doch der Schrank ist leer: Die Sachen hat Mary woanders hingeräumt, um Platz zu schaffen. Sie steht eine Weile da, einfach so, vor dem Schrank, sie freut sich. Dann greift sie zum Knauf, zieht die Tür heran, die Angeln quietschen. Sie schaut in den Schrank. Sie sieht zwei leuchtende Punkte auf ihrer Höhe. Mary sagt: Tritt hervor, mein Elfenritter. Percy macht einen Schritt nach vorn zu ihr hin, er legt seine Lippen auf ihre, sie schließt die Augen, sie spürt den Kuss wirklich in diesem Augenblick. Mary sagt: Du bist heute zehn Jahre tot. Percy schweigt. Mary nimmt Percy bei der Hand und führt ihn zum Schreibtisch wie zum Altar. Sie raunt: Schön, dass du da bist. Sie legt ihre Stirn an seine. Sie kann sein Lächeln hören. Gemeinsam lassen sie sich nieder. Percy sitzt ihr schräg gegenüber. Sein Blick fühlt sich an, als sei er aus Samt. In ihrer Linken liegen seine schlanken Finger. Mit der Rechten nimmt sie den Stift. Für die ersten Sekunden des Schreibens ruht ihr Blick noch auf ihm. Mary sagt: Jetzt geht es los, Percy. Halt mich fest.

Aber Mary schreibt nicht nur, sie gibt auch Percys gesammelte Werke heraus. Nichts tut sie lieber, als sich durch seine Gedichte zu lesen und zu lieben, durch seine Briefe und Schriften, durch seine Zeit mit Mary & Claire. Auch über ihren Vater William beginnt Mary ein Buch, aber beendet es nie, denn würde es fertig werden, das weiß sie, müsste sie ihren Vater ein zweites Mal beerdigen. 1836 hat sie es zum ersten Mal getan. In Saint Pancras.

Mary geht so gern spazieren. Allein. Das Gehen ist wichtiger Teil des Schreibens. Beim Gehen kommen ihr viele Gedanken. Beim Gehen weht etwas durch sie hindurch. Das Gehen ist ein Lüften des Inneren. Beim Gehen küsst sie die Welt mit den Augen. Doch am Grund des Schreibens bleibt das Dunkle.

Mary schreibt: Ich bin nur ein Schatten. Mein Herz ist wahrlich eingefroren. Leiden ist mein Alpha & Omega. Niemand kümmert sich, meinen Kummer zu lesen. Da alles geendet hat, wie soll ich selbst noch beginnen? Aber wenn der Tag untergeht und alles still ist um mich her, eingetaucht in Schlaf, schreibe ich nieder, wohin es mich treibt: Gedanken & Gefühle. Weißes Papier – bist du mein Vertrauter? In mir liegt ein bodenloser Brunnen voll bitterem Wasser. Ich lebe im Tal des Todesschattens & werde bald ein Stück Erde sein. Voll und ganz losgelöst bin ich von der Welt.

Und Mary schreibt immer wieder genau dagegen an.

Mary schreibt: Schaue ich in die Zukunft, gibt es nur einen einzigen Gedanken, der mich belebt: Freunde. Die Gesellschaft mit anderen zwingt mich dazu, innezuhalten mit dem Schreiben und dem ewigen Zahnrad meiner Ideen, und nur dann kann ich meinen Geist richten auf die unmittelbaren Pflichten meines Lebens.

Und wieder meldet sich die andere Stimme.

Mary schreibt: Jede Veränderung ist schmerzhaft für mich, die ich, eingeschlossen in meinen Gefühlen, ein inneres Leben führe, so verschieden vom äußeren. Bin ich allein, weine ich, weil ich sehe, wie allein ich bin; bin ich bei anderen, fühle ich mich selbst allein, aber ich weine nicht. Ich verliere meine Energie, außer der, die ich aus meiner eigenen Kraft schöpfe, & ich muss allein sein, um sie zu finden.

Mary lebt ein Leben im Spalt; zwischen dem Wunsch nach vollkommener Einsamkeit mit sich und ihren Welten – und dem Wunsch, mit Freunden zu sein und zu sprechen und zu lesen und zu lauschen; zwischen der Angst davor, im Alleinsein unterzugehen, und der Angst davor, sich selbst und ihre Kraft zu verlieren in der Gesellschaft der anderen. Mary schreibt: Und ich bin immer noch hier – ich denke immer noch, ich existiere – tue alles, außer zu hoffen – denn Verzweiflung ist meine einzige Hoffnung.

Mary schreibt: I have lifted.

Sie streicht das »lifted« durch.

Ersetzt es durch ein »lived«.

Mary schreibt: I have lived.

Das Leben, das sie lebt, ist schwere Erde, die sie Tag für Tag hebt und trägt zu den anderen, die auf sie warten; und am Abend wieder hinauf zu ihrem Ich aus Worten. Mary schreibt: Ohne das Flüstern der Bilder kann ich nicht leben.

Irgendwann aber findet Mary Frieden. Das liegt an ihrem Sohn: Percy Florence Shelley ist das einzige Kind, das länger lebt als sie. Ein besonderes Glück ist ihre Schwiegertochter. Die Eheleute nehmen Mary zu sich. Nachdem Marys Schwiegervater Timothy Shelley gestorben ist, fällt das gesamte Erbe an ihren Sohn Percy Florence. Und Mary verbringt ihre letzten Jahre in Field Place, genau an dem Ort, an dem Percy als Kind gelebt hat.

Mary erinnert sich an vieles, was Percy ihr über Field Place erzählte. So lange, bis sie sich nicht mehr erinnern kann: Mit 53 Jahren erkrankt sie an einem Hirntumor. Percy Florence und seine Frau pflegen sie. Marys Sprache bröckelt. Und sie schweigt sich langsam in den Tod. Ihre Schwiegertochter hört auf den Namen: »Jane«.

Das Grab rührt sich nicht vom Fleck. Der mächtige Stein ähnelt einer Truhe. Still und in sich gekehrt. Noch fehlt das Moos. Es ist ein fröhlicher Friedhof: Wärme liegt auf den Wegen, überall tschilpt es, Büsche und Bäume stehen in Blüte, ein frühes Blatt segelt zu Boden und Pollen tanzen im Licht.

Das Grab rührt sich nicht vom Fleck? Es stimmt nicht. Dieses Grab schon. Hier. In Saint Pancras. Der Friedhof ist heruntergekommen inzwischen. Er hat seine Fröhlichkeit eingebüßt. Die Gräber können nicht bleiben, wo sie sind. Man plant eine neue Eisenbahnstrecke. Die Toten müssen den Schienen weichen. Viele Gräber werden aufgebrochen. Auch das, in dem jetzt Mary liegt neben Vater und Mutter. Der Dreck fliegt. Drei Särge erblicken das Licht der Welt, mehr oder weniger verfallen. Vom Muttersarg ist nicht mehr viel da. Vater William ist besser erhalten. Und Mary selbst ist noch beinah frisch. Ein Kirchenrestaurator überwacht die Aushebungen: Der Mann heißt Thomas Hardy. Die Särge werden auf offene Lastkutschen verfrachtet. Sie brechen jetzt auf, zu ihrer wirklich letzten Reise, im Fall von Mary & William & Mary: zum Friedhof nach Saint Peter's. An den Ort, an dem Percy Florence & Jane inzwischen leben. Wegen der Seeluft. Und dem milden Klima. Auf der Kutsche sitzt Marys Schwiegertochter Jane. Sie sprengt mit den Särgen der Toten zu den Gittern von Saint Peter's. Dort wartet schon der Vikar. Er will die drei Radikalen, wie er sagt, partout nicht auf den Friedhof lassen. Jane hat eine Handvoll kräftiger Männer dabei, die von der offenen Kutsche springen und am Gitter rütteln. Der Vikar willigt kleinlaut ein, unter der Voraussetzung, dass man keine Szene mache und die Radikalen um Mitternacht begrabe, wenn keiner vor Ort sei und sich stören könne: weder am schlechten Geruch noch am schlechten Ruf der Leichen. Als die Turmuhr zwölfmal schlägt, werden Mary und ihre Eltern in die Tiefe gelassen, in ein Grab mit mehr Platz, und sie strecken seufzend ihre Knochen. Percy Florence & Jane können ihre Mutter und Schwiegermutter jetzt täglich besuchen und mit Mary reden, wann immer sie wollen. Und Jane wird Mary stolz erzählen, wie viele Briefe und Dokumente sie verbrannt hat, um den Namen der Shelleys nicht zu beschmutzen, Briefe von Percy & Mary & Claire. Mary wird unter der Erde die Augen verdrehen. Der Friedhof von Saint Peter's liegt in Bournemouth.

Am Bahnhof von Bournemouth spürt Claire einen seltsamen Stich in der Herzgegend. Sie hält die Luft an und bleibt stehen. Ein Mann fragt, ob alles in Ordnung sei.

»Gib mir die Flosse!«, sagt Claire und lässt sich zu einer Kutsche führen. »Alle drei haben sie hierhin gebracht!«, ruft Claire jetzt dem eingeschüchterten Mann zu. »Nur meine eigene Mutter nicht. Mary Jane! Sie verwest jetzt munter vor sich hin in diesem Loch von Friedhof, so muss man's sagen: Saint Pancras. Das hat sie wirklich nicht verdient.«

Überall liegt Schnee. Es ist kalt. Claire zieht ihren Mantel unterm Kinn zusammen. Sie mag die Kälte nicht. Die Kälte ist der Grund gewesen, weshalb sie Moskau den Rücken gekehrt hat. Claire fährt zum Eingang des Friedhofs von Saint Peter's, will dem Kutscher sagen, er solle auf sie warten, doch als sie hochblickt, sitzt dort die Nadelfrau, sie hat aufgehört zu stricken, der

Schal liegt fertig neben ihr, sie hat mit den Nadeln ihre Haare durchstoßen, Heather nickt, als Claire aussteigt, sie sagt, sie drehe noch eine Runde und komme beizeiten zurück, dann gibt sie den Pferden die Peitsche und sprengt davon.

Claire hinkt los. Fest gestützt auf jenen Stock mit Totenkopf, den LB ihr vererbt hat. Sein letztes Zwinkern aus dem Grab heraus. Claire hat so etwas nicht mehr aus der Ruhe bringen können. Manchmal spricht sie mit dem Stock, als stecke Byrons Geist darin. »Komm, LB«, sagt sie zum Totenkopfstock. »Mach nicht so langsam und schwing deinen Huf.«

Marys Grab ist ein Blumenturm. Vor den Blumen stehen jede Menge Menschen. Claire nähert sich. Dreißig, vierzig Menschen in vier, fünf Reihen. Die hinteren warten darauf, dass die vorderen weggehen, die vorderen aber lassen sich Zeit.

»Was macht ihr hier?«, raunzt Claire einen jungen Burschen an, der in der letzten Reihe aufgeregt zappelt.

»Was wir machen!?«, sagt der Junge entgeistert. »Hier liegt Mary Shelley, die Schöpferin von *Frankenstein*.«

»Ja und?«

»Ich habe ihr Buch gelesen und zu Gott gebetet: Lass mich eines Tages auch so ein Buch schreiben wie ihres.«

Claire sagt: »Ich bin Marys Schwester!«

»Und ich bin ihr Opa!«, lacht der Junge.

Claire brummt, verzieht die Brauen, sieht sich um, entdeckt eine Bank, setzt sich auf die dicke Schicht Schnee und spürt die Kälte in den Körper kriechen, ihre Füße mit den dünnen Strümpfen sind längst Eisblöcke. Claire zählt die Minuten nicht und nicht die Leute, die kommen und ihre Blumen ablegen. Es ist der 1. Februar 1881: Marys dreißigster Todestag.

Endlich wird es dunkel. Die Menschen verlieren sich. Als sie allein ist, steht Claire auf, halb eingefroren vom Sitzen in der

Kälte. Sie hat nicht vor, etwas zu sagen. Das wäre ja noch schöner, wenn sie auf ihre alten Tage auch noch anfängt, mit Geistern zu sprechen.

»Schön, dass du da bist!«, raunt Mary von unten.

Claire tut so, als hätte sie nichts gehört. Jetzt zieht sie aus der Handtasche ihr schwarzes Lebensbuch, zweihundertfünfzig Seiten, eng beschrieben, voll von Sätzen, frei von Blicken.

Mary fragt: »Hast du dein Buch doch noch geschrieben?«

Claire sinkt zu Mary ins Weiße.

Mary fragt: »Was steht da drin?«

Claire schaut zum unberührten Schnee auf Marys Grab.

Mary fragt: »Willst du es drucken lassen?«

Endlich kann Claire nicht mehr an sich halten und ruft ihrer Schwester zu: »Für vierzig Besucher an meinem dreißigsten Todestag am Grab in Antella? Nein danke.«

»Dann gib es mir!«, flüstert Mary.

Claire sagt: »Deswegen bin ich hier.«

Und sie schiebt das schwarze Buch ins weiße Grab. Als es zur Hälfte im Schnee steckt, geht es nicht weiter. Die gefrorene Erde ist zu hart. Da ist kein Durchkommen. Claire atmet ein, atmet aus. Dann spürt sie einen Druck: Warmes kommt ihr von unten entgegen, der steinharte Frost wandelt sich in Weiches, das Buch wird Claire langsam aus der Hand gezogen und Stück für Stück verschluckt von der Tiefe. Schon ist es fort.

»Mach's gut!«, sagt Claire.

Doch Mary schweigt jetzt.

Claire steht mühsam auf, wankt zurück über den Weg und denkt: Die Reise hat sich gelohnt! Ein Buch, geschrieben für den Geist eines einzigen Menschen. Na, bitte.

Am Eingang wartet die Nadelfrau. Sie sitzt auf dem Kutschbock und strickt wieder am weißen Schal.

»Wie war's?«, fragt Heather.

»Gut. Gut«, sagt Claire. »Doch wieso strickst du wieder?«

»Oh«, sagt die Nadelfrau, »ich dachte, ich schenk dir noch ein, zwei Monate. Ist so lustig mit dir. Wollen wir?«

»Zurück nach Florenz bitte. Ich hasse die Kälte.«

»In der Kutsche liegen siebzehn Decken.«

»Mit wie vielen Spinnen?«

Heather schnalzt mit der Zunge. Die Kutsche zieht an. So schnell ist Claire noch nie gefahren. Sie schlüpft unter eine der Decken und schließt die Augen.

Der Schneefall wird stärker auf dem Friedhof Saint Peter's. Die Flocken fallen ohne Unterlass, die ganze Nacht hindurch. Der Schnee bedeckt alles. Am Morgen liegt er spurlos dort. Wie eine Seite so weiß. Endlich ist es ruhig. Die Sonne schickt Wärme. Der Winter endet. Ein Rinnsal sickert hinab, vorbei an Wurzeln, vorbei an Schnecken, Asseln, Käfern, immer dünner wird das Rinnsal, Schluck um Schluck bleibt zurück in der Erde, nur ein letzter Tropfen sackt wacker nach unten, auf das Buch, das Mary in Händen hält. Mary hat Zeit. Sie freut sich, wie immer, wenn sie etwas Neues lesen darf. Mary schaut zum Vater. Mary schaut zur Mutter. Sie liegen neben ihr, links und rechts, gespannt auf das, was kommen wird. Mary sagt: Ich lese euch vor. Sie sagt: Ich möchte sorgsam lesen. Sie sagt: An jedem Tag nur einen Satz. Vater und Mutter nicken ihr zu. Mary öffnet das Buch. Sie sagt: Schaut nur, hier, das Titelblatt fehlt, herausgerissen, es geht los, einfach so, ohne alles. Und endlich liest Mary den ersten Satz ihrer Schwester Claire. Dann klappt sie das Buch wieder zu. Claires Satz hallt lange nach, ein Echo in der Dunkelheit. Ich bin hier. Ich bin hier. Ich bin hier.

Inhalt

Saint Pancras & Skinner Street   7
Ramsgate School & Broughty Ferry   33
Field Place & Syon House   55
Newgate Prison & Cliffs of Dover   85
Hôtel de Vienne & Chalet de Troyes   107
Church Street & Arabella Road   139
Bishopsgate & Lynmouth Bay   159
Folly Castle & Piccadilly Terrace   177
Blizzard Pass & Lac Léman   203
Maison Chapuis & Villa Diodati   229
Bagnacavallo & La Spezia   249
Antella & Saint Peter's   275

Bemerkung des Autors

Dieses Buch ist ein Roman. Er folgt der Spur von Menschen, die wirklich gelebt haben. Das Bekannte, das Nachlesbare bildet den Hintergrund dieses Romans. Sein Vordergrund ist das Verborgene, das nie wieder Auffindbare, all die Seiten, die aus Tagebüchern gerissen wurden, das Verschwiegene, die verbrannten oder verlorenen Briefe, die vernichteten Erzählungen, Claires *Idiot* und Marys *Hate*. Der Roman nimmt sich die Freiheit, Unbekanntes zu erfinden und Bekanntes auszusparen. Zu Gunsten der Fokussierung wurden einige für Mary & Claire wichtige Menschen verschwiegen. Den folgenden Büchern verdankt der Roman sein Rückgrat. Auf den angegebenen Seiten verwende ich im Roman Zitate aus Briefen, Tagebüchern, Gedichten usw. Diese habe ich mitunter sinngemäß abgewandelt, vereinfacht oder zusammengefasst.

THE CLAIRMONT CORRESPONDENCE: Letters of Claire Clairmont, Charles Clairmont and Fanny Imlay Godwin. Edited by Marion Kingston Stocking. The Johns Hopkins University Press, Baltimore and London 1995. *Seiten 123, 168, 183, 184, 192, 193, 194, 195, 198, 203, 209, 210, 216, 217, 249, 250, 251, 260, 263, 264, 288.*

COLERIDGE, SAMUEL TAYLOR: Gedichte. Englisch/Deutsch. Übersetzt und herausgegeben von Edgar Mertner. Philipp Reclam jun. Stuttgart 1973. *Seiten 12, 13, 14, 239, 240.*

THE DIARY OF DR. JOHN WILLIAM POLIDORI, 1816 – Relating to Byron, Shelley, etc. Herausgegeben von William Michael Rossetti. Elkin Mathews, London 1911. *Seite 224.*

EISLER, BENITA: Byron. Der Held im Kostüm. Aus dem Amerikanischen von Maria Mill. Karl Blessing Verlag, München 1999. *Seiten 180, 242.*

GODWIN, WILLIAM: An Enquiry Concerning Political Justice and It's Influence on General Virtue and Happiness. G.G. and J. Robinson, London 1798. *Seiten 37, 38, 51.*

GORDON, CHARLOTTE: Romantic Outlaws. The Extraordinary Lives of Mary Wollstonecraft & Mary Shelley. Windmill Books, London 2015. *Seiten 85, 117, 199.*

GRYLLS, R. GLYNN: Claire Clairmont, Mother of Byron's Allegra. John Murray, London 1939. *Seiten 122, 251, 262, 264, 265, 266, 290.*

HOLMES, RICHARD: Shelley. The Pursuit. Weidenfeld and Nicolson, London 1974. *Seiten 52, 56, 90, 108, 130, 171, 172, 246, 261.*

THE JOURNALS OF CLAIRE CLAIRMONT: Edited by Marion Kingston Stocking, with the assistance of David Mackenzie Stocking. Harvard University Press, Cambridge, Massachusetts 1968. *Seiten 133, 134, 149, 246, 247, 266.*

THE JOURNALS OF MARY SHELLEY 1814–1844: Edited by Paula R. Feldman and Diana Scott-Kilvert. At the Clarendon Press, Oxford 1987. *Seiten 102, 118, 119, 125, 133, 136, 151, 152, 157, 159, 161, 199, 292, 293.*

J. W. POLIDORI / LORD BYRON: Der Vampir. Herausgegeben, aus dem Englischen übersetzt und mit einem Nachwort versehen von Reinhard Kaiser. C.H. Beck, München 2014. *Seite 244.*

LORD BYRON'S WERK IN SECHS BÄNDEN: Übersetzt von Otto Gildemeister. Reimer, Berlin 1866. *Seiten 123, 180, 247, 265.*

LORD BYRON: The Major Works. Edited with an Introduction and Notes by Jerome J. McGann. Oxford University Press, Oxford 1986. *Seiten 110, 147, 180, 234, 241.*

PERCY BYSSHE SHELLEY: The Major Works. Edited with an Introduction and Notes by Zachary Leader and Michael O'Neill. Oxford University Press, Oxford 2003. *Seiten 79, 80, 81, 116, 122, 148, 162, 163.*

SHELLEY, MARY: Collected Tales and Stories, with original Engravings. Edited, with an Introduction and Notes, by Charles E. Robinson. The Johns Hopkins University Press, Baltimore and London 1976. *Seiten 133, 290.*

SHELLEY, MARY: Frankenstein; or, The Modern Prometheus. The 1818 Text. Random House, New York 2018. *Seiten 277, 282, 286.*

SHELLEY, MARY WOLLSTONECRAFT AND SHELLEY, PERCY BYSSHE: History of a Six Weeks' Tour Through A Part Of France, Switzerland, Germany, And Holland. T. Hookham Jun., and C. and J. Ollier, London 1817. *Seite 133.*

SUNSTEIN, EMILY W.: Mary Shelley – Romance and Reality. The Johns Hopkins University Press, Baltimore 1989. *Seite 258.*

WOLLSTONECRAFT, MARY: A Vindication of the Rights of Woman *and* A Vindication of the Rights of Men. Oxford University Press, Oxford 1993. *Seiten 33, 56.*